QUI A TUÉ HEIDI ?

MARC VOLTENAUER

QUI A TUÉ HEIDI ?

Slatkine & Cie

© SLATKINE & CIE, 2017

ISBN 978-2-266-28470-7
Dépôt légal : mars 2019

À mon compagnon Benjamin,
soutien de tous les instants

« ... à mesure qu'on s'élève, l'air devient plus vif, et l'on respire à pleines bouffées les fortes senteurs des pâturages et des herbes alpestres. »

Heidi, Johanna Spyri

Prologue

Au volant de sa vieille BMW, Andreas enchaînait les virages et jouait avec les limites qu'imposait la route sinueuse. À la sortie d'une courbe, la voiture frôla le ravin. Il se fichait de se faire flasher par un radar, mais un accident n'arrangerait rien. Il décida de ralentir. L'autoradio diffusait encore la chanson de Mylène Farmer, *À quoi je sers*. Le refrain lancinant résonnait au fond de lui, comme un écho de son état intérieur :

Mais mon Dieu de quoi j'ai l'air
Je sers à rien du tout
Et qui peut dire dans cet enfer
Ce qu'on attend de nous, j'avoue
Ne plus savoir à quoi je sers
Sans doute à rien du tout

À rien du tout. Andreas ne servait à rien, décidément. L'hôpital venait d'appeler. Il avait hésité à répondre, laissé passer quelques sonneries. Il craignait le pire. Mais on n'avait rien voulu lui dire par téléphone. Simplement de venir tout de suite.

D'un con… Voilà de quoi il avait l'air. D'un con qui n'avait pas su anticiper ni empêcher le drame. Ni éviter la chaîne des événements qui le conduisait à descendre la route en lacets de Gryon à Bex en coupant les virages, sans se préoccuper des voitures qu'il aurait pu croiser.

Et qui peut dire dans cet enfer
Ce qu'on attend de nous

L'enfer, la succession des jours, l'enquête emberlificotée, le sac de nœuds qu'il avait démêlé trop tard, ces morts inutiles… et sa propre responsabilité.

Ce qui était fait ne pouvait être défait… Impossible de remonter le temps. Cela le hanterait pour toujours. Mais il devait se concentrer sur sa conduite. Éteindre cette musique de malheur, arriver en un seul morceau à l'hôpital. Et affronter la réalité, quelle qu'elle soit.

Tout avait pourtant commencé par une si belle journée…

Chapitre 1

Andreas s'était réveillé aux aurores. Il avait ouvert la porte pour laisser sortir Minus dans le jardin. Puis il s'était préparé son breuvage du matin, deux tiers de lait, un de café, dans sa tasse préférée, un gros mug à motif d'élan, rapporté de Suède. La tasse lui rappelait ses racines, son pays de cœur.

Une bouffée de mélancolie l'envahit, un sentiment ambivalent : il détestait s'appesantir sur les regrets du passé, les insatisfactions du présent, mais effeuillait les pages mentales du souvenir en se complaisant dans cette douce cruauté.

Andreas sortit s'installer sur la terrasse. Un vent frais s'insinuait sous ses vêtements, mais quelques rayons de soleil se manifestaient timidement et lui réchauffaient le visage. Les cristaux de neige étincelaient. L'odeur de sapin titilla ses narines. Et celle de la neige, aussi. Une certaine humidité, la sensation du zéro degré.

Minus se fraya un chemin dans la poudreuse qui était tombée durant la nuit. Il avait repéré deux mésanges charbonnières en train de picorer des graines dans le nichoir suspendu à un sorbier. Elles s'envolèrent au

13

moment où un chocard se posa sur une branche, provoquant la chute d'un amas de neige fraîche sur Minus qui secoua la tête. Le volatile fit un bond et atterrit sur le nichoir, les ailes déployées. Son envergure imposait le respect à ses congénères et les deux mésanges installées sur un autre arbre scrutaient avec défiance l'intrus au plumage noir métallique et au bec couleur de soufre qui avait ravi leur pitance.

Le spectacle était bucolique, apaisant. Et pourtant la mélancolie d'Andreas se mua en un sentiment plus déplaisant. Pourquoi l'oiseau de jais suscitait-il en lui cette impression désagréable ?

Andreas, perdu dans ses pensées funestes, n'entendit pas Mikaël arriver, se pencher vers lui et l'enlacer. Il en oublia les raisons du trouble qui l'avait saisi.

Chapitre 2

Berlin, samedi 23 février 2013

L'agent des douanes allemandes releva la tête et dévisagea l'homme qui était devant lui. Rien dans son allure n'inspirait la sympathie, encore moins la décontraction. Son passeport indiquait qu'il mesurait un mètre soixante-quinze. Il avait une silhouette mince, mais son costume noir très ajusté laissait deviner une masse musculaire compacte, forgée, à n'en pas douter, par une activité physique intense. Il avait les cheveux blonds coupés ras, un regard bleu glacial. Son visage de cire était totalement inexpressif. Seules ses narines, qui se rétractaient légèrement au moment d'inspirer, trahissaient qu'il s'agissait bien d'un être vivant.

Le douanier allait prendre sa retraite après plus de trente ans à contrôler des voyageurs derrière le guichet de la douane de l'aéroport de Berlin-Schönefeld. Combien de personnes avait-il vu défiler ? Des dizaines de milliers probablement. Pour rompre la monotonie de son métier, il s'était inventé des jeux de devinette. Parfois, il s'amusait à déterminer la nationalité des passagers, estimer leur poids, ou encore évaluer leur taille. Cette semaine, il s'était donné pour objectif de deviner leur âge. Sa méthode était bien rodée. Avant d'ouvrir le passeport, il devait apprécier l'âge de la personne et, chaque fois qu'il tombait juste, il cochait une case dans un carnet posé à côté du clavier de son ordinateur. S'il se trompait d'un à trois ans, il cochait deux fois la case. Au-delà, il dessinait une croix, ce qui n'arrivait presque jamais. À la fin de la journée, il calculait son taux de réussite. Avec le temps, il s'était amélioré, mais l'homme qui se tenait devant lui restait une énigme. Il regarda à nouveau le passeport : 1957. Cinquante-six ans. Il l'avait rajeuni de dix ans. Il traça une croix.

— *What is the purpose of your visit, Mister Artomonov ?* demanda-t-il dans un anglais aux sonorités germaniques.

— *Business*, répondit l'homme avec un accent russe prononcé.

L'homme reprit son passeport et rejoignit le carrousel à bagages numéro quatre où un panneau affichait le vol en provenance de Moscou. En attendant sa valise, il sortit son téléphone portable et l'alluma. Un tintement signala la réception d'un message. Il l'ouvrit. L'adresse du lieu où il devait se rendre s'afficha.

Il quitta l'aéroport, tirant derrière lui la valise à roulettes sur laquelle il avait posé sa mallette, et se dirigea vers la station de taxis. Une dizaine de personnes attendaient déjà, mais il n'était pas pressé. L'avion avait atterri à l'heure. L'homme regarda sa montre : 15 h 30. Un chauffeur vint à sa rencontre, prit sa valise et la rangea dans le coffre de son véhicule, une mercedes, beige comme la plupart des taxis de la ville. L'homme s'assit sur la banquette arrière et garda sa mallette contre lui.

— *Guten Tag Mister, welcome to Berlin. Where...*

— Hôtel Adlon Kempinski, interrompit l'homme, coupant court à l'élan de sympathie du chauffeur.

Le silence qui s'imposa dans la voiture mit le conducteur mal à l'aise. Il avait connu des clients peu bavards, mais celui-ci faisait baisser la température de plusieurs degrés. Il regarda à la dérobée dans le rétroviseur. Son passager était impassible.

— *Is it your first time in Berlin ?*

— *No.*

Jamais un mot de trop, le goût du secret et une parfaite maîtrise de soi, sa marque de fabrique. Elle lui avait valu le surnom de *Litso Ice – visage de glace*, un mélange de russe et d'anglais –, au sein du Service des renseignements extérieurs de la Fédération de Russie, un des organes issus du démantèlement du KGB en 1991. Litso Ice faisait partie de ces agents très spéciaux que l'État utilisait pour de discrètes missions d'espionnage à l'étranger. Il avait quitté ses fonctions officielles dix ans plus tôt pour embrasser une carrière bien plus lucrative dans le privé.

Le taxi bifurqua à gauche. Litso Ice aperçut au loin la *Siegessäule*, colonne monumentale érigée en l'honneur de l'armée prussienne. Au rond-point, il reconnut l'énorme statue dorée en équilibre, *Niké*, la déesse grecque de la victoire, sacrifiée sur l'autel du capitalisme par une célèbre marque de chaussures de sport. Le taxi prit la première sortie et s'engouffra dans la *Strasse des 17. Juni*, à travers le *Grosser Tiergarten*. Tout de suite, à gauche, Litso Ice vit apparaître le mémorial soviétique dédié aux soldats de l'Armée rouge tombés à la bataille de Berlin, en mai 1945. La nostalgie lui semblait une perte de temps, un sentiment vain, mais l'immense arc de béton lui rappela malgré lui ses débuts au sein des forces armées. En pleine guerre froide, il avait été muté deux ans dans le secteur soviétique de Berlin pour assurer une garde d'honneur devant le monument.

Devant eux se dressait à présent le *Brandenburger Tor*. Le trafic était plus dense et le taxi était à l'arrêt. Litso Ice regarda le compteur, un peu plus de trente euros. Il sortit deux billets de vingt de son porte-feuille, les jeta sur le siège passager, ouvrit la portière et quitta le véhicule sans un mot, sous le regard médusé du chauffeur. Il récupéra sa valise dans le coffre et traversa la route jusqu'à la *Platz des 18. März*. Il s'engagea sous le *Brandenburger Tor* et rejoignit l'hôtel situé sur une des avenues les plus célèbres de la ville, *Unter den Linden*.

Litso Ice pénétra dans le lobby, se dirigea vers le comptoir et marqua un temps d'arrêt. Au milieu de l'atrium se dressait une fontaine ornée d'éléphants. Un pianiste jouait du mozart. Il reconnut le troisième mouvement de la *Sonate n° 11*, *alla turca*.

Il avait séjourné dans des hôtels luxueux, mais l'atmosphère qui régnait à l'Adlon dépassait tout ce qu'il avait connu jusqu'alors. C'était comme une musique à la fois classique et contemporaine, un monument historique avec tout le confort moderne. Le sol et les colonnes étaient en marbre. Les murs, couleur crème, et les plafonds décorés à l'or fin. Et au centre, au-dessus de la fontaine, un puits de lumière : une coupole en verre incrustée de mosaïques bleu et or.

Litso Ice inspira pour mieux s'imprégner de ce qu'il voyait. Il avait lu quelque part que Greta Garbo avait été une habituée de l'hôtel, qu'elle y avait eu sa chambre attitrée. Et aussi Chaplin, Einstein, Roosevelt. Et lui, Litso Ice, succédait à ces illustres personnalités. Mais il savait aussi que personne ne se souvenait jamais de Litso Ice. Et c'était bien ainsi.

Lorsqu'il fut installé dans sa chambre, au dernier étage, assis dans un fauteuil à côté de la fenêtre, avec Berlin à ses pieds, il se dit que son employeur ne s'était pas moqué de lui. Il ouvrit l'enveloppe qu'on avait laissée à son attention. Elle contenait un billet pour une représentation de *La Walkyrie* le soir même à 8 heures.

Litso Ice posa sa valise sur le lit, la déverrouilla et l'ouvrit. Il en retira son costume, le déplia et l'accrocha dans l'armoire. Puis il vida le reste. Habits, trousse de toilette, rasoir, chaussures et autres accessoires prévus pour sa mission. De la trousse de toilette, il sortit une brosse à dents électrique d'où il délogea le canon de son arme. La crosse avec l'étoile soviétique était cachée au milieu de ses chaussettes. Il retira de la valise le tissu qui protégeait le contenu de la coque métallique, fit glisser un des tubes semi-rigides de renfort en polypropylène et en tira ressort et silencieux. Puis, après en avoir vidé tous les dossiers, il enleva du fond de sa mallette une plaque sous laquelle étaient soigneusement disposés, dans de la mousse, la carcasse d'un pistolet semi-automatique et un chargeur rempli de balles perforantes.

Quelques minutes plus tard, toutes les pièces d'un Makarov PM étaient posées sur la table. Malgré les contrôles de plus en plus poussés, il n'avait jamais eu aucun problème pour traverser les frontières avec son arme. Les agents de sécurité étaient attentifs aux matières plastiques, aux liquides, susceptibles d'être des explosifs, mais sa valise et sa mallette ne lui avaient jamais valu le moindre contrôle de routine. Il les avait testées avec un ami qui travaillait à l'aéroport international de Sheremetyevo à Moscou. Toutes les pièces étaient disposées de manière à être indétectables au scanner.

Le Makarov PM – un pistolet semi-automatique de fabrication russe – était son arme de service lorsqu'il œuvrait en secret pour la mère patrie, et pour rien au monde il ne l'aurait remplacé par un autre pistolet. Cette arme ne présentait pour ainsi dire que des avantages : faible encombrement, peu de composantes mobiles – moins en tout cas que les autres armes de sa catégorie –, facile à démonter, facile à remonter. Ses seuls défauts étaient son manque de précision et sa faible portée. Mais Litso Ice en avait fait des qualités : il aimait se rapprocher de ses victimes au moment d'appuyer sur la détente.

Les aiguilles de sa montre suisse – une Royal Oak Offshore gris ardoise, discrète et élégante, reçue en prime d'un récent mandat – affichaient 16 h 30. Plus que trois heures avant la représentation. Litso Ice n'était jamais allé au Staatsoper et se réjouissait à l'avance d'écouter du Wagner dans le plus ancien opéra d'Allemagne, détruit par les orgues de Staline et entièrement reconstruit en 1952. Litso Ice adorait l'opéra et s'était même offert un abonnement au Bolchoï. Son amour de l'art lyrique remontait à l'époque où il avait été affecté à la sécurité rapprochée de Boris Eltsine. Il avait accompagné le président à l'opéra et s'était retrouvé dans la loge derrière lui, avec une visibilité parfaite de la scène.

Au moment où l'orchestre avait joué les premières notes d'« *E lucevan le stelle* », l'inoubliable air de la

Tosca de Puccini, Litso Ice avait senti un immense vide en lui, une brèche, comme si la musique avait fait émerger des émotions cachées dans le tréfonds de son âme.

Ce soir-là, il eut l'impression que quelque chose se déchirait. Durant toute sa vie et sa carrière, une seule chose avait compté : la maîtrise. Maîtriser ses émotions et ses actes, son *credo* au quotidien. Il était devenu une arme fatale que rien n'arrêtait. Quand il tuait, il ne ressentait rien, si ce n'est peut-être le sentiment du devoir accompli. Avec une femme, il éprouvait au mieux du plaisir. L'amour n'était qu'un mot pour lui : son père violent et alcoolique et sa mère détruite, incapable de donner de l'affection à ses enfants, avaient fait leur œuvre. Mais ce soir-là, à l'opéra, il s'était senti vivant pour la première fois. Un sentiment étrange : un mélange de joie et de peur. La joie incontrôlée d'exister, mêlée à la peur irrationnelle de faillir. Aujourd'hui encore, il avait peine à l'admettre, mais il avait senti la douceur chaude des larmes brouiller sa vue.

Litso Ice décida de prendre un bain. La salle de bains en marbre blanc, avec sa baignoire à remous ovale prévue pour au moins deux personnes, était une réalité bien éloignée de celle qu'il avait connue enfant. Il ouvrit le robinet et vida le contenu d'un gros flacon de bain moussant.

Il retourna au salon, ramassa son téléphone portable posé sur une table basse et afficha la photo qu'il avait reçue. C'était le plan de l'opéra. La croix indiquait l'endroit où il serait assis pendant le spectacle, le rond, la loge où se trouverait la cible. Le carré marquait la sortie de secours qu'il emprunterait au début du troisième acte. Son seul regret : il n'assisterait pas aux adieux de la scène finale.

Il ôta alors un à un ses vêtements avant de les défroisser soigneusement et de les ranger dans l'armoire. Nu, il admira brièvement son corps athlétique dans la glace, avant de s'immerger dans l'eau du bain, et de disparaître sous l'épaisse couche de mousse.

Chapitre 3

Gryon, samedi 23 février 2013

L'homme qui s'enivrait du parfum de sa mère disposait d'une heure. Son père vaquait à ses occupations et ne le dérangerait pas. Il se rendit dans la cuisine. Sur une étagère, il attrapa une channe[1], y plongea la main, et saisit la clé qui s'y trouvait. Il monta ensuite à l'étage. Une fois dans sa chambre, il sortit du fond de l'armoire un sac à dos. Puis il se déshabilla et prit une douche. Il se devait d'être propre pour ce qu'il s'apprêtait à faire, se laver de toute souillure. Trois minutes, montre en main.

Après s'être séché, il récupéra la clé qu'il avait posée sur le couvercle des toilettes. Il sortit nu dans le couloir, sac sur l'épaule, et se dirigea vers la porte qui se trouvait à l'opposé. Il introduisit la clé dans la serrure, la tourna et, la main sur la poignée, marqua un temps d'arrêt avant d'entrer. Il ferma les yeux. Son esprit était torturé. Il avait le sentiment de braver un interdit. Pénétrer dans cette pièce, c'était franchir une barrière. C'était mal, il le savait au fond de lui. Mais la

---

1. Récipient en étain pour servir le vin.

tentation domine toujours la raison. Il appuya sur la poignée et poussa lentement la porte.

Au fond de la chambre, à droite, se trouvait une coiffeuse. Ce meuble blanc, surmonté d'un miroir ovale entouré de spots lumineux, attirait son regard comme un aimant. C'était le genre de mobilier que sa mère avait dû imaginer dans la loge des starlettes hollywoodiennes des années cinquante. Elle l'avait fait spécialement importer des États-Unis. La commode était sous la fenêtre. Il vit son reflet nu dans la vitre, ouvrit un tiroir, sortit sans hésiter une culotte en soie rose bordée de dentelle et l'enfila doucement. Puis il s'empara d'un porte-jarretelles noir et le passa autour de sa taille. Ensuite, il déroula les bas. Puis fixa les attaches, une à une.

Devant l'armoire de sa mère, il observa la collection de robes. La plupart dataient des années cinquante. Sa mère adorait le vintage, Grace Kelly, Audrey Hepburn, Joanne Woodward. Elle aurait aimé appartenir à cette génération de femmes et leur ressembler. Elle était née à la mauvaise époque.

Sa mère portait rarement ses tenues en dehors de la maison, sauf lors de certaines soirées où elle allait danser. En général, elle les réservait à l'intimité de sa chambre. Elle s'enfermait à double tour. Il l'observait par le trou de la serrure, lorsqu'elle revêtait une de ses robes et se maquillait devant son miroir.

Il en choisit finalement une avec des motifs de fleurs printanières. Sur une étagère, il prit des chaussures à talons noires et dut forcer un peu pour les enfiler. Il se regarda dans le miroir placé dans le coin de la chambre. Le plus important restait à accomplir.

Il alla s'asseoir sur la chaise devant la coiffeuse et s'observa dans la glace. Il n'aimait pas ce qu'il voyait.

Un jeune homme.

Un visage d'ange.

Des traits androgynes.

Moins femme que sa mère quand il revêtait ses habits.

Moins homme que son père dans sa tenue de tous les jours.

Mi-homme mi-femme, ni homme, ni femme.

Du tiroir de la coiffeuse, il sortit un rouge à lèvres, du fond de teint et du mascara. Il se maquilla avec soin. À force de répéter ces gestes, il avait acquis une dextérité certaine. Il ouvrit un écrin et saisit une boucle d'oreille. Il tourna légèrement la tête pour voir son profil dans le miroir. Et il l'accrocha. Puis la deuxième. Il se para ensuite d'un collier de perles. Et pour finir, il se coiffa d'une perruque châtain clair qu'il tira de son sac à dos.

Devant lui, un flacon de cristal surmonté d'un bouchon bleu profond qui faisait ressortir la couleur dorée et intense du précieux liquide. Il l'admira comme un trésor. Sur le cristal était inscrit, en lettres d'or : *Shalimar*.

Aussi loin qu'il s'en souvienne, sa mère avait toujours porté ce parfum. Un jour, enfant, il s'en était aspergé. Elle s'en était tout de suite rendu compte lorsqu'il était descendu à la cuisine : il empestait. Elle l'avait giflé avec violence. Il se rappelait très précisément ce qu'elle avait crié : « *Putain de sale gosse, à quoi tu penses ! À rien, sans doute, tu n'as rien dans le cerveau ! Tu sais combien ça coûte ? J'en mets quelques gouttes pour les occasions spéciales, et toi, tu t'amuses à le gaspiller ?* »

Quand elle l'accablait d'injures, elle allait très loin. Elle en rajoutait toujours une couche : « *Et du parfum de femme... Tu es un homme, non ? Tu vas quand même pas finir pédé !* »

Elle l'avait tiré par l'oreille, traîné dans sa chambre, avait verrouillé la porte. Les cris, encore et encore : « *Ton père ne le supporterait pas. Et moi... et moi... putain de merde !* »

En sortant, elle avait hurlé : « *Tu vas rester là jusqu'à demain. Et tu n'auras rien à manger !* »

Son père, assis à table, n'avait pas ouvert la bouche.

L'homme qui s'enivrait du parfum de sa mère saisit le flacon et sa main fut prise d'un léger tremblement. La peur. Toujours présente. Même s'il n'avait plus rien à craindre, l'emprise de sa mère était encore bien réelle.

Il enleva délicatement le bouchon et versa quelques gouttes du précieux liquide sur son poignet. Il passa ensuite sa main sur le côté droit de son cou. Puis il fit de même sur le côté gauche. L'odeur de la bergamote, douce et acidulée, lui rappela sa mère. Un souvenir réconfortant et insupportable. Insupportable, car il lui vouait une haine profonde. Et réconfortant, car cette senteur exotique évoquait le soleil et les fleurs. Il ferma les yeux. Il s'imagina dans un de ces jardins luxuriants avec des fontaines jaillissantes et des fleurs odorantes. Des roses. Des iris. Du jasmin. Puis la douceur onctueuse de la vanille, cette note de fond perdurait plusieurs jours. Il se représenta au milieu de ce paradis perdu, accompagné d'une femme pure, parfaite. Une mère. Celle qu'il convoitait. Celle qu'il traquait avec une amère ferveur. Dans ses rêves comme dans la réalité. Il n'arrivait pas à réconcilier le souvenir de cette mère monstrueuse incapable de donner de l'amour avec la subtilité et la sensualité de son parfum. En sanscrit, *Shalimar* veut dire *la demeure de l'amour*. Il l'avait lu sur Internet. Lui avait grandi dans *la demeure de la haine*.

Les femmes, il les adorait. Il vénérait ce qu'elles étaient. Dans la réalité, tout était plus compliqué. Il avait essayé. Il avait su les séduire avec son visage d'ange. Mais ça finissait toujours mal. Incapable d'être un homme, un vrai, au moment où ça comptait. Il voguait de déconvenues en désillusions. Les femmes, il les détestait. Un combat intérieur sans échappatoire…

L'homme qui s'enivrait du parfum de sa mère n'aurait jamais pu imaginer à quel point l'amour et la haine pouvaient être proches.

Si intrinsèquement liés.

Comme l'ombre et la lumière.

Les deux faces d'une même pièce.

Il était prêt et se contempla dans le miroir. Longuement et avec attention. Sans cligner des yeux. La glace lui renvoyait l'image d'un visage figé. Mais quelque chose n'allait pas. Sa mère avait les yeux bleus, les siens étaient brun foncé. Il n'aimait pas son regard, il le trouvait inexpressif. Celui de sa mère était translucide, distant et glacial. Le regard d'une déesse, mais une lame froide qui le transperçait. Souvent il y pensait. Il avait fini par commander sur Internet des lentilles teintées en bleu. Il voulait lui ressembler. Être *parfaite*. En ouvrant le paquet, il avait été déçu. Les lentilles n'avaient pas du tout la nuance voulue. La photo du site était trompeuse. Il ne savait pas comment il allait s'y prendre pour dénicher les bonnes lentilles. Celles qui lui feraient rencontrer le regard de sa mère quand il ferait face au miroir. Ces contretemps l'irritaient. Il sentit sa respiration s'accélérer. Son pouls, s'affoler. Son temps était compté. Il n'avait qu'une heure. Il voulait en profiter. Une veine de son cou se mit à palpiter. D'abord, il devait retrouver son calme. Oui, retrouver son calme.

Il se focalisa à nouveau sur le miroir, ouvrit le flacon de Shalimar et le leva jusque sous son nez. Il ferma les yeux. Il huma. Sa respiration ralentit et son pouls redescendit. Son âme flottait dans l'air avec les molécules du parfum. Il se vit soudain lui-même, mais comme en vision surplombante. Était-ce une astuce de sa mère pour fuir le poids d'une réalité morose ? Il en était certain.

Il retrouva ses esprits au moment où il entendit une voiture approcher. Il tendit l'oreille, ne bougea plus, ne respira plus. Elle s'était arrêtée. Il écouta le bruit du moteur qui continuait à tourner. Le clapet de la boîte aux lettres. La postière ! Il regarda sa montre. Elle était passée plus tôt que d'habitude. Il entendit la voiture redémarrer et s'éloigner. Il poussa un long soupir de soulagement.

Il avait perdu la notion du temps. Pour la première fois. Il regarda l'horloge accrochée au mur. Il avait encore dix minutes devant lui. Il enleva sa perruque et la rangea dans son sac. Puis il se dépêcha d'ôter les bijoux et les disposa délicatement dans l'écrin. Il aligna les produits de beauté dans le tiroir supérieur de la coiffeuse. Puis il retira les vêtements et les remit dans l'armoire. Soigneusement. Il était à nouveau entièrement nu. Il balaya la pièce du regard. Tout était à sa place. Il sortit, le sac en bandoulière, et verrouilla la porte. Il alla prendre une douche et enfila ensuite ses habits de travail. Il descendit les escaliers et voulut sortir. Se ravisant, il retourna à la cuisine pour y déposer la clé dans la channe. Puis il quitta la maison.

Derrière sa fenêtre, la voisine l'observait. Elle le vit monter dans son véhicule et partir en faisant crisser ses pneus.

Chapitre 4

Solalex, samedi 23 février 2013

La journée hivernale s'annonçait sous les meilleurs auspices. Andreas et Mikaël étaient partis en raquettes de Cergnement pour se rendre à Solalex, un alpage au creux d'un cirque de falaises. Minus était de la partie et cabriolait allègrement dans la neige poudreuse. Cette journée ensoleillée réconciliait Andreas avec l'hiver qui ne lui inspirait habituellement qu'une lourde morosité. Il en sentait le poids tous les matins, en traversant la plaine et le brouillard pour aller travailler à Lausanne.

Le manque de soleil affectait le moral d'Andreas. C'était ce qu'il disait, mais Mikaël n'en croyait pas un mot.

Depuis la fin de l'enquête de l'automne dernier, sur les traces d'un redoutable tueur en série[1], Andreas avait eu des difficultés à se replonger dans le travail. D'autant que rien de passionnant ne s'était produit depuis lors. Que des banalités. Le seul cas d'homicide avait été élucidé en quelques heures. Un homme avait tué sa femme et ses deux enfants avant de se suicider.

---

1. *Le Dragon du Muveran.*

Un drame terrible, mais une enquête ennuyeuse et rien qui fasse appel à ses compétences. L'ennui après l'adrénaline.

Mikaël avait rebaptisé le mal dont souffrait son ami : le *crime blues*. Il avait tenté d'en parler avec Andreas, qui éludait systématiquement :

— Ne t'inquiète pas. Ça ira mieux avec le retour du printemps.

Mikaël se disait qu'Andreas en était presque à espérer un meurtre pour retrouver sa bonne humeur. Andreas avait du mal à mettre des mots sur ses propres faiblesses et se passait volontiers de les reconnaître. Il se sentait en réalité comme un sportif blessé, mis sur la touche. Un joueur de poker interdit de casino. Un drogué en cure de désintoxication. Il était en manque.

Le temps qu'ils grimpent la pente, chaussés de leurs raquettes, le soleil avait réchauffé l'atmosphère. L'humeur d'Andreas était passée au beau fixe. Arrivés à Solalex, Mikaël et Andreas s'assirent à la terrasse du refuge, au pied des Diablerets et du miroir d'Argentine, une falaise calcaire lisse que prisaient les amateurs de varappe et que l'on contemplait sans se lasser. Le serveur leur apporta deux cafés Solalex, une variation gourmande du petit noir, avec une dose indécente de crème, allongée généreusement à l'abricotine. Deux parts de tarte aux pruneaux maison complétaient cet en-cas. Sans qu'ils aient besoin de demander quoi que ce soit, le serveur apporta un bol d'eau. Minus était, lui aussi, un habitué.

Quand le téléphone d'Andreas se mit à vibrer, Mikaël se dit que la journée allait être gâchée…

Mais après avoir lu le message, Andreas lui tendit

le mobile en souriant : « *Yodi a perdu les eaux. C'est pour très bientôt. Antoine.* »

Andreas avait toujours voulu assister à un vêlage. Il en avait parlé à Antoine, un des paysans de Gryon dont ils avaient fait la connaissance le printemps précédent lors de la fête organisée par l'office du tourisme à l'occasion de la montée à l'alpage.

Après avoir payé la note, ils rechaussèrent leurs raquettes.

Chapitre 5

Ferme d'Antoine Paget,
Gryon, samedi 23 février 2013

La ferme devant laquelle Andreas et Mikaël venaient de se garer était au cœur de Gryon. Des chalets avaient poussé tout autour, pour la plupart des résidences secondaires inoccupées. Le nombre de paysans encore actifs dans la commune se comptait sur les doigts d'une main. Antoine était l'un d'eux. Il avait hérité la ferme de son père, son fils Vincent prendrait bientôt le relais. Ce dernier se contentait pour l'instant de donner un coup de main et gagnait sa vie avec des petits boulots dans la région. L'hiver, il travaillait aux remontées mécaniques, surveillait le bon fonctionnement des installations ou passait la dameuse pendant la nuit. La commune de Gryon l'engageait aussi en fonction des besoins.

Ils entrèrent dans l'écurie[1]. Sur la gauche, dix vaches étaient alignées. Au fond, sur la droite, quatre *modzons*. On appelait ainsi les jeunes génisses en patois vaudois, lui avait appris Antoine. Deux veaux ruminaient, enfermés dans un enclos.

---

1. Dans les Alpes, le mot écurie désigne aussi l'étable.

Antoine se dirigea vers les deux arrivants pour leur serrer la main.

— Yodi n'a pas encore vêlé. Vous êtes arrivés à temps.

Un bruit d'air s'échappait. Vincent venait de traire une des vaches. Il appuya sur un bouton pour que les gobelets se détachent des trayons et salua les visiteurs.

— C'est Vincent, mon fils. Il va bientôt reprendre la ferme, ajouta Antoine non sans fierté.

— Laquelle est Yodi ? s'enquit Andreas.

— C'est celle-là, indiqua Antoine en désignant la cinquième vache sur la gauche. On l'appelle Yodi, mais en fait son nom est Yodeleuse.

Il s'avança vers elle, posa la main sur son dos, et la caressa.

— C'est la plus gentille des vaches.

Yodeleuse avait une robe champagne avec des taches blanches éparses. Deux lunettes beiges autour des yeux lui donnaient un air affable et intelligent. Elle avait une bonne tête, convint Andreas.

— Elle va vêler dans combien de temps ? demanda Mikaël.

— Je pense que ça ne va pas tarder. Elle commence à être un peu nerveuse. Elle a déjà des contractions.

Tout le monde s'assit autour d'une table dans un coin arrangé en carnotzet[1]. Antoine venait d'ouvrir une bouteille de vin blanc et remplit quatre petits verres.

— Santé, lança Antoine.

— Santé, répondirent les trois autres d'une seule voix.

_____

1. Petit caveau aménagé où l'on stocke et déguste du vin en famille ou entre amis.

— Qu'est-ce que c'est, comme race de vaches ? se renseigna Andreas, dont les connaissances en bovidés se résumaient au lait qu'il versait dans son café matinal et au steak tartare qu'il aimait préparer au couteau.

— Des Simmes, déclara Vincent.

— Des quoi ?

— Des Simmental, précisa Antoine.

— Elles sont originaires de l'Oberland bernois. C'est une race mixte, expliqua Vincent.

— Mixte ? s'étonna Mikaël.

— Oui, ce sont de bonnes laitières, mais c'est aussi une excellente race à viande.

— On les trouve principalement dans les alpages.

— Et elles sont bien plus belles que les Holstein !

Vincent et Antoine renchérissaient avec une fierté passionnée. Antoine enchaîna, emporté par son élan :

— En plaine, les paysans ont presque tous des Holstein. Ce sont les meilleures laitières, mais elles sont maigres et osseuses. En plus, elles sont souvent écornées. Pour moi, une vache sans cornes, c'est pas une vache. Alors que les Simmes sont plus musclées. Ce sont des vaches de caractère. Et leur lait est parfait pour le fromage d'alpages.

— Vous produisez du fromage ? demanda Mikaël.

— Non. Mes parents en faisaient. Moi, je livre le lait à la laiterie. Mais j'aimerais que Vincent suive des cours. Je l'encourage à renouer avec la tradition.

Yodeleuse se manifesta par un long meuglement. Antoine se dirigea vers elle. Elle venait de se coucher. Il se baissa et lui caressa la tête. Les autres s'approchèrent.

— Alors, Yodeleuse, ça va ? Tu vas nous faire un *bolon* ou une vachette ?

On voyait dans ses yeux grands ouverts qu'elle se concentrait. Elle respirait profondément et les contractions s'intensifiaient. Après quelques essais infructueux, la patte du veau apparut.

— Ah, voilà.

Antoine commença à tirer, d'abord délicatement. Il parlait à sa vache avec une voix douce pour la réconforter. Mais le veau ne voulait toujours pas sortir. Yodeleuse posa sa tête sur la paille comme pour manifester qu'elle n'avait pas la force de continuer.

— Allez, ma grande. Il faut pousser maintenant.

Antoine essuya des gouttes de sueur sur son front, tira cette fois plus vigoureusement, et maintint son effort. La deuxième patte apparut, suivie du museau et de toute la tête. Après plusieurs tentatives infructueuses, Yodeleuse inspira profondément et poussa. Elle expulsa le nouveau-né d'un coup.

— C'est une vachette, lança-t-il le sourire aux lèvres.

Vincent et son père saisirent chacun une patte avant et tirèrent le veau vers un parc préparé pour lui. Vincent se mit à genoux, prit de la paille, et commença à le frotter pour le sécher.

— Antoine ! héla Andreas, très ému par ce qu'il venait de voir. Viens ! Il y en a un deuxième.

Antoine – qui s'était rendu dans le local d'à côté – accourut en quatrième vitesse.

— Eh bien ! Tu nous fais une belle surprise Yodi !

— Je t'avais bien dit qu'elle était particulièrement grosse, non ? lança Vincent.

— Andreas, tu veux bien m'aider ?

Andreas et Antoine tirèrent le deuxième veau dans le parc. Andreas saisit de la paille et commença à le frotter et à en prendre soin comme il avait vu Vincent le faire. Il se sentait utile. Une sensation qu'il avait presque oubliée.

Après quelques minutes, Yodeleuse s'était déjà relevée et mangeait du foin.

Chapitre 6

Berlin, samedi 23 février 2013

Les touristes déambulaient sur la Pariser Platz. Des flocons de neige s'étaient mis à tomber et recouvraient le sol. Le Brandenburger Tor, emblème de la réunification, comme il avait été naguère celui de la division, s'illumina. Litso Ice rejoignit la partie centrale du boulevard et marcha au milieu des tilleuls, en direction de l'opéra, à un kilomètre de là.

Il reconnut tout de suite la façade de temple corinthien avec ses colonnes surmontées d'un fronton triangulaire, et gravit rapidement les marches de la Staatsoper. Le hall fastueux était noir de monde, une sonnette insistante stridulait : la représentation commençait dans sept minutes. Un placeur lui indiqua l'étage et il gagna le premier balcon. Sa place était au premier rang, contre la balustrade. Litso Ice s'assit et posa son manteau plié sur ses genoux. Dans la loge en contrebas, un homme et une femme, dans la cinquantaine. Il sortit son portable et vérifia que la cible correspondait à la photo qu'il avait reçue.

Le chef d'orchestre fit son apparition, le brouhaha cessa et les lumières s'éteignirent. Le rideau s'ouvrit sur un arbre majestueux au milieu de la scène qui représentait l'intérieur d'une habitation. Au fond, on apercevait la porte d'entrée. À droite, un foyer avec une large cheminée. Et au milieu, devant l'arbre, une table où Siegelinde était assise. Hunding, son mari, dormait paisiblement. Dehors, la tempête faisait rage. Les instruments à cordes étaient la pluie, qui tombait avec un rythme effréné, saccadé. Puis le tumulte des vents, le rythme qui s'accélérait, les trombones, les tubas, les cymbales, la grosse caisse. Dès les premières mesures, on pouvait prévoir le destin dramatique des héros. Ce fut ensuite le tour des bassons, des clarinettes, des cors et des trompettes de rejoindre la clameur. Le rythme s'accéléra encore. Les instruments à vent s'arrêtèrent alors et laissèrent la place aux trombones, tubas, cymbales et grosses caisses qui semblaient tout balayer sur leur passage.

Sous le masque de silicone qu'il avait enfilé pour être méconnaissable et qui commençait à lui donner chaud, Litso Ice fermait les yeux, extatique malgré la gêne. Il pensait à l'homme et à sa femme, dans la loge. Mourir à l'opéra, emporté par les walkyries au walhalla. Vivre le drame jusqu'à son paroxysme. Une belle fin. La musique ralentit. L'orage s'était apaisé. Il rouvrit les yeux.

Siegmund avait réussi à échapper à ses ennemis et entrait, épuisé, dans la demeure où il trouvait refuge. Il regardait autour de lui avant de s'asseoir sur des peaux d'ours devant la cheminée.

La veille, Litso Ice avait intégralement relu le livret de l'opéra. Il connaissait chaque scène, chaque indication, et se concentrait sur son plaisir. À la fin du deuxième acte, il allait lui-même entrer en scène. Et raterait le troisième. Dommage, mais le travail passait avant le plaisir. Pendant les deux heures qui suivirent, Litso Ice s'imagina dans la peau de Siegmund, le héros malheureux : il se lançait dans la quête de l'anneau enchanté en possession d'un redoutable dragon, vivait une passion torride avec Siegelinde, essuyait la colère de Fricka, affrontait Hunding, le mari jaloux, avant de subir la colère de Wotan, le maître des dieux qui disparaissait ensuite dans un simulacre d'éclairs et de tonnerres.

La musique s'estompa.

Le rideau se referma.

Les lumières s'allumèrent.

Entracte.

À 22 h 15, Litso Ice se dirigea vers la sortie de secours qu'indiquait son plan, abaissa la poignée pour s'assurer qu'elle était déverrouillée, et se rendit aux toilettes. Enfermé dans une des cabines, il sortit le pistolet de sa veste, vérifia qu'il était chargé, vissa un silencieux, enleva la sécurité, puis cacha l'arme dans la poche extérieure de son manteau. Il tira ensuite la chasse d'eau. Sous son masque de silicone, il s'était mis à transpirer. Il avait hâte de pouvoir l'enlever. Il se regarda dans la glace. Tout était en ordre. En regagnant le couloir, il entendit la sonnerie qui signalait la fin de l'entracte, les spectateurs retournaient à leurs places.

Litso Ice avait très peu de temps et aucun droit à l'erreur. Il savait que la cible était toujours accompagnée de deux gardes du corps, mais il ne les avait pas vus dans la salle. Il descendit les escaliers et remarqua deux hommes en costume sombre postés devant la porte de la loge. Il s'avança vers eux.

L'orchestre avait repris, le troisième acte venait de commencer. Aux premières notes, Litso Ice reconnut la fameuse *Chevauchée des walkyries*, reprise dans *Apocalypse Now*, au moment où les hélicoptères mènent un raid contre l'ennemi vietnamien. Mais cela lui rappelait aussi *La Guerre des étoiles*. La ressemblance était frappante. Si Wagner avait encore été en vie, il aurait sans aucun doute obtenu gain de cause dans un procès pour plagiat.

Litso Ice se donnait l'impression d'être Luke Skywalker en train de se diriger vers deux soldats de l'armée impériale. À défaut de sabre laser, il empoigna son arme dans la poche droite de son manteau. En arrivant à leur hauteur, les deux gardes du corps tournèrent la tête et il croisa leur regard.

— *Entschuldigung, wo sind die Toiletten ?*

Au moment où un des sbires leva son bras pour indiquer la direction, Litso Ice braqua son pistolet, toujours caché dans la poche de son manteau, vers l'autre, qui se tenait un peu en retrait. Il appuya sur la détente. On n'entendit que le bruit du cliquetis du marteau sur le percuteur et celui du mouvement de la culasse, suivis d'un son sourd et bref. La balle avait touché le cerbère en plein cœur. Des éclaboussures rouges maculèrent son costume noir et il s'affala. Le premier garde n'eut même pas le temps de comprendre. Litso Ice avait déjà ajusté sa position et appuyé une deuxième fois sur la détente avec une précision identique au premier tir.

Les deux hommes étaient à terre. La musique s'emballait.

Litso Ice ouvrit doucement la porte. Le couple lui tournait le dos. Au moment où résonnait le bruit strident des cris de Gerhilde, une des huit walkyries emmenant le corps des défunts au walhalla, il appuya sur la détente une première fois. La femme, touchée à la nuque, s'effondra dans son fauteuil. L'homme se tourna et se leva d'un bond. Il eut juste le temps d'entrevoir son assaillant avec stupeur lorsque la balle l'atteignit en plein front. Il bascula par-dessus la balustrade. Son corps sans vie atterrit dans la fosse, en plein milieu de l'orchestre.

La musique s'arrêta net.

Des cris, qui n'étaient pas ceux des walkyries, retentirent.

Litso Ice ne verrait pas la fin du troisième acte, mais il connaissait l'épilogue : Wotan privait sa fille Brünnhilde de sa nature divine et la plongeait dans un profond sommeil… De toute façon, il n'y aurait pas de troisième acte ce soir. La chute de sa cible dans l'orchestre avait mis un terme à la représentation.

Litso Ice remit l'arme dans sa poche et sortit de la loge. L'issue de secours se trouvait à quelques mètres. Précédant de peu le vent de panique qui venait de saisir la foule de spectateurs, il descendit les escaliers. En bas, une porte débouchait sur la rue. Il disparut dans la nuit berlinoise.

Chapitre 7

Après une journée passée à surveiller l'arrivée des télécabines au sommet des pistes, Vincent avait aidé son père pour la traite, comme il le faisait toujours. Après une douche de rigueur, il s'était préparé pour la traditionnelle sortie du samedi soir. Avant de partir rejoindre ses amis, il se regarda dans le miroir et ajusta quelques mèches rebelles. Il resta figé devant l'image que lui renvoyait la glace. Il n'était plus adolescent, mais ne se sentait pas encore véritablement *homme*. Était-ce dû aux traits juvéniles de son visage ? Jusqu'à ce jour, il n'avait eu avec les femmes qu'un succès relatif, malgré un corps bien proportionné et des abdos sculptés par le travail à la ferme. Son corps était d'ailleurs devenu une obsession. Il épluchait les sites sur Internet pour trouver de l'inspiration. Il utilisait aussi diverses crèmes et soins achetés à des prix indécents qu'il cachait dans sa chambre hors de la vue de son père qui n'aurait pas compris. Mais il se sentait toujours gamin dans un corps d'homme.

Vincent entra dans le Harambee Café à la Barboleuse, le lieu de rassemblement des jeunes et des moins jeunes, catégorie dont il avait désormais l'impression de faire partie. Avec sa bande de copains, ils avaient entre vingt-cinq et trente ans. Ils avaient vécu de belles années au sein de la société locale de Jeunesse[1], mais ils avaient décidé l'année précédente de laisser place à la relève. Ils n'en avaient pas moins gardé certaines habitudes de célibataires. Ils l'étaient d'ailleurs tous en ce moment.

Vincent avait toujours aimé Gryon, mais, ces derniers temps, l'environnement lui pesait. Les attentes de son père étaient toujours plus exigeantes. Il avait le sentiment d'exécuter les mêmes rites, de voir les mêmes gens, dans les mêmes lieux. Tout cela le déprimait. Il ne se voyait tout simplement pas passer sa vie dans ce huis clos qui n'offrait ni rebondissement ni surprise. Ses amis semblaient s'en accommoder. Lui avait des projets et comptait bien les réaliser.

La soirée battait son plein. Vincent vit les trois compères accoudés au comptoir. Il les rejoignit et tapa sur l'épaule de Jérôme.

— Salut, ça va ?

— Très bien. J'étais libre aujourd'hui, j'en ai profité. Une poudreuse d'enfer.

— J'ai pas bougé de la cabine de contrôle de la journée… mais, je t'ai pas vu.

Jérôme fit signe au serveur et commanda une tournée de bières.

---

1. La Jeunesse est une association qui regroupe les jeunes du village (historiquement des jeunes hommes non mariés) et organise différentes activités qui jouent un rôle important dans la vie locale.

— J'étais à Anzeinde en peau de phoque. J'aime pas aller skier en station le week-end, trop de monde, ça fait chier de faire la queue, et de partager les pistes avec tous ces connards de citadins.

— Et moi, ajouta Cédric, j'ai passé ma journée sur le parking à faire la circulation pour ces abrutis de touristes.

Romain leva sa bière (Vincent eut la très nette impression que ce n'était pas la première) et trinqua avec ses amis en hurlant leur cri de guerre coutumier. Toutes les personnes présentes dans le bar profitèrent de ce moment de liesse qui venait encore ajouter des décibels à la musique assourdissante.

Vincent ne participait pas à la discussion. Il se demandait même ce qu'il faisait là. Toujours la même rengaine, les mêmes discussions stériles. Était-ce d'ailleurs vraiment un hasard s'ils étaient tous les quatre célibataires ? Romain s'était marié l'année précédente, mais l'union n'avait pas tenu jusqu'aux noces de coton. Sa femme lui avait reproché d'être un ado attardé, incapable d'assumer les responsabilités d'une vie d'adulte. Vincent ne connaissait pas la teneur exacte de leurs problèmes de couple, mais il était certain que la consommation excessive d'alcool de Romain avait sonné le glas de cette courte idylle qui s'était soldée par un divorce.

Cédric, timide et réservé, parlait peu de ses conquêtes. En revenant du travail, il devait s'occuper de son père infirme, ce qui ne lui laissait pas beaucoup de répit pour la bagatelle. Son temps libre, il le passait avec ses copains. Et il aidait aussi Vincent et Antoine à la ferme, quand il le pouvait. Cédric était son meilleur ami, mais avec le temps, Vincent devait reconnaître qu'ils n'avaient plus les mêmes centres d'intérêt. Malgré cela, il appréciait sa présence et son aide. Il ne le remerciait d'ailleurs pas aussi souvent qu'il l'aurait dû. Il essaierait d'y penser. Mais il avait en ce moment d'autres soucis en tête.

Jérôme, de son côté, était à la recherche d'une femme, ouvertement. Il n'avait pas honte de dire qu'il s'était inscrit sur un site de rencontres. Tout le contraire de Vincent qui n'assumait pas sa propre quête via Internet. Il était supposé bientôt reprendre la ferme et cela n'était pas foncièrement compatible avec son désir de trouver une femme. En tous les cas, pas celle dont il rêvait. Quelques aventures figuraient à son modeste palmarès, mais jamais rien de sérieux. Et surtout, il avait le sentiment que le métier d'agriculteur n'était pas très *vendeur* auprès de la gent féminine. Au moment où il en parlait, elles se voyaient déjà récurer l'écurie et s'inventaient des excuses pour esquiver le prochain rendez-vous. Vincent s'était donc résolu à créer un compte sur un site de rencontre. Il avait triché un peu en créant son profil. Un mensonge qui deviendrait peut-être vérité, mais il ne pouvait pas se permettre d'en parler. Pas encore.

Chapitre 8

Au temple,
Gryon, dimanche 24 février 2013

Le son des cloches résonnait dans le Fond-de-Ville, la place historique au cœur du village. Contrairement à leur habitude, Andreas et Mikaël avaient fait la grasse matinée et avaient dû se préparer en vitesse. Ils étaient invités à dîner[1] chez Erica Ferraud, la pasteure, et son mari Gérard. Bien qu'ils ne fussent pas des paroissiens fidèles, il leur avait semblé impoli de venir au repas sans être passés par la case culte d'abord.

Au moment où ils entrèrent dans le temple, tout le monde était déjà assis. L'orgue résonnait, mais s'arrêta lorsque les deux retardataires apparurent. Erica, debout devant la table sainte, s'apprêtait à accueillir l'assemblée. Elle les aperçut et leva la main pour les saluer de loin.

— Bienvenue, il y a encore de la place devant. Venez vous asseoir.

Tout le monde se retourna vers eux. Ils n'avaient plus d'autre choix que de remonter l'allée centrale

---

1. En Suisse, le déjeuner désigne le petit déjeuner, le dîner le repas de midi et le souper le repas du soir.

pour s'installer sur le premier banc, en dessous de la chaire. Question discrétion, c'était réussi.

Des souvenirs et des émotions refirent surface. Andreas n'était pas entré dans le temple depuis le 21 septembre. C'était sur ce même banc qu'il avait compris. La coupable était la femme qui invoquait Dieu devant l'assemblée en ce moment même, Erica Ferraud. Il avait décidé en son âme et conscience de ne rien dire. À personne. Pas même à Mikaël. C'était une faute professionnelle. Mais il avait pensé qu'il s'en accommoderait. Quant à la conscience d'Erica, ce n'était pas son problème. Elle pouvait régler cette affaire en tête à tête, avec Dieu.

— Prions.

Erica resta en silence, le temps de se recentrer avant de commencer à prier.

— Seigneur, au cœur de nos peines, de nos errances et de nos obscurités, nous t'implorons afin qu'un souffle nouveau nous soit accordé. Confère-nous le courage quand nous sommes tentés de baisser les bras et offre-nous la rédemption lorsque nos fautes passées nous accablent. Seigneur, nous te disons notre angoisse devant le mal et te prions pour que tu nous pardonnes et que tu nous délivres du péché. Accorde-nous ta grâce et la certitude de ton amour.

Les paroles d'Erica résonnaient dans la tête d'Andreas : « *lorsque nos fautes passées nous accablent...* » Ces propos s'adressaient-ils à la communauté ou avant tout à elle-même ? Se sentait-elle coupable d'avoir tué un homme ? Comment pouvait-elle se tenir devant l'assemblée et représenter Dieu alors qu'elle avait cédé à ses démons ? Elle avait beau être pasteure, elle n'en restait pas moins humaine et faillible, songea-t-il.

Sur l'invitation de la pasteure, les fidèles se levèrent pour chanter un cantique. Après quelques strophes accompagnées à l'orgue, Erica prit la parole.

— Nous allons maintenant écouter la parole de Dieu. J'aimerais vous inviter à mettre vos vestes et à me suivre sur le parvis du temple.

Les paroissiens échangèrent des regards interloqués. Mais quand Erica remonta l'allée centrale en direction de la sortie, tout le monde la suivit.

En lui emboîtant le pas, Andreas songeait à sa décision de ne pas l'arrêter. Il devait admettre qu'il éprouvait un sentiment ambivalent. Il comprenait pourquoi elle avait agi de la sorte, et s'était persuadé que la victime d'Erica avait mérité son sort. Mais au fond de lui, il savait qu'il aurait dû l'appréhender. Elle était coupable. Et personne, surtout pas une pasteure, ne pouvait remplacer la justice ou Dieu lui-même.

Le soleil brillait dans un ciel immaculé. Quand tout le monde fut rassemblé devant le temple, Erica reprit la parole.

— Je lève les yeux vers les montagnes…, commença-t-elle en contemplant le Grand Muveran.

Tout le monde suivit le regard de la pasteure et admira la montagne, sauf Andreas, qui scrutait Mikaël du coin de l'œil. Il était absorbé par ses yeux marron d'une profondeur abyssale. Même après dix années de vie commune, il prenait toujours plaisir à observer son compagnon. Son épaisse chevelure brune ébouriffée, sa barbe naissante, ses sourcils en bataille, son nez retroussé et son grain de beauté sur la joue gauche lui faisaient toujours le même effet. Il était sous son charme. Mais plus encore, il aimait sa personnalité.

Il eut soudain envie de sentir son corps contre le sien, le besoin viscéral d'une étreinte torride.

Erica continuait la lecture du psaume 121, et le visage d'Andreas vira au rouge. Ce n'était pas le lieu ni le moment de se laisser aller à des fantasmes sexuels. Il tenta de se concentrer sur les mots de la pasteure.

Tout le monde regagna ensuite sa place et Erica monta en chaire. Elle balaya des yeux l'assemblée puis fixa Andreas au premier rang. Visiblement, quelque chose dans ses yeux bleus la déstabilisait, elle sentait comme une intrusion, comme s'il arrivait à lire en elle. Erica avait eu ce sentiment chaque fois qu'ils s'étaient rencontrés au village depuis les événements de l'automne dernier. Elle se demandait pourquoi elle l'avait invité, lui et son ami. Éprouvait-elle malgré elle le besoin de confier son secret ? Et le seul à qui elle imaginait pouvoir en parler était Andreas, bien qu'il soit policier, parce qu'une relation particulière s'était établie entre eux, une connexion, à la frontière de la lumière et des ténèbres.

En commençant son sermon, Erica gardait un œil attentif sur Andreas. Il détonnait dans l'assemblée. Ses cheveux argentés, très courts, sa barbe naissante et les traits de son visage accentuaient l'intensité de son regard. Il cultivait avec soin un look de *bad boy* : jeans usés, santiags et T-shirt blanc sous la veste, mais derrière les apparences, elle devinait une profonde sensibilité. L'attirance qu'elle éprouvait pour lui n'avait rien de sexuel. Elle voulait découvrir qui il était vraiment, apprendre à le connaître. Elle espérait surtout, par lui, mettre fin à son dilemme. Oui, c'est pour cela qu'elle l'avait invité : un premier contact plus intime avec

Andreas, pour acquérir la certitude qu'il savait. Pour se rapprocher de lui. L'évaluer, en tant que confident. Ou en tant que confesseur ? Quelle ironie pour une protestante. Mais c'était aussi de cela qu'il s'agissait. Elle avait besoin de se confesser. Jusque-là, elle n'avait avoué son acte à personne. Pas même à son mari. Et ce secret pesait lourd sur sa conscience.

— Dans la Bible, la montagne est le lieu où Dieu se manifeste. C'est un lien entre le Ciel et la Terre. Un endroit où Dieu et les hommes se rencontrent. Au moment où le psalmiste lève les yeux vers les montagnes, c'est pour élever son âme et s'ouvrir à Dieu. C'est là qu'il trouvera son secours.

Erica leva les yeux vers le ciel et attacha son regard sur la voûte en sapin.

— Qui ne s'est jamais posé la question de l'apparent mutisme de Dieu qui ne répond pas à nos prières ? Qui semble dormir au lieu d'agir alors que la fatalité s'acharne sur nous ? « *D'où me viendra mon secours ?* », s'interroge l'auteur du psaume. La réponse ne tarde pas à suivre : « *Le secours me vient du Seigneur !* » Alors même que nous pensons être seuls face à notre malheur, Dieu est présent. Il est là pour nous protéger et nous accompagner sur le chemin de notre vie. Pour nous relever et avancer, déposons le poids qui nous tire vers le bas. Prions et demandons pardon. Demander pardon, ce n'est pas toujours facile. Pardonner est encore plus compliqué. Et pour me sentir pardonné, je dois me débarrasser de tout ce qui me détruit de l'intérieur. La culpabilité et la haine m'empêchent d'aller de l'avant. Mais par où commencer ?

Erica laissa la question planer pour que chacun puisse y réfléchir. Après un moment, elle reprit la parole.

— L'Évangile de Marc nous apporte un élément de réponse : « *Et quand vous êtes debout en prière, si vous avez quelque chose contre quelqu'un, pardonnez, pour que votre Père qui est aux cieux vous pardonne aussi vos fautes[1].* »

— Je dois pouvoir pardonner à celui qui m'a fait du mal et je dois accepter de me pardonner moi-même. C'est en me débarrassant de ce poids que je pourrai recevoir le pardon de Dieu, lever mon regard et avancer. Amen.

Andreas avait le sentiment qu'elle avait rédigé la prédication pour lui. Elle parlait d'elle-même et le message lui était destiné. Il en était certain. La culpabilité la rongeait et elle n'arrivait pas à se défaire de la haine qui l'habitait. Mais quelle haine ? Contre ceux qui avaient fait de son ami d'enfance ce qu'il était devenu ? Contre cet ami qui par deux fois l'avait abandonnée ? Contre elle-même ? Ou encore contre Dieu qui avait permis que tout cela se produise ?

Andreas et Mikaël attendirent la pasteure et son mari à la sortie du temple. Ils se saluèrent en échangeant les politesses habituelles, mais Erica évitait le regard d'Andreas.

Pendant le repas, les discussions tournèrent autour de sujets relativement neutres jusqu'au moment du café. Les deux verres d'abricotine avalés par Gérard Ferraud lui avaient délié la langue.

---

1. Évangile de Marc, 11, 25-26 (Traduction œcuménique de la Bible).

— Est-ce que ta prédication avait à voir avec tous ces meurtres et ton ami d'enfance ? lança-t-il.

Erica ne s'attendait manifestement pas à la réflexion de son mari. Elle resta sans voix. Son regard croisa celui d'Andreas et elle eut alors la certitude qu'il connaissait la vérité sur les événements de ce jour-là.

— Non, non, répondit-elle. Pas spécialement. Enfin oui, aussi. Bien sûr.

Elle fit une pause, le temps de formuler une réplique cohérente.

— Tout le monde à Gryon a été touché par cette histoire. Nos paroissiens en particulier. Et même si nous n'oublierons jamais ce qui s'est passé, nous devons aller de l'avant.

Mais Gérard Ferraud continuait.

— Pourquoi alors avoir mentionné le fait de pardonner pour être pardonné ? On aurait dit un message personnel…

— Écoute, ce n'est pas le moment de plomber l'ambiance !

— Mais tu dois quand même reconnaître que tu ne vas pas bien depuis cette histoire. Et tu ne veux jamais en discuter. Ça me préoccupe. Je m'inquiète pour toi, Erica.

— Ça suffit, Gérard, s'exclama Erica, qui sentait ses yeux devenir humides.

Andreas et Mikaël avaient assisté à la scène sans réagir. La pasteure avait fait naufrage sur une île déserte et quelqu'un devait lui prêter main-forte. Andreas venait de comprendre que cette personne, c'était lui. L'appel au secours d'Erica n'était pas destiné au Seigneur sur la montagne, mais à lui.

Erica resta sur le pas de la porte, à regarder ses visiteurs partir. Son mari avait raison. Elle n'allait pas bien. Elle avait beau lever les yeux au ciel pour crier au secours, Dieu ne semblait pas vouloir répondre à son cri de désespoir.

Chapitre 9

Berlin, dimanche 24 février 2013

Le soir précédent, Litso Ice était retourné à l'hôtel en empruntant une rue parallèle à Unter den Linden, moins fréquentée et plus discrète. Dix minutes plus tard, il était dans sa chambre. Il s'était rendu dans la salle de bains et avait retiré de sa trousse de toilette un chiffon et une fiole. Il avait essuyé son arme pour effacer ses empreintes digitales, puis nettoyé la crosse avec de l'eau de Javel. Ensuite, il s'était douché, changé, et était sorti se balader le long de la rivière. Après avoir vérifié que personne ne l'observait, il s'était débarrassé de l'arme dans les eaux sombres de la Spree. Puis il était retourné à l'hôtel. Avant de se coucher, il s'était servi un verre de champagne et avait admiré la vue sur le Brandenburger Tor illuminé.

Tout s'était déroulé selon le plan prévu. Il était satisfait. De retour à Moscou, il récupérerait l'enveloppe avec la deuxième moitié du cachet. Une mission lui rapportait entre trente et cinquante mille dollars. Celle-ci était plus complexe et donc mieux payée : deux cibles, deux gardes du corps. Litso Ice fixait généralement lui-même les tarifs, sa réputation le lui permettait. La concurrence était devenue rude ces dernières années et certains de ses pairs n'hésitaient pas à casser les prix, mais il n'avait rien à craindre, car tous ses employeurs avaient les moyens et réclamaient le meilleur : lui. Il avait accumulé un joli pactole, placé sur un compte dans un paradis fiscal. Encore une ou deux missions et il pourrait réaliser son rêve : quitter la ville et s'installer à la campagne dans une ferme avec des chevaux.

Au réveil, Litso Ice boucla rapidement sa valise, descendit dans le hall, rendit les clés et paya les consommations du mini bar. La réceptionniste lui demanda s'il n'avait pas été dérangé par le bruit des ambulances et des voitures de police la veille. Sans attendre sa réponse, elle ajouta, sur le ton de la confidence, qu'un politicien russe et sa femme avaient été tués à l'opéra en pleine représentation. Il ne réagit pas et commanda un taxi pour l'aéroport.

Sur le chemin, il réfléchit à ce qu'il venait d'entendre. Il avait accepté la mission sans connaître l'identité de la cible. Cela ne le dérangeait pas. C'était souvent mieux ainsi. Cela lui évitait de considérer la victime comme une personne. Elle était juste un objet animé à éliminer. Aussi simple que de descendre les poubelles… Un politicien russe ? Lorsqu'il avait reçu la photo sur son téléphone quelques minutes avant la représentation, le visage lui avait paru familier. Mais il n'avait pas réussi à le reconnaître. Pas même au moment où il l'avait visé en plein milieu du front.

À l'aéroport, Litso Ice enregistra ses bagages et passa rapidement le contrôle de sécurité. Le meurtre de la veille faisait les gros titres. Sur une des manchettes figurait le portrait-robot d'un homme. Il acheta le journal et s'installa dans un café. Le portrait ressemblait assez à son masque. La police avait été efficace. Qui l'avait repéré ? un des placeurs qui l'avait croisé dans le couloir, un spectateur qui ne l'avait pas vu revenir après le deuxième acte ? une caméra de surveillance ? Il ouvrit le journal et commença à lire. La victime était un opposant au régime qui avait eu un certain écho auprès de la population. Qui pouvait bien vouloir sa mort ? L'ordre émanait peut-être de tout en haut. Il avait été comme souvent contacté par un intermédiaire. L'homme lui avait proposé d'entrée de jeu deux cent cinquante mille dollars pour qu'il ne pose aucune question, bien plus qu'il ne demandait en général pour une telle mission. Il comprenait maintenant pourquoi.

Litso Ice entendit une voix annoncer son vol. Il se dirigea vers la sortie et passa devant la porte d'embarquement pour Moscou. Une file d'attente s'était formée. Des policiers en uniforme contrôlaient tous les passagers. Dans la main de l'un d'eux, il vit une copie du portrait-robot. Avaient-ils déjà compris que les balles provenaient d'une arme russe ? Possible. En revanche, leur présence à cet endroit-là prouvait qu'ils s'imaginaient que le tueur pourrait prendre un vol de retour pour Moscou. Mais il n'avait rien à craindre. Son déguisement à l'opéra s'était avéré utile.

Arrivé au contrôle, il présenta son billet d'avion et son passeport.

— *I wish you a good flight to Helsinki, Mister Anderson.*

Chapitre 10

Les nuages dans le ciel sombre formaient des ombres inquiétantes. Des oiseaux de proie tournaient au-dessus de lui. Des aigles sans doute. Au bord d'une falaise surplombant la mer, Andreas scrutait l'horizon. Son regard plongea soudain dans le vide, juste devant ses pieds. Les vagues venaient se briser sur les rochers. Il se sentit soudain comme happé vers l'abîme et ses jambes chancelèrent. Il voulut reculer d'un pas, mais son corps n'obéissait plus. Une force en lui le poussait vers le précipice. Il tenta de résister à l'impulsion. Mais au lieu de se replier, il fit un pas en avant. Se laissa tomber. Il aspirait à voler et planer dans les airs comme les mouettes, mais son corps lourd l'attirait irrémédiablement vers l'eau et les rochers qui s'approchaient à grande vitesse. Juste avant l'impact, tout devint noir.

Andreas se réveilla en sursaut, couvert de sueur. Il regarda sa montre posée sur la table de nuit : les aiguilles fluorescentes indiquaient 5 heures du matin. Il se retourna. Mikaël dormait. Il venait de faire un cauchemar, dont seules des bribes restaient dans son esprit. Après son réveil, la sensation était toujours là, déplaisante, un sentiment d'angoisse. Il décida de se lever et alla prendre une douche froide.

Après s'être habillé, il partit se promener au bord de l'Avançon avec Minus. Malgré le froid, il appréciait la quiétude d'une marche nocturne dans la neige, à la clarté de la lune. Il laissa un mot sur la table au cas où Mikaël émergerait de son sommeil.

De retour une heure et demie plus tard, il se sentait revigoré et libéré de l'angoisse qui l'avait envahi à son réveil. Mikaël était levé et préparait le petit déjeuner. D'habitude, Andreas se contentait de son café au lait, mais il n'était pas mécontent que Mikaël ait eu le temps de lui concocter un petit déjeuner aux allures de brunch d'hôtel cinq étoiles. Ce matin-là, il avait préparé des œufs brouillés aux lardons et quelques toasts au Cenovis[1]. Chacun avait également un bol de *birchermüesli* sur lequel étaient disposées quelques myrtilles du jardin récoltées l'été précédent. Un bocal de confiture maison aux abricots et aux amandes était posé sur la table. Deux verres de jus d'orange fraîchement pressé, agrémentés de baies de goji, complétaient le menu matinal. Minus n'avait pas été oublié et semblait ravi. Preuve en était le bruit qu'il faisait en ingurgitant ses croquettes. Avec son museau plongé dans l'écuelle et son indélicatesse habituelle, la moitié finissait sur le carrelage. Une fois la gamelle vide, il ramassa à coups de langue les restes éparpillés sur le sol, sans en laisser une miette.

Andreas allait reprendre son travail le jour même, après une semaine de congé forcé. Sa supérieure,

---

1. Pâte à tartiner à base de levure de bière et d'extraits de légumes.

Viviane, lui avait fortement conseillé de s'octroyer quelques jours, à la suite d'un épisode haut en couleur survenu au mess, la cantine du commissariat. Un de ses collègues s'était autorisé un gag raciste envers un nouveau d'origine africaine, absent au moment des faits. Il avait en plus accompagné sa blague de très mauvais goût d'une imitation plutôt ratée de singe. Andreas, qui avait assisté à la scène, s'était levé et lui avait tapoté sur l'épaule en se fendant d'une réplique du fameux inspecteur Harry – « *Écoute, pouilleux, pour moi, tu n'es qu'une merde de chien qui s'étale sur un trottoir, et tu sais ce qu'on fait d'une merde de ce genre ?* » –, avant de lui asséner un coup de poing dans la figure.

Il avait donc pris des vacances. Mais Andreas détestait les vacances. Il avait l'impression de manquer quelque chose. Être en congé, être sur la touche, être écarté de l'action, un sentiment insupportable. Il était le chef de son équipe et se sentait indispensable. Il avait demandé à Karine, qui le remplaçait pendant ses vacances, des comptes rendus réguliers. Après deux jours, elle ne l'avait toujours pas contacté. Andreas avait fini par l'appeler : « *Tout va bien, t'inquiète pas. Et Viviane m'a interdit de te contacter pendant ton congé.* » Andreas entendit un éclat de rire à l'autre bout du fil. Ils ne s'étaient plus parlé depuis et Andreas devait admettre que la semaine avait été agréable. Au point qu'il n'était plus particulièrement pressé de retourner à Lausanne dans les locaux sinistres de la police judiciaire.

Andreas passa son holster sur ses épaules. Combien de fois Viviane lui avait rappelé qu'une arme se porte à la ceinture ? Mais il n'était pas prêt à changer ses habitudes pour une règle interne qu'il jugeait stupide. Il ouvrit la serrure de la commode et ramassa son Glock 19, la nouvelle arme de service qui avait remplacé son bon vieux Sig Sauer. Il vérifia que le chargeur était plein et plaça le pistolet dans le holster. Ces gestes simples – cette routine matinale – lui avaient manqué. Dernière étape : il endossa son blouson en cuir.

Minus avait compris que son maître allait partir et se frottait à ses jambes. Andreas se baissa et le gratifia d'une caresse. Il embrassa ensuite Mikaël avant de sortir.

Chapitre 11

Café Pomme,
Gryon, lundi 25 février 2013

Andreas traversait le village de Gryon au volant de sa vieille BMW 635CSi, dont le moteur ronronnait toujours comme un jeune félin, après plus de trente années de bons et loyaux services. Arrivé à hauteur du Café Pomme, il aperçut le 4 × 4 d'Antoine et ralentit. Pourquoi pas un café en bonne compagnie avant de prendre la route ? De toute façon, la séance avec son équipe n'était prévue qu'à 10 heures.

Andreas se dirigea vers Antoine, adossé au comptoir, et lui serra la main.

— Un renversé[1] ? lui demanda la patronne après l'avoir salué.

— Oui, merci.

— Alors comment vont tes deux veaux ?

— En pleine forme. Je les ai appelés Marius et Marisa.

Sur le comptoir, Andreas aperçut un prospectus sur l'Exposition régionale de vaches laitières.

---

1. Café au lait où les proportions sont en général renversées : plus de lait que de café.

— Tu vas participer au concours ?

— Oui, oui. Je ne suis pas un fanatique comme certains, mais à Aigle, c'est tous les dix ans. Et tous les paysans de la région vont y participer.

Andreas perçut un certain sarcasme dans le ton de sa voix.

— Tu vas y aller avec combien de vaches ?

— Je vais emmener Alouette. Je pense que c'est celle qui a le plus de chances, mais je ne me fais pas d'illusions. Et puis aussi Yodeleuse, même si elle n'a aucun espoir de gagner.

— Pourquoi ça ?

— Je trouve qu'elle n'a pas une mamelle extraordinaire, son dos n'est pas très aligné et ses cornes sont un peu tordues. Mais c'est la plus sympa des vaches et je me dis qu'elle mérite d'y prendre part. C'est le plus important, non ? de participer. De toute façon, je sais d'avance qu'aucune des deux ne gagnera.

Ces considérations esthétiques laissaient Andreas dubitatif.

— C'est quoi, les critères du concours ?

— Le premier, c'est l'équilibre de l'animal. Le juge va évaluer si la vache est bien proportionnée au niveau de sa musculature et regarder si sa ligne de dos est bien droite. Il observe aussi l'inclinaison et la largeur du bassin. Les articulations, les aplombs et les pieds. Puis, c'est au tour du pis et des trayons. Pour les vaches laitières, c'est évidemment le plus important. Et pendant la présentation, il va noter son allure et sa démarche.

— Ça me semble très technique et pas très glamour tout ça !

— Faut pas s'imaginer que c'est comme à l'élection de Miss Monde. C'est pas vraiment un concours de beauté.

— Et qu'est-ce qui te fait dire que tu ne peux pas gagner ?

— La concurrence est rude, dit-il en rigolant. Tu aimes le foot, Andreas ?

— Oui. J'y ai joué dans ma jeunesse. J'étais attaquant, mais je ne peux pas me targuer d'avoir été une grande menace pour les défenses adverses. Maintenant, j'apprécie le foot depuis mon canapé.

— Eh bien, tu vois, pour les paysans et les vaches, c'est un peu comme dans les clubs. Il y a ceux qui achètent des joueurs au sommet de leur carrière. Et ceux qui les forment.

— Il existe un marché des transferts pour les vaches ?

— Oui, on peut dire ça comme ça. Certains paysans prennent ces concours très au sérieux et parcourent le pays pour acheter les plus belles.

— Et donc celles qui correspondent le mieux aux critères du concours ?

— C'est exactement ça. Yodeleuse et Alouette, qui sont nées dans ma ferme, sont des vaches très belles et très gentilles. Mais ce ne sont pas des mannequins aux formes parfaites qui plaisent aux experts. En plus, Yodeleuse n'est plus de première jeunesse. C'est un peu comme si Cindy Crawford revenait défiler. Elles ont leurs défauts, mais je les aime comme ça.

— Tu partirais pas un peu perdant, toi ? ironisa Andreas.

— Peut-être bien. Je n'espère sûrement pas gagner le prix de la Grande championne ou celui de la Championne du pis, mais je voudrais quand même bien obtenir une récompense dans une catégorie. Ce serait pas mal avant ma retraite.

— Alors là, il faudrait m'expliquer. Je suis un peu perdu avec ce vocabulaire de Miss Vache.

— Donc. Premièrement, on ne mélange pas. Chaque race a son concours. Les Red Holstein, les Fleckvieh et les Simmental. Ensuite, y a des sections différentes en fonction de l'âge. C'est un peu comme des qualifications. La gagnante de chaque catégorie concourt à la fin pour le trophée suprême, la Grande championne.

— Et la Reine du pis ?

— La Championne du pis, tu veux dire ? C'est celle qui a les plus belles mamelles, répondit Antoine en souriant.

— Et ça vaut combien, une vache ? continua Andreas, que le sujet, visiblement, passionnait.

— En moyenne autour des trois à cinq mille francs, mais les plus recherchées se vendent à des prix de fous. Parfois dix fois plus pour des bêtes qui ont été primées.

— J'étais loin de m'imaginer tout ça. Si tu n'es pas sûr de gagner, tu n'as qu'à soudoyer un des experts, non ? Ça se fait dans le foot !

— Je n'y avais pas pensé, dit Antoine en souriant. Vous devriez venir à Aigle, toi et Mikaël. Comme ça, tu verrais comment ça se passe. Ce n'est pas non plus la foire d'empoigne. J'ai peut-être un peu exagéré. C'est vraiment très sympa et bon enfant.

— Oui, ça me plairait. Je vais lui en parler.

— Mais attention, j'y mets une condition.

— C'est-à-dire ?

— Tu devras conduire une vache.

— Moi ? Non, oublie !

— Tu viendras t'entraîner. C'est très facile, tu verras.

Après avoir accepté de relever le défi en topant la main tendue par son ami, Andreas paya les cafés et sortit. Cette fois, il devait y aller. Il était attendu à Lausanne. Il reprit sa voiture et commença la descente vers la plaine en se demandant dans quoi il venait de s'embarquer.

Chapitre 12

Hôtel de police,
Lausanne, lundi 25 février 2013

Andreas retardait le moment où il devrait faire face à ses obligations et se demandait quelles affaires insipides allaient atterrir sur son bureau. Arrivé dans le parking depuis plusieurs minutes, il était resté assis derrière son volant, perdu dans ses pensées. À gagner du temps. Il prit une grande inspiration et se décida finalement à affronter la situation.

Il entra par la porte de service et se dirigea vers la réception où Charlène, une véritable institution dans la maison, l'accueillit avec un sourire enjôleur.

— Alors, c'était bien ces vacances ?

— Oui, oui. On n'a rien fait de spécial. On est restés à Gryon et on a profité de la neige. Quelques balades en raquettes avec Minus. Du ski. Et des soirées devant la télé.

Elle appuya sur le bouton fixé sous le comptoir et Andreas entendit le bruit qui signalait que la porte d'accès au bureau de la brigade criminelle s'était déverrouillée.

Il s'engagea dans l'énorme open space, où régnait un brouhaha continu. Christophe fut le premier à lever le nez de son ordinateur et à le voir.

— Salut Andreas.

Le poste de travail de Nicolas était inoccupé. Il n'était probablement pas encore arrivé. Il estimait sans doute que sa retraite prochaine l'autorisait à aménager ses horaires. Andreas s'était résolu à ne pas s'énerver contre lui, ses tentatives précédentes pour le motiver s'étant toutes soldées par des échecs. Il avait demandé à Viviane de le muter dans une autre brigade, mais personne n'en voulait. Dans un an, il quitterait ses fonctions pour aller naviguer au grand large, un projet qu'il préparait activement. Même au bureau, il passait plus de temps à réviser son permis de navigation en haute mer ou à chercher un voilier d'occasion dans les petites annonces, qu'à faire avancer les enquêtes. Andreas pourrait alors le remplacer par un jeune, de la même veine que Christophe – diplômé en science forensique – qui avait récemment rejoint son équipe à sa plus grande satisfaction. Malgré son style grunge et bohème, Christophe s'était révélé un collaborateur précieux, perspicace et doué, notamment dans le domaine informatique. Il se permettait aussi par moments de remettre en cause les certitudes d'Andreas et d'apporter des éclairages inédits sur les enquêtes.

Karine, sa coéquipière, se leva pour lui faire la bise.

— J'espère que t'es pas trop fâché contre moi ? Mais je pensais que tu méritais d'être peinard une semaine.

— Moi, j'appelle ça un refus d'obtempérer, lança-t-il en rigolant.

Viviane entrouvrit la porte et fit signe à Andreas

de la rejoindre dans l'aquarium. C'était le qualificatif que tout le monde utilisait pour désigner son bureau. Une pièce entièrement vitrée dont l'insonorisation défaillante ne parvenait pas toujours à couvrir le bruit de sa mauvaise humeur.

Aujourd'hui, la météo semblait clémente. Viviane affichait une mine détendue. Il entra et vit l'expression de son visage se modifier. Une légère variation, suffisante pour qu'il commence à se méfier.

— Alors, ça t'a fait du bien, ces vacances ?

— Oui, si on veut.

— Ça ne sonne pas très juste. Vous avez fait quoi ?

— Je l'ai déjà poliment raconté à Charlène et je n'ai aucune envie de passer ma journée à faire le récit de mes vacances, qui n'intéressent de toute façon personne. Dis-moi ce que tu as à me dire ! C'est pour ça que je suis là, non ?

Viviane fut un brin interloquée par sa réponse, mais ne s'en formalisa pas. Elle avait appris à connaître Andreas, ses réactions parfois abruptes et son côté taciturne.

— Je voulais te parler avant ta séance d'équipe.

— Je t'écoute.

Viviane s'attendait à une riposte cinglante. Elle aurait préféré continuer à parler de la pluie et du beau temps pour retarder l'échéance, mais elle devait l'informer.

— Le commandant a décidé de t'adresser un blâme et de retenir un mois sur ton salaire, lui annonça-t-elle d'un ton neutre et monocorde comme si elle psalmodiait un office religieux.

— Sans que j'aie pu me défendre ?

— Les faits étaient suffisamment explicites, Andreas.

— Et toi, tu as plaidé en ma faveur ?

— J'ai fait ce que j'ai pu.

— Et je suppose que l'autre abruti n'a reçu aucun reproche ?

— Je ne peux pas répondre à cette question.

— Pas besoin, je connais la réponse.

Viviane décela un durcissement dans le ton d'Andreas. Elle savait qu'il était profondément agacé. Lui infliger ce blâme n'était pas son choix, mais elle était sa supérieure. À ce titre, elle devait assumer les décisions concernant ses collaborateurs, y compris Andreas. Le meilleur et le pire. Le pire et le meilleur. Elle devait faire avec.

— La question n'est pas là, Andreas. Tu l'as frappé et il a fini à l'hôpital avec le nez cassé. Tu as de la chance que nous ayons réussi à le convaincre de ne pas déposer plainte. Les conséquences auraient pu être bien pires. Estime-toi heureux !

— Il le méritait.

— Si je te dis que je suis d'accord avec toi, ça te réconforterait ?

— Ce qui me réconforterait…, c'est que la police n'accepte pas dans ses rangs des racistes, des homophobes et d'autres salopards de la même espèce.

— T'es un chouïa susceptible, non ? Tu sais comment c'est. Les gags graveleux en tout genre, ça fait partie de la culture d'entreprise.

— Eh bien, je n'aime pas ça. Et Jacquier est un primate sans cervelle. Ce n'est pas sa faute. Soit. Mais, montrer un tel irrespect envers un collègue est inacceptable.

— Harry Callaghan, le justicier solitaire qui veut appliquer sa propre loi…

— Il doit lui rester encore quelques heures supplémentaires, non ?

— À qui ?

— À *Dirty Harry*, à qui d'autre ? Si ça ne t'embête pas, je vais prolonger mes vacances. Et même si ça t'embête, c'est pareil.

Andreas se leva de sa chaise et fit un pas en direction de la porte.

— Non, Andreas. Ce n'est pas une bonne idée.

Il se retourna et regarda Viviane dans les yeux.

— Si, excellente même. J'ai des projets et ça me fera le plus grand bien de ne pas être enfermé entre ces quatre murs. Et mon équipe se débrouillera très bien sans moi.

— D'accord. Je te donne deux semaines, pas plus.

— Tu m'as toujours dit que je ne prenais pas assez de vacances, non ? Eh bien, je reviendrai quand le compteur de mes heures dues sera à zéro.

— Mais il y en a au moins pour six semaines !

— Six semaines… parfait !

Chapitre 13

André Jaccard se rendait à son chalet d'alpage de Frience pour la deuxième fois de l'hiver et probablement la dernière de sa vie. Il avait dû laisser la voiture sur le parking et faire la fin du chemin à pied. Il portait ses grosses chaussures, mais après deux cents mètres il regretta de ne pas avoir pris ses raquettes pour avancer dans la neige fraîche tombée durant le week-end. Le soleil brillait et son reflet sur la poudreuse l'aveuglait. Il aurait dû mettre des lunettes de soleil. Des enfants faisaient de la luge ou du ski. On entendait leurs exclamations joyeuses. Et la terrasse du Refuge de Frience était bondée. Il n'appréciait que modérément cette période de vacances scolaires hivernales qui faisait quadrupler la population de Gryon.

Son chalet se situait un peu à l'écart. Il arriva essoufflé, entra, mais n'enleva pas tout de suite sa veste. Le fond de l'air était frais et une odeur de renfermé se dégageait de la pièce. Il alluma le fourneau, mit de l'eau à chauffer et ouvrit les fenêtres pour aérer.

Lorsque la bouilloire siffla, il se servit une tasse de café et s'assit seul dans le fauteuil en face de la cheminée. Sa

72

femme Michèle était morte à l'automne, d'un arrêt cardiaque. Il n'en éprouvait aucune peine, aucun chagrin, mais ressentait un étrange mélange de solitude et de soulagement.

André l'avait aimée autrefois. Les mauvais moments, de plus en plus fréquents, avaient fini par estomper les bons. Aujourd'hui, il se sentait presque libéré, mais il avait peur de se retrouver tout seul.

Jérôme, son fils, habitait toujours avec lui à Gryon, au contraire de sa fille Céline qui avait quitté le nid familial depuis longtemps. Il avait vingt-six ans, était infirmier à l'hôpital de Monthey et revenait tous les soirs à la maison. Ils vivaient sous le même toit, mais c'était tout ce qu'ils partageaient. André ne savait pas grand-chose de ce garçon aussi peu bavard que lui. Il s'était permis une fois de lui demander s'il avait une petite amie. La réponse avait été cinglante : « *De quoi tu te mêles, je t'en pose des questions, moi ?* » Lorsqu'il était à la maison, Jérôme s'enfermait le plus souvent dans sa cave aménagée pour jouer de la batterie ou écouter de la musique. Ils vivaient ensemble, mais limitaient les contacts au minimum.

Le chalet d'alpage était un héritage de sa femme. Le vendre était sans aucun doute la meilleure décision qu'il ait prise ces derniers temps.

Il avait ruminé l'idée pendant des mois, tout en culpabilisant. Sa femme tenait énormément à ce chalet. Il appartenait à sa famille depuis plusieurs générations.

Quelques années auparavant, une entreprise immobilière s'était montrée très intéressée par ce bien. Le prix offert était bien au-dessus du marché. Mais sa femme avait chassé l'importun de la maison. André avait l'impression d'entendre sa voix : « *Jamais. Vous entendez,*

jamais je ne vendrai ce chalet. Il faudra me passer sur
le corps avant ! »

Elle n'était plus là physiquement, mais sa présence demeurait. Il fallait un geste, un signal fort pour qu'ils puissent passer à une nouvelle étape de leur vie.

Dans un des tiroirs de la commode, quelques semaines auparavant, il avait retrouvé la carte de visite de l'agence immobilière. Il les avait contactés pour leur dire qu'il était prêt à céder le chalet. La vente se ferait dans les semaines à venir, mais il redoutait d'en parler à son fils. Celui-ci ne prendrait pas bien la nouvelle. Il reculait devant l'inéluctable : la lui annoncer.

Chapitre 14

Chalet L'Étoile d'argent,
Gryon, lundi 25 février 2013

— Déjà de retour ?

Andreas était rentré en fin de matinée à la surprise de Mikaël, alerté par les aboiements de Minus.

— Oui comme tu vois, répondit Andreas avec un sourire embarrassé. J'ai décidé de prendre six semaines de vacances supplémentaires.

— J'en déduis que tu t'es engueulé avec ta chef ou que tu t'es fait mettre à pied.

— La vérité se situe quelque part entre les deux.

— Donc je vais t'avoir sur le dos toute la journée, lança-t-il en rigolant de bon cœur.

— Non. J'ai des projets.

— Intéressant… des projets qui n'ont rien à voir avec ton travail ? Ce serait une première !

Andreas perçut l'ironie du ton de son compagnon, mais ne broncha pas. Mikaël avait raison. Souvent d'ailleurs, devait-il admettre. Mais Andreas était devenu un expert dans l'art de se chercher des excuses. La principale ayant toujours été le travail.

— Je vais prendre du temps pour moi, mes amis et ma famille.

Mikaël acquiesça sans réagir, il attendait la suite.

— Pour commencer, j'ai invité Jessica et les enfants à venir souper vendredi soir.

— Je vois. Et tu comptes sur moi pour faire à man…

— Non. Justement ! C'est moi qui m'en occupe. Et d'ailleurs ces prochaines semaines, je serai le cordon-bleu de la maison.

— Je me réjouis d'avance.

— Je vais aussi prendre du temps avec ma sœur, ma nièce et mon neveu.

— D'accord. C'est bien. Mais c'est ce que tu devrais faire en temps normal, non ? Tu as parlé de projets… Tu songeais à faire le grand nettoyage de printemps ? À repeindre la balustrade du balcon ?

— Je n'y avais pas pensé, mais j'aurai du temps pour ça aussi.

— Oui, sauf que tu n'es pas un virtuose des travaux manuels. Donc, ton projet consiste en quoi ? Je sens que tu trépignes d'impatience de m'en parler.

— Je vais donner un coup de main à Antoine et apprendre à m'occuper des vaches.

Mikaël fut pris d'un fou rire et mit un moment à reprendre contenance.

— Désolé. C'est simplement que je suis surpris. Je m'attendais à tout sauf à ça. Je te vois bien en train de traire une vache…

— Et c'est si drôle que ça ?

— Un peu, oui. Un citadin habitué aux vêtements de marque, déguisé en paysan. Enfin tant que tu ne traînes pas dans mes pattes et que tu me laisses travailler, ça me convient même plutôt parfaitement. D'ailleurs, je dois terminer mon article…

Andreas ouvrit son *humidor*, tendit la main vers un Robusto de Cohiba, se ravisa et lui préféra un Montecristo Edmundo d'une très belle cape grasse. Il le huma par l'extrémité : des arômes boisés et herbacés s'en dégagèrent. Parfait. Il referma la cave à cigares et alla s'installer dans le jardin d'hiver qu'ils venaient de faire construire. Un pavillon entièrement vitré avec une toiture en bois situé au fond de la propriété. Un havre de paix au milieu de la verdure et l'endroit préféré d'Andreas pour apprécier ses cigares, quand la température extérieure ne permettait pas de se prélasser au grand air. De la malle suédoise, achetée à une vente aux enchères lors de leurs dernières vacances à Gotland, il sortit une bouteille de rhum, une de ses très belles découvertes récentes, le Don Papa. Quand on pense au rhum, on pense Martinique, Guadeloupe, Jamaïque ou Cuba. Le Don Papa avait la particularité de provenir de l'île de Negros aux Philippines. La surprise ne tenait pas tant à sa provenance qu'au bouquet fabuleux qu'il dégageait en bouche. Il se servit un verre et le goûta. Délicat et fruité, au premier abord, mais très vite les arômes emplissaient la cavité buccale et se prolongeaient dans un long et grandiose final. Andreas découvrit d'abord les notes d'agrumes, mandarine et zeste d'orange, puis d'autres subtilités, abricot, banane verte. Au final, la vanille et la cannelle. Et un soupçon de gingembre confit.

Andreas posa ensuite son iPhone sur l'enceinte portable, s'assit et alluma son cigare. Il avait choisi d'écouter *Peer Gynt*, la transcription musicale du drame poétique et philosophique de l'auteur norvégien Henrik Ibsen, composée par Edward Grieg.

L'ouverture, tout en douceur, correspondait à son humeur, un réveil matinal brumeux sur un fjord. Il pensa que, comme lui, Peer Gynt était le parfait exemple de l'antihéros qui, insatisfait de son existence, partait à l'aventure, s'inventant des vies rêvées, de multiples identités.

Andreas écoutait le cheminement de Peer : après avoir quitté son village, il se retrouve dans un monde de gnomes, de trolls et de démons, il est en danger et doit s'enfuir. Il se retrouve dans l'antre du roi de la montagne. La musique accompagne doucement ses pas prudents. Puis elle s'accélère. Il est poursuivi. L'intensité va crescendo avec la fuite haletante et effrénée du jeune homme hors de la grotte. Fuir la réalité en continuant de cheminer vers son destin pour découvrir sa véritable identité, c'était tout lui.

Comme Peer, Andreas éprouvait le besoin de s'évader de son quotidien et de se perdre dans l'étude de la psyché des tueurs qui le fascinaient, de toutes ces âmes damnées, ces trolls, ces démons. Mais lui, où le conduirait sa fuite en avant ?

Chapitre 15

Ferme d'Antoine Paget,
Gryon, mardi 26 février 2013

En sortant de la douche, Andreas ouvrit son armoire. Il avait prévu d'aller proposer son aide à Antoine pour les prochaines semaines. Comment s'habiller ? Porter un de ses T-shirts ou un de ses jeans de marque était exclu. Il se rappela avoir gardé au grenier un vieux jean taché de peinture, datant de l'époque où il avait eu la velléité de se lancer dans des travaux de rénovation de la maison. Au fond d'un tiroir, il trouva un T-shirt usé.

Lorsqu'il descendit à la cuisine, Mikaël préparait le petit déjeuner.

— Je sais pas quoi mettre comme chaussures. Et qu'est-ce que je me mets sur le dos ?

— Va voir dans la cabane de jardin. Y a des bottes et une veste que j'utilise pour bosser dehors.

À son retour, Mikaël éclata de rire.

— Quoi ?

— Voilà donc le nouvel inspecteur Auer. Ou l'apprenti fermier en vogue, devrais-je dire ? Quelle classe ! Tu vas faire fureur.

— Arrête tes sarcasmes !

79

— C'est juste que j'ai un peu de peine à t'imaginer dans ce rôle inédit.

Andreas but très rapidement son café sans même prendre le temps de s'asseoir.

— Tu ne veux rien manger ?

— Non, je dois y aller.

— Je compte sur toi à midi ?

— Je ne sais pas. On verra ! Bisous. À tout à l'heure.

Andreas conduisit jusqu'au bas du chemin qui menait à la ferme. Il s'arrêta et observa le sentier creusé et irrégulier. Jamais il ne pourrait monter jusqu'à la ferme. Une évidence s'imposa à lui : sa voiture était tout aussi inadaptée que lui à la vie paysanne. Mais ça allait changer. Il poursuivit à pied.

Andreas entra dans l'écurie, Antoine le considéra avec étonnement.

— Salut Antoine, j'ai réfléchi à ta proposition. Me voilà ! Je veux t'aider à préparer le concours. Et j'aimerais que tu m'apprennes tout sur les vaches.

— Un nouveau *bouèbe*[1]. C'est parfait !

Vincent, qui était en train de racler les beuses[2], se tourna et dévisagea le novice d'un air circonspect. Il lui tendit la racle.

— Tiens, c'est par là qu'on commence !

---

1. Du suisse alémanique *bübe* ou *bübli*, petit garçon. Ici : garçon d'écurie.
2. Bouses de vaches.

Chapitre 16

Litso Ice déambulait d'un air distrait le long de la place Rouge. Sur sa droite, la cathédrale de Saint-Basile-le-Bienheureux et son festival de bulbes multicolores, sur sa gauche, un mur de brique ocre rouge formait l'enceinte du Kremlin. Il connaissait cet endroit par cœur. Deux cents mètres plus loin, il passa devant le mausolée de Lénine, alors que le soleil se couchait. Il observait les touristes qui faisaient la queue pour voir la momie et qu'un garde allait immanquablement refouler parce que le mausolée fermait.

Il avait reçu un message le matin même. Une nouvelle mission. Le SMS donnait simplement le lieu et l'heure du rendez-vous : Couvent de Novodievitchi, 18 heures. Avant de franchir la porte d'accès, il admira la muraille blanche crénelée et les tours de guet rouges. Le monastère avait l'air d'une forteresse. En plein cœur de l'ensemble monastique s'élevait la cathédrale Notre-Dame-de-Smolensk avec ses dômes à bulbes dorés et argentés. Si de nombreux touristes s'attardaient encore autour de l'édifice, le lieu du rendez-vous habituel, derrière l'enceinte du cimetière,

81

était désert. La tombe de Nikita Khrouchtchev était constituée de blocs de marbre noirs et blancs emboîtés un peu comme un énorme jeu de Tétris, entre lesquels était posée une sculpture de la tête du Premier secrétaire. Les premières fois, Litso Ice s'était demandé pourquoi son commanditaire avait choisi la sépulture du seul dirigeant soviétique à ne pas être enterré au Kremlin. Utilisait-il à dessein la tombe d'un dirigeant déchu, ayant fini sa vie dans la solitude et l'oubli, ou était-ce pure coïncidence ? Était-il un adepte de la politique de déstalinisation de Khrouchtchev ? Ou était-ce par pur sarcasme ? Le monument funéraire avait été réalisé par un sculpteur dont Khrouchtchev lui-même avait traité l'art de *dégénéré* en lui disant : « *Pourquoi défigurez-vous ainsi les visages des gens du peuple soviétique ?* »

Mais l'endroit était aussi moins fréquenté et peut-être simplement plus pratique : entre un des blocs de marbre et la tête de Khrouchtchev, il y avait un espace qui semblait conçu exprès pour dissimuler l'enveloppe qu'il y trouva. Litso Ice lança des regards autour de lui, alla s'asseoir sur un banc et l'ouvrit. Un billet d'avion pour Genève, daté du lendemain, et une réservation de voiture de location pendant un mois.

Litso Ice repassa chez lui, boucla sa valise et regarda sa montre. Il avait rendez-vous trente minutes plus tard. Il sortit et accéléra le pas, dépassa le Musée historique d'État construit dans le style baroque moscovite, la charmante église de la Vierge de Kazan et s'engouffra dans la station de métro de Teatralnaïa. Les interminables escaliers roulants le happèrent dans les profondeurs de la ville. Il longea le couloir souterrain, bordé de piliers de marbre blanc et surmonté d'un plafond voûté, que l'on avait agrémenté des bas-reliefs de l'ancienne cathédrale du Christ-Sauveur, démolie sous Lénine. Il accéda à un quai presque désert. Le prochain métro était annoncé à 18 h 36. Il avait cinq minutes d'avance. Quand la rame arriva, le quai grouillait de monde. Le compartiment était bondé, il resta debout. À 18 h 53, il arrivait à Sokolniki.

Litso Ice longea une promenade bordée d'arbres, franchit la grille du parc Gorki, continua jusqu'à la place centrale, celle avec un bassin au milieu, prit la première allée sur sa gauche et finit par pousser la porte du restaurant Fialka, un pavillon bleu, posé au milieu de la forêt.

L'établissement avait été le lieu de rencontre d'une organisation criminelle, Sokolnitcheskaïa, démantelée depuis. Ses membres avaient tous été emprisonnés ou liquidés. Il y flottait une lumière trouble, mais Litso Ice aperçut tout de suite son contact. Il s'installa sur un des tabourets du bar à côté de lui, commanda une bière et, discrètement, sans même tourner les yeux, fit glisser l'enveloppe. En retour, l'homme lui passa l'arme sous le comptoir et partit. Litso Ice termina son verre avant de s'en aller lui aussi.

Chapitre 17

Ferme d'Antoine Paget,
Gryon, jeudi 28 février 2013

Andreas promenait Yodeleuse devant l'écurie et la guidait avec un licol sous les regards amusés d'Antoine et de son fils Vincent. Il se débrouillait plutôt bien, mais devait admettre que Yodeleuse n'était pas non plus du genre rétif, et qu'elle avançait indolemment sans opposer de résistance.

— Essaie de te détendre. La vache ressent ton stress. Il faut que vous soyez en harmonie tous les deux. Sinon les juges le remarqueront. La démarche doit être lente, mais fluide, la tête bien haute. Et ça vaut aussi pour toi, dit-il en ricanant.

— Et on doit voir que tu es fier de ta vache, ajouta Vincent.

— Allez, Andreas, amène Yodi vers le travail.

— Le travail ?

— Le truc en métal, là-bas. C'est la cage de parage. On va parer ses sabots.

— Parer ?

— On va les tailler et les équilibrer pour qu'elle ait la démarche la plus élégante possible. On va lui enlever de la corne pour que le poids soit réparti sur les deux onglons.

Andreas s'exécuta, mais Antoine dut reprendre en main Yodeleuse, qui refusait de se laisser faire.

— Je la comprends. Ça ressemble à un outil de torture, ton *travail*.

Antoine guidait Yodeleuse, Vincent la poussa pour la faire entrer. Après avoir fixé les courroies ventrales et harnaché la vache avec des sangles, Vincent apporta une râpe, une rénette et une meule.

Antoine se mit au travail. Sous l'effet de la fraiseuse, une forte odeur de brûlé se dégagea.

— J'avais raison. C'est de la torture.

Antoine continua son travail, sans entendre la remarque d'Andreas. Yodeleuse fut ensuite libérée et emmenée à l'intérieur de l'écurie pour l'étape suivante de sa transformation en future reine de beauté.

La tonte était cruciale. Après avoir égalisé la toison de manière régulière sur les membres et le corps de la vache, Antoine employa une petite tondeuse pour les parties les plus délicates : la tête, les oreilles et pour finir les mamelles.

— Le pis, c'est capital. Le volume et les vaisseaux sanguins qui l'irriguent doivent être apparents. C'est le signe d'une activité laitière féconde.

— Pourquoi est-ce que tu laisses des poils plus longs sur le dos ?

— Sa ligne de dos n'est pas très droite. Elle a un creux au milieu. Avec la tondeuse, on va égaliser. Ça donnera l'impression que sa ligne de dos est parfaite.

— Ah, il existe donc des subterfuges.

— Oui, c'est un peu comme le maquillage chez les

miss. Ça cache les imperfections. Certains agriculteurs utilisent même du gel, de la laque et de la brillantine.

— Je suis curieux de voir tout ça.

Andreas se demandait ce qui lui était passé par la tête pour se mettre dans une telle situation. Apprendre à mener une vache… Il s'apprêtait à participer à un concours et appréhendait cet événement comme s'il devait lui-même défiler sur la scène pour être jugé. Mais il constatait que cela lui faisait du bien. Il se sentait mieux. Loin de la ville. Loin du poste de police. Loin de ses collègues.

Et loin des enquêtes, aussi, qui hantaient habituellement ses pensées. Son esprit en profitait. Des souvenirs remontaient à la surface. De plus en plus souvent.

Une image. Celle d'un enfant. Dans le noir. Apeuré. Était-ce lui ?

Des cris.

Des voix inintelligibles. Puis le silence.

Andreas fut tiré de ses réflexions par la voix d'Antoine.

— Hé les *Louis*, vous avez soif ?

— Andreas, viens, lui dit Vincent. Ça fait partie des coutumes.

Antoine sortit une bouteille de vin blanc et un verre. Un seul. Il le tendit à Andreas.

— Chacun boit à tour de rôle, expliqua Antoine, qui avait remarqué la mine dubitative d'Andreas.

Après avoir fini la première bouteille, Antoine en déboucha une seconde sans même demander.

— Ce sera sans moi, réagit Vincent. Puisque tu as de l'aide pour la traite, je vais rentrer. J'ai des choses à faire.

Après le départ de Vincent, Andreas se tourna vers Antoine.

— Tu as de la chance avec ton fils. C'est rare, les jeunes de son âge qui aident leur père comme ça.

— Oui, c'est un bon gars.

— Et ta femme, elle t'aide aussi à la ferme ?

— Non.

L'explication tarda à venir, Antoine finissant son verre cul sec avant de le remplir et de le tendre à son ami.

— Elle nous a quittés, alors que Vincent avait dix-sept ans. Depuis on se débrouille tous les deux. C'est la vie…

Andreas comprit au ton de son ami que ce n'était pas un sujet à creuser. Il n'avait d'ailleurs pas su décoder si Antoine avait exprimé de la mélancolie, de la tristesse ou si l'évocation de sa femme lui rappelait au contraire des souvenirs qu'il ne voulait pas voir ressurgir. Andreas relança la discussion sur l'exposition agricole à venir.

Quand ils eurent éclusé la deuxième bouteille et échangé les pronostics pour le concours, il était l'heure de la traite. Antoine tendit le botte-cul à Andreas.

— Tiens, ce soir c'est ton tour.

Vers 19 heures, Andreas rentra à la maison. Épuisé. Et légèrement alcoolisé.

Chapitre 18

Genève, jeudi 28 février 2013

En attendant ses bagages à l'aéroport de Genève, Litso Ice regardait autour de lui. Des affiches publicitaires attiraient les regards des passagers. La plupart, liées au domaine du luxe, faisaient la part belle aux montres suisses. L'une capta son attention : un bassin d'où émanait de la vapeur avec vue sur une montagne enneigée. Mais il n'était pas venu en Suisse pour prendre du bon temps.

Litso Ice passa le contrôle d'identité et la douane sans encombre et se dirigea sans perdre de temps vers l'agence de location de voitures. L'homme au guichet lui remit les clés.

Il prit la direction du centre-ville. Il était déjà venu à plusieurs reprises dans la cité de Calvin, mais pas assez souvent pour s'y retrouver sans GPS. La circulation en ce milieu de matinée était relativement fluide. Il avait entendu dire que les Genevois commençaient à travailler très tôt le matin, pour éviter les embouteillages.

Litso Ice décida, pour plus de discrétion, de laisser la voiture au parking du Mont-Blanc, qui avait la particularité d'être construit sous le lac. En ressortant, il aperçut, sur l'autre rive, l'Hôtel des Bergues où son employeur lui avait réservé une suite. L'emplacement était idéal. Cela faisait partie des conditions *sine qua non*, il ne transigeait jamais. Qui voulait recourir à ses services devait y mettre le prix. Il traversa le pont des Bergues. Sur la droite, il vit l'île Rousseau, un havre de verdure au cœur de la ville, à la croisée des banques et des hôtels.

Il se présenta à la réception. L'homme derrière le comptoir s'adressa à lui en anglais. Litso Ice répondit en français.

— Oui, je vais rester deux nuits.

Le réceptionniste lui donna sa carte d'accès électronique ainsi qu'une enveloppe qui lui était adressée.

Litso Ice avait droit à la suite Mont-Blanc. Comme à son habitude, il ouvrit sa valise et rangea soigneusement ses habits dans une armoire. Il sortit ensuite toutes les pièces de son arme et les assembla. Il n'en aurait pas besoin pour le moment, mais il préférait l'avoir toujours sur lui. Il s'assit sur le canapé en velours rouge et décacheta l'enveloppe. Elle était particulièrement épaisse. Elle contenait un autre pli qu'il déposa sur la table, la photo d'une villa, une liste avec des noms et adresses, et un document qu'il identifia comme un contrat. Il observa l'image quelques instants. La maison était de style contemporain, avec des formes cubiques en bois et en pierre naturelle, agrémentée d'une piscine à débordement. La deuxième enveloppe contenait plusieurs clichés. Des photos prises dans des restaurants ou des *lounges* d'hôtels. Il comprit très vite de quoi il s'agissait : une parfaite panoplie de maître chanteur.

Litso Ice envoya un message de son téléphone portable. Quelques secondes plus tard, il reçut la réponse. Il prit connaissance de la mission qui lui avait été confiée, puis l'effaça.

Litso Ice quitta l'hôtel, prit la voiture et entra les coordonnées dans le GPS pour se rendre à l'adresse indiquée. Six kilomètres. En sortant du parking, il vit sur sa gauche un des symboles de la ville, l'horloge fleurie, composée de plus de sept mille fleurs. L'heure était réglée via satellite et l'aiguille des secondes trottait avec une exactitude tout helvétique. Litso Ice appréciait, certes, le chocolat et la fondue. Mais ce qu'il aimait de la Suisse, c'était sa légendaire précision, la méticulosité comme mode de vie. Il longea le Jardin anglais et bifurqua sur le quai Gustave Ador. Il aperçut sur sa gauche le jet d'eau – l'emblème de la ville qui culminait à cent-quarante mètres – et continua en direction de Cologny. Arrivé dans les hauts de cette commune aux villas opulentes, il se gara juste en face de la maison. Il prépara son appareil photo équipé d'un téléobjectif digne d'un paparazzi. Il ne restait plus qu'à attendre.

Une demi-heure plus tard, une voiture se présenta devant le portail de la propriété. Litso Ice sortit de son véhicule. Il vérifia que personne ne se trouvait aux alentours et posa l'appareil sur le toit de la voiture pour plus de stabilité. Il avait une vue dégagée sur le jardin et sur l'entrée de la villa. Il aperçut une femme et deux filles. Il appuya sur le déclencheur plusieurs fois de suite.

Après s'être assuré d'avoir au moins un bon cliché, il démarra. Il ne lui restait plus qu'à retourner en ville pour imprimer un exemplaire de la photo. Il serait prêt pour son rendez-vous du lendemain matin.

Chapitre 19

Pour son petit déjeuner, il s'était servi un bol d'Inca-rom, un mélange soluble de café et de chicorée torréfiée typiquement suisse qui lui rappelait son enfance. Sur la table étaient posés une miche de pain du jour, un salami, un fromage d'alpage entamé, sans oublier son journal.

Sa femme lui manquait. Elle avait été rigide, auto-ritaire, épouvantable, avec lui comme avec son fils, mais elle lui manquait. Ce n'était pas sa compagnie qu'il regrettait – ils faisaient chambre à part depuis des années –, mais plutôt son côté maîtresse de mai-son. Elle gérait et dirigeait les affaires domestiques avec la poigne d'un chef d'entreprise. Il n'avait jamais eu à se poser de question, tout était organisé et réglé comme du papier à musique. Depuis son départ, tout avait changé.

Il aimait aussi ces moments où il se retrouvait seul. Le silence. Personne pour lui donner des ordres. Parfois, l'apparente quiétude était dérangée par le sou-venir de la voix de sa femme dont le timbre discordant résonnait encore dans sa tête. Il n'arrivait pas à se défaire du souvenir de son verbiage acariâtre.

Il regarda par la fenêtre. La neige était tombée pendant la nuit. Il avait le sentiment que sa *rude moitié* – comme il se plaisait à la surnommer – le surveillait. Il pouvait même l'entendre le sermonner. Était-ce parce qu'ils avaient laissé sa chambre intacte ? Était-ce sa faute ? Rien n'avait été touché. Tout était resté en l'état. Il n'y était jamais retourné. La clé était dans une channe en étain, posée sur l'étagère. C'était devenu un sujet tabou. Son fils et lui n'en avaient jamais parlé. Mais sa présence était palpable. Bien réelle. Trop réelle.

Il entendit des bruits de pas dans l'escalier. Son fils venait le rejoindre pour le petit déjeuner.

Chapitre 20

Genève, vendredi 1er mars 2013

Litso Ice avait profité de l'excellent buffet du petit déjeuner, puis était remonté dans sa chambre. Il avait enfilé un costume sombre élégant. Il se regarda dans la glace pour s'assurer qu'il était impeccable. Il était perfectionniste dans l'âme, convaincu que tout se jouait dans le détail et le sérieux des préparatifs. Il enfila le masque de silicone qu'il avait choisi, différent de celui qu'il avait utilisé à Berlin. C'était celui d'un vieil homme chauve au visage ridé. Il ouvrit sa mallette et vérifia que tous les documents dont il avait besoin s'y trouvaient, puis sortit de l'hôtel. Sur sa gauche, il admira le fameux jet d'eau. En face, il vit l'enseigne de la banque où il allait avoir une entrevue. Il longea un bout du quai des Bergues et traversa le pont de la machine.

Litso Ice se présenta à l'accueil et annonça qu'Alexis Grandjean l'attendait. Après avoir vérifié sur son écran, l'employé lui indiqua l'ascenseur au fond du hall d'entrée. La porte s'ouvrit au cinquième étage, et il fut reçu par un homme très distingué d'un certain âge. Il comprit assez vite que ce n'était pas son interlocuteur, mais un huissier.

— Bonjour monsieur Andropov. Suivez-moi, je vous prie.

Les clients européens ou américains n'étant plus en tête des prospects potentiels, en raison des accords fiscaux, Litso Ice s'était annoncé sous un nom russe qui résonnait pour les gestionnaires de fortune comme le doux bruit d'une compteuse à billets. L'huissier le conduisit à un salon dont l'élégance faisait honneur à la réputation des banques suisses.

— M. Grandjean va vous rejoindre d'une minute à l'autre. Puis-je vous proposer un café ?

— Volontiers.

Litso Ice se déplaça jusqu'à la baie vitrée. La vue dégagée sur la rade et le jet d'eau était de toute beauté. Il s'assit dans un des fauteuils en cuir. L'huissier revenait déjà avec un café et un verre d'eau.

La porte s'ouvrit et Litso Ice reconnut tout de suite Alexis Grandjean. Il correspondait aux photos qu'il avait reçues. Il devait avoir autour des quarante-cinq ans, et ses cheveux, aplatis et plaqués sur le côté grâce à de la gomina, lui donnaient un air de garçon de bonne famille. Il portait un costume anthracite, une chemise blanche, une cravate bleu clair et des chaussures noires impeccablement cirées. Sobre et raffiné, comme tout homme d'affaires qui se respecte.

— Bonjour monsieur Andropov. Je suis très heureux. Bienvenue, déclara-t-il avec beaucoup d'entrain et un ton que Litso Ice perçut comme hautain, à la limite de l'arrogance.

Le banquier s'avança vers son client potentiel et lui tendit la main d'un geste décidé.

— *Da*, répondit-il en sélectionnant la formule la plus laconique de son répertoire, et en affichant un sourire forcé qui sembla déstabiliser son interlocuteur.

Ils s'assirent l'un en face de l'autre. Le gestionnaire de fortune examina son visiteur de bas en haut. Au moment où il croisa son regard marmoréen, il perdit encore un peu de son assurance.

— Monsieur Andropov.

Il répéta son nom, ce qui lui donna quelques instants pour se ressaisir.

— Vous m'avez dit au téléphone vouloir ouvrir un compte auprès de notre établissement sur le conseil d'un de mes clients.

— Il y a erreur, répondit-il avec un fort accent russe. Je suis là pour affaires, mais pas bancaires.

Une perle de sueur s'était formée sur la tempe du banquier. Il ne s'était jamais senti aussi mal à l'aise face à un client. Dans sa tête tournait un tourbillon de pensées. Que lui voulait cet homme ?

Litso Ice s'exprimait dans un français irréprochable. Lorsqu'il travaillait pour le service d'espionnage russe, il avait appris plusieurs langues. Il arrivait à parler sans accent pour ne pas éveiller les soupçons, si telle était son intention. Mais ce matin-là, il avait décidé de faire ressortir ses origines.

Litso Ice sortit un porte-documents de sa mallette et le posa sur la table basse.

Alexis Grandjean considéra l'étui de cuir beige. Que renfermait-il ? Sa main voulait le saisir et découvrir son contenu, mais quelque chose le retenait. La peur, sans doute. Il n'avait aucune idée de ce qui l'attendait. Il vit son interlocuteur lui faire un geste de la tête pour lui indiquer de l'ouvrir. Il s'exécuta.

L'étui contenait des clichés en noir et blanc sur lesquels il se reconnut. Des photos prises dans des restaurants et des halls d'hôtel. Il identifia les personnes qui y figuraient en sa compagnie : des clients américains. Il les regarda une à une, avec un sentiment d'effroi grandissant. Puis il tomba sur une liste sur laquelle étaient inscrits diverses dates et informations de vols pour les États-Unis, des adresses d'hôtels et des noms. Une deuxième page dressait l'inventaire complet de ses anciens clients d'outre-Atlantique. Comment l'homme en face de lui avait-il obtenu tout cela ? Il avait été espionné, suivi, son ordinateur sans doute piraté. Il eut froid dans le dos. Ce qu'il avait devant lui constituait la preuve flagrante de sa participation active à l'évasion fiscale de ses clients, dans le cadre de son précédent travail. Au moment où un de ses ex-collègues avait été arrêté et emprisonné aux États-Unis, il avait pris peur et avait décidé de changer de banque, de recommencer à zéro, et surtout de ne plus s'occuper de cette clientèle américaine. Mais aujourd'hui, ce passé le rattrapait.

Alexis Grandjean s'appuya contre le dossier du fauteuil et inclina la tête en arrière en fermant les yeux.

Litso Ice sortit ensuite un autre cliché de la poche intérieure de sa veste et le posa sur la pile de documents éparpillés sur la table. Le banquier le saisit et le regarda. Il suait maintenant à grosses gouttes et son pouls s'accélérait. Son interlocuteur avait encore fait monter la pression d'un cran. La photo représentait sa femme et ses deux filles devant leur villa. Il reconnut les habits qu'elles portaient la veille.

Litso Ice savait que le banquier était désormais totalement à sa merci, mais il décida de pousser le bouchon encore un peu plus loin. Il sortit de sa veste son pistolet Makarov PM et le plaça doucement sur la table.

— Qu'est-ce que vous voulez ? parvint à marmonner Alexis Grandjean.

Si ces clichés étaient envoyés au Département du Trésor américain, il était cuit. Sans parler des menaces implicites. L'homme était déterminé. Son regard pénétrant le terrifiait.

Litso Ice sortit une feuille et la posa devant le banquier.

— Signez là !

Alexis Grandjean prit connaissance du document et comprit enfin l'enjeu de cette mise en scène. Il n'avait pas le choix. Comment allait-il expliquer cela à sa femme ? Elle lui en voudrait terriblement, mais c'était un moindre mal, en considérant l'alternative. Il prit sa plume et apposa sa griffe au bas de la page.

Litso Ice reconnut un modèle de plume qu'il avait pu admirer la veille dans la vitrine d'une boutique de luxe. Un squelette de métal laissait apparaître par endroit le bleu translucide du réservoir. L'étoile blanche stylisée surmontant le capuchon ne laissait pas de place au doute. Une merveille du bon goût et du chic à l'occidentale.

— Très bel objet, dit-il avec un regard que le banquier comprit immédiatement.

Il déposa la plume sur le document.

Litso Ice s'en saisit – un cadeau ne se refusait pas –, et reprit le contrat signé ainsi que les photos et autres documents et les rangea dans sa mallette. Puis il se leva et dévisagea Grandjean. L'estocade finale.

— Inutile de vous préciser, monsieur, conclut Litso Ice, cette fois dans un français sans accent, que nous ne nous sommes jamais vus. Si vous racontez à qui que ce soit notre petite entrevue, je le saurai. Et soyez certain que je ne serai jamais très loin… Je ne pense pas que vous voulez passer le reste de votre vie à vous demander à quel moment cela arrivera. Ce serait dommage… Vos fillettes sont adorables.

Chapitre 21

L'apprenti-fermier avait pris congé pour la journée. Il avait invité à souper Jessica, sa sœur, et ses deux enfants, Adam et Mélissa, et prévu de se lancer dans la préparation d'un menu aux allures gastronomiques.

Après le petit déjeuner, Mikaël mit sa veste et vint lui dire au revoir.

— Tu vas où ?

— Je vais à Lausanne rencontrer quelqu'un qui voudrait me soumettre une idée pour un prochain article. Et je veux surtout éviter d'être là quand tu te lances dans la cuisine.

— Et pourquoi donc ?

Mikaël s'était éloigné en direction de la porte.

— Tu ne vas pas me laisser travailler en paix. Tu viendras me déranger toutes les cinq minutes. J'ai déjà donné, merci. Et le seul conseil que j'aie à te donner : nettoie et range tout ce que tu vas utiliser au fur et à mesure. Ce n'est pas moi qui le ferai en rentrant…

Puis Mikaël sortit sans laisser à son compagnon le temps de répondre.

Andreas avait établi un programme qui débutait par la promenade du chien. Minus venait de finir sa gamelle et attendait devant la porte. Ils sortirent en direction de l'Avançon, leur tradition matinale.

En se baladant, il repensa au cauchemar qu'il avait fait en début de semaine.

Celui où il était sur la falaise.

Où il était attiré par le vide.

Où il s'était laissé tomber.

Dans son rêve, ce n'était pas la chute elle-même qui l'avait inquiété. Son psy lui avait expliqué qu'on pouvait l'interpréter comme l'acceptation d'un changement et du lâcher-prise. Cette chute symbolique prenait tout son sens. En réalité, ce qui lui avait laissé le sentiment de malaise, c'étaient ces aigles qui volaient au-dessus de sa tête. Il avait eu une période dans sa jeunesse où des oiseaux sinistres revenaient régulièrement dans ses songes, dans un contexte ou un autre.

Andreas avait suivi deux années de psychanalyse jungienne, mais il éprouvait le sentiment qu'il demeurait au fond de lui une part d'ombre. À la fin de sa thérapie, il s'était senti bien. Il n'avait plus fait de rêves étranges, ou ne s'en souvenait pas au réveil. Les seuls dont il se rappelait étaient liés à son activité professionnelle. Depuis la dernière enquête, l'affaire du tueur en série, il avait fait une nouvelle série de cauchemars.

Des yeux ensanglantés.

Des incendies.

Du sang.

Beaucoup de sang.

Mais là, c'était différent. Ces images, ressurgies du passé, lui procuraient un profond sentiment d'angoisse.

Ces songes se présentaient comme une brume opaque

qui lui laissait à peine entrevoir l'horizon. Il aurait voulu dissiper ce brouillard, comprendre. Pourquoi ces images enfouies refaisaient-elles surface ? Pourquoi maintenant ?

Pas de lumière sans ombre. Il revit le vitrail qui représentait Jésus dans le temple de Gryon.

La zone d'ombre des meurtriers le fascinait.

La sienne aussi.

Être confronté à des esprits criminels aussi obscurs laissait certainement des traces et une question revenait sans cesse : comment un être humain franchissait-il la frontière invisible qui l'amenait à tuer ? Chacun avait ses zones d'ombre, c'était une réalité. Il repensa au tueur de sa dernière enquête, son ombre avait pris l'ascendant.

Andreas avait de la peine à accepter l'idée que l'ombre mène une existence propre, parfois indépendante. Impossible de la diriger et de la contrôler complètement. Le risque, si on ne cherchait pas à la comprendre et à l'apprivoiser, était qu'elle étende subrepticement son voile dans l'inconscient.

Andreas revint à la maison et étudia le menu qu'il avait rédigé sur un calepin. Il avait choisi de préparer un repas suédois : le *smör-gåsbord*. La traduction littérale était *table de pains au beurre*, mais cela consistait en un buffet comportant un assortiment de plats froids et chauds. Il voulait impressionner sa sœur. Et lui faire plaisir, bien sûr.

Chaque année en décembre, il se rendait au marché de Noël suédois à Lausanne pour acheter des produits qu'il ne trouvait pas en Suisse : différentes sortes de harengs marinés, de la charcuterie typique, de la viande de renne, des poissons fumés et l'indispensable bouteille d'aquavit.

Il n'avait plus qu'à tout déballer et disposer sur la table. Mais il avait aussi prévu de préparer différents plats. Le plus simple et le plus typique : les *köttbullar*, boulettes de viande avec confiture d'airelles. Ensuite le *Janssons Frestelse*, gratin de pommes de terre, d'oignons et d'anchois. Puis des *Aladåb*, sortes de terrines en gelée, l'une avec de la viande et des légumes, et l'autre avec du poisson. Pour le dessert, il avait choisi le *Saffranspankaka*, la spécialité de l'île de Gotland : une galette de riz au safran qui se déguste avec de la crème fouettée et de la confiture de *salmbär*, une variété de mûres de l'île.

Après avoir dressé la liste des ingrédients qui lui manquaient, il partit faire les courses à l'épicerie du village. De retour, il se mit à l'œuvre.

Vers 17 h 30, tout était prêt. Il s'était même octroyé une pause avec un cigare dans le jardin d'hiver. Minus aboya en entendant la voiture de Mikaël. Celui-ci entra, portant deux énormes sacs plastique. Sans poser de question, Andreas aida Mikaël à sortir les achats : une corbeille bien trop exiguë pour Minus et une gamelle bien trop petite, elle aussi, pour contenir le kilo de viande quotidien de leur compagnon à quatre pattes. Il ouvrit ensuite le second sac. De la nourriture et des croquettes… pour chat.

— Tu m'avais fait une demande il y a quelque temps, non ?

Andreas lui sourit : le jour qui avait suivi la mort du tueur en série, il avait proposé à Mikaël d'adopter un chat.

Au même moment arrivèrent Jessica et les enfants. Mélissa portait une cage. Elle la posa et en sortit un chaton tout noir avec des pattes blanches, qu'elle confia à Andreas.

Chapitre 22

Genève, vendredi 1er mars 2013

Après son entretien à la banque, Litso Ice avait flâné et fait du lèche-vitrines, enchaînant les enseignes horlogères et de prêt-à-porter, plus luxueuses les unes que les autres. N'ayant aucune intention d'y acheter quoi que ce soit, ni même d'y entrer, il s'en lassa bientôt et décida de se diriger vers la vieille ville. Il ignorait ce que serait la suite de sa mission, les instructions ne viendraient que dans la soirée, il avait donc tout le temps de flâner et de faire le touriste, ce que son activité professionnelle ne lui permettait que trop rarement. Mais il devait admettre que c'était agréable.

Il se promenait dans les étroites ruelles pavées et parvint finalement au cour Saint-Pierre. Avec ses colonnes, le portique de la façade faisait penser au Panthéon de Rome. On était loin des bulbes multicolores et des peintures ornementales des basiliques russes. Il se demanda comment on pouvait arriver à des résultats aussi différents à partir d'un même texte de référence. En pénétrant dans la cathédrale, il fut saisi par son aspect dépouillé et austère. Il alla s'asseoir sur un des bancs et prit le temps de s'imprégner de l'atmosphère en laissant ses pensées vagabonder. Il n'était pas croyant. Il avait été élevé par un fervent stalinien. Et son dieu à lui avait été le communisme. Mais aujourd'hui qu'était-il devenu ? Athée ? Non. Plutôt agnostique. Son refus de l'existence de Dieu s'était transformé au fil du temps en scepticisme. Il ne s'identifiait à aucune religion et n'avait pas d'image précise de Dieu, mais il estimait qu'une force supérieure existait. Une sorte d'ange gardien qui veillait sur lui.

Litso Ice se lança dans l'ascension d'une des tours et compta les marches : cent cinquante-sept au total. Sa peine fut récompensée. La vue à trois cent soixante degrés sur la ville était somptueuse et le temps dégagé laissait apercevoir au loin le massif du Mont-Blanc.

En sortant de la cathédrale, il se dirigea vers la promenade de la Treille et fit quelques pas en longeant l'allée de marronniers. Il descendit en empruntant la rampe et entra dans le parc des Bastions. Il s'assit sur une marche et examina le mur en face de lui. Quatre personnages y étaient sculptés. Il estima qu'ils mesuraient environ cinq mètres de hauteur. L'un d'eux était Jean Calvin, l'homme à qui la ville de Genève devait son surnom de Rome protestante. Il comprit pourquoi la cathédrale était aussi austère. Les faciès des quatre individus n'exprimaient que gravité, sévérité et tristesse. Pauvres calvinistes, songea-t-il. Au-dessus étaient gravés des mots en latin : *Post Tenebras Lux*. Il ne connaissait pas un traître mot de latin, mais il avait lu la traduction dans le guide touristique : *Après les ténèbres, la lumière*. En inversant les propositions, cela pourrait devenir sa propre devise. Son métier n'était-il pas d'ôter la vie ? De faire passer ses victimes de la vie à la mort, de la lumière aux ténèbres ?

En début de soirée, il retourna à l'hôtel et prit l'ascenseur jusqu'au toit-terrasse. Il entra dans le restaurant japonais, le Izumi, qui servait de la cuisine fusion. Il avait vu la publicité dans le hall et était intrigué par le concept.

On l'installa à côté de la baie vitrée. Le serveur lui apporta le menu. Il en profita pour demander des explications.

— C'est un mot savant pour dire qu'on mélange des saveurs en s'inspirant de différentes cultures pour élaborer des recettes inhabituelles. Nous proposons une cuisine *nikkei*, qui mêle les influences japonaises et péruviennes.

Litso Ice ouvrit la carte et resta dubitatif face aux intitulés des mets. Il commanda en entrée un *sashimi de sériole du Japon au piment jalapeño*, et en plat, un *homard et kadaïfis de foie gras, sauce terriyaki et truffe*. La moitié des mots ne lui évoquaient rien et les kadaïfis lui rappelaient le nom du dictateur libyen. Mais il trouvait que ça sonnait bien.

La rade était illuminée. Les enseignes des banques et des marques horlogères tenaient la vedette, concurrencées de près par la cathédrale et le jet d'eau, artistiquement éclairés.

Après l'entrée aussi savoureuse que frugale, le serveur apporta le plat principal. La disposition des aliments tenait de l'œuvre d'art, mais il se demanda si fusion était synonyme de régime.

Au moment d'entamer le dessert, son téléphone vibra. Il découvrit le message. D'abord la photo d'un village de montagne avec un clocher en pierre.

Puis un nom : Gryon.

Chapitre 23

Restaurant L'Escale,
Gryon, mercredi 6 mars 2013

Après la répétition, Vincent et Jérôme rejoignirent Romain et Cédric au restaurant L'Escale, sur la place de Barboleuse. Membres de la fanfare depuis des années, ils peaufinaient leurs nouveaux morceaux pour les traditionnels événements de l'été. Vincent jouait du sousaphone, une sorte de tuba qui se portait sur l'épaule. Ses grandes dimensions et sa tessiture grave faisaient bel effet lors des défilés. Jérôme, fan de batterie, avait porté sans surprise son choix sur le tambour d'ordonnance.

Le jeu était déjà posé sur le tapis vert au milieu de la table. La serveuse apporta quatre chopes de bière. Cédric étala les cartes, faces retournées. Chaque joueur en tira une. Les deux plus basses et les deux plus hautes détermineraient les équipes. Ce fut Cédric et Jérôme contre Vincent et Romain. Cédric mélangea ensuite les cartes et les distribua. Neuf par personne. C'était au tour de Vincent de choisir l'atout.

— Je chibre.

Il passait la main à son partenaire. Le chibre,

variante la plus répandue du jass[1] en Suisse romande, tendait à disparaître des scènes de bistrots. Les jeunes le délaissaient de plus en plus pour d'autres occupations, plus virtuelles. Mais les quatre garçons aimaient se retrouver de temps à autre pour taper le carton.

— Cœur atout, lança Romain.

La partie débuta.

— Alors, ça avance votre projet ? demanda Romain.

— On ne parle pas pendant qu'on joue, rétorqua Vincent.

— *Schtöckr*, annonça Jérôme, qui venait de poser la dame de cœur.

Posséder le roi et la dame d'atout dans son jeu donnait vingt points supplémentaires à l'équipe.

Quand toutes les cartes furent tombées, chaque équipe procéda au décompte des points et Cédric les nota avec la craie sur l'ardoise.

— Oui, ça avance bien, mais on n'a pas encore assez d'argent.

Jérôme s'était vu confier la responsabilité d'un voyage d'échange avec la fanfare. Ils devaient se rendre l'année suivante en écosse où ils étaient en contact avec une formation locale. Deux concerts étaient déjà programmés et ils étaient impatients de mêler les sons de leurs instruments à ceux de la cornemuse.

— Vous allez bien vous amuser, commenta Cédric.

— Tu parles d'un échange… Je sais pas comment vous alignerez correctement les notes avec les bonnes bières qu'ils ont là-bas, dit Romain.

---

1. Sport national suisse, proche de la belote, le jass (prononcer yass) ou chibre est notamment pratiqué en Allemagne (Schieber) et en Alsace.

Ni Cédric ni Romain n'avaient jamais été membres de la fanfare. Le solfège les avait rebutés tout comme l'idée d'appartenir à une société locale. Sous la pression de ses amis, Romain avait toutefois été membre de la Jeunesse. Après avoir rencontré sa future fiancée – et désormais ex-femme – à une soirée de carnaval, il avait quitté Gryon pour s'installer avec elle à Martigny. Il avait trouvé du travail dans une entreprise de charpenterie en Valais. Le mariage avait suivi. Vincent, Jérôme et Cédric y avaient été conviés. Ils s'étaient rendu compte que leur ami s'était créé un nouveau cercle de connaissances, des copains avec qui il sortait beaucoup. Depuis son déménagement, il n'était revenu que rarement à Gryon, pour voir ses parents de temps à autre. En quelques mois, il avait changé de vie. Mais son retour au bercail fut encore plus expéditif. D'abord licencié en raison de ses retards permanents, il fut ensuite congédié par sa femme, qui lui reprochait ses rentrées alcoolisées au milieu de la nuit et son manque d'intérêt flagrant pour leur vie de couple. Elle déposa ses valises sur le palier, fit remplacer la serrure et demanda le divorce.

Romain habitait de nouveau à Gryon, depuis quelques semaines, dans la maison de ses parents et avait rapidement renoué avec ses habitudes et ses amis. Tout était revenu à la normale ou presque, puisqu'il était encore au chômage. En plaine, les entreprises avaient sans doute eu vent de son comportement et préféraient s'abstenir. Son ancien employeur à Gryon avait prétendu n'avoir plus assez de commandes pour l'embaucher.

Vincent distribua les cartes à son tour.

Jérôme sentit son portable vibrer et le sortit de sa poche. Il venait de recevoir un message sur l'application Meetic.

— Deux cents les bourgs, annonça Romain, qui avait en main quatre valets, l'annonce la plus importante du jeu. Et pique atout.

— T'as le cul bordé de nouilles, s'insurgea Cédric tout en faisant deux coches sur l'ardoise.

Romain posa d'entrée le valet de pique, la carte la plus forte. Cédric jeta une petite carte, n'ayant aucun pique dans la main et Vincent déposa le dix de pique pour donner des points à son équipe. Puis les trois levèrent la tête et fixèrent Jérôme. Celui-ci souriait. Il avait ouvert le message, une femme de la région avait mordu à l'hameçon… Elle habitait le village d'Ollon, en plaine.

— C'est à toi, Jérôme !

— Euh oui, c'est quoi l'atout, déjà ?

— Pique !

Jérôme posa son portable sur la table tout en continuant à lire le message et jeta le neuf de pique, qu'on nommait le *nell* dans la couleur d'atout. Dans sa distraction, il venait de sacrifier sans nécessité une carte forte. Il continuait à sourire tout en regardant la photo qu'il venait de recevoir. Une jolie femme, sexy, pour autant que l'image n'ait pas été trop photoshopée et ne remonte pas à dix ans.

— Tu n'avais pas d'autre pique dans la main ? lui demanda Cédric.

— Ah oui, désolé. J'ai pas fait gaffe.

— Essaie de te concentrer ! Tu nous fais perdre des points, le tança Cédric.

— Tu veux pas ranger ton portable ? On est en train de jouer…, dit Vincent.

— Oui. Quand on joue, on joue ! ajouta Romain.

— Vous m'emmerdez à la fin !

Jérôme balança son jeu sur le tapis, se leva de sa chaise et quitta la partie. Ses amis échangèrent des regards interloqués et reposèrent leurs cartes sur la table.

Chapitre 24

Huémoz, vendredi 8 mars 2013

Serge Hugon, vêtu d'un jean et d'une chemise bleue à motifs d'edelweiss, tondait sa vache de prédilection au moment où sa tante Isabelle fit irruption.

— Je vois que tu prépares Blümchen pour demain.

— Oui, elle doit être parfaite. J'ai bien l'intention de gagner le concours.

— Ce n'est pas la modestie qui t'étouffe, en tout cas.

Serge Hugon avait repris la ferme de son père. Il était fier et affichait son attachement à la terre en portant cette chemise traditionnelle. Ses deux parents étaient morts, il vivait seul. Il ne s'était jamais marié et avait consacré toute sa vie à son exploitation. Quelques années auparavant, il avait failli tout lâcher pour partir à l'étranger avec une femme. Mais le destin en avait décidé autrement.

Depuis, il se dévouait corps et âme à ses vaches. Les concours étaient son passe-temps favori. L'élevage avait toujours été au centre des préoccupations de la famille Hugon. Son père lui avait inculqué cette passion. Le cheptel était issu de deux lignées qu'il pouvait tracer jusque dans les années cinquante. Mais son intérêt pour l'élevage avait évolué vers une volonté de gagner coûte que coûte. Son père tirait sa fierté de ses vaches, fruit de nombreuses années de labeur, de sélections réfléchies et de soins attentifs. Lui, au contraire, ne vivait que pour les récompenses qu'il récoltait lors des différents concours. Il avait commencé à sillonner le pays dans cet unique but, pour acheter les meilleures bêtes.

Quatre ans auparavant, il avait découvert Blümchen chez un paysan de l'Emmenthal. Une vache presque parfaite. Il n'avait pas laissé passer l'occasion et avait dû batailler ferme pour convaincre son propriétaire de s'en séparer, sans lésiner non plus sur son prix. Elle avait été plusieurs fois lauréate, mais conquérir le titre à Swiss Expo restait, après quelques essais infructueux, l'un des buts de Serge Hugon. Et cette année serait la bonne. Blümchen était à maturité. Elle était prête. Mais il fallait d'abord remporter le concours régional à Aigle. Sinon comment prétendre à la victoire suprême ?

Blümchen avait toutefois un défaut. Un de ses trayons n'était pas aussi droit et aligné que les autres. Il existait des moyens pour le redresser. Mais pas question de prendre de risques. Il devrait faire avec. Le code d'honneur devait être respecté, d'autant que les contrôles s'étaient intensifiés ces dernières années. Être pris en flagrant délit de tricherie ruinerait sa réputation et empêcherait sa participation à de futurs concours.

Chapitre 25

La foule était présente en nombre et tout le monde s'activait pour être prêt dans les temps. Certains lavaient leurs vaches au karcher. D'autres taillaient aux ciseaux les poils du dos pour obtenir une ligne parfaite. Tous étaient affairés. Chaque éleveur avait un seau d'eau à proximité et une éponge à la main, au cas où une vache se salirait. D'autres apportaient du fourrage pour ravitailler leurs bêtes.

Antoine sortit Alouette de la bétaillère et Vincent s'occupa de Yodeleuse. Elles furent attachées à l'endroit qui leur était réservé. Puis un homme mena sa vache à côté de Yodeleuse. Antoine le salua cordialement.

— Salut, répondit-il sèchement, sans même le regarder, avant de retourner chercher la vache suivante.

— Tu vois, ça, c'est Blümchen, la favorite. Celle dont je t'ai parlé. Et son propriétaire est Serge Hugon.

— Ah, oui. Celle qui a été transférée à prix d'or depuis la Suisse allemande.

Andreas la considéra, puis la compara à Yodeleuse.

— C'est vrai qu'elle présente bien, mais je trouve Yodi plus belle.

114

— Hélas, tu n'es pas juge.

Vincent frottait Alouette avec du savon tandis qu'Antoine s'occupait des finitions avec la tondeuse. Andreas remarqua que la mamelle de Yodeleuse était très tendue. On voyait même ses veines ressortir.

— Tu ne vas pas la traire ?

— Non. Les tétines doivent être pleines pour le concours. Cela donne du volume. Mais on la traira immédiatement après.

Andreas décida de faire un tour pour découvrir les lieux. Il se dirigea vers la piste de sable entourée de barrières. C'est là qu'il allait conduire Yodeleuse devant un public impatient. Il inspira. Le stress ? L'enjeu n'était pas d'une importance capitale, mais il éprouvait de l'appréhension. Il continua son chemin. À côté du bar se trouvait un char avec une trentaine de cloches suspendues à une structure en bois, les prix pour les gagnantes des différentes catégories. Andreas entra dans la halle et observa les vaches une à une, en laissant toutefois son regard s'attarder sur les Simmental. Il voulait se faire une idée, savoir si Yodeleuse avait une chance, malgré les réserves d'Antoine. Ce dernier avait eu beau lui expliquer les critères, Andreas aurait été incapable d'émettre un pronostic.

Il rejoignit Antoine et Vincent qui lui tendit un seau d'eau et une éponge.

— Tiens, ta vache a fait ses besoins. Sa queue est tout encrottée.

Pendant qu'Andreas nettoyait Yodeleuse avec application, il entendit une voix enthousiaste derrière lui.

— Salut tonton !

Il se retourna. C'était Adam, suivi de Mélissa. Puis il vit Jessica et Mikaël qui pouffaient de rire.

— Attends, ne bouge pas. Je vais immortaliser la scène, dit Jessica.

Une voix annonça au micro le début des festivités.

— C'est pas encore à nous. Il y a d'abord les Red Holstein, puis les Swiss Fleckvieh.

Malgré la foule, ils trouvèrent une place juste derrière les barrières. Andreas sentait la nervosité le gagner et observait le déroulement du spectacle. Antoine se plaisait à commenter les vaches qui défilaient. Andreas, Jessica et les deux enfants écoutaient attentivement ses explications.

Vincent était le moins intéressé de tous. Il connaissait la musique et, surtout, avait d'autres choses en tête. Il se tenait debout à côté de Jessica, la sœur d'Andreas, et n'était pas insensible à ses charmes. Elle portait un jean moulant qui dévoilait de longues jambes fines. Sous son pull, il imaginait une poitrine ferme. Il fut interrompu dans ses rêveries par une main qui lui tapait sur l'épaule.

Jérôme, Cédric et Romain, ses amis, venaient d'arriver. Romain et Jérôme – lequel s'était excusé par SMS d'être parti comme un voleur l'autre soir en plein milieu de la partie de cartes – assistaient pour la première fois au concours. Cédric en revanche connaissait bien les expositions de vaches. Tout jeune déjà, il aidait à la ferme. Il aurait bien aimé, lui aussi, en mener une. Mais il devait s'occuper de son père. Il l'avait laissé avec des amis et le surveillait d'un œil, prêt à intervenir au moindre signe.

Ce fut au tour d'Antoine d'aller concourir avec Alouette. Au moment d'entrer dans l'arène, il fut applaudi par toute l'équipe. Romain et Jérôme commencèrent à scander « Alouette ! Alouette ! » Vincent, gêné, dut leur expliquer que les usages des stades de foot n'étaient pas en vigueur dans les expositions agricoles. Un concours de vaches s'appréciait dans le calme.

Antoine et Alouette arrivèrent en troisième position.

Au moment où Antoine détacha Yodeleuse et donna le licol à Andreas, la vache meugla et tenta de faire demi-tour. Antoine dut la retenir.

— Détends-toi, Andreas. Sinon ça ne va pas aller.

— Je suis détendu !

— Il ne faut pas seulement le dire. La vache doit le ressentir. À partir de maintenant, vous ne faites qu'un.

Andreas respira un bon coup et caressa Yodeleuse sous la tête en lui glissant quelques mots à l'oreille. Ils semblaient maintenant apaisés, l'un et l'autre, prêts à entrer en scène.

— Faut y aller, Andreas, dit Antoine.

Romain faisait semblant d'apprécier le spectacle, mais, au fond, il se demandait ce qu'il faisait là. Il ne voyait pas l'intérêt de faire défiler ces bêtes. Il avait envie d'une bière, peut-être pour calmer la brume d'un cerveau qu'il sentait voilé par les excès du soir précédent. Il était un peu tôt pour ça, et il n'avait pas envie non plus d'écouter les sempiternelles remarques des copains qui lui disaient de se reprendre en main, de se soigner. Il n'aimait pas cette ingérence, toutefois ses amis avaient peut-être raison : il était vraisemblablement alcoolique. Comme son père l'avait été. Saoul et agressif dès 9 heures du matin. Il s'était juré de ne pas lui ressembler. Son père s'en était sorti depuis quelques années, pourquoi pas lui ? Sa greffe du foie et son long séjour à l'hôpital y avaient grandement contribué, certes. Il espérait pour sa part réagir avant d'en arriver là. Il en avait assez de se réveiller le matin avec la gueule de bois et un mal aux cheveux qui persistait une bonne partie de la journée. Au début, c'était un verre de rouge à midi, avec les collègues de travail. Et aussi lors des sorties du week-end. Ensuite, il s'était habitué à les retrouver tous les soirs à l'heure de l'apéro, finissant de plus en plus tard. Après avoir perdu son boulot et sa femme, il s'était dit que tout allait changer. Il était retourné à Gryon, il avait coupé les ponts avec ses copains de débauche. Mais, en cachette, il avait continué à boire, parfois dès le matin. Pas beaucoup, juste un peu pour meubler ce vide dans le ventre, diminuer son anxiété. Son humeur devenait de plus en plus noire, presque dépressive. Il n'avait envie de rien faire si ce n'est préserver sa libido. Mais aucune femme ne voulait de lui. Alors, pour l'entretenir, il regardait du porno sur Internet. Les journées étaient longues, il traînait chez lui, devant la télévision ou l'ordinateur. Il avait souvent une bière à la main, et il se disait, en songeant à son avenir, qu'il devait mettre un terme à ces beuveries quotidiennes.

C'était au tour d'Andreas d'entrer dans l'arène. Yodeleuse le suivait sans broncher. Un autre paysan avait de la peine à retenir sa vache qui s'imaginait sans doute participer à un rodéo. Andreas défila devant la famille. Jessica le mitraillait avec son appareil photo, Mikaël souriait et se montrait toujours aussi amusé par la situation. Adam et Mélissa applaudissaient joyeusement.

Après trois tours de piste, le juge fit signe à Andreas qui ne comprit pas. Le juge lui donna alors une indication encore plus explicite, l'enjoignant à venir avec sa vache se positionner au centre. Andreas s'exécuta. Il jeta un rapide coup d'œil à Antoine qui paraissait étonné.

Du bord de l'arène, avec un mélange d'intérêt et de curiosité, Litso Ice observait la scène. Il n'avait jamais assisté à ce genre de manifestation dans sa Russie natale et se trouvait projeté, avec un plaisir que dédoublait l'étonnement, au cœur du folklore suisse poussé à sa quintessence. C'était une autre Suisse que celle qu'il avait côtoyée jusqu'alors. Il ne connaissait que les banques, les boutiques de luxe, l'industrie pharmaceutique. Mais ce qu'il voyait de simple et de vrai n'était pas pour lui déplaire. L'ambiance était détendue, sympathique. Il regarda l'un des hommes qui exhibait sa vache dans l'arène. Il venait d'entendre, à côté de lui, un couple en parler et colporter des ragots à son sujet. Il était inspecteur de police et vivait à Gryon. Que faisait-il là ? D'après les rumeurs, il avait aussi des mœurs dépravées. Il en avait assez vu et entendu. Il se fraya un chemin parmi la foule.

Andreas s'était placé au centre, comme on le lui avait demandé. Il regarda les autres concurrents se ranger à côté de lui, un à un, avec sa vache. Le juge avait-il cette fois commencé par la fin ? Serait-elle classée dernière ? Lorsque toutes les bêtes eurent rejoint le centre, le juge se dirigea vers Yodeleuse et mit sa main sur son dos. C'est à ce moment qu'il comprit. Le juge commença :

— Cette vache représente bien le but de l'élevage. C'est une vache robuste. Elle a une bonne ossature, une ligne bien droite. Ses membres sont solides et elle a une très belle mamelle.

Andreas caressa Yodeleuse, un large et fier sourire se dessinait sur ses lèvres, comme un enfant qui vient de recevoir une récompense devant toute la classe.

Yodeleuse avait remporté le premier prix de sa catégorie.

En quittant l'arène, il croisa le regard hermétique du paysan qui guidait Blümchen, la favorite de la journée. Puis tous les autres arrivèrent pour féliciter la vache. Andreas n'y était pas pour grand-chose. Antoine caressa Yodeleuse. Il souriait. Pour la première fois, il recevait ce prix, la première place.

— Jamais je n'aurais cru cela possible. T'es la plus sympa, mais t'es aussi la plus belle, chuchota-t-il à Yodeleuse.

Jérôme lorgnait sur les femmes autour de lui. Certaines étaient joliment roulées. Il aurait bien voulu les trouver sur son site de rencontres. Mais les photos sont trompeuses. Il avait déjà pu en faire l'amère expérience. La dernière, celle pour laquelle il avait brusquement interrompu sa partie de cartes, avait d'abord préféré discuter en ligne, elle ne voulait pas brusquer les choses. Elle lui avait également écrit de longs mails sentimentaux, posant des questions trop précises auxquelles il n'avait aucune envie de répondre. Une perte de temps. Brusquement, il se sentit mal. La chaleur dans la salle était insupportable, sa chemise était mouillée, la sueur lui coulait du front. Il commença à avoir la nausée, besoin de respirer. Il se précipita vers la sortie, bouscula plusieurs personnes sur son passage, s'excusa à peine, la main sur la bouche. À peine dehors, il inspira une bouffée d'air frais. La sensation du haut-le-cœur s'interrompit instantanément.

Soudain, des cris résonnèrent dans l'arène.

Chapitre 26

Aigle, samedi 9 mars 2013

Antoine et Andreas se précipitèrent pour voir ce qui se passait. En arrivant, ils aperçurent une vache étendue sur le sable. Serge Hugon était penché sur elle.

— C'est Blümchen, dit un paysan. Elle a eu des convulsions. Et puis elle est tombée.

— Où est le vétérinaire ? hurlait Hugon.

— Serge, elle est morte. Y a plus rien à faire, dit le juge.

— Mais c'est pas vrai. Putain de merde ! s'écria Hugon en martelant le sol couvert de sciure de ses poings.

Un des officiels se présenta sur la piste avec un micro. Il annonça que le concours était suspendu et invita les spectateurs à aller se sustenter au bar.

L'arène s'était vidée et les organisateurs se rassemblèrent. Les discussions allaient bon train. Devaient-ils mettre un terme aux festivités ? Continuer ? Des arguments opposés fusèrent et on décida de poursuivre.

Serge Hugon, qui entendait la conversation, s'approcha du groupe.

— Quoi ? Vous allez continuer ? Ma vache est morte

et vous n'arrêtez pas le concours ! C'est inadmissible. C'est elle qui devait gagner ! Et elle est morte.

— Écoute, Serge. On est navrés…

— Ouais, c'est ça. Vous êtes tous une bande de cons.

Sur ces paroles péremptoires, Serge Hugon quitta l'arène au moment où un tracteur avec une pelle mécanique arrivait pour déplacer l'animal qui devait peser pas loin de huit cents kilos.

Andreas, qui avait observé la scène, rejoignit les autres au bar.

— C'est très triste pour la vache, déclara Antoine. Je me demande ce qu'elle a bien pu avoir. C'est quand même bizarre.

Un des organisateurs fit signe à Antoine de le rejoindre. Ils échangèrent quelques mots et Antoine revint avec une mine réjouie.

— Yodeleuse participera à la finale de la Grande Championne !

Après la pause de midi, tout le monde regagna l'arène pour la suite des festivités. L'ambiance euphorique de la matinée s'était estompée et la mort de Blümchen restait présente dans tous les esprits. De mémoire, jamais cela n'était arrivé.

Des cloches se mirent à tinter. Les sonneurs des Ormonts arrivaient en file indienne. Ils étaient vêtus de leur chemise bleue traditionnelle, coiffés de leur chapeau noir, et ils brandissaient des deux mains un toupin qu'ils faisaient rebondir en rythme sur leurs cuisses.

Après cet intermède folklorique, les choses sérieuses reprirent : la nomination de la Grande Championne.

Andreas laissait paraître un mélange de griserie et de nervosité, qui n'échappa pas à Antoine.

— Tu sais Andreas, même si Blümchen n'est plus là, des concurrentes très valables sont encore en lice. Je ne pense pas que nous allons gagner.

— Tu ne veux pas y aller avec elle ? C'est la finale et Yodi est ta vache.

— Non. Vous êtes une équipe gagnante. Tu lui as porté chance. Et je suis un peu trop tendu. Je préfère vous regarder.

Andreas détacha Yodeleuse et entama son premier tour de piste. Le flegme de la vache était contagieux, il ne sentait plus aucune nervosité. Deuxième tour. Le juge s'était approché d'eux. Il fit signe à cinq des douze concurrentes de venir se placer au milieu. Il renvoya les autres.

Les haut-parleurs diffusaient une musique rythmée qui fit monter la tension. Le juge marchait d'un pas rapide, tournait et slalomait autour des bêtes. Il tapota le dos de l'une d'entre elles. Cinquième. Applaudissements. Puis il continua. Il s'approcha de Yodeleuse et posa sa main finalement sur la vache d'à côté. Quatrième. Puis la troisième. Restaient Yodeleuse et une autre, Pervenche.

— Je vais maintenant désigner la Grande championne, annonça le juge.

La musique jouait toujours, mais un silence religieux régnait dans la halle, tout le monde attendait le verdict. Les deux vaches étaient côte à côte. Le juge s'avança vers Pervenche et leva la main sous le regard incrédule d'Andreas. Puis il se tourna et tapota le dos de Yodeleuse.

Andreas serra la tête de Yodeleuse dans ses bras, l'embrassa et n'entendit les applaudissements de la foule que comme une rumeur lointaine.

Chapitre 27

Gryon, samedi 9 mars 2013

À son arrivée à Gryon, le samedi précédent, Litso Ice était allé boire un café à la boulangerie Charlet pour s'imprégner de l'atmosphère du village en attendant de recevoir des instructions. Il en avait profité pour déguster quelques exquis pralinés au caramel relevés d'une pointe de sel. Puis, il avait reçu un SMS : une enveloppe avait été déposée pour lui au temple sous un banc.

Il avait garé sa voiture de location dans la rue du Village et était descendu à pied en direction du temple. La petite place appelée le Fond-de-Ville était charmante. Elle était entourée de vieux chalets avec, au centre, une énorme fontaine en pierre surmontée d'une structure couverte en bois sous laquelle se trouvait un banc. En contrebas, le temple. Litso Ice avait ouvert la grille et aperçu une grange, dont la façade était couverte d'une grande croix en bois sur laquelle figurait l'inscription « *La parole est la vérité* ». Il avait alors songé à la *Pravda*, la publication officielle du parti communiste qui se targuait elle aussi de ne dire que la vérité. Litso Ice avait tendance à fuir ceux qui se prévalaient de la détenir. Pour sa part, il considérait plutôt la parole comme un outil de manipulation, et pas comme garante d'une *vérité*, qui avait tendance à changer de visage selon la personne qui la brandissait en étendard.

L'entrée du temple se trouvait sous un avant-toit. Levant les yeux, il avait aperçu une gargouille en forme de tête de dragon dont la gueule servait de gouttière. Puis il avait ouvert la porte en bois massif. Elle avait émis un crissement. Il était entré dans le temple vide. Dire que le cadre était sobre au regard des édifices religieux russes tenait de l'euphémisme, mais l'endroit ne lui déplaisait pas. Il s'était alors dirigé vers le banc qu'on lui avait indiqué. Une enveloppe beige y avait été placée. Il l'avait prise et s'était assis.

Avant de l'ouvrir, il avait pris le temps d'observer le vitrail et les peintures murales qui représentaient des animaux ailés. Il aimait passer du temps dans les lieux de culte. Temple, église ou mosquée : le nom qui leur était donné lui importait peu.

À ce moment précis de ses réflexions, la porte s'était ouverte. Une femme. Elle longeait l'allée centrale. Il s'était levé pour partir.

— Bonjour, ne partez pas à cause de moi.

Elle lui avait tendu la main et il avait marqué un temps d'arrêt. Dans toutes les églises où il était allé, jamais personne ne l'avait dérangé. Il appréciait l'anonymat, mais il avait malgré tout serré la main tendue.

— Je me présente. Erica Ferraud. Je suis la pasteure, dit-elle en souriant.

La prise de contact avait semblé enthousiaste, un peu trop, peut-être.

— Je suis juste de passage. Je dois y aller.

Après quelques pas, il s'était retourné.

— Au revoir.

— Revenez quand vous voulez. Vous restez long-temps à Gryon ? demanda la pasteure.

Litso Ice s'était dirigé sans répondre vers la sortie et avait regagné son véhicule. Il avait alors ouvert l'enveloppe. Elle contenait une clé et un plan de Gryon avec un lieu entouré au stylo.

Le chalet imposant mis à sa disposition était construit en rondins. Deux baies vitrées de taille identique, au rez-de-chaussée et au premier étage, lui donnaient un air moderne et luxueux. Sur la terrasse, un jacuzzi. À l'intérieur, un escalier souterrain menait du garage couvert, prévu pour plusieurs voitures, au vaste salon, aménagé avec des meubles en bois massif et des canapés en cuir brun. L'ambiance était très cosy. Les œuvres d'art contemporain contrastaient avec le mobilier. À côté de la cheminée, une sorte d'oiseau métallique réalisé à partir de vieux outils. Sur un des murs, un tableau d'environ un mètre sur deux avec des éclaboussures de peintures de différentes couleurs. Le propriétaire du chalet avait sans doute payé une fortune pour les acquérir, ce qui n'était pas forcément gage de beauté et d'esthétique. Litso Ice avait lui-même des goûts plus classiques. Sur une commode en bois, il reconnut trois œufs Fabergé dont les pierres précieuses scintillaient sous les rayons des spots lumineux. Comme dans *Octopussy*, se dit-il. À n'en pas douter, ceux-ci étaient des répliques. Les véritables Fabergé valaient des millions, voire des dizaines de millions. Dans la bibliothèque, de nombreux livres, avec des reliures en cuir et le texte imprimé en or, principalement des auteurs russes :

Tolstoï, Dostoïevski, Nabokov ou encore Gorki. Ce n'était de toute évidence pas la résidence d'un habitant de la région. Elle devait appartenir à un de ses compatriotes qui n'avait clairement pas de problèmes financiers.

À son arrivée, il avait ouvert le frigo et les placards de la cuisine. Ils étaient remplis de nourriture. Son employeur avait pensé à tout. Il n'aurait ainsi pas à se montrer plus que nécessaire dans le village.

Pendant la semaine, il avait pu prendre tout le temps nécessaire pour se familiariser avec sa mission et mettre en œuvre le plan machiavélique dont il allait être l'artisan.

Chapitre 28

Ferme d'Antoine Paget,
Gryon, dimanche 10 mars 2013

Les amis d'Antoine et Vincent étaient réunis pour fêter la victoire de Yodeleuse. Le décès de la favorite, Blümchen, lui avait certes facilité l'accès aux honneurs. Cependant, Yodeleuse avait été choisie parmi de nombreuses concurrentes. Antoine n'en était pas peu fier. Gagner dans l'une des catégories avait été une incroyable surprise, mais obtenir le titre de championne tenait du miracle. Yodeleuse était la *reine* des alpages ! Après toutes ces années où il avait participé aux concours sans autre attente que de passer une bonne journée, il était désormais celui dont tout le monde paysan parlait. Le soir précédent, lorsqu'il avait dû aller chercher son prix, avec la cloche de la victoire, sous les applaudissements de la foule, il s'était presque senti mal à l'aise. Il n'y était pour rien. La championne, c'était Yodeleuse, pas lui. Antoine était un homme discret. Il était toujours prêt à aider les autres, mais sans jamais se mettre en avant. Tout le monde l'aimait, le gentil paysan de Gryon sans histoire.

Antoine avait disposé sur une table, devant la grange, divers salamis et fromages d'alpages. Les frimas de l'hiver persistaient, mais le soleil et le vin réchauffaient les convives. Vincent avait voulu acheter du champagne, mais Antoine avait insisté pour un blanc de la région, le sire-de-duin de Bex, son préféré.

— Ce n'est pas parce que c'est cher que c'est meilleur, avait-il déclaré.

Au moment de trinquer, il prit la parole :

— Merci à vous d'être là. Je lève mon verre à la santé de Yodi et d'Andreas.

La cloche gagnée était déjà autour du cou de Yodeleuse. Il saisit alors la plaque reçue lors de la cérémonie de la veille qui affichait en lettres majuscules : « *CHAMPIONNE 2013* ». Il s'approcha d'Andreas et la lui tendit.

— Et ça, c'est pour toi.

Andreas observait Vincent. Il aimait bien prendre acte de ce qui se passait en périphérie, lorsque l'attention de tous se portait sur quelque chose ou quelqu'un, en l'occurrence sur lui. Il avait appris cela des spectacles de magie : les effets de bruits et de fumée servent à détourner l'attention du public de l'endroit où l'action cruciale se déroule vraiment. Du coin de l'œil, il remarqua l'attitude contrariée de Vincent dont le regard était perdu dans le vague. Était-il jaloux ? Estimait-il qu'Andreas lui avait volé la vedette ? Puis il aperçut un sourire au coin de ses lèvres. Il était en train de regarder sa sœur, Jessica.

Andreas prit la parole :

— Antoine, c'est très gentil de ta part. Mais je ne peux pas accepter. Cette plaque doit rester ici. À la ferme.

Au même moment, on entendit un 4×4 monter le chemin à toute vitesse. Il s'arrêta juste devant la grange. Serge Hugon en sortit, claqua la porte et se dirigea vers eux. Il avait l'air hors de lui. Il n'était pas très grand, mais le haut de son corps était compact et les muscles de ses bras saillants. Son regard furieux intimida les personnes présentes qui firent un pas en arrière pour s'écarter sur son passage. Il se précipita vers Antoine, qui le dépassait d'une tête, le saisit par le col et le plaqua contre le mur. Antoine, surpris par ce qui lui arrivait, ne réagit pas.

— Elle a été empoisonnée ! ma Blümchen. Et vous êtes là à boire des verres. Je vais…

Serge Hugon leva le poing. Andreas s'interposa entre les deux hommes et tira violemment Hugon en s'agrippant à sa chemise avant de le repousser. Ce dernier bascula en arrière et sa chemise se déchira. Il se releva, la chemise en lambeaux, et fixa Antoine avec dans les yeux toute la fureur qui l'habitait.

— Je suis sûr que c'est toi qui as fait ça. T'es qu'un pauvre type. Je vais me venger. Et ce n'est pas ton pote flic qui m'en empêchera, hurla-t-il en jetant un regard noir à Andreas.

Il se retourna, grimpa dans son véhicule, fit demi-tour et partit en trombe.

Chapitre 29

Andreas avait reçu la veille un message d'Erica, la pasteure. Elle souhaitait le rencontrer. Un sujet important, avait-elle précisé. Elle avait proposé un endroit tranquille, en dehors du village, et ils étaient convenus de se retrouver aux Ernets et de faire une marche en direction de l'alpage de La Poreyre. L'hiver, le pâturage était inaccessible en voiture, mais la neige, du moins ce qu'il en restait, était balisée pour permettre aux marcheurs d'y accéder.

Pendant la montée, ils parlèrent de tout et de rien, et les sujets de discussion furent vite épuisés. Il lisait de la nervosité sur les traits tirés de son visage. Un certain malaise régnait. Andreas avait alors raconté les péripéties de son week-end pour combler le silence.

Arrivés à La Poreyre, ils s'assirent sur un banc, près du chalet d'alpage. Au travers de la couche de brouillard qui étendait son voile sur la vallée, le village de Gryon se laissait entrevoir en contrebas. Les Dents du Midi se dressaient de l'autre côté de la vallée sur un fond de ciel bleu azur immaculé. Sur sa gauche, caché en partie par l'Argentine, se dressait le Grand Muveran qui culminait à plus de trois mille mètres. Andreas songea alors aux valeureux concurrents du Trophée du Muveran – la plus ancienne compétition de ski-alpinisme suisse – qui allaient gravir le mois prochain ces pentes escarpées pour atteindre le sommet de cette montagne mythique. Andreas ne se lassait pas de cet environnement. Avec Mikaël et Minus, ils venaient souvent se promener sur cet alpage, quelle que soit la saison. Chacune avait son charme. Le printemps et l'été, les bêtes occupaient les pâturages. L'hiver, les randonneurs à raquettes ou à pied les remplaçaient. L'automne était la période la plus calme. Les vaches avaient fait la désalpe[1] et les touristes étaient partis. Il appréciait plus que tout la quiétude du décor pour s'y promener. C'est là qu'ils avaient rencontré Antoine, l'été dernier. Il s'occupait de l'alpage de La Poreyre. Après les avoir croisés et salués à plusieurs reprises, il les avait invités à venir boire un verre dans son chalet. C'était un chic type.

Erica contempla à nouveau ce paysage qu'elle n'aurait sans doute plus l'occasion d'admirer pendant de nombreuses années. Elle en mémorisa les détails. Une belle image à laquelle s'accrocher pendant les heures difficiles qui s'annonçaient.

— Merci d'avoir accepté de me rencontrer. J'aimerais vous… On se tutoie ? – elle n'attendit pas la réponse d'Andreas… – te parler de ce fameux jour. Le 21 septembre 2012.

— Je sais, lui répondit Andreas.

---

1. La descente des troupeaux de la montagne vers la plaine en automne.

Erica ne parut pas surprise et la tension perceptible sur son visage tout au long de la balade se relâcha d'un coup.

— Je me suis, depuis ce jour, demandé si tu savais. J'avais des doutes. Mais l'autre jour, lors du repas, j'ai compris. Mais comment as-tu découvert la vérité ?

— Lorsque je suis arrivé dans le temple, ton ami d'enfance était encore en vie.

Erica ne s'attendait visiblement pas à cela. Elle avait retourné la question dans sa tête de nombreuses fois sans trouver d'explication rationnelle.

— Mais dans la presse on disait que tu l'avais retrouvé mort sur le banc.

— C'est en effet ce qui est écrit dans le rapport de police. Mais nous avons eu le temps d'échanger quelques mots. Il était ébranlé à l'idée de n'avoir pas pu aller au bout de sa vengeance. Puis j'ai décelé un sourire sur son visage. Nous avons alors tous les deux compris ce que tu avais fait. Et je me suis souvenu de ton regard. Sur le moment, je n'avais pas su l'interpréter. J'étais focalisé sur l'action. Sur le meurtrier. Mais ton regard, à ce moment précis, était un regard que je n'avais jamais vu auparavant. Un regard plein de rage.

— Pourquoi as-tu menti en prétendant qu'il était mort à ton arrivée ?

— Il n'était pas mort, c'est vrai. Mais il venait de s'injecter une dose létale de chlorure de potassium. Même si j'avais appelé une ambulance, les médecins ne seraient pas arrivés à temps. Techniquement parlant, il n'était pas encore mort, mais c'était tout comme.

— Et pourquoi ne m'as-tu pas dénoncée ?

— Je m'étais dit qu'il avait mérité son sort, que tu pouvais régler cette affaire en tête à tête avec Dieu.

— C'est justement le problème. Je ne sais pas si je regrette mon acte. Ce que je sais, c'est que je ne peux pas continuer à vivre en prétendant que rien ne s'est passé. Je ne peux pas décemment continuer d'être pasteure après ce que j'ai fait. J'ai l'impression de tromper tout le monde. Comment dire aux fidèles d'aimer leur prochain et de pardonner alors que je suis habitée par la haine ? Sur le moment, quand je l'ai vu attaché sur la chaise, je me suis sans doute imaginé que c'était l'occasion de mettre un point final à la rancœur que j'éprouvais à son égard. J'ai agi mécaniquement… Sans réfléchir. Comme si quelqu'un d'autre avait agi à ma place. Il a détruit la vie de mon amour d'enfance. Et j'ai mis un terme à la sienne. Mais ma haine ne s'est pas évaporée. Elle est toujours là. Je prie tous les jours pour que Dieu me vienne en aide, mais je n'ai pas de réponse. Je ne vois qu'une issue : assumer mon acte. Après seulement, peut-être retrouverai-je la paix intérieure.

— Tu penses à démissionner ?

— Non. Je vais faire ce que tu aurais dû faire dès le départ.

Chapitre 30

L'homme qui s'enivrait du parfum de sa mère était à nouveau assis face à son miroir. L'image que la glace lui renvoyait ne lui plaisait plus. Il s'était donné tant de mal pour lui ressembler, mais rien n'y faisait. Rien ne suffisait à calmer des fantasmes qui s'imposaient chaque jour un peu plus. Il mûrissait son plan depuis des mois. Maintenant, il se sentait prêt à passer à l'action. Le moment était venu. Mais avant, il devait régler un vieux contentieux. Il se l'était juré. Boucler la boucle. Tirer un trait sur des souvenirs trop douloureux. Et ensuite seulement, se dédier à son projet.

Il entendait la voix de sa mère : « *Tu ne seras jamais un homme.* » Ces phrases diminuent, humilient, détruisent. Il allait lui prouver le contraire, il était un homme, un vrai. Sa mère le comparait tout le temps aux autres. Untel a fait ci. Untel a fait ça. Lui est meilleur. Lui est plus fort. Lui au moins est sportif. Lui. Eux… et les autres ! Il ne supportait plus les comparaisons. À eux, tout réussissait. De véritables êtres de lumière, à l'entendre. Des étoiles au firmament, alors

135

qu'il vivait dans l'ombre, chaque jour s'enfonçant plus profondément dans les ténèbres.

Il avait été jaloux de ses amis. À en crever. Mais quand il voyait la vie qu'ils menaient aujourd'hui, il se marrait. Alors que sa mère avait imaginé qu'ils réaliseraient de grandes choses, ils étaient toujours à Gryon, tous les week-ends à végéter au Harambee comme les autres, comme lui. Que dirait sa mère maintenant ? Que penserait-elle de cette bande de ratés ?

La fausse rivalité qu'elle avait installée entre lui et eux avait été un enfer. Il avait eu le sentiment de ne pas être à sa place, de ne pas être désiré. Aurait-elle préféré une fille ? Ou un autre garçon qui ressemblerait à ses amis ? Et lui, qu'aurait-il voulu être ? Il ne le savait pas. Il en subissait juste les conséquences. Elle le rabrouait, l'insultait. Elle le dénigrait. Il ne sortait jamais, ne pratiquait aucune activité physique. Les sports d'équipe ne l'attiraient pas. Un sport en solo, genre arts martiaux ? Il trouvait ça trop violent. Il s'était toujours senti plus à l'aise dans le cocon de sa maison. Sa vie se résumait à l'école, à sa famille, à ses amis. Pouvait-on parler de vie sociale ? Côtoyer ses camarades en dehors de l'école renforçait son sentiment de jalousie. Il n'avait jamais pu compter sur son père dont le rôle était insignifiant. Et sa mère ? C'était plus ambigu. Malgré sa méchanceté, il éprouvait pour elle une forme de fascination. Lorsqu'il tentait de se rebeller, elle l'enfermait dans la penderie de sa chambre. Parfois une heure. Parfois deux. Ce qu'elle n'avait jamais su, c'est que, ce placard, il avait finalement aimé y passer du temps. On l'y laissait tranquille. Mais la raison principale était ailleurs. Sa chambre se trouvait juste à côté de celle de sa mère. Il tendait l'oreille pour écouter et enrageait de ne rien voir. Il avait ainsi, malgré ses piètres qualités de bricoleur, percé un trou dans la paroi qu'il avait ensuite tenté tant bien que mal de dissimuler. À partir de ce jour-là, il n'avait plus eu besoin d'être enfermé par sa mère pour passer du temps dans son placard. Il pouvait à loisir l'observer dans sa chambre. Le moment qu'il préférait, c'était lorsqu'elle s'asseyait devant la coiffeuse, pour se maquiller. Quand elle se regardait dans le miroir, elle n'était plus la même personne. Aucune colère ne l'habitait. Il le voyait dans le reflet de ses yeux, comme la surface apaisée d'un lac cristallin. En outre, elle laissait ses beaux cheveux châtains, d'habitude remontés en un chignon sévère, retomber librement sur ses épaules. Il adorait suivre leur mouvement quand elle tournait la tête.

Il avait un jour dit à sa mère qu'il voulait se laisser pousser les cheveux. En retour, il avait reçu une gifle, accompagnée de paroles qu'il n'oublierait jamais : « *C'est les lopettes qui ont les cheveux longs !* » Alors, oui, si c'était le cas, il désirait être une lopette. Mais c'était quoi au juste ? Il avait posé la question à table sous le regard médusé de son père qui avait répondu du tac au tac : « *C'est un homo, un pédé, quoi. Tu en es un, c'est ça ?* » Il avait bien sûr réfuté, sentant l'hostilité ambiante sur le sujet, mais dans le fond il ne savait pas qui il était. La seule chose dont il était sûr, c'est qu'il était fasciné par sa mère.

Un jour, resté seul à la maison, il avait eu envie de s'habiller comme elle. Mais il n'avait pas pu aller dans sa chambre, toujours fermée à clé. Il avait commencé à fouiller le grenier dans l'espoir d'y dénicher de vieux vêtements qu'elle aurait relégués dans des cartons, sans succès. Il était alors tombé sur des poupées. Il avait été intrigué. Il les avait sorties une à une, s'était mis à les déshabiller, à les rhabiller, tant et si bien qu'il n'avait pas entendu sa mère arriver. Elle l'avait tiré par l'oreille jusqu'à sa chambre. Enfermé à nouveau dans le placard. « *Tu te prends pour une fille ? Tu es une tapette, c'est ça ? Je vais te faire sortir toutes ces idées perverses de la tête !* »

Leur relation avait pris une nouvelle tournure. Il avait quatorze ans. Un jour, alors qu'il l'observait depuis le trou, sa mère s'était levée et déshabillée. Elle s'était assise nue sur la chaise devant la coiffeuse. Elle s'observait dans le miroir. Puis elle avait commencé à se caresser la poitrine d'un geste anodin. Il eut soudain l'impression qu'elle avait jeté un coup d'œil dans sa direction. L'avait-elle vu ? Il avait baissé la tête de peur qu'elle puisse croiser son regard et avait quitté sa cachette. Il était ensuite resté immobile au milieu de sa chambre. Il avait attendu que la porte s'ouvre pour recevoir une raclée. Mais rien. Ne l'avait-elle en fait pas remarqué ? Ou était-elle consciente de sa présence ? Il s'était senti soulagé. Mais aussi confus. Il s'était abstenu pendant plusieurs jours de retourner dans son placard. Mais il y était attiré comme par un aimant. Puis il s'était décidé. Il avait réussi à se persuader qu'elle faisait ça pour lui. Il voulait voir. Il devait prendre le risque. Depuis ce jour-là, il l'observait régulièrement. Il était comme médusé. Lorsqu'il la voyait nue, il n'arrivait pas à comprendre ce qu'il ressentait. Éprouvait-il du désir ? Il avait commencé à en rêver la nuit. Il la revoyait se caresser. Tous les soirs, tous les matins, il s'installait dans le placard pour la contempler. Ses parents faisaient depuis longtemps chambre à part.

Jamais il ne l'avait vue quitter sa chambre le soir pour rejoindre son père. Et son père n'était jamais venu dans sa chambre à elle. Jamais il ne les avait entendus faire l'amour. Et pourtant, il les surveillait. Il en avait conclu : c'est moi qu'elle aime. Devant son père et ses amis, elle le rabrouait pour qu'ils ne soupçonnent rien. Mais c'est lui qu'elle aimait. Aucune autre explication n'était envisageable.

Il se réveillait souvent au milieu de la nuit. En sueur et en érection. Ses rêves érotiques lui procuraient un sentiment agréable. Il y distinguait des corps masculins. Nus. Mais ces songes étaient toujours interrompus par sa mère. Il entendait sa voix. Elle criait. Le rabrouait en rêve comme dans la réalité. Était-elle jalouse de le voir caresser ces corps musclés ? Éveillé, il tentait de s'immerger à nouveau dans l'ambiance érotique de ces rêves et d'en éradiquer la présence maternelle. Il voulait se représenter la morphologie d'un homme. En dessinait les contours. Il commençait à éprouver du plaisir, mais c'était toujours pareil, sa mère surgissait dans ses projections mentales. Il voyait son visage à la place de celui qu'il essayait d'imaginer, ses seins au lieu d'un torse viril. Il ne comprenait pas. Ou ne voulait pas comprendre. L'explication était pourtant simple : il ne pouvait aimer que sa mère. Tout autre amour lui était interdit.

Non, il n'était pas une lopette. Sa mère ne voulait pas qu'il en soit une. Lui faire ce plaisir et répondre à ses attentes, c'était la seule chose à faire.

Donc il aimerait les femmes.

Il aimerait cette femme.

Il aimerait sa mère.

À partir de ce moment-là, il avait décidé de se mettre au sport. De fréquenter les copains, ceux-là mêmes à qui sa mère l'avait comparé toute son enfance. Il aurait enfin un jour ce qu'il désirait. Sa mère. Rien que pour lui.

Les mois qui suivirent furent les plus beaux de sa vie. Il était en train de devenir l'homme que sa mère aurait aimé qu'il soit. Elle avait constaté le changement et l'encourageait dans cette voie.

Puis vint l'année 2002, le cauchemar. Peu à peu, sans qu'il ne comprenne pourquoi, sa mère se désintéressait à nouveau de lui.

Jusqu'au jour où la raison de ce changement lui sauta aux yeux, brutalement. C'était en milieu d'après-midi. Il était rentré de l'école plus tôt que prévu. Il avait regagné sa chambre et entendu des bruits, des respirations saccadées. Il avait regardé par le trou. Ce qu'il avait vu alors l'avait anéanti. Sa mère était à quatre pattes sur le lit, comme une vulgaire chienne. Un homme la pénétrait. L'homme n'était pas son père.

De ce jour, ses sentiments pour sa mère changèrent du tout au tout. Il se mit à la haïr, mais en même temps il l'adorait.

Comme la femme qu'il aurait voulu aimer.

La femme par qui il aurait voulu être aimé.

La femme qu'il aurait voulu devenir.

Chapitre 31

Erica regardait fixement le flux des voitures sur l'autoroute tandis que Gérard conduisait. Elle revivait le film de sa vie, la séquence qui l'avait amenée à se retrouver aujourd'hui, dans cette voiture, vers une destination qu'elle n'aurait jamais imaginée.

Lorsque Gérard était rentré le soir précédent, après une journée de ski avec des amis, il avait été surpris par la mise en scène orchestrée par sa femme. La table avait été dressée avec la vaisselle en porcelaine de sa grand-mère, elle avait même sorti les verres en cristal. Une odeur d'épices indiennes venait titiller ses narines. Erica avait préparé son plat préféré : un palak paneer, un mets végétarien du Penjab, qu'ils avaient découvert lors de leur voyage de noces. Elle avait aussi mis une nappe indienne en soie dans les tons jaune, rouge, orange avec des motifs dorés, achetée chez un artisan près de Jodhpur. Sur la table brûlait un cône d'encens, qui répandait une senteur ambrée. Les lumières étaient éteintes. Des bougies illuminaient la pièce et créaient une ambiance feutrée, chaleureuse.

— Qu'est-ce qu'on fête ? Je n'ai pas encore oublié notre anniversaire de mariage ?

— J'ai à te parler. Mais d'abord, on soupe. Assieds-toi.

Erica avait servi le plat et versé dans les verres un chasse-spleen 2005. Ce cru bourgeois prestigieux, elle l'avait elle-même choisi dans la cave d'un défunt dont elle avait célébré le service funèbre, quelques années plus tôt. En le décantant, elle s'était surprise à réciter *Spleen* de Baudelaire, évocation du sentiment que ce vin était justement censé chasser :

Quand la terre est changée en un cachot humide,
Où l'Espérance, comme une chauve-souris,
S'en va battant les murs de son aile timide,
Et se cognant la tête à des plafonds pourris[1].

Un poème de circonstance, elle en avait goûté l'ironie en même temps que la première gorgée de vin.

— Tu ne veux pas me dire de quoi il s'agit ?

— Pas encore. Laisse-nous d'abord souper.

Gérard n'avait pas insisté. Le silence s'était installé. Il avait de la peine à se concentrer sur les saveurs du repas. Il avait observé sa femme qui semblait y prendre du plaisir et affichait un air à la fois détaché et contemplatif, ce qui l'avait déstabilisé encore davantage.

À la fin du repas, Erica avait débarrassé et était revenue s'asseoir. Elle lui avait tout raconté en terminant par sa décision. Irrévocable. Son mari avait été anéanti par ces révélations.

---

1. Charles Baudelaire, *Les Fleurs du mal*, Spleen - LXXVIII.

— As-tu songé à nous, à ce que nous allons devenir ?

— Ce n'est pas de nous qu'il s'agit, Gérard. Il s'agit de la vérité. Il s'agit de mon âme. C'est la seule chose à faire.

Puis il avait hurlé. Pas contre Erica, qu'il aimait plus que tout, mais contre leur monde qui venait de s'écrouler.

Pendant tout le trajet, aucun des deux n'avait prononcé un mot. Ils n'en avaient pas besoin. Le lien qui les unissait se passait de paroles. Gérard avait compris la décision de sa femme, même s'il ne pouvait l'accepter. Ce trajet était un voyage vers l'inconnu. Un voyage aller. Erica allait rentrer seule dans ce bâtiment de la rue Saint-Martin qui abritait le poste de police. Et lui ferait le chemin du retour sans elle.

Erica embrassa son mari sur la joue et sortit de la voiture. Les quelques mètres qui la séparaient de l'entrée lui semblèrent infinis. Elle poussa la porte, se dirigea vers l'accueil et s'adressa à une jeune femme, derrière le comptoir.

— Puis-je parler à l'inspecteur Karine Joubert ?

Chapitre 32

La vente du chalet d'alpage qui appartenait à la famille de sa mère depuis des générations était la goutte d'eau qui faisait déborder le vase. Jérôme Jaccard était furieux contre son père. Il ne l'avait même pas consulté avant de prendre sa décision. Ce chalet ne lui avait pas laissé des souvenirs impérissables – ils n'y allaient que pour faire des grillades l'été, ou quand venait leur tour d'organiser les sacro-saintes cousinades –, et ce n'était pas non plus un endroit où, adulte, il aimait passer du temps. Il n'empêche qu'il ressentait l'acte de son père comme une trahison. Dans le sous-sol de la maison à Gryon, il avait aménagé une pièce insonorisée pour sa batterie, sur laquelle il se défoulait tous les jours. C'était sa bulle, son espace personnel, le lieu dans lequel il se sentait dans son élément.

Jérôme vivait l'absence de sa mère comme un manque qui le prenait aux tripes. Du jour au lendemain, elle avait disparu. Il avait mis du temps à accepter sa mort. Il se souvenait de la dernière fois qu'il l'avait vue vivante. C'était un matin, alors qu'il partait travailler, elle lui avait reproché de se contenter de son poste d'infirmier. Elle estimait qu'il ferait mieux de reprendre des études pour devenir chirurgien ou cardiologue, ambulancier, au moins. « *Ça aurait plus de gueule qu'infirmier.* » Mais il aimait son travail et n'avait aucune intention d'en changer pour lui faire plaisir. Il était parti sans finir son petit déjeuner, en claquant la porte.

En fin de journée, il avait été le premier à rentrer. Un silence de cathédrale régnait dans la maison. Du couloir, il avait d'abord vu les pieds de sa mère qui dépassaient du cadre de la porte de la cuisine. Il était resté figé. Il avait ensuite avancé comme au ralenti et découvert son corps étendu sur le carrelage beige. Il n'avait pas pleuré. Il n'avait pas su comment réagir. Il s'était assis sur une chaise et avait longuement observé la scène : elle semblait endormie.

Jérôme était toujours prostré quand son père était arrivé. Il l'avait vu se jeter au sol, et secouer brutalement sa femme pour la réveiller avant de prendre conscience qu'elle était partie, que la vie l'avait quittée.

À l'enterrement, Jérôme n'avait pas versé de larmes. Mais l'absence avait fini par créer un manque qu'il avait fallu compenser. Son corps le lui avait fait comprendre. Il avait donc choisi une voie, une échappatoire provisoire.

Depuis la mort de sa mère, Jérôme s'efforçait de tenir une sorte de journal de bord où il racontait ce qui lui passait par la tête. Poser les mots sur le papier l'aidait à se libérer momentanément. Ces derniers temps, toutefois, il avait des migraines. Après avoir écrit la première phrase, il avait un blanc. Il peinait à exprimer son ressenti. Il n'était pas très concentré et ruminait sans cesse. Il s'était inscrit sur plusieurs sites de rencontres. Pour avoir le succès espéré, il devait se montrer attractif. Le problème n'était pas tant la photo, il savait que son physique plaisait aux femmes. Le plus difficile avait été de se décrire et d'exprimer ses attentes dans la rubrique *Je recherche...* Jérôme avait ensuite fait le tour de plusieurs profils, puis dressé une liste de femmes qui correspondaient à ce qu'il convoitait. Ensuite, il devait les contacter, les séduire, leur donner envie de répondre, encore et encore. Dans ce contexte, s'exprimer, même par écrit, lui était pénible. Mais récemment, il avait franchi le pas…

Jérôme entendit alors un son provenant de son ordinateur : il avait reçu un message. Il changea d'onglet pour aller sur un des sites de rencontres. Une femme dont le pseudo était Cannelle, avec qui il discutait depuis quelques jours, venait de lui écrire. Elle était d'accord pour le rencontrer. Il eut un sourire satisfait.

Chapitre 33

Antoine et Vincent n'étaient pas d'humeur bavarde. C'était la fin de l'après-midi, ils préparaient les machines à traire sans s'adresser la parole. Chacun savait ce qu'il avait à faire.

Au moment de sortir de la grange, Vincent vit arriver un véhicule utilitaire. Cédric était au volant. Lorsqu'il le pouvait, il venait volontiers donner un coup de main à la ferme, malgré un emploi du temps que le handicap de son père rendait plus chargé encore. Cédric et lui avaient effectué toute leur scolarité ensemble. Contrairement à beaucoup de leurs connaissances, ils n'avaient jamais quitté Gryon. Cédric faisait partie de son premier cercle d'amis. Leur relation était fondée sur des activités communes, mais ils parlaient peu d'eux-mêmes et de leur vie privée. Leurs discussions restaient superficielles. Ils se côtoyaient depuis toujours, sans vraiment se connaître. Plus le temps passait, plus Vincent avait l'impression qu'ils ne se voyaient plus que par habitude. Cédric était discret. Lui aussi. Pourquoi est-il si difficile de parler de soi ? Vincent aurait parfois aimé avoir quelqu'un à qui se confier. Pas à Romain ni à Jérôme. L'un s'enfonçait dans l'alcoolisme, l'autre devenait chaque jour plus taciturne et coléreux. De fait, il n'avait pas d'autre choix que de se dépatouiller avec ses propres problèmes. Et c'était d'ailleurs peut-être mieux ainsi.

Vincent et Cédric partirent chercher les vaches qui avaient passé la journée dehors. Flicka, le border collie les accompagnait, il connaissait son rôle par cœur. Le temps s'était adouci, la neige avait fondu, mais sur l'alpage, huit cents mètres plus haut, elle était encore bien tenace. La journée avait été particulièrement chaude pour la saison et de gros nuages sombres envahissaient le ciel.

Antoine les attendait à l'écurie pour attacher les bêtes. Elles arriveraient une à une. Toujours dans le même ordre. La vache est un animal d'habitude. Dans une vie antérieure, Antoine avait dû en être une. Il avait besoin de ses rituels et d'un quotidien immuable. Après cinq minutes, ne les voyant toujours pas arriver, il sortit pour voir ce qui se passait.

Au même moment, il entendit le chien donner de la voix. Un aboiement inhabituel, anxieux. Antoine se mit à courir, arrivé au sommet d'un talus, il aperçut les vaches attroupées. Vincent cherchait à les chasser pendant que Cédric tentait de calmer Flicka qui hurlait à la mort. Il s'approcha à grandes enjambées et découvrit un spectacle désolant.

Heidi gisait dans une mare de sang, la gorge tranchée.

Antoine se laissa tomber à genoux et s'appuya contre le ventre de l'animal, tentant de l'enlacer de ses bras. Il n'avait pas pleuré depuis des années, mais il ne put retenir ses larmes.

Vincent et Cédric s'étaient arrêtés à l'écart et observaient la scène, incrédules. Le vent du sud-ouest s'était levé, les nuages noirs devenaient menaçants. Il n'était pas rare que des orages éclatent sur les Alpes vaudoises au cœur de la tourmente hivernale. De gros flocons en forme de pattes de chat se dessinaient dans le ciel.

Antoine se redressa. Il essuya ses larmes avec sa manche en regardant le corps inerte de sa vache.

— Adieu Heidi, balbutia-t-il.

Soudain, depuis le sommet d'un nuage orageux, un sillon lumineux fendit le ciel et un éclair s'abattit sur la crête de la Dent Favre qui était faussement appelée Petit Muveran sur les cartes de la région. Quelques secondes plus tard, une canonnade assourdissante résonna en écho à la douleur d'Antoine.

La rage le submergea. Il se dirigea vers la ferme d'un pas décidé.

— Tu vas où ? lui demanda Vincent en courant derrière son père.

— C'est Hugon qui a fait le coup. J'en suis sûr !

Antoine ouvrit la porte de son 4 × 4 et s'installa au volant.

— Papa, attends. Qu'est-ce que tu vas faire ?

— Je vais lui régler son compte.

Antoine claqua la portière de sa voiture. Vincent la rouvrit et tenta de le dissuader. Mais Antoine démarra sans prendre le temps de lui répondre. Vincent et Cédric virent le véhicule disparaître au tournant.

Chapitre 34

Huémoz, dimanche 17 mars 2013

Antoine essaya de mettre les événements en perspective. Il était certain qu'Hugon avait tué sa vache en représailles. Sauf qu'Antoine n'y était pour rien. Jamais il ne ferait de mal à un animal… Et surtout pour quoi ? Pour gagner un malheureux concours… mais qui d'autre aurait eu intérêt à empoisonner Blümchen ? La question était toujours en suspens au moment où il arriva à Huémoz.

Antoine se gara dans la cour devant la ferme de Serge Hugon, certainement affairé à la traite. Antoine marcha d'un pas déterminé vers l'écurie dont il poussa brutalement la porte, en hurlant :

— Hugon. Espèce de salopard !

Serge Hugon se retourna et parut surpris de voir Antoine. Ce dernier s'avança vers lui. Les deux hommes avaient la même carrure, mais Antoine le dépassait d'une tête. Son apparence physique ne correspondait pas à sa personnalité : une personne discrète qui n'aurait pas fait de mal à une mouche. Mais là, il était hors de lui, les muscles tendus, prêts à exploser. Il s'arrêta net à un mètre d'Hugon. Ils se dévisagèrent. On se serait cru dans un western, les colts en moins. Mais avec la musique en plus : l'harmonica du duel final avait laissé place au son d'une radio qui crachotait un air folklorique suisse à l'accordéon.

— Qu'est-ce que tu me veux ? demanda Hugon d'une voix fébrile.

Le regard d'Antoine affichait une détermination et une rage qui contrastaient avec sa placidité habituelle.

— Tu as tué Heidi !

La surprise se lut dans les yeux de Serge Hugon, qui n'eut pas le temps de réagir. Il vit le poing de son adversaire un dixième de seconde avant l'impact.

Chapitre 35

Huémoz, dimanche 17 mars 2013

Depuis maintenant deux semaines, Litso Ice avait pris le temps d'observer les allées et venues de sa prochaine victime. Cette mission était différente des autres. En général, il arrivait, éliminait sa cible et repartait, ni vu ni connu. Cette fois, des préparatifs s'étaient révélés nécessaires. Il avait dû élaborer un plan, puis le mettre en œuvre. Tout s'était déroulé comme il l'espérait.

Sa cible vivait seule à l'écart du village. Par discrétion, il s'y rendit à pied. Aux abords de la ferme, il se cacha derrière un muret d'où il apercevait la cuisine. Il y resta quelques minutes, mais ne vit rien bouger. Et pourtant le véhicule était là, stationné dans la cour.

Après un moment, ne percevant toujours aucun signe de vie, il se décida à s'introduire dans la maison par l'arrière. Avant d'entrer, il mit une cagoule noire et enfila des gants. Il appuya délicatement sur la poignée. Elle était déverrouillée comme lors d'un précédent repérage. Les gens du coin n'étaient pas méfiants. Il se retrouva dans une pièce qui servait de débarras et s'approcha d'une deuxième porte qui menait au couloir.

Litso Ice ouvrit doucement et s'avança vers la cuisine. Personne. Sur la table se trouvaient une tasse à café, un bout de pain, un morceau de fromage entamé et un salami. Il accéda ensuite à l'étage, fit le tour des chambres, de la salle de bains, puis redescendit. Au moment d'arriver au bas de l'escalier, il entendit la porte d'entrée s'ouvrir. Il se ravisa et remonta quelques marches pour ne pas être repéré. Les pas se rapprochèrent. Il sortit son arme en la tenant par le canon, prêt à frapper, et retint sa respiration. Une silhouette apparut alors. Elle passa devant lui tout en regardant droit devant elle, tant et si bien qu'il ne la vit que de profil. Litso Ice descendit sans un bruit et s'avança en direction de la cuisine. Il était maintenant à hauteur de la porte et approcha légèrement sa tête. Il aperçut l'homme de dos, penché au-dessus de la table, en train d'écrire quelque chose. Ce n'était pas Serge Hugon. Il fit demi-tour tout en restant le plus discret possible. Heureusement que le son du cor des Alpes qui résonnait dans les haut-parleurs de la radio couvrait ses pas. Il remonta les escaliers et, dans une des chambres, se positionna près de la fenêtre. Il entendit l'homme quitter la maison et sa voiture démarrer quelques minutes plus tard. Mais où donc était Hugon ?

Litso Ice se rendit en dernier lieu dans l'écurie. Les vaches étaient attachées et ruminaient paisiblement leur foin. Mais il avait le sentiment de quelque chose d'anormal. Il avança et resta stupéfait.

Un corps était étendu juste derrière une des bêtes dans la raie d'évacuation d'environ un mètre de large. Il reconnut Serge Hugon. Il baignait dans un mélange de sang et de bouses, une plaie béante au niveau du crâne.

Litso Ice observa la scène, incrédule. Son plan avait-il fonctionné au-delà de ses attentes ? Il serait payé pour un travail alors qu'il n'avait même pas eu à se salir les mains. Il aperçut un peu plus loin une pelle tachée de sang et prit quelques instants pour analyser la situation. Ensuite, il agit. D'un sac en plastique, il sortit un couteau, le plaça dans la main de Serge Hugon. Il put la refermer sans trop de peine autour du manche. Il était mort depuis peu et la rigidité n'en était qu'à ses débuts. Après avoir placé les doigts de la victime sur le manche du couteau pour y déposer ses empreintes digitales, il le déposa sur un établi parmi d'autres outils.

Ensuite, il repartit en empruntant tranquillement le chemin par lequel il était arrivé.

Chapitre 36

Isabelle Hugon arriva de bonne heure à la ferme. Elle vivait dans une maison isolée à quelques centaines de mètres. Serge était sa seule famille. Son tempérament acariâtre l'avait coupée des dernières de ses amies qui n'étaient pas mortes. Elle venait souvent à Huémoz. Non tant parce qu'elle appréciait son neveu, mais elle n'avait rien de mieux à faire. Trop vieille pour faire les foins, récurer l'écurie ou traire les vaches, pas encore assez pour ne pas préparer les repas et tenter de garder aux alentours de la ferme un niveau de propreté acceptable. En entrant dans la cuisine, elle s'agaça que Serge n'ait pas même desservi le souper de la veille. Comment ferait-il après sa mort ? Il ne savait pas se servir d'un aspirateur ni cuire un steak. Elle pouvait mourir n'importe quand. Le médecin lui avait pronostiqué une longue vieillesse, mais elle disparaîtrait avant lui, c'était dans l'ordre des choses. Le soir précédent, elle s'était sentie fiévreuse et n'était pas venue. Et voilà le résultat… Elle déposa sur la table une tresse au beurre ainsi que le journal du jour puis commença à ranger la vaisselle sale et passa un coup d'éponge pour enlever le gros des miettes. Elle sortit le café soluble, le beurre, un pot de mélasse et mit de l'eau à bouillir.

En attendant que Serge revienne de la traite, elle buvait son café et lisait *Le Matin*. De sa place, elle avait vue sur la cour. Le 4 × 4 de Serge était là. À cette heure-là, n'aurait-il pas déjà dû être parti couler le lait à la laiterie ? Elle continua la lecture de son journal.

Puis elle repéra le bloc-notes que Serge utilisait pour consigner ses activités quotidiennes, une sorte de carnet du lait. Une phrase y était écrite en lettres majuscules et ce n'était pas l'écriture de son neveu : « *L'usurpateur est en enfer !* »

Elle se leva d'un bond, malgré son âge avancé et ses rhumatismes. Elle traversa la cour en claudiquant, s'appuyant sur sa canne. En entrant dans la grange, elle vit un veau qui tétait. Bizarre. Ce n'était pas normal. Un nouveau-né était normalement enlevé à sa mère et placé dans un parc.

Puis elle aperçut le corps, couvert de sang et de bouse de vache. Elle s'approcha et observa la scène sans émotion particulière. Elle ne l'avait jamais aimé. Ils n'étaient liés que par leur solitude. La plaie ouverte au sommet de son crâne et la pelle ensanglantée posée à côté de lui ne laissaient pas de doute sur les causes de sa mort.

Qui lui avait asséné ce coup fatal ? La liste de ses amis s'était amenuisée au fil du temps. Celle de ces ennemis, en revanche, s'était considérablement allongée. Si Serge avait un talent dans la vie, c'était de se faire détester.

Chapitre 37

Deux gendarmes étaient postés devant l'entrée de l'écurie et toute la zone avait été sécurisée avant que Karine n'arrive dans la cour de la ferme. Christophe et ses collègues de la police scientifique étaient déjà sur les lieux. Avant d'entrer, elle s'équipa d'une tenue intégrale blanche, de gants, de chaussons et d'un bonnet. Un des policiers faisait des relevés métriques, un autre des prélèvements. Christophe prenait des photos. Elle s'avança et observa le corps.

Pour la première fois, elle se retrouvait sur une scène de crime sans Andreas. Aujourd'hui, elle menait l'enquête seule. Elle aurait été rassurée par sa présence, mais n'était pas fâchée non plus de pouvoir faire ses preuves.

Le cadavre était allongé sur le ventre. La tête inclinée permettait de voir un visage aux traits figés sur lequel le sang avait séché. La plaie était béante sur le devant du crâne.

— L'homme qui a fait ça se trouvait sans aucun doute en face de sa victime au moment de porter le coup fatal, commenta Karine.

— Pourquoi l'homme ? Cela peut tout aussi bien être une femme. Regarde. Voilà sans doute l'arme du crime, dit-il en s'approchant de la pelle ensanglantée posée à même le sol un peu plus loin.

Christophe avait raison. Elle ne devait pas avoir d'a priori.

— Si le tueur avait été en face, Hugon aurait vu le coup arriver, non ? Et il aurait pu se protéger avec les bras.

Christophe se pencha sur la dépouille.

— Il ne semble pas qu'il y ait eu de coups sur les bras. Je ne distingue pas de lésions défensives. Le tueur a pu venir par-derrière. La victime se serait retournée au dernier moment. Ça expliquerait l'impact sur l'avant du crâne.

— C'est possible en effet.

— Comment aurait-il fait pour s'approcher sans qu'il ne le remarque ?

— La radio.

Christophe se dirigea vers le transistor et l'éteignit, après avoir remis ses gants, pour éviter d'effacer les éventuelles empreintes digitales.

— La musique a pu couvrir le bruit de ses pas.

— Il a dû être surpris alors qu'il trayait sa vache. À côté de la victime, le pot de traite est renversé, et le lait répandu sur le sol. Et le botte-cul est fixé autour de sa taille.

— Le son de la radio, combiné au bruit de la machine à traire, a sans doute permis au tueur de s'approcher discrètement.

— Mais la trayeuse n'est pas enclenchée.

— Quelqu'un a pu l'éteindre après l'avoir tué.

— Possibles traces… Je vais m'en occuper.

— Une autre solution à envisager : le meurtrier connaissait sa victime. Il vient et discute avec lui. Il prétend lui donner un coup de main, se saisit de la pelle pour enlever les bouses. Hugon se tourne pour traire la vache. Le tueur s'approche alors de lui. Hugon sent sa présence derrière lui, se retourne et se prend la pelle en pleine tête.

— Oui, cela paraît plausible.

— À quel type de mobile pourrions-nous avoir affaire ? s'interrogea Karine.

— Une vengeance ? Un conflit avec un autre paysan ? Une histoire de terrain ? La jalousie d'un membre de la famille ?

— Ou alors, un mari jaloux qui tue l'amant de sa femme. Je viens de recevoir des informations à son sujet sur mon téléphone portable. Hugon n'est pas marié. Il vit seul. Et il n'a visiblement plus que sa tante, Isabelle Hugon. Qui a découvert le cadavre ?

— Justement, c'est elle. Elle est dans la cuisine si tu veux la voir.

— J'y vais de ce pas.

Au même moment, Doc fit son entrée. Il s'avança vers eux avec ses cheveux en bataille et son air ahuri.

— Salut la compagnie ! Alors, y a un macchabée sympa dans le coin ?

Karine ne se formalisa pas. Elle subissait depuis longtemps l'humour noir du légiste. Cela ne la dérangeait pas sur le fond et l'amusait plutôt, mais elle préférait ne pas être dans les environs lorsque Doc s'affairait sur un cadavre. Le spectacle, les odeurs, ses blagues, la combinaison des trois lui donnait la nausée.

— Bon, je vous laisse travailler entre mecs.

Isabelle Hugon était assise sur le banc dans la cuisine et observait la cour à travers la fenêtre. Les gyrophares des deux voitures de la gendarmerie se reflétaient dans la vitre. Un corbillard venait d'arriver. Ils allaient emporter la dépouille de Serge. Dans l'ordre logique des choses, c'était elle qui aurait dû être, avant son neveu, la passagère inerte d'un convoi funèbre. Mais il avait sans doute mérité son sort.

Elle vit une personne vêtue d'un jean et d'une veste noire sortir de la grange et s'approcher de la maison. Sa démarche était masculine, mais son allure générale semblait indiquer qu'il s'agissait d'une femme. Était-ce une policière ? Au moment où elle était presque arrivée devant la porte, elle put l'observer de plus près. Elle avait des cheveux bruns coupés court et des yeux verts. Décidément, les choses n'étaient plus ce qu'elles étaient. De son temps, les femmes restaient à la maison. Ils s'imaginaient peut-être qu'une femme allait faciliter le contact. Ils ne savaient pas à qui ils avaient affaire.

Karine entra dans la cuisine et fit signe au policier en faction de les laisser seules. Isabelle Hugon, la tante de la victime, avait quatre-vingts ans au bas mot, mais encore fière allure. Au premier regard, Karine fut frappée par sa tenue vestimentaire. Elle ne correspondait pas à l'image qu'elle se faisait d'une vieille dame. Elle portait un jean, un pull en laine troué et des cheveux courts, teints en châtain.

Karine se présenta avec une formule et un tact sortis tout droit du manuel du parfait policier et demanda si elle pouvait prendre place en face d'elle.

— Ma p'tite dame, pas besoin de prendre des gants avec moi. Posez vos fesses sur la chaise. Vous voulez un caoua ?

Sans attendre la réponse, elle se leva, prit une tasse dans l'armoire et la posa devant Karine.

— Servez-vous. L'eau dans la bouilloire est encore chaude.

Karine considéra un instant la propreté douteuse de la vaisselle, mais se servit malgré tout une cuillère de café soluble, remplit sa tasse et y ajouta un nuage de lait tout en observant la vieille dame. Dans ce métier, il fallait parfois savoir vivre dangereusement.

— On m'a dit que vous aviez découvert le corps de votre neveu ce matin. Permettez-moi de vous adresser toutes mes condoléances.

— Madame, comment déjà ?

— Karine Joubert.

— Alors, Karine. Je vous appelle par votre prénom. Vous pourriez être ma petite-fille. C'est gentil, mais je ne suis pas triste. Serge est mort. Point. Ce qui m'embête le plus, c'est ce que je vais faire de la ferme, et surtout des animaux. Je vais devoir les vendre ou les envoyer à l'abattoir. Je n'ai plus la force de m'en occuper.

— Vous n'aviez pas de bons rapports avec votre neveu ?

— Oh, vous savez, Karine, je n'avais plus personne à part lui. Mon mari est mort et nous n'avions pas d'enfants. Mon frère et ma sœur ont aussi emménagé au cimetière.

— Et votre neveu ?

— Serge ? Un parfait connard. Mais bon, il faisait partie de la famille. J'avais plus que lui. Je lui donnais un coup de main, je lui préparais ses repas tous les jours. À part s'occuper de ses vaches, il n'était capable de rien. Ça meublait mes journées et j'avais un peu de compagnie. Mais c'est pas grave. Je vais bientôt caner et j'ai encore mon chat à la maison.

— Vous êtes atteinte d'une maladie ?

— Ce langage propret ne vous convient pas trop, ma petite dame, si je puis me permettre. Non, je n'ai rien. Je suis simplement vieille. Donc je vais sûrement crever un de ces quatre. Y a pas de raison de faire durer le plaisir.

— Serge Hugon n'avait pas de famille non plus ?

— Mon frangin est mort depuis plusieurs années, sa bobonne nous a quittés alors que Serge n'avait que trois ans. Elle a passé l'arme à gauche en accouchant de son deuxième enfant. On n'a pas pu sauver le gosse non plus. Une sale histoire. Bref, c'est donc moi qui me suis occupée de mon frérot et de son moutard. Serge, c'est moi qui l'ai élevé. Enfin j'ai essayé, mais il a tiré du côté de son vieux. J'ai pas eu grande influence. J'étais un peu comme la bonniche de la maison.

— Il ne s'est jamais marié ?

— Aucune femme sensée ne se serait mise en ménage avec lui, vous pensez bien.

— Avez-vous une idée de qui a tué Hugon ?

— Oh, plus que ça. Je sais qui…

Chapitre 38

Les couloirs du centre de médecine légale étaient déserts. Karine et Christophe descendirent les escaliers qui menaient à la morgue. Les locaux étaient modernes et clairs. D'imposants frigos mortuaires occupaient les murs de la première pièce. Avant de pénétrer dans le saint des saints, ils mirent des protections en papier sur leurs chaussures et enfilèrent une combinaison blanche. Sur la porte, un panneau mentionnait : « *Attention : en entrant ici, vous risquez d'être confrontés à des corps humains.* »

Ils s'engagèrent dans l'antre de Doc et longèrent le couloir. Sur leur droite, on voyait les salles d'autopsie à travers des baies vitrées. La première était vide. Dans la deuxième, une dépouille violacée était étendue sur une table en acier inoxydable. Dans la suivante, des légistes étaient affairés sur le corps d'une jeune femme. L'un d'eux se retourna avec un organe dans les mains. Un rein ? Le cadavre était ouvert, les côtes avaient été sectionnées de part et d'autre du sternum et redressées. Karine détourna le regard. Puis ils aperçurent Doc dans la quatrième salle. Il était penché sur

163

le corps de Serge Hugon. Il se releva et remarqua ses visiteurs. Il leur fit signe d'entrer.

— Salut les amis, approchez-vous. Venez, car tout est prêt, lança-t-il comme s'il était un pasteur qui invitait ses ouailles à le rejoindre à la sainte table.

Doc ôta ses gants en plastique maculés de sang. Il tendit un masque à Karine. Il connaissait son intolérance aux effluves diffusés par les cadavres saturés de produits chimiques. Contrairement à un parfumeur, un œnologue ou un fleuriste qui emploient un lexique précis pour décrire les senteurs et les arômes, les médecins légistes sont confrontés à des émanations singulières, mais qui n'ont pas de nom. Elles sont définies comme caractéristiques, particulières ou encore pénétrantes. On en fait l'expérience, on les identifie. Mais on ne les nomme pas. Doc résumait ces fragrances : « *C'est l'odeur de la mort.* » Les effluves varient selon les cas ou l'âge de la victime, voire son stade de décomposition. L'exhalaison est différente si la personne a été malade ou en bonne santé, si elle a été empoisonnée, retrouvée baignant dans son sang, pendue ou éviscérée, ou encore si elle a eu le temps de trembler de peur ou si la mort l'a prise par surprise. Doc avait appris à identifier et à apprivoiser les odeurs, mais elles restaient pour lui innommables et taboues. Présentes, réelles et pourtant indicibles. Ce n'était pas tant l'odeur elle-même, mais la charge émotionnelle qu'elle véhiculait qui provoquait des réactions de nausées chez les visiteurs. Doc lui-même avait rencontré ce problème au début de sa carrière.

— Je n'ai pas tout à fait terminé, dit-il, mais j'ai des informations intéressantes.

Christophe observa le corps de Serge Hugon. Sur le crâne, la plaie avait été nettoyée, on distinguait l'étendue des dégâts occasionnés par le coup de pelle. Il regarda son torse et eut un haut-le-cœur.

— Désolé, je n'ai pas eu le temps de le refermer, plaisanta Doc, tout sourires, amusé par les réactions de ses amis policiers.

Doc n'était pas insensible, loin de là. Pas non plus irrespectueux. C'était simplement sa manière de marquer ses distances avec la mort et l'absurdité de l'existence.

— Le coup a été porté suffisamment fort, avec un objet contondant, la pelle. Celle-ci a provoqué une plaie au cuir chevelu, une fracture avec embarrure du crâne sous-jacent et une lésion au niveau cérébral.

— Comment le coup a-t-il été donné ?

— De haut en bas, en diagonale.

Doc imita le geste avec un air sérieux et appliqué.

— L'agresseur était debout et la victime assise ? demanda Karine.

— Ou alors la victime était debout et son agresseur perché sur une chaise, dit Doc en éclatant de rire.

— Très perspicace, Doc.

— Tu as raison, Karine. L'agresseur était debout. Hugon devait être en train de traire, assis sur son botte-cul. Il s'est retourné et c'est là qu'il a reçu le coup de pelle.

— Et c'est la cause de la mort ?

— Le décès est sans doute survenu très rapidement, davantage du fait des lésions crânio-cérébrales que du choc lui-même. Mais je dois encore procéder à des investigations par CT-scan pour visualiser l'étendue des lésions. Cela permettra de mesurer l'ampleur et la gravité des blessures.

— Il est donc bien mort à cause du coup qu'il a reçu sur la tête ?

— C'est ce que je viens de dire, effectivement. Mais ce n'est pas tout. Le corps présente des lésions de défense aux extrémités des membres supérieurs, aux mains et aux doigts. Des ecchymoses sur le visage. Son arcade sourcilière est ouverte. Et sur les bras, des morceaux de peau ont été arrachés.

— Une bagarre a donc eu lieu avant ?

— Oui, c'est une éventualité. Et j'ai une mauvaise et une bonne nouvelle. La mauvaise, c'est que je n'ai pas pu caractériser des fragments de peau sous ses ongles. Il est d'ailleurs très rare d'en trouver. Mais cela ne veut pas dire qu'il n'y a rien. Le matériel cutané est parfois si peu abondant qu'on ne le distingue pas. La bonne nouvelle, c'est qu'à l'aide des analyses, j'ai néanmoins décelé sous les ongles la présence d'un ADN différent de celui de la victime.

— Excellent, s'exclama Karine.

— Et je voudrais vous soumettre une énigme.

— Une énigme ?

— Oui. La plaie sur l'arcade a été nettoyée. J'ai identifié un produit désinfectant, rendu visible par la coloration à la bétadine orange. Cela n'était pas immédiatement perceptible, car du sang provenant de la plaie au crâne recouvrait une bonne partie de son arcade. Mais j'ai fait un prélèvement cutané à proximité de la plaie qui m'a confirmé ce que je pensais. La question qui reste posée est celle du déroulement des événements.

— Une bagarre a eu lieu. Il est allé nettoyer sa plaie. Ensuite, il a été tué… suggéra Karine.

— Là, je ne peux pas vous aider. C'est ici que s'arrête mon job et c'est là que commence le vôtre.

— As-tu pu estimer l'heure de la mort ? demanda Christophe.

— Au moment où nous avons découvert le cadavre, il était raide comme une statue, de la tête aux pieds. La tête et le cou, portés en arrière, les mâchoires, fortement contractées. Les mains présentaient des signes de crispation. Les jambes étaient tendues. En résumé, la *rigor mortis* était à son maximum. Le décès remonte aux six à huit heures qui ont précédé la découverte du corps. Mais l'effort physique fourni par la victime au moment de la bagarre a pu accélérer aussi l'installation de la rigidité cadavérique.

— Isabelle Hugon nous a avertis lundi matin. Il a donc été assassiné dans la nuit de dimanche à lundi ou dans la soirée ?

— Les lividités, les taches violacées que vous pouvez apercevoir, sont partiellement fixées sur le ventre, le haut des cuisses et le visage. Je pense que la victime est tombée face contre terre, à la suite du coup qu'elle a reçu sur la tête, et elle est restée dans la même position depuis. La zone de lividité sur laquelle j'avais appuyé avec mon doigt a chassé partiellement le sang accumulé. Les lividités se fixent dix-huit heures après le décès.

— La mort remonte donc à plus loin. En fin d'après-midi ou début de soirée ?

— C'est ce que l'*algor mortis* semble nous confirmer. La température du corps était de vingt-sept degrés lorsque nous l'avons trouvé. Partant du principe que la température baisse d'un degré toutes les heures dès deux heures après le décès jusqu'à la dixième heure et ensuite d'un demi-degré.

Karine tenta de faire le calcul de tête.

— Je vais t'éviter de faire surchauffer tes neurones pour rien. Tu vas attraper la fièvre, ma chère. La victime a dû être tuée entre douze heures au minimum et quinze heures avant. La température de la grange influence le processus. Le froid qui y règne la nuit à cette période de l'année ralentit l'installation des lividités et de la rigidité. En revanche, il va accélérer la chute de la température du corps, et donc dans le cas présent, le refroidissement cadavérique. Cependant, compte tenu des constatations faites – température du corps, lividités, rigidité –, je pense que nous pouvons partir du principe que le crime a eu lieu dimanche dans la soirée, et plutôt en début de soirée.

— Merci Doc.

— De rien. Je vous enverrai mon rapport dès qu'il sera complet.

Karine et Christophe quittèrent la morgue avec de nombreuses questions en tête.

Chapitre 39

Buffet de la gare,
Gryon, lundi 18 mars 2013.

L'homme qui s'enivrait du parfum de sa mère franchit la porte du Buffet de la gare. À l'heure de l'apéro, les discussions y étaient animées. Sa table préférée était située près de la fenêtre. Elle était inoccupée et n'attendait que lui. Chacun avait ici ses habitudes. La façon dont le soleil entrait dans la pièce à cette heure exposait une partie de son visage à la lumière, laissant l'autre dans l'ombre. Mais personne ne faisait particulièrement attention à lui. C'était un habitué des lieux.

Sans qu'il ait à le demander, la patronne lui apporta une bière.

Elle vit sa main bandée.

— Santé ! Ça va ? Tu t'es fait quoi ?

— Merci. Rien de grave. Je me suis coupé en travaillant.

Il se servit et but une gorgée. Il aimait observer les gens et écouter leurs discussions. Mais là, il était perdu dans ses pensées…

Il avait pris conscience qu'il devait agir. Le miroir ne lui suffisait plus. Il haïssait l'image qu'il lui renvoyait sans pouvoir s'en passer. Un déchirement croissant entre le personnage qu'il voulait bien montrer à la face du monde et celui qu'il se sentait devenir intérieurement l'envahissait. La tension augmentait, menaçant de le fendre en deux. Le risque de surtension était réel et le point de non-retour approchait. Jusqu'à ce jour, il avait réussi à contenir ces irrépressibles énergies, mais pour encore combien de temps ?

Les événements récents avaient eu sur lui un effet à la fois libérateur et démultiplicateur. Il avait enfin reconnu son ennemi juré. Son rival. Il avait ignoré son identité jusque-là. Il l'exécrait par-dessus tout ! De vieux démons étaient réapparus… Il se souvint de la conversation téléphonique dont il avait été le témoin involontaire des années auparavant. Et ce qu'il avait entendu avait alors détruit ses derniers espoirs…

Tout s'était toujours passé dans cette chambre. Ce lieu où il était à la fois *cette* autre et lui-même. Cette pièce où il devenait *elle* : sa mère. Mais les murs semblaient maintenant se resserrer et réduire son espace vital. Tout ça ne lui disait rien qui vaille…

Hier, comme chaque semaine, il s'était rendu dans la chambre. Elle était fermée à clé, une clé que lui seul utilisait. Au moment de mettre sa perruque, son cœur s'était emballé et ses mains étaient devenues moites. Il avait commencé à suffoquer. Puis il avait eu des tremblements avant de se figer comme une statue de cire. Il avait regardé le miroir…

Un déclic.

Il s'était levé d'un bond et avait tapé du poing dans la glace qui avait volé en éclats. Le sang s'était mis à couler entre ses doigts. Il avait aperçu son reflet dans les fragments du miroir. Démultiplié. L'illusion d'être sa mère s'était dissipée. Son image ainsi morcelée paraissait grotesque. Cela ne suffisait plus. Il allait trouver un autre moyen de la faire vivre. De la faire exister et de la posséder enfin. À défaut d'être elle. Mais pour cela, il devait s'exposer à la lumière du jour. Sortir de l'ombre.

Chapitre 40

La veille, Isabelle Hugon avait désigné un coupable. Elle avait confirmé son identité et exposé son mobile lors de son audition. Sur cette base, le procureur avait délivré un mandat d'amener et un mandat de perquisition.

Les deux inspecteurs se dirigèrent vers l'entrée du chalet. Karine aperçut au-dessus de la porte des motifs gravés et peints et une inscription religieuse comme il en figurait sur beaucoup de façades dans cette région. En s'approchant, elle entrevit par la fenêtre de la cuisine deux hommes attablés qui prenaient leur petit déjeuner. Celui qu'elle identifia comme Antoine Paget vint leur ouvrir.

— Inspecteurs Joly et Joubert, de la brigade criminelle. Nous aimerions vous poser quelques questions. Pouvons-nous entrer ?

Antoine regarda le badge que l'inspectrice lui avait mis sous le nez. Il ne s'attendait pas à cette visite impromptue, mais il se doutait de la raison de leur présence.

— Bien sûr, suivez-moi, répondit-il d'une voix tremblante.

Antoine les précéda dans la cuisine et présenta le jeune homme attablé comme son fils, Vincent. Ce dernier leur fit un bref signe de la tête.

— Si c'est possible, nous souhaiterions vous parler en privé, monsieur Paget.

— Je dois de toute façon aller à la ferme. J'ai du travail, répondit Vincent.

Karine croisa furtivement le regard perçant et froid du jeune homme qui venait de se lever. Elle ne sut comment l'interpréter. Était-ce de la défiance ? Il ne paraissait en tous les cas nullement surpris de leur présence. Il sortit de la pièce.

— Asseyez-vous. Je vous sers un café ?

Contrairement à celles du fils, les pupilles dilatées du père semblaient trahir de l'inquiétude et sa voix, une gêne palpable.

— Non, merci. C'est très aimable à vous, répondit Christophe.

— Monsieur Paget, savez-vous pourquoi nous sommes ici ? l'interrogea Karine.

— Je m'en doute, ânonna-t-il en baissant les yeux. C'est au sujet d'Hugon.

Karine parut étonnée de sa réponse. Elle ne s'attendait pas à des aveux aussi rapides. Christophe prit le relais.

— Racontez-nous ce qui est arrivé.

— Je regrette mon geste. Je ne comprends pas. Je ne suis pas quelqu'un de violent. Mais dimanche en début de soirée juste avant la traite, j'ai retrouvé une de mes vaches, morte, dans le pâturage. Elle avait la gorge tranchée. C'est lui qui a fait ça. Hugon. Et j'ai piqué la mouche. Je n'aurais pas dû.

— Pourquoi aurait-il tué une de vos bêtes ?

— Il était jaloux. Il voulait absolument gagner le prix de la Grande championne. Et sa vache est morte en plein milieu du concours. Avant-hier, il est venu fou de rage à la ferme en m'accusant de l'avoir empoisonnée et il m'a menacé. Je ne pensais pas qu'il passerait à l'acte.

— Et ensuite, vous êtes allé chez lui ?

— Oui.

— Que s'est-il passé alors ?

Antoine ne répondit pas de suite. Il resta muet et ferma les yeux.

— Monsieur Paget !

— Désolé. Je m'en veux. Sincèrement.

— C'est un peu tard pour avoir des remords, déclara Karine.

— Pourquoi dites-vous ça ?

— Vos regrets ne le ramèneront pas à la vie.

— Je ne comprends pas…

Karine ne comprenait pas non plus. À quel jeu jouait-il ?

— Vous allez devoir nous suivre au poste de police.

— Vous m'arrêtez pour ça ?

— Oui, les meurtriers, on les met sous les verrous.

— Les meurtriers !?

— Ne faites pas l'imbécile. Vous vous êtes rendu chez Hugon. Une bagarre a éclaté. Et après vous l'avez tué.

— Il est mort ?

Karine vit le regard stupéfait de son interlocuteur. Elle ne savait plus quoi penser. S'était-elle trompée ? Elle se repassa le début de l'entretien. Paget n'avait pas avoué son crime. Il avait juste compris qu'ils étaient venus au sujet d'Hugon.

— Nous l'avons retrouvé hier matin. Mort.

— Mais… Je ne l'ai pas tué. Je ne comprends pas, c'est impossible. On s'est bagarré, oui. Mais quand je suis parti, il était en vie. Je ne suis pas un assassin ! Vous devez me croire.

Karine repensa à la discussion avec Doc. Serge Hugon avait été assassiné après que sa plaie avait été désinfectée et nettoyée. Peut-être la réponse n'était-elle pas aussi simple ?

— Quels habits portiez-vous dimanche ?

— Mes vêtements de travail. Ils sont dans la salle de bains, pourquoi ?

— Pouvons-nous les voir ?

— Oui, oui. Bien sûr.

Christophe suivit Antoine. Une machine à laver et un séchoir étaient dans le coin de la pièce. Il regarda à l'intérieur. Ils étaient vides. Les habits sales étaient dans une corbeille. Christophe trouva ce qu'il cherchait.

— Je vais devoir les emporter pour les faire analyser.

— Pourquoi ?

— Pour identifier de qui provient le sang qui a taché vos vêtements.

Ils retournèrent à la cuisine. Karine ne le laissa pas se rasseoir.

— Monsieur Paget. Je vais vous demander de nous accompagner au poste.

Chapitre 41

Aigle, mardi 19 mars 2013

Un agriculteur avait empoisonné la vache d'un de ses confrères. Du moins celui-ci en était-il persuadé. Il avait riposté en tranchant la gorge d'une vache appartenant à l'autre. Dans une surenchère de violence, le propriétaire du bovin égorgé avait alors assassiné celui du bovin empoisonné. Le mobile du meurtre était limpide : une histoire de rivalité entre paysans. L'affaire serait sans doute réglée rapidement, notamment avec l'aide du vétérinaire que Karine et Christophe allaient consulter à présent.

Mais Karine ne put s'empêcher de penser à Andreas. Aboutirait-il à une conclusion aussi simple ? Andreas insistait toujours pour prendre en compte toutes les options possibles. Et il se méfiait des jugements hâtifs, surtout quand tout paraissait trop évident. Karine ressentait combien il lui manquait et à quel point ils se complétaient. Ou était-ce juste elle qui avait besoin de lui ? Avec Andreas, elle était en confiance. Mais là, elle devait mener l'enquête et prendre des décisions seule. Elle s'était forgé un avis. Presque une conviction. Elle songea à ce que Doc leur avait dit : « *une énigme à résoudre...* » Elle ne l'avait pas écouté sur le moment. Elle n'avait pas laissé place au doute. L'affaire était-elle vraiment aussi évidente que les faits le laissaient penser ? Maintenant, ils devaient attendre le résultat des analyses. Les empreintes digitales et l'ADN parleraient : pour innocenter Antoine Paget ou pour le confondre.

En entrant dans le cabinet, Karine et Christophe furent accueillis par les aboiements de deux roquets surexcités. La réceptionniste leur demanda de patienter dans la salle d'attente. Quelques minutes plus tard, le vétérinaire apparut et les invita à le suivre sous le regard déconcerté et courroucé des personnes qui patientaient depuis longtemps.

— Désolé, je n'ai pas assez de chaises.

— On peut rester debout, pas de problème. Vous nous avez dit au téléphone avoir des informations importantes à nous transmettre.

— Oui, en effet. C'est la première fois que je vois ça. Deux vaches. Assassinées ! Mais où va-t-on ?

— La première a aussi été tuée ?

— J'ai découvert des traces non négligeables de strychnine dans son organisme.

— C'était donc bien un empoisonnement.

— Exact. La strychnine est un poison violent qui provoque des convulsions puis la mort.

— Avez-vous une idée de la façon dont cette substance a été administrée ?

— Par injection, je suppose.

— Le poison agit en combien de temps ? demanda Christophe.

— Injectée, la strychnine agit très rapidement. Quelques minutes au maximum.

— Cela semble peu probable, car la vache est morte dans l'arène. Et des témoins ont affirmé qu'Hugon était en train de finir de la préparer et qu'il ne l'a pas quittée des yeux avant d'entrer en piste, expliqua Karine.

— Quelles sont les autres voies d'administration du poison ?

— La voie digestive. La substance a pu être versée dans l'eau. Les effets sont alors retardés et on peut envisager un délai d'une dizaine de minutes mais pas beaucoup plus.

— Quelle quantité est nécessaire ?

— Quelques centaines de milligrammes suffisent.

— Et la deuxième vache ?

— Aucune trace de substance toxique. Elle a été égorgée et est morte en se vidant de son sang.

Chapitre 42

Un peu plus tôt dans la matinée, dans les locaux de la police de Bex, Karine avait pris la déposition d'Antoine en présence d'un avocat commis d'office. Ce dernier avait tout expliqué dans les moindres détails, mais ne démordait pas du fait que Serge Hugon était en vie lorsqu'il l'avait quitté. Malgré les forts soupçons qui pesaient sur lui, le procureur estima qu'ils n'avaient pas encore de preuves suffisantes pour demander au tribunal des mesures de contraintes une détention pour des motifs de sûreté. Antoine fut donc relâché en fin de matinée après avoir subi un prélèvement ADN.

Après leur visite chez le vétérinaire, Karine et Christophe décidèrent d'aller boire un café et de faire le point avant de retourner au poste. Ils entrèrent dans le restaurant le Grotto 04 situé au centre du village. Juste à côté se trouvait la librairie Le Crime parfait, un nom de circonstance, songea Karine, même si dans cette affaire le meurtrier était un parfait amateur ayant tué sous le coup d'une impulsion vengeresse. Mais le crime parfait, ça n'existait que dans les livres.

Ils prirent place sur les tabourets au bar et commandèrent deux espressos.

— Qu'en penses-tu ? demanda Karine.

— Au vu de tous les éléments en notre possession, il paraît logique qu'Antoine Paget ait empoisonné la vache de Hugon et qu'Hugon ait égorgé celle de Paget. Paget s'est ensuite rendu chez Hugon. Une bagarre a éclaté et Paget a envoyé Hugon *ad patres* sous le coup de la colère.

— Tu ne vas pas commencer, toi aussi, à étaler ton latin !

Christophe sourit, mais, remarquant dans le miroir derrière le bar le regard peu amusé de sa collègue, il reprit vite son sérieux.

— Je pense donc qu'Antoine est le coupable, réaffirma-t-il.

— Cela paraît évident, en effet. Mais quelques points me chicanent…

— Exprime-toi, ma chère.

— Est-ce qu'Antoine a pu mettre le poison dans le bidon d'eau au vu et au su de tous ? Il y avait sans doute beaucoup de monde et Hugon était auprès de sa vache.

— D'après le rapport de police, les vaches de Paget et d'Hugon étaient côte à côte. Paget a pu apporter de l'eau à sa vache et en profiter pour vider une fiole de poison dans le bidon juste à côté. Ni vu ni connu. Le fait qu'il y avait du monde et du bruit autour n'est pas un problème. Au contraire. Chacun était probablement affairé et personne ne l'aura remarqué. Il n'avait besoin que de quelques secondes.

— Oui, tu as sûrement raison.

— Et quoi d'autre ?

— L'énigme mentionnée par Doc. L'antiseptique retrouvé sur la plaie au niveau de l'arcade sourcilière, c'est bizarre, non ? Une bagarre éclate entre les deux hommes et cela se conclut par la mort d'Hugon. C'est quand même pas l'agresseur qui a désinfecté le cadavre !

— Ça paraît peu probable en effet, approuva Christophe en rigolant.

— C'est peut-être une autre personne qui a tué Hugon après coup. Dans ce cas de figure, la bagarre et le meurtre ne sont pas liés.

— Théorie intéressante. Cela confirmerait le fait qu'il ait été frappé par surprise.

— Exact. Après l'échauffourée, Paget part. Hugon saigne et va soigner sa plaie. Il se remet ensuite à traire. Une autre personne vient, s'approche de lui par-derrière. Hugon sent la présence d'un intrus. Il se retourne. Et il reçoit un coup de pelle sur le sommet du crâne.

— Pourquoi forcément une autre personne ? Paget a pu partir et revenir lui-même finir le travail.

— C'est juste, mais nous ne sommes guère plus avancés.

— Mais nous avons déjà deux théories. Cependant, un autre point me turlupine. Isabelle Hugon a découvert le cadavre lundi matin. Pourquoi n'est-elle pas allée chez son neveu dimanche soir ? Elle nous a bien dit qu'elle lui préparait ses repas tous les jours, midi et soir. Et sur l'interrupteur de la machine à traire, nous avons retrouvé, en plus des traces digitales correspondant aux empreintes de Serge Hugon, celles de sa tante, Isabelle. Au moment où cette dernière affirme avoir découvert le corps, elle pense à éteindre la trayeuse ? Elle n'était peut-être pas si choquée que cela ?

Karine réfléchit en silence quelques instants, puis reprit la parole.

— Elle m'a même dit qu'elle trouvait que son neveu était un « *parfait connard* », pour reprendre ses mots. Et c'est elle qui nous a mis sur la piste de Paget…

Chapitre 43

— Ah enfin, on va être en retard. Dépêche-toi !

Il était 18 heures et Andreas venait à peine de franchir le pas de la porte.

— En retard pour quoi ?

— C'est pas croyable. Tu as oublié. On va au spectacle à Yverdon.

— Ah zut. Ta copine, euh, ton copain, celui qui se prend pour Marie-Thérèse Porchet[1], c'est ça ?

— Oui, c'est ça… Elle s'appelle Catherine d'Oex. Mais si ça ne t'intéresse pas, t'as qu'à rester ici.

— Non, non. Je me dépêche.

Ils arrivèrent au Théâtre de l'Échandole quelques minutes avant le début du spectacle. Andreas considéra l'affiche de la revue : un acteur travesti assis sur un trône royal lisait un magazine people. Ce n'était pas vraiment sa tasse de thé. Le théâtre était aménagé dans les caves du château. À l'entrée, un bar dans une

---

1. Marie-Thérèse Porchet, née Bertholet, est un personnage créé par Joseph Gorgoni, humoriste suisse.

pièce voûtée et quelques tables. Une atmosphère de cabaret chaleureux. L'ouvreur les invita à gagner la salle. Ils étaient visiblement les derniers et les deux seules places disponibles se trouvaient au premier rang.

Pendant les premières minutes du spectacle, Andreas était ailleurs. Égaré dans le tourbillon de ses pensées. Antoine, son nouvel ami, s'était mis dans un sacré pétrin. Il était suspecté du meurtre de Serge Hugon. Ce matin, au moment où ses collègues étaient venus lui rendre visite, Andreas n'était pas là. Il avait passé la matinée sur les pâturages avec Vincent, le fils d'Antoine, à remplacer les piquets qui s'étaient brisés sous le poids de la neige. Quelle histoire... Il ne pouvait pas être coupable. Ses collègues arriveraient sûrement à la même conclusion, mais il avait décidé d'aller le lendemain à Lausanne pour tirer cela au clair.

Pour se changer les idées jusque-là, il prit le parti de s'intéresser à ce qui se déroulait sur scène et ne décrocha pas un instant du spectacle, absorbé par la qualité du jeu et la présence de l'artiste qui brûlait les planches. Il ne se souvenait pas de la dernière fois où il avait autant ri. Un humour piquant qui menait la vie dure aux clichés sexistes. Des mimiques irrésistibles. De belles chansons.

Après la représentation, ils commandèrent une bière au bar.

— À t'avoir entendu rigoler, j'en déduis que tu ne regrettes pas d'être venu...

— C'est vrai. Merci de m'avoir un peu forcé la main. J'ai adoré.

Une pile de CD était disposée sur le comptoir. Andreas regarda le nom des albums. Des reprises de chansons françaises.

— Comme t'es devenu fan, je te l'offre.

Pendant tout le trajet du retour, ils écoutèrent sans parler le CD qu'ils venaient d'acheter. Andreas fut saisi par l'émotion et la mélancolie qui se dégageaient de la voix de Catherine d'Oex. L'écran affiche *Mistral gagnant*. Il appréciait la musique et les paroles, mais n'aimait pas la voix de Renaud. Aux premières notes du piano, il entonna doucement l'air. La-la-la-la-la-laa. La-la…

Et entendre ton rire
Qui lézarde les murs
Qui sait surtout guérir
Mes blessures

Andreas sentit sa gorge se nouer. Une vague de chagrin l'envahit. Ses blessures. Elles étaient bien là. Présentes, sous la surface. Elles revenaient par bribes, mais l'image d'ensemble était floue. Les secrets enfouis émergeaient de son inconscient. Peu à peu. Il cherchait à savoir, mais n'y parvenait pas. Son ombre le préservait. Comme si la lumière était trop vive. La vérité ne pouvait éclater au grand jour d'un seul coup. Elle devait se faire sa place, petit à petit.

Sortir de l'obscurité.

D'abord dans l'ombre.

S'habituer à la lumière.

Te raconter enfin
Qu'il faut aimer la vie
Et l'aimer même si
Le temps est assassin

Oui, il aimait la vie. Mais, le temps. Le temps qui passe. La crainte de l'avenir. La peur de la mort. Elle jetait un voile grisâtre sur son existence. Il essayait de mettre cela de côté. De ne pas trop y penser. Il se répétait souvent à lui-même : *carpe diem*. Cueille le jour présent sans te soucier du lendemain. Il était un épicurien, non ? Un être à la recherche du plaisir avant tout… Mais, ce qu'il croyait être une quête du bonheur n'était en fait qu'une fuite en avant. Selon la doctrine épicurienne, le but était de parvenir à un état de sérénité d'esprit constant. Pas le plaisir pour le plaisir… mais la recherche d'une sagesse. Lui-même était loin de trouver la tranquillité de l'âme…

Ému par les paroles de la chanson suivante, il tourna légèrement la tête pour que Mikaël ne voie pas la larme qui coulait sur sa joue. C'était la reprise de *Mourir sur scène*.

Viens, mais ne viens pas quand je serai seule
Quand le rideau un jour tombera,
Je veux qu'il tombe derrière moi.
Viens, mais ne viens pas quand je serai seule
Moi qui ai tout choisi dans ma vie
Je veux choisir ma mort aussi.

Comme Dalida, il avait le sentiment d'avoir tout choisi dans sa vie. Tout orchestré. Choisir sa mort ? Tout maîtriser jusqu'au bout ? oui, il aimait cette idée.

Mais un problème subsistait : il ne voulait pas mourir…

Imaginer ne plus exister lui était impossible. La vie éternelle dans l'au-delà ? des foutaises… Seul ici et maintenant comptaient. Mais comment en profiter, si la peur de la mort l'habitait ? Il fit un rapide calcul de tête. Il estima qu'il lui restait probablement trente ans à vivre, quarante au mieux, qui sait ? Trente ans fois douze mois, soit trois cent soixante mois. Plus que dix mille huit cents jours… Cela lui paraissait tellement peu. Et en même temps, lorsqu'il repensait à dix années en arrière, cela lui semblait déjà loin. Le temps était une notion bien capricieuse. Poser ces chiffres et découper sa vie en intervalles lui donnait le vertige. Mais il ne pouvait rien y changer. Il ne pouvait choisir le jour de son trépas. C'était sans compter les risques du métier. La possibilité d'une mort prématurée. Une balle dans le cœur… un coup de couteau… Et pourtant, ce jour viendrait. Le plus tard serait le mieux.

Et en attendant, vivre ! Vivre et aimer. Pour tenir la mort à distance. Aimer intensément. Il posa la main sur la cuisse de Mikaël en espérant que ce dernier était dans les mêmes dispositions que lui pour la fin de la soirée. La main de Mikaël vint se poser sur la sienne. Il ressentit sa douce pression et leurs doigts s'entremêlèrent, avant qu'il ne reprenne brusquement le volant à deux mains pour négocier un virage. Il n'avait plus qu'une hâte à présent : arriver à la maison. Pour ce soir au moins, la mort serait loin de ses pensées.

Chapitre 44

Les résultats attendus étaient arrivés en début de matinée et ils menaient tous à la conclusion suivante : Antoine Paget était coupable.

Avant de se rendre à Gryon, Karine et Christophe s'étaient arrêtés chez Isabelle Hugon pour éclaircir quelques points. Elle leur avait affirmé être restée à la maison le dimanche soir. Elle était, selon ses dires, grippée. Et c'était bien elle qui avait éteint la machine à traire. Après avoir découvert le corps, elle était allée appeler la police, puis était retournée dans l'écurie. C'est là qu'elle avait stoppé la trayeuse. Pour économiser de l'énergie, avait-elle précisé. La mort de son neveu ne lui avait pas fait perdre le sens de l'écologie…

À Rabou, ils prirent la route des Pars. Quelques kilomètres plus loin, ils empruntèrent un chemin de terre en direction de la ferme et aperçurent une BMW grise.

— C'est pas la voiture d'Andreas ? s'interrogea Christophe.

— Oui, on dirait. Que fait-il ici ?

Ils se garèrent à côté de la grange et virent Antoine et Andreas assis chacun sur une botte de foin, un verre à la main. Devant eux, sur le sol, une bouteille de vin blanc.

La présence de son chef en train de trinquer avec l'assassin qu'ils venaient appréhender mit Karine mal à l'aise. Elle s'approcha d'eux.

— Qu'est-ce que vous faites là ? les apostropha Andreas.

— Ce serait à nous de te poser la question…, rétorqua Christophe.

— Monsieur Paget, je vais vous demander de nous suivre. Vous êtes en état d'arrestation pour le meurtre de Serge Hugon.

Andreas se leva d'un bond et mit la main sur l'épaule d'Antoine pour qu'il reste assis sur sa botte de foin. Il se plaça entre lui et Karine, comme pour le protéger.

— Quoi ! Vous voulez arrêter Antoine ? Il est innocent !

— Ne te mêle pas de ça, Andreas.

— Antoine n'est pas un meurtrier.

— Andreas, nous avons des preuves. Aucun doute n'est plus permis.

— Quelles preuves ?

— Ce n'est pas ton affaire. Je te rappelle que tu es en congé. Laisse-nous faire notre travail. Tu sais comment ça marche, ajouta Christophe.

— Enlève-toi de là, Andreas, s'il te plaît, intima Karine.

Antoine se leva et poussa Andreas sur le côté.

— Je suis à vous.

Karine sortit les menottes de sa poche.

— Retournez-vous, monsieur Paget.

Antoine s'exécuta. Karine lui passa les entraves et l'emmena dans la voiture. Christophe prit place à l'arrière à côté du suspect et Karine prit le volant.

Andreas les regarda s'éloigner.

Chapitre 45

Litso Ice avait accompli sa mission. Ou pour être plus juste, quelqu'un avait fini le travail à sa place. Son plan machiavélique avait fonctionné au-delà de ses attentes. Son employeur lui avait demandé de se tenir à disposition en Suisse quelque temps, mais de s'éloigner de Gryon. Ils auraient peut-être encore besoin de lui. Bien sûr, il resterait tous frais payés. C'était la première fois que cela lui arrivait. Être payé pour se reposer et faire du tourisme.

La veille, il avait cherché sur Internet l'endroit où il allait profiter de cette aubaine. Des bains thermaux, ce serait pas mal. Il s'était décidé pour les thermes de Vals situés dans le village au fond de la vallée du même nom. Les photos de ce bâtiment à l'architecture moderne épousant parfaitement l'environnement l'avaient convaincu. Il était construit en pierre de Vals – pierre grise et quartzite – et le toit était recouvert d'herbe. Les pierres plates stratifiées en couches donnaient vie et relief à cette façade cendrée. Cette roche était exploitée depuis des siècles par les habitants de la vallée. On la retrouvait dans les murs ou sur les toitures du village.

L'ensemble, mélange de tradition et de modernité, semblait faire corps avec la montagne. Cela lui plaisait. Lui aussi était un subtil alliage de tradition et de modernité. Il était resté attaché à certaines valeurs d'antan, mais il aimait tout ce que la société actuelle lui apportait. Surtout le luxe, d'ailleurs. Né en 1957, il avait grandi en pleine guerre froide. Il avait connu les jours de gloire de l'Union soviétique et la diabolisation de tout ce qui venait de l'Ouest. Il était trop jeune pour se souvenir des conquêtes spatiales du Spoutnik, mais son enfance avait été bercée par ces récits. Youri Gagarine était le héros de sa prime jeunesse. Pour ses dix ans, il avait reçu une des montres Raketa, qui veut dire *fusée*, conçues en l'honneur du cosmonaute. Il l'avait toujours et la gardait précieusement dans sa boîte d'origine. Mais ces gloires nationales ne suffisaient pas à masquer la réalité qu'il avait vécue au quotidien. Son père était un simple ouvrier, pas un *apparatchik* du gouvernement, et il avait grandi dans un minuscule appartement dans une banlieue sordide de Moscou. Moche et fonctionnel. Ils avaient été six à l'habiter. Il avait souffert de la promiscuité et de la pauvreté. Ce qu'on lui avait inculqué depuis l'enfance, c'était que tout ce qui venait d'Occident devait être proscrit. Pourtant, à l'adolescence, il n'avait pu s'empêcher de rêver en lisant les récits de Ian Fleming, qu'un copain d'école lui prêtait en cachette. Un plaisir interdit. Il se sentait plus coupable que s'il avait feuilleté les pages de magazines érotiques. Il encourait le goulag pour cette transgression, même si depuis l'année de sa naissance, sous Khrouchtchev, on les avait renommés *colonies de redressement par le travail*, doux euphémisme…

Oui, il avait risqué gros : son pays, qu'on lui avait appris à vénérer par-dessus tout, devenait l'ennemi dans les livres de Fleming. Les méchants étaient russes. 007 les éliminait sans état d'âme. Litso Ice en avait été chamboulé. Sa vision du monde avait vacillé. Au départ, il avait été choqué. Il avait essayé de détester James Bond. Mais il n'avait pas pu. Il sentait qu'il partagerait son goût pour les cocktails, les hôtels de luxe, les belles voitures et surtout les jolies femmes. Il était véritablement déchiré entre les valeurs de son pays qu'il défendait, et une fascination pour l'agent 007 qu'il n'aurait jamais reconnue, même sous la torture. Il se demandait d'ailleurs quelle avait été l'influence de ses lectures dans la carrière qu'il avait choisie.

Dans cette construction cubique où il avait décidé de se reposer, les fenêtres laissaient pénétrer les rayons du soleil : de larges baies vitrées, des ouvertures rectangulaires et carrées de tailles diverses. Elles permettaient en outre de s'évader en regardant la nature environnante. À travers la fenêtre, il voyait des sapins au premier plan, puis au loin un alpage paisible recouvert de neige.

Litso Ice était allongé sur une chaise longue dans une pièce où il était seul. Une salle de relaxation très épurée. La lumière tamisée apportait un peu de douceur. Il se laissa aller au bien-être que le lieu lui inspirait. Il attendait qu'on vienne le chercher pour un massage. Il avait choisi une variante suédoise, qui devait lui permettre, d'après la brochure, de se libérer des courbatures, du stress et des tensions musculaires.

Exactement ce dont il avait besoin. Il espérait que la masseuse serait une belle Suédoise, blonde aux yeux bleus, au corps sculptural et à la poitrine avantageuse, dont il pourrait deviner la forme quand elle se pencherait sur lui. Il se voyait déjà comme 007, se laissant bichonner par des mains expertes. Mais il eut très vite une première déception, au moment où on vint le chercher dans la salle de relaxation. La masseuse était un masseur. Un type d'une trentaine d'années. Vêtu de blanc. Les cheveux mi-longs, un début de barbe, le nez proéminent et un air menaçant. Une vraie tête de mafieux albanais. Il savait de quoi il parlait. L'année d'avant, on l'avait envoyé en mission à Pristina pour dégommer un magnat de la drogue qui avait marché sur les plates-bandes d'un escroc russe. Le fils de l'Albanais avait juré de venger son père. Et si c'était lui le fils en question ? C'était foutu, il n'allait pas pouvoir se détendre. Il s'allongea pourtant sur le ventre. Une serviette lui recouvrait les fesses et le haut des jambes. Le type lui appliquait de l'huile sur le dos. Un parfum agréable parvenait à ses narines : du bois de santal. L'homme commença à le masser vigoureusement et lui demanda de se détendre. Litso Ice en était incapable, il sentait ses muscles se crisper. Si ce dernier décidait de le tuer, dans la position où il se trouvait, il serait complètement vulnérable. Tout d'un coup, il s'arrêta de le frictionner et se retourna pour ouvrir un tiroir. Qu'allait-il en sortir ? Une arme avec un silencieux ? C'en était trop…

D'un bond, Litso Ice se leva de la table de massage et fut derrière le type. Il le maîtrisa d'un mouvement et le coucha contre le meuble. Il le tenait en respect. Il se pencha pour examiner le tiroir. Des fioles d'huiles essentielles. Rien d'autre. L'homme hurlait, car il lui tordait le bras. Deux autres employés se précipitèrent affolés dans la pièce. Il relâcha sa prise. Pas un mafieux albanais après tout… Juste un pauvre gars qui gagnait sa vie en faisant des massages. Cet incident sonnait le glas de son séjour de détente. Un vrai fiasco. Il s'était excusé. Il avait dit avoir servi dans l'armée et souffrir d'un syndrome de stress post-traumatique. Mais pourquoi avait-il perdu ses moyens ? Cela ne lui ressemblait pas. Sur cette table de massage, il s'était soudain senti vulnérable alors qu'il n'avait rien à craindre. Il s'était fait un trip de paranoïa. Cela ne lui ressemblait pas. Litso Ice, *visage de glace*. Imperturbable et toujours en contrôle. Une véritable machine humaine. Bien qu'il ne voulût pas l'admettre, il commençait à payer un lourd tribut à la profession qu'il s'était choisie. Le stress était intense, permanent. Tel un ennemi sournois, il ne lâchait jamais prise. Mais il aurait bientôt assez d'argent pour s'acheter la maison de ses rêves et prendre sa retraite. Oui. C'était de ça qu'il avait envie. Encore quelques contrats à honorer. Ensuite, il arrêterait. Au moins, le centre thermal ne porterait pas plainte. C'était déjà ça. Plier ses bagages et se faire oublier était la seule chose à faire.

Chapitre 46

Andreas entra sans frapper dans le bureau de sa supérieure et s'assit sur la chaise en face d'elle. Elle le fusilla du regard tout en poursuivant sa conversation téléphonique. Au moment où elle raccrocha, elle n'eut même pas le temps d'ouvrir la bouche, Andreas la devança.

— Je reprends l'enquête.

— Pourquoi est-ce que je ne suis pas surprise… maugréa-t-elle de guerre lasse.

— Antoine est innocent. Vous faites fausse route.

Son ton monta d'un cran.

— Ne te mêle pas de ça. Tu n'es pas sur l'enquête. D'autant plus qu'il semble que vous êtes amis, non ?

— Oui, nous sommes amis. Justement…

— Tu n'es pas sans savoir qu'ayant un lien avec le prévenu, on serait dans l'obligation de te récuser, l'interrompit Viviane.

— Je suis certain qu'il n'a pas pu commettre ce crime.

— Eh bien, tu te trompes. Les preuves l'ont confondu.

— Les preuves ? Quelles preuves ?

— Andreas. Je le répète une dernière fois. Tu n'es pas sur l'enquête. Et je te donne un conseil d'ami : ne te mêle pas de cette affaire.

— Mais je veux savoir ce que vous avez contre lui !

— Si je te le dis, est-ce que tu me promets de rester en dehors de tout ça ?

— Croix de bois, croix de fer, si je mens…

— Ne te fous pas de moi, Andreas. D'accord. Je vais te le dire. Et tu sais pourquoi ? Juste pour que tu comprennes qu'il est coupable et qu'ensuite tu nous fiches la paix. Et que tu retournes prendre tes vacances.

Viviane attendit l'approbation d'Andreas, mais ce dernier la regarda sans réagir.

— Nous avons décelé des traces du profil ADN de Serge Hugon sous les ongles d'Antoine Paget.

— Ça prouve la bagarre, mais rien d'autre.

— Nous avons aussi découvert dans la corbeille à linge de Paget des habits avec des traces de sang, celui d'Hugon.

— C'est normal que du sang ait giclé s'ils se sont battus.

— Laisse-moi finir ! La pelle retrouvée dans l'écurie est bien l'arme du crime. Nous avons trouvé sur la partie métallique du sang et des morceaux du cerveau d'Hugon et sur le manche en bois, des traces correspondant au profil ADN d'Antoine Paget.

— Mais…

— Oui ? Et ce n'est pas fini. Dans la grange d'Hugon, nous avons découvert le couteau qui a été utilisé pour égorger la vache de Paget. Et chez Antoine

Paget, nous avons déniché une fiole contenant de la strychnine, le poison qui a servi à tuer la vache d'Hugon. Tu me suis ?

— Oui, concéda Andreas en baissant les yeux.

— C'est une simple histoire d'ambition et de jalousie. Deux hommes. Deux vaches. Un concours. Un seul gagnant.

— Y a un truc qui cloche. J'en suis convaincu.

— Tu es incroyable ! Les preuves sont là. Le mobile aussi.

Viviane ne fit pas mention du message découvert sur le calepin posé sur la table de la cuisine qui leur posait problème : « *L'usurpateur est en enfer !* » L'écriture ne semblait pas être celle d'Antoine Paget. Et la phrase n'avait aucun sens dans ce contexte. Il n'était pas question d'*usurpation*, mais de *vengeance*. Et si ce n'était pas Paget qui avait écrit ces mots, qui était-ce ? Et pourquoi ? Elle ne mentionna pas non plus l'arcade désinfectée de Serge Hugon qui pouvait remettre en cause l'issue fatale de la bagarre. Mais Paget avait pu repartir et revenir plus tard pour finir le travail… Car les autres preuves ne souffraient d'aucune ambiguïté et étaient suffisantes pour l'incriminer.

— Vous êtes en train de commettre une erreur. J'ai appris à Karine à élargir son champ de vision. À ne pas se fier d'emblée aux faits.

— Il ne s'agit pas de Karine. C'est moi qui ai demandé au procureur, sur la base des éléments apportés par l'enquête, de le faire arrêter.

— Je vais tirer cela au clair. Et tu verras bien que j'ai raison !

Andreas se leva de sa chaise, sur le point de quitter l'aquarium.

— Andreas !

Il se retourna.

— Donne-moi ton badge.

— Tu me suspends ?

— Le commandant a décidé d'ouvrir une enquête administrative interne et de te suspendre. Il en a assez de tes frasques. Un conseil, lâche l'affaire. Si tu te mêles de cette enquête, tu risques d'être dégradé ou même révoqué.

Andreas sortit son badge de la poche de sa veste et le lança sur le bureau de Viviane.

— Ton arme, aussi.

Chapitre 47

Gryon, mercredi 20 mars 2013

Comme tous les jours à midi, Cédric Brunet rentrait pour dîner avec son père. Il avait vingt minutes de retard. En général, Cédric préparait le repas la veille au soir et le réchauffait en arrivant, car il n'avait qu'une heure de pause. Cette routine se perpétuait depuis maintenant cinq ans.

Son père, Lucien, était installé au salon, devant la télévision, comme à son habitude. Sa vie était réglée, voire minutée. Cédric le réveillait le matin à 6 heures et l'aidait à prendre sa douche et à s'habiller. Ensuite, il lui préparait le petit déjeuner avant de partir au travail. Puis Lucien lisait le journal pendant une heure. Après, un chauffeur passait le chercher pour l'emmener à la physiothérapie. De retour vers 10 heures, il s'installait au salon pour regarder la télévision en attendant son fils. Puis le repas terminé, retour devant le petit écran pour suivre les inepties de l'après-midi, talk-shows ou feuilletons insipides, devant lesquels il manquait rarement de s'endormir. À l'occasion, il recevait la visite d'un ami qui venait boire le café avec lui et l'informer des derniers potins.

— Ah, t'es enfin là. T'étais où ? J'ai faim, moi.

— Une canalisation au village a cédé. J'ai aidé les pompiers toute la matinée, justifia Cédric sans s'excuser du retard.

— T'aurais pu m'avertir.

S'occuper de son père au quotidien était une charge contraignante, mais il n'avait pas le choix. Il le laissait en général exprimer sa mauvaise humeur sans réagir, lui passant ses caprices. Il le poussa jusqu'à la cuisine et l'installa derrière la table. Il sortit ensuite un plat de spaghettis bolognaise du frigo. Il en remplit deux assiettes qu'il réchauffa au four micro-ondes.

— Il paraît qu'Antoine a été arrêté par la police.

— T'es déjà au courant ?

— Dédé m'a appelé pour me raconter. Antoine aurait tué Hugon ? Ça m'étonnerait. Antoine est un chic type.

— C'est quand même incroyable, ce village où tout se sait en un rien de temps… À Gryon, les ragots se propagent plus rapidement que les données par la fibre optique.

Cédric posa les plats sur la table et prit place en face de son père.

— Pauvre Vincent, voir son père se faire embarquer par les flics comme ça… T'as oublié l'eau !

Cédric se releva, sortit la carafe de l'armoire et la remplit au robinet sans broncher.

— Je finis mon assiette et je vais aller le retrouver à la ferme. Je ferai la vaisselle plus tard.

— Il ne peut pas être coupable, ou bien ? relança Lucien.

— Qu'est-ce que tu veux que j'en sache ! S'ils l'ont arrêté, c'est sûrement pas pour rien, non ?

Mais ce que je sais, c'est que Vincent a besoin de moi, affirma-t-il en se levant de table.

— Cédric ! Tu pourrais m'acheter du chocolat ? Prends du Cailler cette fois.

Pour seule réponse, Lucien Brunet entendit juste la porte se refermer.

Chapitre 48

Andreas se présenta devant la porte métallique donnant accès au parking qui s'ouvrit automatiquement. Viviane lui avait retiré son insigne, mais pas la commande d'ouverture ni le badge pour entrer dans les locaux de la police cantonale. Les bureaux du centre de la Blécherette, CB pour les intimes, neufs et modernes, hébergeaient l'état-major, les services généraux ainsi que les différentes brigades de la police de sûreté. La criminelle occupait toujours des bureaux au centre de Lausanne, mais ne tarderait pas à rejoindre la Blécherette, ce qui ne l'amusait guère. Ici, les brigades se retrouvaient dans des bureaux séparés, répartis sur plusieurs étages. L'avantage était que toutes les brigades ainsi que les services techniques et scientifiques seraient réunis sous un même toit.

Andreas entra dans le bâtiment au niveau du parking et se rendit directement vers la partie où se trouvaient les cellules. Toutes les personnes arrêtées y étaient d'abord amenées. Ce n'est qu'après le passage chez le procureur suivi par une demande motivée au tribunal des mesures de contraintes que la détention était confirmée et qu'ils étaient transférés dans une prison. En temps normal, les détenus restaient ici quarante-huit heures au maximum, mais en raison de la surpopulation carcérale, cette détention se prolongeait souvent. Cette situation était actuellement largement débattue et médiatisée, car contraire au droit. Les cellules étaient dépourvues de mobilier, la lumière constamment allumée, les visites interdites et les promenades journalières limitées au strict minimum.

Avant d'accéder à l'espace carcéral, il devait déposer son arme dans une boîte prévue à cet effet. Il mit la main sous sa veste par habitude pour sortir son pistolet du holster, avant de se rappeler qu'il avait dû le remettre à sa supérieure au moment de sa suspension. Il plaça ensuite sa carte électronique devant le détecteur. L'aurait-elle fait bloquer ? Le clic d'ouverture de la porte confirma le contraire. Il se dirigea vers le gardien. Il était connu du personnel carcéral et ça l'arrangeait bien. Ce dernier, pensant qu'Andreas était chargé de l'enquête, l'accompagna auprès d'Antoine.

Andreas l'aperçut derrière la paroi vitrée de la cellule, assis sur le lit.

— Tu n'es pas sans savoir que, normalement, les auditions se font dans les salles prévues à cet effet ? lui lança le gardien.

— Oui, je suis au courant. Merci. Ce ne sera pas long.

Le gardien lui ouvrit alors la porte et le laissa entrer.

— Je reviens dans dix minutes.

Antoine semblait abattu, mais un léger sourire s'esquissa sur ses lèvres quand il vit son ami.

— Salut Andreas.

— Salut Antoine, comment ça va ? dit-il sans réfléchir. Désolé, ce n'était pas la question à poser…

— Je me sens mal dans cet endroit. Dans cette cellule. Et je n'ai rien fait. Je suis innocent.

— Je sais, Antoine. Je vais tout faire pour te sortir de là.

— Donc tu me crois ?

— Oui, je n'ai aucun doute. Je ne te connais pas depuis longtemps, mais je sais que tu n'as pas pu faire cela.

— Merci. Je me suis senti humilié. Ils m'ont amené menottes dans le dos. Ils m'ont demandé de me déshabiller. J'ai dû me mettre sur une balance. Ils m'ont pris en photo. Ils ont relevé mes empreintes. Ensuite, ils m'ont auditionné pendant au moins quatre heures. Ils voulaient me faire avouer…

— Et ?

— Je ne peux pas avouer ce que je n'ai pas fait !

À la demande d'Andreas, Antoine lui raconta une nouvelle fois, et en détail, le déroulement des événements. La découverte de sa vache morte. Son pétage de plombs. La bagarre. Andreas s'était gardé de lui dire au préalable quelles étaient les preuves retenues contre lui. Et son ami lui avait fourni une des explications dont il avait besoin. Antoine avait envoyé un coup de poing dans le visage de Serge Hugon. Ce dernier s'était ensuite jeté sur son adversaire. Antoine avait réussi à le repousser avant de lui asséner une seconde droite qui l'avait fait tomber à terre. Hugon s'était relevé. Le sang coulait à flots de son arcade sourcilière. Hugon avait alors sorti de sa poche un tournevis et s'apprêtait à revenir à la charge. C'est à ce moment-là qu'Antoine s'était saisi de la pelle, posée contre le mur et avait menacé son assaillant. Devant la disproportion des armes, Hugon s'était arrêté net et avait insulté Antoine. Il venait de réaliser qu'ils étaient arrivés à un point de non-retour et avait jeté la pelle en direction d'Hugon avant de s'enfuir.

— Je suis désolé d'avoir réagi comme ça. Je n'étais plus moi-même. Mais quand j'ai vu ma Heidi morte, j'ai perdu le contrôle. Je ne comprends pas. Comment peut-on en arriver là ? Pour un stupide concours ?

— Antoine, qui a pu empoisonner la vache d'Hugon ?

— J'en sais rien.

— Quelqu'un d'autre avait-il intérêt à lui nuire ?

— Hugon n'avait pas que des amis. Je me demande d'ailleurs s'il en avait tout court. Il n'était pas très apprécié. Il a toujours eu une attitude arrogante.

Au moment où Andreas s'apprêtait à partir, Antoine l'interpella.

— J'ai pas eu le temps de parler à Vincent. Pour les vaches…

— Je l'ai eu au téléphone. Ne t'inquiète pas. Il s'occupe de tout. Tout va bien.

Le gardien se manifesta. Andreas quitta la cellule après lui avoir assuré qu'il allait tout entreprendre pour le faire disculper.

Le procureur n'avait pas encore rédigé et notifié l'acte d'accusation, mais il avait informé l'avocat commis d'office qu'il comptait retenir l'assassinat. Les preuves ne témoignaient pas en faveur d'Antoine et l'histoire semblait cousue de fil blanc, mais de l'avis d'Andreas, de nombreux éléments remettaient en question la théorie de la vengeance d'un paysan. Andreas, qui n'avait plus accès au rapport d'autopsie, avait tiré les vers du nez de Doc. Ce dernier lui avait révélé un point crucial que Viviane s'était bien gardée de lui communiquer : la plaie sur l'arcade sourcilière avait été désinfectée. Cet élément confirmait la version de son ami. Ils s'étaient bagarrés et Antoine était parti. Serge Hugon était allé soigner sa blessure et c'est ensuite qu'il avait été tué. Antoine serait revenu finir le boulot en achevant Hugon ? Il n'y croyait pas une seule seconde. Qui l'aurait assassiné alors ? La fiole de strychnine avait été retrouvée chez Antoine, mais quelqu'un avait pu la déposer là. Pareil pour le couteau retrouvé chez Hugon qui avait servi à égorger la vache d'Antoine. En y réfléchissant, tout semblait indiquer un coup monté. Quelqu'un voulait tuer Hugon. Cette personne avait tout mis en scène pour que cela ressemble à un conflit teinté de jalousie et de vengeance. Si c'était le cas, l'assassin avait bien pensé son stratagème.

Une théorie se dessinait dans l'esprit d'Andreas : quelqu'un, une seule et unique personne, avait empoisonné la vache de Serge Hugon et tranché la gorge de celle d'Antoine. Si Hugon avait tué la vache d'Antoine pour se venger, il aurait éliminé Yodeleuse, qui avait ravi le trône à sa Blümchen. Or c'est une autre vache qui avait été égorgée…

Le meurtrier s'était trompé. Et un paysan qui connaissait à la fois son métier et le bétail ne confondait pas une bête avec une autre, surtout pas une belle vache de concours qui avait raflé les récompenses qu'il estimait dues à la sienne.

Andreas quitta le parking du CB au volant de sa vieille BMW 635CSi. Il mit les gaz. Entendre le moteur V6 rugir faisait partie de ses petits plaisirs.

Encore dans ses pensées, il dut enfoncer la pédale de frein pour éviter de renverser une femme qui traversait sans faire attention. Heureusement, l'homme qui l'accompagnait l'avait retenue par le bras pour empêcher l'accident.

Bien qu'elle fût clairement en tort, elle invectiva Andreas. Au moment où il baissa la vitre pour lui dire ses quatre vérités, leurs regards se croisèrent et ils se reconnurent.

— Merde, Andreas ! lâcha-t-elle, surprise et enjouée, comme quand on rencontre un vieil ami pour la première fois depuis dix ans.

— Salut Lara, répondit Andreas. Qu'est-ce que tu fais là ?

— Ça, il faut le demander à mon coéquipier.

Elle désigna son collègue d'un geste du menton, avant d'ajouter :

— Je te présente la relève neuchâteloise : mon binôme Michaël Donner.

— Inspecteur à la sûreté ?

Celui-ci, un jeune métis au physique athlétique, approuva.

— À la PJ, dit-on maintenant chez nous au pied du Jura, railla Lara.

— Aux stups, compléta Michaël en tendant la main à Andreas. Tout le monde m'appelle Mike.

— Andreas Auer, se présenta-t-il en retour. Je suis ravi de faire ta connaissance, Mike. Première fois à la Blécherette ?

— Oui. Nous venons voir Martin Rochat.

À l'évocation du nom de son collègue, Andreas afficha un sourire compatissant.

— Je vois. Bonne chance ! Avec les victimes de Payerne et des Diablerets, c'est certainement l'effervescence dans les bureaux de la sûreté.

— T'es aussi sur l'affaire ? demanda Lara.

— Non. En ce moment, je suis…

Il allait spontanément lui dire qu'il était suspendu, mais inutile de lui faire comprendre qu'il n'avait rien à faire là.

— J'enquête sur un meurtre à Gryon.

Andreas regarda sa montre.

— Bon, désolé les collègues, mais il faut que je file. On m'attend. Content de t'avoir revue, Lara. Et bienvenue dans la grande maison, Mike !

Lara Pittet était une super flic. Elle était, en tant que seule femme, membre du Cougar, le groupe d'intervention de la police neuchâteloise. Il avait entendu parler d'elle et l'avait côtoyée lors de formations continues. S'il n'avait pas eu Karine, il aurait très bien pu s'imaginer travailler avec elle.

Et maintenant, direction la prison de La Tuilière. Il avait quelqu'un d'autre à voir. Il était dit que ce serait son jour de visites carcérales.

Chapitre 49

Quelques jours auparavant, Antoine et Erica étaient libres. À présent, ils étaient tous deux enfermés entre quatre murs. Andreas songea à la rapidité avec laquelle tout pouvait changer et parfois nous échapper. Un jour libre, le lendemain captif. Dans d'autres cas, c'était : un jour riche, le lendemain miséreux. Ou encore : un jour vivant, celui d'après mort. *Sic transit gloria mundi – ainsi passe la gloire du monde* – fut la première phrase qui lui vint, en latin. Et puis, Andreas se remémora un passage de la Bible[1], que Mikaël lui avait rappelé récemment, au détour d'une conversation : une histoire de porte étroite, de chemin qui mène à la vie plutôt qu'à la perdition. Il pensa alors à Erica et à sa décision de franchir volontairement la porte de la prison. Elle avait assurément choisi la porte étroite.

---

1. Évangile de Mathieu 7, 13-14 : « Entrez par la porte étroite. Large est la porte et spacieux le chemin qui mène à la perdition, et nombreux ceux qui s'y engagent ; combien étroite est la porte et resserré le chemin qui mène à la vie, et peu nombreux ceux qui le trouvent. »

La prison de La Tuilière était un établissement de conception moderne qui comprenait deux secteurs distincts, un pour une trentaine d'hommes en détention provisoire et un autre réservé à une soixantaine de femmes, regroupant celles qui étaient en détention provisoire et celles qui exécutaient leur peine. C'est là qu'Erica allait passer les prochaines années de sa vie.

La porte s'ouvrit et Erica vint s'installer face à lui. Elle était enfermée depuis une semaine dans cet univers carcéral où elle avait été transférée après son audition auprès du procureur. Elle y resterait en attente de son jugement et y exécuterait vraisemblablement aussi sa peine. Le procureur retiendrait certainement l'assassinat et elle risquerait le cas échéant une peine privative d'au moins dix ans. Son avocat, lui, plaiderait le meurtre passionnel pour lequel le code pénal prévoit des peines plus clémentes. L'avait-elle assassiné de sang-froid, pleinement consciente de son acte ? Ou alors avait-elle été en proie à la colère et perdu la maîtrise de ses actions ?

Le meurtre n'était pas prémédité. Elle ne s'y était pas rendue dans le but de mettre fin aux jours de celui qui était à l'origine de tous les malheurs, mais pour sauver son ami. Et au moment où elle s'était retrouvée en face de lui… elle avait basculé. Elle était devenue une meurtrière.

Depuis que la nouvelle de son arrestation s'était répandue, la presse en avait fait ses choux gras, faisant d'elle la complice de dernière minute du fameux tueur en série de Gryon. Sur la page de l'article en ligne, le débat faisait rage entre ceux qui la condamnaient fermement, se référant notamment au sixième commandement du Décalogue, et ceux qui l'amnistiaient, considérant son acte à la fois humain et héroïque.

Pour elle, la question se posait à deux niveaux. Sur le plan juridique, le tribunal apporterait une réponse. Et sur le plan personnel, Erica était en prise à ses démons intérieurs. Son geste était répréhensible et elle endossait à présent le poids de la culpabilité. Malgré la voix ténue, qui se manifestait au fond d'elle pour lui dire qu'elle avait bien fait, elle avait décidé de franchir une première étape sur le chemin de la rédemption : se dénoncer et assumer ses actes.

Erica se tenait devant lui. Elle portait un survêtement gris. Il avait en tête l'image d'elle en robe pastorale noire, en chaire. Elle n'arborait plus le sourire rayonnant qui la caractérisait. Son regard aimant et empathique avait laissé la place à une expression plus sombre et plus grave.

— Bonjour Andreas, je suis touchée que tu me rendes visite. Merci.

— Pas de quoi me remercier. C'était important pour moi de venir te voir. Comment ça se passe ?

— Ils m'ont donné une cellule individuelle dans l'aile réservée aux femmes. Les autres pensionnaires m'ont bien accueillie. Ayant appris que je suis pasteure, elles veulent toutes me parler de leurs états d'âme, de leur impression d'avoir raté leur vie, confesser leurs crimes ou encore me raconter leurs rêves d'avenir, après leur libération. J'avais autrefois pensé devenir aumônière en milieu carcéral et c'est un peu ce que je fais en ce moment, mais de l'intérieur. Je suis une des leurs. Sans possibilité de sortir. Je me sens utile, mais c'est prenant et j'ai assez à faire avec moi-même, donc j'en profite dès que je peux pour m'isoler dans ma cellule. Pour lire la Bible. Prier. Réfléchir. Être en prison, c'est avoir une vie ordonnée et réglementée. Je me suis fait la réflexion que c'était presque comme dans un monastère sauf que les offices sont remplacés par les balades dans la cour qui cadencent nos journées. Tous les jours, le même rythme. Le réveil, la douche, le petit déjeuner, le travail à l'atelier de couture, la promenade… C'est une situation nouvelle et je pense que j'aurai besoin d'encore un peu de temps pour m'y habituer.

— Peut-être que tu ne vas pas rester ici très longtemps. J'ai parlé avec ton avocat. Il va plaider le crime passionnel…

Elle lui coupa la parole.

— Andreas. Stop. J'y resterai le temps qu'il faut. J'accepterai le verdict. J'ai commis un acte inexcusable et je dois en tirer les conséquences. Et peut-être que l'écoulement des jours derrière les barreaux me permettra de me pardonner moi-même et de trouver enfin la paix intérieure.

— Mais…

— Tu sais, Andreas, en surface j'étais une pasteure souriante et accueillante. Mais au fond de moi, la déchirure était là. Une douleur jamais guérie. Cette fois, je n'ai pas d'autre choix. Je dois faire face. Je ne peux plus fuir. Je le prends comme une chance.

— Tout le monde souffre ou a des blessures. Ce n'est pas une raison pour moisir dans ce trou. Tu peux aussi prendre soin de toi en dehors de ces murs, non ?

— Oui Andreas, je sais. Mais ce sera mon chemin de croix. Ici, dans ces murs. Et toi, quelles sont tes blessures ?

— Moi ?

— Oui, toi.

Andreas fut surpris par la question d'Erica, surgie de nulle part.

— Je ne sais pas… C'est difficile à expliquer.

— Essaie.

Andreas resta silencieux. En temps normal, il aurait esquivé, mais Erica avait une manière toute personnelle de mettre ses interlocuteurs à l'aise, de les inviter à parler d'eux-mêmes. Ce n'était pas pour rien qu'elle était devenue pasteure, songea-t-il. Il n'osa pas affronter son regard. Elle venait de lui ouvrir une porte. Il n'aimait pas s'exprimer au sujet de ce qui l'habitait. Même à sa psy, il n'avait pas tout dit à l'époque. Il réfléchit de longues secondes avant de finalement se décider.

— Je ressens une souffrance au fond de moi. Je n'arrive pas à savoir pourquoi. Des images floues me reviennent par bribes. C'est lié à un événement de mon passé. J'en suis persuadé. C'était bien enfoui, mais toute cette enquête a ravivé une douleur diffuse. Et ça me travaille. J'aimerais comprendre, mais rien ne se précise dans ma tête. Juste des images qui affluent. Des rêves parfois.

Erica attendit, mais Andreas n'avait pas l'intention d'en rajouter. Elle réfléchit, et reprit la parole.

— Tu as déjà vu ces fleurs qui transpercent le bitume ?

— Oui. Bien sûr. Pourquoi ?

— C'est un processus incroyable. Sous le goudron, une graine est présente. Elle contient tout en elle pour croître. Et un peu d'eau lui suffira pour produire un bourgeon. Pas besoin de lumière à ce stade. Au moment

214

où les réserves nutritives de la graine sont épuisées, la plante aura besoin de soleil. En croissant et se développant, elle fait pression sur le goudron au-dessus d'elle. Ce mécanisme est si puissant qu'il provoque la rupture de l'asphalte. On a beau bétonner tout ce qu'on veut, notre inconscient a des ressources insoupçonnées…

— Oui, tout ce qui est enterré a tendance à se battre pour retrouver la lumière du jour. J'ai d'ailleurs longtemps réfléchi à ce que tu as fait. Ce qui m'interpelle, c'est que j'ai aussi éprouvé de la colère contre lui. Et je pense que j'aurais été capable d'agir comme toi. C'est pour cela que je ne t'ai pas dénoncée.

— As-tu vécu la même chose que mon ami d'enfance ?

— Non. Non ! Ce n'est pas ça. C'est autre chose.

— J'ai tué cet être pervers et sadique de nombreuses fois dans ma tête et je m'en voulais d'avoir ces pensées. Ce n'était pas compatible avec qui j'étais, et pourtant… J'ai essayé de chasser ces images, mais elles refaisaient constamment surface. Au moment où je l'ai vu sur la chaise, attaché, je suis passée à l'acte. Jamais je ne m'en serais sentie capable. Je sais que c'est moi qui l'ai assassiné, mais c'était un autre moi. Le moi blessé à vie. Le moi déchiré. La petite fleur avait éclos et, à ce moment-là, le bitume a cédé en moi. Toute la rage refoulée a éclaté au grand jour. C'est comme si j'avais été une autre personne. Et pourtant c'était bien moi. Pourquoi je l'ai fait ? Sur le moment, j'ai tout simplement agi. Sans réfléchir.

Chapitre 50

L'homme qui s'enivrait du parfum de sa mère était fébrile. Il s'apprêtait à mettre en place un tout autre rituel. Comme pour celui qui consistait à se rendre dans la chambre de sa mère, il allait commencer par une douche. Purifiante. Pour se laver des souillures. Mais après, il n'irait pas chercher la clé dans la channe. Il ne pénétrerait pas dans le sanctuaire qu'était devenue la chambre de sa mère. Ne se maquillerait pas pour lui ressembler. N'essaierait pas d'être elle. Il avait renoncé à cette mascarade. La mise en scène le décevait à chaque fois. Ce qui l'attendait maintenant à la cave était différent…

Une autre étape dans l'accomplissement de ses fantasmes. Une fois propre, il ne s'habilla pas. Il se tint debout devant le miroir. Il saisit une boîte de fard blanc gras et en étala une bonne couche sur l'ensemble de son visage et de son cou. Puis il noircit le contour de ses yeux : de la paupière supérieure aux sourcils, le coin interne de l'œil et la paupière inférieure en entier. Puis il prit un rouge à lèvres pourpre qu'il appliqua avec soin en dépassant légèrement le contour des

n'était pas celle de sa mère. Parfait. Il chantait en accompagnant sa voix d'outre-tombe :

Sweet dreams are made of this
Who am I to disagree ?
I travel the world And the seven seas,
Everybody's looking for something[1].

Il se dirigea vers l'un des terrariums dont il ouvrit le haut. Il se saisit de Caresse, un python royal noir parsemé de taches marron clair sur le côté et le dos, qui se mit à osciller entre ses doigts. Il évoluait au rythme de la musique obsédante en ondulant et se recroquevillant tout en tournant sur lui-même. Le serpent s'engageait dans la danse. Il le faisait glisser entre ses mains, fixant son regard d'ébène, lui tirant la langue quand celui-ci sortait la sienne. Ils se retrouvaient presque langue contre langue bifide, visage blanc contre gueule noire. Il se sentit entrer dans une sorte de transe, comme ces prédicateurs américains fous qui pensaient, en s'appuyant sur les versets de l'Évangile de Marc[2], qu'ils pouvaient manipuler les serpents sans craindre de se faire mordre et guérir les malades en imposant leurs mains. Mais il n'avait personne à guérir, si ce

---

1. Les doux rêves en sont faits / Qui suis-je pour n'être pas d'accord ? / Je parcours le monde / Et les sept mers. / Tout le monde cherche quelque chose.
2. Évangile de Marc 16, 17-18 : « Et voici les signes qui accompagneront ceux qui auront cru : en mon nom, ils chasseront les démons ; ils parleront des langues nouvelles ; ils prendront dans leurs mains des serpents, et s'ils boivent quelque poison mortel, cela ne leur fera pas de mal ; ils imposeront les mains à des malades, et ceux-ci seront guéris. »

n'est lui-même. Et c'était sa propre thérapie qu'il entreprenait. Il s'arrêta à la fin du morceau de musique, qui redémarra car il l'avait mis en boucle. Il resta debout à dévorer des yeux la créature allongée sur le matelas. Elle était sur le dos. Il reposa Caresse dans son terrarium.

Il ôta à la femme son bâillon et le bandeau qui lui cachait la vue. Elle tenta de hurler, mais sa voix se cassa dans une sorte de croassement rauque. Il l'observa attentivement. Elle avait des cheveux châtains, les yeux bleus et un nez assez prononcé. Elle ressemblait à la photo qu'il avait vue d'elle. Il l'avait choisie parce que son visage lui rappelait celui de sa mère. Mais à la voir en chair et en os devant lui, il était agacé. Il aurait dû lui demander une photo où elle apparaissait en entier avant de lui proposer une rencontre. Elle était bien plus grosse que sa mère. Plus en chair qu'en os. Et ça le dérangeait. Le perturbait même. Elle s'était débattue quand il l'avait enlevée, et avait failli le mordre quand il l'avait bâillonnée. La salope. Elle n'était pas aussi belle que la femme qu'il avait repérée le jour du concours de vaches à Aigle. Il en avait eu des frissons de désir et de haine mêlés. Elle était le sosie presque parfait de sa mère. Elle était mince, comme elle. Il ne trouverait pas mieux. Mais il ne savait pas comment l'aborder, comment l'isoler. Il devait être prudent. Se contenter de celle qu'il avait sous la main. Pour le moment. L'autre, il trouverait bien le moyen d'entrer en contact avec elle. Plus tard. Celle-ci lui servirait de répétition. Son coup d'essai. La femme du concours serait son coup de maître.

Mais là, il trépignait d'impatience. Il ne pouvait pas attendre avant de passer à l'action. Il devait la préparer en dépit du défaut qu'il avait constaté. Il se baissa et commença à la déshabiller. Malgré sa résistance, il y parvint sans trop de mal. L'habiller fut plus compliqué. Elle se débattait avec une rage folle. Elle réussit à lui flanquer un coup de pied. En retour, il la frappa au visage avec violence. Puis il hurla :

— Ne bouge pas ! Je ne veux pas te faire de mal. Je veux juste t'aimer. Tu ne comprends pas ?

Pendant ce temps, Marilyn Manson continuait à chanter :

Some of them want to use you
Some of them want to get used by you
Some of them want to abuse you
Some of them want to be abused[1]

La femme se mit à pleurer et à gémir de plus belle.

Il s'acharna et réussit à l'habiller, mais, lorsqu'il voulut refermer la robe, elle se déchira au niveau de la fermeture dans le dos. C'était contrariant… puis il entreprit de la maquiller, mais elle continuait à se débattre en remuant la tête. Il ne parvint pas à la maîtriser, tant et si bien que le maquillage ressemblait à un barbouillage. Pour finir, il lui mit quelques gouttes de Shalimar derrière les oreilles et sur le décolleté. Il espérait que ce geste servirait à créer l'illusion que cette furie trop grasse était sa mère. Il ferma les yeux et, humant l'air ambiant, eut pendant quelques secondes la sensation que sa génitrice était devant lui. Prête à se livrer à lui, enfin.

---

1. Certains veulent t'utiliser / Certains veulent que tu les utilises / Certains veulent abuser de toi / D'autres veulent être abusés.

Il se leva pour admirer son travail. L'illusion se dissipa immédiatement. Il n'était pas fier. Le rouge à lèvres dépassait et n'avait pas été appliqué de manière régulière. Le fard autour des yeux, une catastrophe. On aurait dit un clown. Rien à voir avec sa sublime mère. Cette image eut un effet direct sur lui. Son sexe n'était plus en érection. Il devait pourtant parvenir à ses fins. Posséder sa mère. Il se mit sur les genoux au-dessus d'elle et lui releva la robe. Il la maintint en la plaquant au sol. Il commença à faire des va-et-vient de la main pour faire durcir sa verge, mais sans succès. Il se redressa d'un coup et alla taper de toutes ses forces avec son poing contre l'isolation du mur. Puis il se retourna et laissa jaillir toute sa frustration :

— Maman, c'est de ta faute. Pourquoi ne veux-tu pas te laisser faire ? Je t'ai toujours aimée. Et toi ? Pourquoi ne m'aimes-tu pas en retour ? Tu vois le résultat. Tu me traitais de lopette. Et maintenant, je n'y arrive pas. Je te hais.

Il eut une idée. Il sortit un magazine qu'il cachait dans un tiroir et commença à lorgner les corps dénudés de mâles. Il se mit à se caresser la verge et l'effet ne se fit pas attendre. Il allait pouvoir passer à l'action. Enfin. Mais avant même de poser le journal, il éjacula sur ses pages. Quel crétin ! Quelle lopette ! Sa mère avait raison.

Il se précipita en haut des marches et referma la trappe d'un coup sec.

Chapitre 51

Andreas se réveilla en sursaut. Il était trempé de sueur. Ses cauchemars devenaient de plus en plus fréquents. Son inconscient semblait vouloir faire remonter quelque chose à la surface. Mikaël dormait encore profondément.

Il ferma les yeux pour se concentrer sur les images encore présentes de son rêve. Pour ne pas les perdre. Puis il se leva et alla chercher son carnet dans le tiroir du bureau. Il avait recommencé à noter les rêves dont il se souvenait au réveil, comme à l'époque de sa psychanalyse. Il y consigna les images du matin.

21 mars

Je vois une pièce sombre. Suis-je dans la pièce ? Ou est-ce que je l'imagine de l'extérieur ? Je ne sais pas. Mais je ressens l'atmosphère de l'endroit. Lourde. Pesante. Silencieuse. Je transpire. Mais je n'ai plus peur. Pourquoi avais-je peur ? Je distingue ensuite deux immenses oiseaux aux ailes déployées sur le sol. Je les aperçois même dans le noir, car ils sont blancs. Ils ont un bec crochu. Des aigles ? Je les regarde

battre des ailes, mais ils n'arrivent pas à s'envoler.
Le bruit du battement ralentit. Ils s'épuisent. Puis
renoncent. Je les entends soupirer. Cette fois, je suis
là au milieu de la pièce. Un faisceau de lumière
éclaire les deux oiseaux. Ils baignent dans une mare
de sang. Je comprends alors ce qui ne va pas. Leurs
ailes sont bien trop petites par rapport à leur corps.

Andreas relut ce qu'il venait d'écrire. Il n'arrivait à
en tirer aucune interprétation, aucune signification qui
puisse apaiser ses angoisses. Au contraire. Mais il ne
trouverait pas la clé de son rêve tout de suite. Il devait
se faire une raison. Et puis, il avait d'autres chats à
fouetter. Songeant au nouveau félin habitant la maison, il sourit à cette image. Il referma le carnet et le
rangea soigneusement dans le tiroir.

Il descendit ensuite à la cuisine. Lillan vint se frotter
contre ses jambes. Il la souleva et la prit dans ses bras.
Minus arriva, lui aussi, à son rythme, sans se précipiter, avec sa démarche balourde. Le saint-bernard avait
dans un premier temps réagi avec défiance à la présence audacieuse de cette minuscule boule de poils,
mais l'avait très vite adoptée. Il n'avait d'ailleurs pas
eu le choix, Lillan ayant trouvé au creux de ses pattes
une couche agréable. Andreas reposa le chat qui se
lança à l'assaut de la queue du chien, une de ses occupations favorites. L'image était du plus haut comique.
Minus, quatre-vingts kilos – ils avaient réussi à lui en
faire perdre quelques-uns au prix d'un régime strict –,
et Lillan, moins d'un kilo, une petite boule de poils
noirs aux pattes blanches. Andreas avait choisi son
nom qui signifiait *la petite* en suédois.

Mettre les deux bols de nourriture sur le sol n'était pas une option. Andreas avait déjà essayé, mais Minus n'avait eu besoin que d'un seul coup de langue pour vider la portion du chaton. Il remplit de croquettes la gamelle du chat, les meilleures et les plus chères, et la posa sur le plan de travail à côté de l'évier. Lillan avait déjà trouvé un moyen d'y monter par ses propres moyens en faisant preuve d'une certaine agilité. Il prépara ensuite l'écuelle de Minus qu'il déposa sur le sol. Il les observa se ruer sur leur pitance, tout en buvant son café.

Son stage d'apprenti paysan avait été interrompu par la force des choses. Antoine croupissait à présent en prison. Bien qu'il ait été formellement suspendu par Viviane, sa supérieure, il devait tout mettre en œuvre pour prouver son innocence.

Il observa à travers la fenêtre les arbres sans feuilles, illuminés par le soleil. Ils allaient bientôt renaître. Le cycle de la nature se perpétuait chaque année, quels que soient ses angoisses, ses doutes ou ses problèmes. Cette simple certitude au moins était rassurante. Pas comme ses cauchemars.

Pourquoi des oiseaux ? En général, il voyait des personnes, même s'il ne pouvait pas les identifier. Auparavant, il parvenait à faire le lien entre ce qu'il avait vécu et chacun de ses rêves morbides, mais là non. Et ça le travaillait. Et il avait besoin de comprendre.

Chapitre 52

Gryon, jeudi 21 mars 2013

À peine rentré, André Jaccard entendit la musique résonner à pleins tubes. Les basses faisaient trembler les parois de la maison. Il monta les escaliers et frappa à la porte de la chambre de son fils.

— Arrête-moi cette satanée musique !

Il ouvrit. Personne. Il ne pouvait pas comprendre qu'on aime écouter ce type de musique. *Musique* n'était d'ailleurs, à son avis, pas le mot approprié pour ce qu'il percevait comme un ramassis de bruits dissonants et de voix qui hurlaient au lieu de chanter. André éteignit et redescendit à l'étage. Au même moment, il vit son fils remonter de la cave et refermer la porte.

— Je t'ai déjà dit de ne pas mettre le volume aussi fort. Combien de fois devrais-je te le répéter ?

— Qu'est-ce que ça peut te faire ? Tu n'étais même pas là.

— On l'entend depuis dehors. Et je n'ai pas envie d'avoir encore des plaintes des voisins. Et pourquoi ne l'écoutes-tu pas en bas dans ta pièce insonorisée ?

André mit la main sur la poignée.

— Non, s'écria Jérôme, tout en refermant d'un geste sec. C'est chez moi !

Il verrouilla la porte.

— T'inquiète pas. Je ne vais pas descendre dans ton royaume. Pas besoin de réagir comme ça.

Jérôme sortit de la maison en claquant la porte.

André s'assit à la table de la cuisine après s'être fait un café. Depuis qu'il lui avait annoncé la décision de vendre leur chalet d'alpage, son fils lui en voulait. Leur relation, déjà très conflictuelle, avait empiré, et il ne savait pas comment s'y prendre avec lui. Aurait-il dû lui en parler avant ? Non, il avait fait ce choix en son âme et conscience. C'était la seule chose à faire. Jérôme finirait par comprendre.

Chapitre 53

Buffet de la gare,
Gryon, jeudi 21 mars 2013

Mikaël avait rendez-vous avec un homme qui avait réalisé une étude approfondie sur les origines des familles bourgeoises de Gryon. Lui-même avait commencé l'année précédente des recherches au sujet de sa famille, et avait même déjà rédigé certains chapitres. Il en ferait un livre, mais plus pour lui-même que pour le grand public.

En entrant, Mikaël reconnut son interlocuteur. Il était assis dans l'angle opposé. Ils se saluèrent. À la table voisine, deux femmes d'un âge certain buvaient un thé.

À peine fut-il assis que l'homme sortit de son sac un album qu'il plaça devant lui.

— Je collectionne des photos anciennes et des cartes postales.

Il l'ouvrit et lui en montra une série datant des années cinquante.

— Ça, c'est Bartholomé Achard, votre grand-père, dit-il en désignant la photo d'un paysan dans un champ, la fourche à la main.

Son grand-père ainsi que son arrière-grand-père

avaient été agriculteurs et son arrière-grand-père maternel, le forgeron du village.

Mikaël écoutait attentivement son interlocuteur lui raconter la vie villageoise du début du siècle, mais son oreille fut malgré lui attirée par la conversation des deux femmes, qui parlaient fort.

— Tu imagines, mon neveu a été assassiné et n'est même pas encore enterré que cette agente immobilière vient me proposer de racheter l'alpage. Quel culot !

— Oui, de nos jours, y a plus aucun respect.

Mikaël observa la vieille dame. Elle avait plus de quatre-vingts ans, cela se voyait aux traits de son visage. Elle semblait cependant être une femme très décidée et dotée d'une certaine poigne. Elle était coiffée et habillée avec soin. Il l'identifia comme Isabelle Hugon, la tante du paysan assassiné quelques jours auparavant. Tout le monde en parlait dans le village. L'homme à qui Antoine, le nouvel ami d'Andreas, avait soi-disant fait la peau.

— Et que vas-tu faire ?

— Je vais aller signer le contrat de vente demain.

— Pardon ?

— Qu'est-ce que tu veux que je fasse de cet alpage ? Et pour le prix qu'elle m'a proposé, je serais stupide de ne pas accepter. Au moins comme ça, je retirerai quelque chose de toutes ces années de labeur où je me suis démenée pour cet abruti de Serge.

Chapitre 54

Ferme d'Antoine Paget,
Gryon, jeudi 21 mars 2013

Depuis l'arrestation de son père, Vincent avait dû cesser toute autre activité pour reprendre la ferme en main à plein temps. La saison de ski touchant à sa fin, son employeur, l'entreprise de remontées mécaniques, l'avait libéré un peu plus tôt.

Andreas lui avait promis de l'aider, comme en ce moment pour la traite des vaches, mais il avait autre chose en tête. Il devait trouver le moyen de disculper Antoine.

Vincent regardait Yodeleuse. Elle aurait pu y passer… Hugon s'était trompé de cible. Heureusement… Cependant, la mort de Heidi ne le laissait pas indifférent. Enfant, il pleurait lorsqu'il voyait des vaches partir à l'abattoir. Il avait même été traumatisé à l'âge de douze ans. Il avait vu naître un veau dont il avait lui-même choisi le nom. Il l'avait appelé Charmeuse. C'était sa vache préférée, mais elle avait grandi avec une malformation des trayons. Il avait tenté de convaincre son père de la garder malgré tout. Mais un jour, en rentrant de l'école, il découvrit qu'elle n'était plus là. Il avait hurlé contre son père. Il se rappelait encore la rage qu'il avait éprouvée à ce moment-là, à l'idée que sa vache favorite allait finir débitée en morceaux sur l'étal d'un boucher. C'est peut-être à ce moment-là qu'il avait commencé à prendre conscience qu'il n'était pas fait pour s'occuper des vaches comme son père.

— D'ici un mois et demi environ, la nouvelle reine montera sur l'alpage… sans mon père. Il aurait été tellement fier.

— Il sera présent.

— Comment tu peux en être aussi sûr ?

— Il est innocent.

— Je le sais…

Vincent resta immobile tout en observant les vaches.

— Qu'y a-t-il ?

— Non, rien. Il n'y a rien…

Chapitre 55

Immogryon,
Gryon, vendredi 22 mars 2013

À l'agence, Andreas fut reçu par Julie Berthoud, une jeune femme charmante qu'il avait rencontrée lors de sa précédente enquête. Elle avait été l'assistante d'Alain Gautier – la première victime du tueur qui avait sévi à Gryon l'automne précédent – et de Marie Pitou, la cogérante. Cette dernière était en rendez-vous. Andreas décida d'attendre.

Andreas reconnut l'homme qui sortit du bureau une dizaine de minutes plus tard : André Jaccard. Avant de prendre sa retraite, il avait été employé communal, un personnage incontournable de la vie locale. Présent lors de toutes les manifestations, à la fois au four et au moulin, il était celui sur qui on pouvait compter, au service de tout et de tous. Andreas le salua, mais ce dernier ne lui adressa qu'un fugace signe de la tête avant de quitter les lieux.

Marie Pitou dévisagea l'inspecteur assis dans un des fauteuils de la salle d'attente.

— Bonjour, mon assistante m'a dit que vous souhaitiez me parler. Je n'ai pas beaucoup de temps à vous consacrer. J'ai un rendez-vous.

— Quelques minutes me suffiront.

— Je vous écoute.

— Dans votre bureau, si ça ne vous dérange pas.

— Suivez-moi.

Andreas se leva et observa la démarche résolue de Marie Pitou qui, du haut de ses talons aiguilles, roulait des hanches de façon exagérée. Elle le précéda dans un bureau qui avait été celui de son cogérant, Alain Gautier. Elle s'assit dans le luxueux fauteuil en cuir, croisa les jambes et posa ses bras sur les accoudoirs, sans même proposer à son interlocuteur de prendre place.

— Que puis-je pour vous, inspecteur ?

— Puis-je m'asseoir ?

— Oui, faites. Mais comme je vous l'ai dit, je suis pressée.

Andreas prit place et observa la pièce, entièrement refaite à neuf et redécorée. Les murs blancs étaient à présent couverts d'une tapisserie, où alternaient des bandes verticales de couleur crème et chocolat. Les rares reproductions affichées par Gautier – Andreas se souvenait notamment d'une des montres molles de Salvador Dalí – avaient été remplacées par quelques originaux de peintres locaux, qui représentaient des montagnes et des chalets d'alpage. Au rectangle de verre qui servait de bureau à Gautier avait succédé un meuble en bois sombre recouvert de cuir brun.

— Nous n'avions pas les mêmes goûts, Alain et moi, dit-elle spontanément.

— Est-ce que l'agence vous appartient à cent pour cent maintenant ?

— Non pas encore. La vieille mégère refuse de vendre les parts qu'elle a héritées de son fils à un prix raisonnable. Mais en quoi cela vous regarde-t-il ?

— Je me renseigne, c'est tout. Il paraît que vous vous intéressez à l'alpage de Serge Hugon ? Et à sa ferme ?

Marie Pitou marqua un léger recul sur son fauteuil et fixa l'inspecteur d'un air interrogateur.

— Je m'intéresse à tout ce qui est à vendre ou à acheter ici.

Marie Pitou s'était approprié les lieux, mais une chose n'avait pas changé : son arrogance et son absence absolue d'empathie.

— Sans même attendre que les personnes fassent leur deuil ?

— Inspecteur, je ne vous permets pas de…

— Un crime vient d'être commis. Une enquête est en cours. Et vous appelez la tante endeuillée deux jours après…

— C'est peut-être amoral, mais pas illégal… Je fais mon boulot, c'est tout.

— Et votre boulot, c'est quoi dans le cas présent ?

— Je dois faire des affaires pour faire tourner ma boîte. J'aurais bien attendu quelques jours. Mais mon acheteur…

— Votre acheteur ?

— Je ne peux rien vous dire, inspecteur.

— Pourquoi ?

— Mon client souhaite demeurer discret.

— Je répète. Pourquoi ?

— Mais je n'en sais rien. Ils veulent rester anonymes. C'est leur droit, non ?

— Madame Pitou, Serge Hugon a été assassiné et deux jours plus tard vous adressez une proposition de rachat à sa tante pour le compte d'un acheteur anonyme. Et vous pensez pouvoir me cacher encore longtemps cette information ?

Andreas était persuadé qu'en lui mettant un peu la pression, elle cracherait le morceau. Il n'avait aucun indice prouvant un lien entre cette affaire immobilière et le meurtre d'Hugon, mais il devait en avoir le cœur net. La conversation entendue par Mikaël la veille au Buffet de la gare avait été providentielle.

— Madame Pitou, s'il s'avère que vous êtes liée de près ou de loin à cet assassinat, je ne vous lâcherai pas. Complicité de meurtre, ça va chercher dans les quinze à vingt ans…

— Mais…

— Il n'y a pas de mais ! Je ne vous lâcherai pas…

Devant la menace, Marie Pitou abandonna la partie…

— Je travaille pour le compte d'un avocat.

— Son nom ?

— Adrian. Adrian… Schuller.

— Et où puis-je le contacter, cet avocat ?

— Son étude est à Zurich. Vous trouverez les coordonnées sur Internet. C'est la firme Schuller Schmitt & Strasser.

Elle raccompagna Andreas à la porte et le regarda partir. Elle retourna ensuite dans son bureau, d'où elle composa un numéro sur son téléphone portable.

Chapitre 56

Chalet L'Étoile d'argent,
Gryon, vendredi 22 mars 2013

Andreas avait envoyé un SMS à Mikaël avec le nom de l'avocat, et ce dernier s'apprêtait à entamer des recherches. Fouiner était une de ses occupations favorites dans le cadre de son travail de journaliste, mais encore plus lorsqu'il s'agissait d'une enquête. Un avocat intéressé par l'achat du chalet d'alpage d'une personne assassinée deux jours auparavant ? C'était surprenant. Un simple homme d'affaires peu scrupuleux à l'affût d'opportunités ? Mais cela pouvait aussi cacher quelque chose de plus sinistre.

Il entra le nom de l'avocat dans le moteur de recherche. Le premier lien était sans surprise le site Internet de l'étude pour laquelle il travaillait. Il consigna le numéro de téléphone sur son bloc-notes. Le cabinet était spécialisé en droit des affaires. Il appellerait l'avocat pour prendre la température, mais avant cela il voulait enquêter davantage à son sujet.

Un autre élément mettait Adrian Schuller en relation avec une holding dont le siège était situé à Chypre : Swiss Global Services Limited. Il tenta d'en savoir plus, mais après une heure d'exploration sur la toile, il abandonna et préféra composer un numéro sur son téléphone.

La standardiste le fit patienter et il dût écouter la mélodie mélancolique et sombre du *Lac des cygnes* de Tchaïkovski pendant plusieurs minutes, avant qu'un de ses amis d'enfance ne réponde.

— Salut Daniel, comment ça va ?

— Mikaël ? Ça fait une paye. Rien ne change. Toujours à la banque comme tu peux le constater. Tu m'appelles pour ouvrir un compte ?

Mikaël – malgré l'insistance de son ami – avait refusé de rejoindre l'établissement bancaire international de renom où il travaillait. Il préférait la filiale d'une banque locale à Bex, dont il était sociétaire.

— J'ai besoin d'une information.

— Ah, c'est donc le journaliste fouineur qui me contacte, et pas l'ami ?

— L'ami te rappellera pour organiser un repas… mais en attendant, peux-tu me donner à tout hasard des renseignements sur une holding basée à Chypre ?

— Dans quoi est-ce que tu es en train de te lancer ? Tu sais que si je me fais choper, je risque gros.

— Je ne divulgue jamais mes sources. Tu le sais. Et d'ailleurs, ce n'est pas pour un article…

Mikaël lui fit part de sa demande. Et Swiss Global Services Limited avait, en effet, ouvert une série de comptes auprès de la banque.

— Adrian Schuller en est l'administrateur.

— Dans quel domaine cette holding est-elle active ?

— Dans la finance et l'immobilier.

— Est-ce juste une boîte aux lettres ?

— Non. La holding, outre les comptes chez nous,

détient plusieurs sociétés en Russie, mais aussi dans d'autres pays.

— Et en Suisse ?

— Attends, je vérifie… Non. Rien.

— Et du coup peut-elle acquérir des biens en Suisse ?

— Oui, mais seulement si l'autorité d'approbation émet un permis, ce qui n'est pas gagné d'avance, depuis que la Lex Koller est entrée en vigueur. La Loi fédérale sur l'acquisition d'immeubles par des personnes à l'étranger a essentiellement pour but de prévenir la mainmise étrangère sur le territoire suisse.

— Merci. Ah, j'allais oublier. L'avocat est l'administrateur de la holding, mais qui en est l'ayant droit économique ?

— Mikaël… Sérieusement. Je ne peux pas…

— Juste encore cette info et je t'embête plus.

Un soupir à l'autre bout du fil.

— Un certain Andreï Klitschko.

Mikaël avait réussi à démêler la pelote de laine en un rien de temps. En partant d'Immogryon, il était remonté jusqu'à un homme d'affaires russe…

Il se décida à contacter Adrian Schuller, l'administrateur de Swiss Global Services Limited. Il composa le numéro depuis son téléphone portable, s'étant auparavant assuré que son numéro était bien masqué. Une secrétaire lui répondit en allemand, mais passa au français au moment où elle remarqua l'hésitation de son interlocuteur face à son dialecte d'outre-Sarine.

— M. Schuller est absent. En vacances. Il sera de retour dans deux semaines. Voulez-vous parler à un de ses associés ?

— Pouvez-vous plutôt me communiquer son numéro de portable ?

— Non, il n'est pas joignable.

— Il est en Suisse ou à l'étranger ?

— Je ne peux vous renseigner, monsieur… Vous ne m'avez pas dit votre nom, monsieur… ?

Mikaël raccrocha sans demander son reste.

Chapitre 57

Chalet RoyAlp,
Villars, vendredi 22 mars 2013

Mikaël avait réussi à obtenir le numéro d'Adrian Schuller par un contact qui travaillait chez un opérateur de téléphonie mobile. Pour localiser son téléphone, il fallait suivre une procédure compliquée impliquant de nombreux services. Andreas était suspendu et n'avait pas le droit d'engager ces démarches. Il avait donc choisi la voie rapide, et avait appelé un ami à la division d'appui opérationnel de la police, qui s'était chargé de régler l'affaire en cinq minutes. Pas très légal, mais efficace.

Le téléphone avait été localisé au Chalet RoyAlp, un des hôtels les plus luxueux de la région. Andreas n'eut même pas besoin de se renseigner à la réception, Schuller était installé dans un des canapés du lounge-bar. Il le reconnut immédiatement grâce à la photo envoyée par Mikaël. Il se dirigea vers lui et sans lui en demander l'autorisation, prit place dans le fauteuil face à lui. Ce dernier leva la tête de son journal. Il ouvrit la bouche et sembla vouloir dire quelque chose, mais il était visiblement surpris de cette présence qui s'imposait de manière impromptue.

— Monsieur Schuller, vous vous intéressez à l'immobilier de la région ?

— Qui êtes-vous ?

— Auer, Andreas Auer. Je suis inspecteur de police. Brigade criminelle, ajouta-t-il.

— Et que puis-je pour vous ?

L'avocat zurichois fit mine de rester imperturbable. Il n'était pas surpris, l'agente immobilière l'ayant averti qu'un flic était venu lui poser des questions et qu'elle avait dû lui donner son nom. Mais comment avait-il fait pour le retrouver ici ? Peu importait, la véritable question était : que lui voulait ce flic ? La police enquêtait sur le meurtre du paysan, mais pourquoi s'intéressait-elle à lui ? Peut-être ne voulait-il que des informations. Ils étaient en train d'acquérir des biens quelques jours après la mort de leur propriétaire. Pas très moral, soit. Mais en aucun cas illégal. Il avait dit à ses employeurs de ne pas se précipiter, mais eux ne voulaient pas perdre de temps. Et ce n'étaient pas des gens à contrarier.

— Qui est Andreï Klitschko ? lança Andreas.

L'avocat devint blême. Son interlocuteur avait prononcé un nom qu'il aurait préféré ne pas entendre. L'homme en face de lui en savait plus qu'il avait imaginé. Et c'était déjà trop. Comment se sortir de ce piège ? Il eut un moment de lucidité.

— Vous prétendez être un inspecteur, mais je n'ai pas vu votre insigne.

Il était dans le tiroir du bureau de sa supérieure… Andreas était coincé. Il se leva de son fauteuil.

— Soyez-en sûr, je reviendrai.

Andreas quitta l'hôtel. Il n'avait de toute façon pas espéré tirer quoi que ce soit de cette conversation.

241

Mais il avait atteint son objectif. Il avait fait comprendre à l'avocat qu'il était en possession d'informations confidentielles. Et si cette histoire comportait le moindre élément louche, son intervention mettrait forcément quelque chose en branle. Sa théorie de la branche dans la fourmilière s'avérait souvent efficace. Quand on enfonce un bâton dans leur habitat, les fourmis s'agitent. Et avant que le calme ne revienne, quelqu'un commettrait sûrement un faux pas. Une erreur qui lui permettrait de savoir ce qui se tramait. À ce stade, il n'avait aucune certitude. C'étaient peut-être juste des requins de l'immobilier peu scrupuleux… mais il avait vu l'expression de l'avocat. Au moment où le nom du Russe avait été prononcé, c'était comme si Schuller avait aperçu un fantôme.

Ce dernier avait à présent regagné sa chambre. Il saisit le téléphone et composa un numéro. À l'autre bout du fil, une femme à l'accent russe répondit.

Chapitre 58

Litso Ice avait quitté les thermes de Vals après un séjour dont il gardait une impression mitigée. Il avait certes apprécié les bienfaits des bains, mais le concept de relaxation et de lâcher-prise ne semblait pas lui convenir. Il avait toujours été un homme d'action. Dans l'action, il ne réfléchissait pas et restait concentré sur sa mission. Mais à Vals, il avait eu le temps de revoir sa vie comme dans un film. Une œuvre cinématographique dont on aurait oublié de couper les mauvaises scènes au montage. Il avait été un *bon soldat* pour sa patrie et un combattant qui exécutait les pires tâches sans sourciller. Puis, un jour, il avait été *remercié* dans les deux sens du terme. Honoré d'une médaille et couvert de fleurs par sa hiérarchie. Mais on lui avait fait comprendre qu'il était devenu obsolète, une relique de la guerre froide, et qu'il n'était pas apte au changement. Il avait été remplacé par de jeunes espions formés aux nouvelles technologies et mieux préparés aux défis actuels. Alors, il s'était mis à son compte.

Et lors de son bref séjour, il avait fait le bilan de son parcours en tant qu'indépendant. Il avait vu des visages défiler. Les regards stupéfaits de celles et de ceux qu'il avait froidement exécutés. Dans la torpeur créée par le délassement des muscles et la baisse de la vigilance sous l'effet de la chaleur, les vapeurs du hammam lui étaient apparues comme des âmes qui s'échappent et montent au ciel pour l'éternité. Et l'idée lui était venue que de nombreuses personnes pourraient lui en vouloir. Les familles des gens qu'il avait liquidés. Des veuves éplorées. Des pères assoiffés de vengeance. Des fils désirant laver l'honneur de leur famille. Il avait toujours été efficace et discret. Sa marque de fabrique. Son argument de vente. Mais pouvait-il être certain de n'avoir jamais été identifié par un témoin ? Pendant sa séance de massage, il avait eu un accès de panique et avait été pris en flagrant délit de paranoïa aiguë. Il devait rester sur ses gardes. Ne jamais se relâcher. Il venait de se rendre compte que son rêve de prendre une retraite paisible et bien méritée risquait de n'être jamais qu'un rêve. Un beau, mais inaccessible rêve. Même sur une île déserte, ses démons intérieurs le pourchasseraient…

Lorsqu'il avait quitté Vals, il n'avait pas su où se rendre en attendant sa nouvelle mission. Son employeur lui avait demandé de rester en Suisse. Il roulait au hasard des routes, contemplant la succession de villages et de campagnes, et s'arrêtant de temps en temps pour admirer plus longuement le paysage ou manger un morceau, en espérant qu'un lieu particulier lui inspire une pause prolongée. Il avait traversé le col de l'Oberalp, longé le lac des Quatre Cantons et franchi le col du Brünig. Puis à Brienz, il avait vu une affiche concernant le Grandhotel Giessbach, un majestueux établissement historique du XIXe siècle.

Il avait obtenu une suite avec vue sur le lac et passé une nuit reposante. Le matin, il avait fait une balade le long de la monumentale chute d'eau qui dévalait la montagne en plusieurs paliers successifs.

Il sirotait un mojito au bar lorsque son téléphone portable sonna. La conversation fut brève.

— Oui, bien sûr, d'accord.

Litso Ice raccrocha. Il n'avait plus besoin de réfléchir à sa prochaine destination. Il finit son cocktail, alla prendre ses bagages, régla la chambre et rejoignit le parking. Il entra dans son GPS les coordonnées que son employeur lui avait communiquées. Les affaires reprenaient…

Chapitre 59

Gryon, samedi 23 mars 2013

Elle était allongée sur le ventre. Les yeux bandés. Les mains attachées dans le dos. Depuis quand ? Elle ne le savait pas vraiment. Deux ou trois jours, s'imagina-t-elle. Le temps lui semblait long, une minute paraissait infinie. Plongée dans le noir, elle avait perdu la capacité de distinguer le jour de la nuit. Mais elle était à l'affût des moindres sons. Elle s'était toujours demandé ce que cela faisait d'être aveugle. Là, elle en faisait l'amère expérience. Chaque fois que l'homme qui la tenait captive venait la voir, elle l'entendait arriver de loin. Elle percevait le bruit de ses pas approcher. Des escaliers. Oui, c'est ça. Il descendait des marches. Puis le cliquetis de la serrure. Jusqu'à présent, il ne lui avait pas fait trop de mal. Juste rudoyée. Il l'avait frappée une fois, parce qu'elle s'était souillée. Elle avait essayé de se retenir, mais en vain. Après cela, il lui avait enlevé sa culotte et laissé un seau à côté d'elle, pour qu'elle puisse faire ses besoins. Mais chaque fois, il pestait à cause de l'odeur. Alors il l'aspergeait de parfum. Il l'avait déshabillée et ensuite rhabillée.

Elle avait eu peur. Tellement peur. Mais il ne l'avait pas violée. Pas encore en tout cas.

Les effluves de parfum mêlés à celles des déjections dans le seau l'écœuraient au plus haut point. Une fragrance entêtante, qu'elle connaissait bien, car c'était la même que celle que portait une ancienne voisine de palier. Une femme envahissante, tant par sa personnalité inquisitrice que par son parfum qui persistait dans l'ascenseur et les couloirs longtemps après son passage. Une odeur que sa mémoire olfactive n'avait jamais effacée. Associée à celle de la merde, l'odeur lui donnait envie de vomir. Ce qu'elle n'avait pu s'empêcher de faire d'ailleurs, jusqu'à la bile.

L'homme s'était alors énervé contre elle, mais aussi contre lui-même. Il ne semblait pas satisfait. Il avait même hurlé contre sa mère. La prenait-il pour sa mère ?

Quand il lui avait enlevé son bandeau, elle avait pu voir son environnement. Ses yeux avaient mis du temps à s'ajuster au retour brutal de la lumière. Elle avait eu l'impression d'être dans une cave. Et cet individu qui lui avait fait face… une vision d'horreur. Des yeux qu'elle avait cru inhumains, avant de réaliser qu'il s'agissait de lentilles de contact, comme celles que portait ce chanteur satanique dont elle avait oublié le nom. Soudain, elle prit conscience que l'issue serait terrible. S'il n'arrivait pas à satisfaire ses désirs avec elle… Elle allait mourir. Et s'il y parvenait… L'alternative n'était pas plus rassurante. Si cet individu répugnant s'introduisait en elle pour assouvir ses pulsions malsaines… Elle ne voulait même pas y penser. Puis, dans sa volonté d'échapper à l'inéluctable, elle repassa dans sa tête au ralenti les bruits qu'elle entendait chaque fois qu'il venait la voir. Il en manquait un… Le cliquetis.

Lorsqu'il était parti après sa dernière visite, avait-il oublié de verrouiller la porte ? Elle sentit l'adrénaline monter et se diffuser dans tout son corps. Elle devait aller vérifier… Non, elle en était certaine. Avait-il quitté la maison ? Il lui semblait avoir entendu le claquement d'une porte. Elle se concentra. Elle voulait écouter pour tenter de percevoir des bruits provenant du dessus. Rien. Tout avait l'air calme. Peut-être que l'individu était là malgré tout. Guettant dans le silence qu'elle lui donne une occasion de la prendre en faute. De la punir. Mais elle devait saisir sa chance. C'était le moment ou jamais. Elle devait tenter de fuir avant qu'il ne revienne.

Elle se leva avec difficulté du matelas poussiéreux sur lequel elle était couchée. Elle sentait les courbatures de ses muscles engourdis. Elle avança de quelques pas, tout doucement pour ne pas heurter un obstacle. Pendant les quelques minutes où le bandeau lui avait été retiré des yeux, elle n'avait pas eu le temps d'étudier son environnement, trop effrayée, mais aussi fascinée par la vision d'horreur qui se tenait devant elle. Elle n'avait pas eu l'occasion de voir comment la pièce était agencée, ni même où se trouvait la sortie. Elle fit quelques pas en avant et se cogna contre une vitre. Bizarre. Un son, comme un bruissement de feuilles. Elle eut soudain l'impression que quelque chose de vivant avait bougé. Elle se retourna et repartit dans l'autre direction. Un mur. Elle le longea. Une porte. Enfin ! Une poignée. Elle resta immobile à écouter. Toujours pas de bruit. Elle appuya doucement sur la poignée et poussa la porte. Ses sens ne l'avaient pas trompée. Elle était déverrouillée. Elle avança droit devant elle jusqu'à buter sur une marche. Elle se tourna alors, dos à la paroi, pour la longer et monter une à une les marches. Arrivée en haut, une autre porte. Elle trouva la poignée. Son cœur battait à un rythme effréné. Ouverte, elle aussi. Mais maintenant, comment trouver la sortie ? Elle avança encore. Elle se heurta à un cadre. Une odeur de nourriture flottait dans l'air. La cuisine. Elle réussit à se positionner de façon à ce que la poignée vint se loger entre le bandeau et sa tête. Par un mouvement latéral, elle fit bouger le bandeau qui glissa autour de son cou et lui permit de voir ce qui l'entourait. Elle s'élança ensuite le long du couloir jusqu'à une porte. Elle l'ouvrit et sentit immédiatement une vague de froid balayer son visage. Comme une sensation de liberté à sa portée. Elle sortit et se mit à courir dans la nuit noire…

Chapitre 60

Gryon, samedi 23 mars 2013

Il avait passé sa soirée à écluser des verres avec ses potes au Harambee à Barboleuse. Il avait bu des bières, mais il n'aurait pas dû accepter la tournée de shots de tequila qui avait conclu la joyeuse réunion. Il était au milieu du parking en train de se soulager juste derrière sa voiture. Un shot d'accord. Mais chacun avait ensuite payé sa tournée. Combien s'en était-il finalement envoyé ? Quatre tournées plus la sienne. Ah, et l'autre… Le gars sympa, mais un peu lourd qu'ils avaient rencontré sur place. Il ne connaissait pas son nom. Donc six shots. Il avait le tournis. Il laissa ses amis poursuivre sans lui. Dormir un moment dans sa voiture avant de prendre la route n'était certainement pas une mauvaise idée, mais il faisait bien trop froid. Il n'habitait qu'à quelques minutes de là. Bientôt, il serait dans son lit. Au chaud. Il ouvrit la portière et s'assit au volant. Ce n'était pas la première fois. Il connaissait le trajet par cœur. Il décida de conduire doucement. D'autant que le brouillard masquait une grande partie de la visibilité. Il voyait la ligne blanche en double. Il ferma un œil et se concentra sur cette ligne au milieu de la route qu'il distinguait à peine. Cela n'allait finalement pas si mal. Il bifurqua sur une plus petite route. Plus que deux kilomètres et il serait arrivé. Après le virage, il accéléra. Sur ce chemin, aucune ligne blanche au milieu ne permettait de se repérer, mais il était peu fréquenté. Soudain, il lui sembla voir quelque chose juste devant lui. Il appuya sur le frein. Un choc accompagné d'un bruit sourd. Et merde !

Son véhicule avait heurté quelque chose. Sûrement un chevreuil. Il sortit de la voiture, titubant, et s'approcha d'une masse allongée dans la lumière projetée par les phares. Ce n'avait pas du tout la taille d'un chevreuil. Putain de merde !

Un corps.

Une femme.

Elle semblait vivante. Mais il ne pouvait pas rester ici et prévenir la police. Il irait en prison. Déjà qu'il était au chômage. Sa vie avait pris une bien mauvaise tournure ces derniers temps. Et là… Cet accident ne ferait que précipiter sa chute. Il tira le corps doucement sur le côté de la route pour le mettre à l'abri des roues d'une autre voiture. Quelqu'un la trouverait sûrement, se rassura-t-il. Il se rassit dans son véhicule et repartit. Pourvu que personne n'ait rien vu ou entendu…

Chapitre 61

Jérôme Jaccard avait travaillé toute la nuit aux urgences et allait finir sa garde. Vers 2 heures du matin, une ambulance était arrivée, sirène et feux enclenchés. Une femme retrouvée inconsciente sur le bord d'un chemin à Gryon. Un habitant du village l'avait découverte en rentrant d'une soirée, non loin de chez lui. Jérôme aurait voulu être là à son arrivée, mais il s'occupait déjà d'un autre cas, un vieil homme qui avait eu une rupture d'anévrisme. Jérôme s'était renseigné auprès de ses collègues. La femme souffrait de nombreuses blessures traumatiques suite à un choc violent. Sa tête avait été touchée. Les médecins avaient réussi à la sauver *in extremis*, mais elle était dans le coma. Apparemment, elle n'avait pas encore pu être identifiée. Il longea le couloir de l'hôpital et aperçut la paroi vitrée derrière laquelle elle se trouvait. Un gendarme gardait la chambre. Bizarre. Les policiers avaient escorté l'ambulance pour qu'elle arrive le plus rapidement possible à Monthey. Dans son état, elle aurait dû être héliportée, mais de nuit et avec une épaisse nappe de brouillard, cela aurait été trop risqué. Pourquoi surveillaient-ils cette personne ? En passant, il fit un signe de la tête au gendarme et tenta de regarder à l'intérieur. Il vit la femme allongée. Il ne pouvait pas la reconnaître, son visage étant recouvert de bandages.

Jérôme allait maintenant se dépêcher de rentrer. Mais avant cela, il devait se procurer un produit qui se trouvait dans une armoire fermée à clé, dans la pièce réservée au personnel soignant. C'était le meilleur moment pour s'y rendre. L'équipe de nuit s'apprêtait à partir et les infirmiers de jour arrivaient. Il poussa la porte. Personne. Il ouvrit l'armoire et commença à chercher ce dont il avait besoin. Il entendit des pas dans le couloir et resta immobile, s'arrêtant de respirer. Il reconnaissait leur voix. Deux médecins. Il retint son souffle. Ils continuèrent leur chemin. Il trouva enfin le produit. Il sortit la fiole de son emballage et la mit dans la poche extérieure de sa blouse. Il plia l'emballage et le plaça dans l'autre poche. Il devait encore se rendre au vestiaire pour se changer. Si quelqu'un découvrait son larcin, il était fini.

Un quart d'heure plus tard, il se trouvait sur le parking. L'air matinal était frais. Il s'assit dans son véhicule et partit sans attendre en direction de Gryon.

Karine gara sa voiture à l'entrée de l'hôpital. Elle avait été contactée par Viviane. Cette dernière n'avait rien voulu dire de plus au téléphone. Karine avait bien entendu essayé de se débarrasser de cette tâche. Elle était sur une affaire de meurtre, et voilà que sa supérieure lui demandait de s'occuper d'un accident de la route. Une femme, renversée par un véhicule. Pourquoi elle ? N'importe quel flic pouvait s'en charger. Viviane avait même contacté le procureur, et ce dernier avait décidé de venir lui-même sur place. Cela ne correspondait pas aux procédures habituelles. Quelque chose d'autre se cachait-il là-dessous ? Elle allait bientôt le savoir.

Un gendarme faisait le pied de grue devant l'entrée et la vit arriver. Il l'escorta jusque dans une pièce où Charles Badoux l'attendait.

— Ah, vous voilà enfin, madame Joubert. Asseyez-vous.

— Bonjour.

— … Monsieur le procureur, compléta-t-il.

Karine n'avait pas pris la peine d'user des formules de politesse. Elle savait pertinemment qu'il y tenait. Il aimait qu'on lui fasse des courbettes. Il fallait lui dire : « *Monsieur le Procureur* » en accentuant bien sûr les majuscules. Et pourquoi pas un baisemain ? Elle ne pouvait pas le sentir. C'était devenu épidermique.

— Votre chef s'est mise en rapport avec moi après avoir été contactée par l'Unité circulation. Une femme a été renversée par une voiture à Gryon et abandonnée sur place. La gendarmerie recherche actuellement le coupable. Et…

— Et en quoi cela nous regarde-t-il ?

— Madame Joubert, si vous me laissiez terminer… J'ai cru comprendre que votre collègue se trouvait dans une fâcheuse posture. Ce serait dommage que vous suiviez son exemple… La jeune femme a été retrouvée, les mains attachées dans le dos et un bandeau autour du cou. On lui cachait probablement les yeux à un moment donné, et elle a réussi, d'une manière ou d'une autre, à s'en débarrasser.

La curiosité de Karine avait été éveillée.

— Nous avons pu l'identifier : Séverine Pellet, quarante-sept ans, habitant à Ollon. Son mari, Raphaël Pellet, l'a déclarée disparue il y a quatre jours. Il est actuellement à son chevet.

— Elle aurait été enlevée ?

— Oui, c'est ce que je pense. Elle a sans doute trouvé le moyen de s'enfuir. Ce qui est particulièrement intéressant, c'est que son époux affirme que les vêtements qu'elle portait ne sont pas les siens.

— Quel genre d'habits ?

— Je les ai fait envoyer à Lausanne pour les faire analyser.

Le procureur lui tendit une série de photos. Karine les regarda attentivement. Les vêtements lui donnaient un air un peu rétro. Une robe vintage sortie tout droit des années cinquante : une polka twist bleue avec des pois blancs, genre rockabilly, à la Audrey Hepburn. Le maquillage était complètement raté. Elle ne l'avait certainement pas appliqué elle-même. Le rouge à lèvres débordait. Le fard à paupières aussi. Karine posa les photos sur la table devant elle. Cette femme avait été enlevée et déguisée par son ravisseur…

Charles Badoux quitta la pièce et revint quelques minutes plus tard, accompagné par un homme en blouse blanche. Un médecin charmant : grand, les cheveux bruns et un regard ténébreux. Il avait l'air tout droit sorti de la série *Grey's Anatomy*. Une sorte de docteur Mamour aux yeux sombres. Tout à fait mon genre, songea-t-elle. Elle pourrait l'inviter à aller boire un verre… mais ce n'était pas le moment de draguer, surtout en présence du procureur. Les deux hommes s'assirent. Karine reluqua du coin de l'œil le médecin et sentit que son visage virait au cramoisi. Ce dernier l'avait probablement remarqué, si l'on en croyait le léger mouvement vers le haut de la commissure de ses lèvres.

Étant donné la gravité de la situation, il avait été libéré de son secret médical par le médecin cantonal et avait obtenu le droit de leur révéler des informations au sujet de l'état de santé de la victime. Il serra la main de Karine et se présenta :

— Luca Ruggieri, je suis le chirurgien qui a opéré Séverine Pellet.

— Enchantée, comment va-t-elle ? demanda Karine, ne quittant pas ses yeux sombres du regard.

— Elle a subi de nombreux traumatismes. Elle a été percutée à hauteur des membres inférieurs. Un des genoux est brisé. Des lésions sont également présentes au niveau du thorax, du dos et de l'abdomen. Mais le plus grave, c'est le cerveau. Elle a une fracture du crâne accompagnée d'un fort traumatisme avec lésions cérébrales. Après le choc initial, la victime a certainement été projetée sur le capot et sa tête a de toute évidence heurté le pare-brise. Elle a ensuite été propulsée sur le sol. Elle n'a en revanche pas été écrasée par la voiture. Nous ne savons pas combien de temps elle est restée sur le bord de cette route, mais je pense qu'elle a subi une perte de connaissance de plus d'une heure. Le choc a causé un hématome épidural, situé entre la boîte crânienne et le cerveau, et quelques contusions hémorragiques. Comme elle s'est retrouvée longtemps sans prise en charge médicale, l'augmentation de la pression cérébrale a privé son cerveau d'oxygène. Nous l'avons opérée d'urgence. On a pu résorber les hématomes, mais nous avons dû la maintenir dans un coma artificiel.

— Va-t-elle se réveiller ? l'interrogea Karine.

— Je ne peux pas vous le dire à ce stade. Son pronostic vital est encore engagé. Nous avons pu drainer l'hématome en effectuant une craniotomie, mais l'évolution des contusions hémorragiques est plus difficile à pronostiquer. Cela peut s'améliorer comme empirer. Les premiers jours sont critiques. La phase de coma est maintenue au moins soixante-douze heures, mais elle peut durer des semaines. Au-delà de dix jours, cela devient préoccupant. Et on ne peut pas exclure le risque de mort cérébrale. Nous ferons régulièrement des scanners pour mesurer l'évolution des lésions et détecter les signes d'activité neurologique.

— Si elle se réveille, quelles pourraient être les séquelles ?

— Cela va dépendre du temps qu'elle passera dans le coma. Et de la gravité des séquelles. Des dommages irréversibles sont à envisager. Le risque d'altération des fonctions cognitives, la perturbation des réflexes moteurs et des fonctions neurologiques sont très fréquents après une phase de coma. Mais une guérison partielle, voire totale, est cependant encore possible.

— Quel est votre pronostic, docteur ? Vous pensez qu'on pourra lui parler bientôt ?

— C'est très difficile de se prononcer.

— Mais vous avez sans doute une longue expérience ? Donnez-moi votre sentiment.

— Cela ne vous avancera pas beaucoup. Mais je ne suis pas très optimiste, malheureusement…

Chapitre 62

La villa de Jessica était située au milieu des vignes. La vue sur le château aux allures médiévales avec ses remparts, ses tours et ses donjons, était imprenable. Jessica et ses deux enfants, Mélissa et Adam, y avaient emménagé depuis environ six mois. Et ils s'y plaisaient. En plus de s'être rapprochés d'Andreas et Mikaël, ils s'étaient éloignés de leur ex-mari et père. Le divorce avait finalement été prononcé la semaine précédente. L'attitude de son ex-époux ne jouant pas en sa faveur, la garde avait été confiée à Jessica, sans partage. Et cela conférait à ce dimanche 24 mars, date de son anniversaire, un goût de douce liberté.

La sonnette de la porte tinta. Adam revint avec un enthousiasme non dissimulé, accompagné de Viktor et Kajsa, ses grands-parents, et les précéda jusque dans la véranda où l'apéritif avait été servi.

Jessica était affairée à la cuisine pendant que les invités buvaient une coupe de champagne. Elle avait insisté pour recevoir la famille et préparer son propre repas de fête. Depuis sa séparation, elle avait repris goût à la vie et aimait notamment concocter de petits plats bio et écolo aux ingrédients régionaux et de saison. Le consommer local était sa nouvelle marotte. Pour une question de principe, mais aussi de saveurs.

Après l'entrée, une salade de lentilles et pois chiches, elle posait à présent le plat de résistance sur la table.

— Magnifique ! Ça fait envie, s'exclama Viktor toujours très enthousiaste dès qu'il s'agissait de sa fille et de tout ce qu'elle entreprenait.

— C'est quoi, cette galette ? demanda Kajsa.

— Ça ne ressemble pas à de la viande, commenta Andreas.

— Arrête d'enquiquiner ta sœur !

— T'inquiète pas, papa. Je sais me défendre. C'est une galette de tofu, carottes, céleri et gingembre.

— Même si tu penses que les légumineuses compensent la viande, moi, j'aime bien de temps en temps un bon morceau de bœuf bien saignant.

— Moi aussi, tu le sais bien. J'essaie juste de varier un peu, répondit Jessica avec un sourire en coin.

Mikaël n'avait pas participé aux joutes verbales, il en avait profité pour goûter la mousseline, qui lui avait semblé appétissante.

— Sublime ! C'est du panais, je suppose ? Je reconnais sa subtile saveur sucrée.

Jessica confirma en hochant la tête.

— Tout est délicieux, conclut Kajsa.

Les discussions autour de la table étaient animées, l'ambiance détendue et chaleureuse. Mais Kajsa lança un sujet moins plaisant.

— En venant, on a entendu à la radio qu'une femme avait été renversée par une voiture à Gryon.

Elle est mal en point, paraît-il. C'est terrible. Tu es au courant Andreas ?

— Je l'ai appris comme toi aux infos. Je suis en vacances.

Andreas évita de lui dire la vérité sur les raisons de son congé. Elle lui aurait fait la morale, comme toute mère qui se respectait. Peu importe l'âge de l'enfant.

— Oui maman, c'est affreux. Mais c'est mon anniversaire. On pourrait éviter ce genre de sujets, non ?

— D'accord, ma chérie, mais ça s'est passé à Gryon…

— Arrête, maman.

Andreas, perdu dans ses pensées, n'entendait plus ce qui se racontait. Il observait tour à tour chaque personne autour de la table. Une petite famille. Mais très unie. Et d'autant plus après une période difficile où l'ex-mari de Jessica, homophobe, avait réussi à éloigner sa sœur de lui et à créer une scission au sein du clan Auer. Tout était heureusement rentré dans l'ordre. Mais il éprouvait un sentiment bizarre. Ces rêves qui étaient remontés à la surface ces derniers temps. Ces cauchemars étaient en lien avec son enfance. Il en était certain. Mais à quelle vérité enfouie faisaient-ils référence ? Il n'en avait aucune idée. Ses parents n'aimaient pas parler du passé. Il avait tenté, il y a quelques années, d'aborder le sujet, mais ils étaient restés évasifs.

Chapitre 63

En poursuivant ses recherches, le matin même, au sujet de Klitschko, il avait fait une découverte qui avait piqué sa curiosité. Andreï Klitschko était un riche financier russe et son nom était apparu à plusieurs reprises en lien avec un autre : Natalia Tchourilova. Cette dernière se trouvait être la directrice d'une société immobilière basée en Suisse, Swiss Quality In Real Estate SA.

Puis il était tombé sur un article faisant référence à un projet foncier à Gryon appelé Frience Luxury Estate qui avait fait couler beaucoup d'encre cinq ans auparavant. Malgré de nombreuses oppositions, la commune avait vendu un immense terrain d'alpage pour trente millions de francs. Une manne bienvenue pour ses finances, mais au prix d'une affreuse verrue qui devait pousser sur un de ses plus beaux pâturages. Par chance, le projet avait été abandonné avant même que la première brique ne soit posée.

La secrétaire communale, une amie d'enfance, invita Mikaël à prendre place dans une des salles de réunion et déposa devant lui un dossier et un plan qu'elle déplia.

— Là, c'est l'immense hôtel de deux cents chambres. Puis les trois chalets que tu vois devaient être transformés en lodge de luxe. Et ici, le Refuge de Frience, censé devenir un restaurant gastronomique.

— Pourquoi le projet n'a-t-il pas abouti ?

— Un très bon prix leur a été proposé, bien au-dessus du marché. Tout le monde était d'accord pour vendre. Puis Serge Hugon s'est rétracté. Personne n'a su pourquoi. Mais il était une des pièces les plus importantes du puzzle, car le chemin d'accès passait par son terrain. Sans lui, pas de possibilité d'obtenir le permis de construire. Et il y a eu pas mal de grabuge entre les différents protagonistes à l'époque, mais je ne pourrais pas te dire exactement pourquoi.

— Très intéressant, marmonna Mikaël.

— Pourquoi tu t'intéresses à ce projet au fait ?

— Il y a eu du mouvement ces derniers temps. C'est comme si le projet était à nouveau à l'ordre du jour…

Chapitre 64

Gryon, lundi 25 mars 2013

L'homme qui s'enivrait du parfum de sa mère avait découvert la porte d'entrée ouverte en arrivant à la maison le jour précédent. Cela lui avait fait froid dans le dos. Il était alors entré et s'était dirigé dans le couloir vers l'accès menant à la cave qui, lui aussi, était béant. Il avait descendu les marches avec une appréhension croissante et pénétré dans son antre, tremblant de rage et de crainte mêlées. La pièce était vide. Elle avait réussi à s'enfuir…

Il n'eut dès lors qu'une seule idée en tête : la remplacer. Finalement, c'était peut-être un mal pour un bien. Il pourrait en trouver une qui correspondrait mieux à ses attentes. Une qui ressemblerait réellement à sa mère. Et surtout, une plus docile.

Mais un problème subsistait tout de même. Son hôte. Qu'était-elle devenue ? Était-ce la femme retrouvée hier à Gryon comme il l'avait craint ? Probablement. Elle était, semble-t-il, dans le coma, ce qui l'arrangeait pour le moment. Mais si elle se réveillait, elle aiderait sans doute à l'identifier. Et la maison ? Elle pourrait mettre la police sur la piste. Il devait faire quelque chose. Il ne pouvait pas prendre le risque qu'elle se réveille. Comment faire ? Il devait à tout prix trouver une solution, mais auparavant, il avait un rendez-vous galant qu'il ne voulait manquer sous aucun prétexte.

Il parlait avec une Annabelle depuis quelques semaines sur Internet. Et elle avait accepté de le rencontrer. Il se réjouissait. Elle avait quarante-cinq ans et ressemblait à sa mère. Et elle n'était pas grasse comme l'autre. Elle était célibataire. Enfin, c'était ce qu'elle prétendait. La première avait affirmé la même chose, mais elle lui avait menti. Dès lors, il avait pris le temps de vérifier qu'elle vivait seule. Ils s'étaient donné rendez-vous dans un café en plein centre de Monthey à 19 heures. Mais il ne pourrait pas se permettre de se montrer en public avec elle. Elle lui avait donné son nom et son numéro de téléphone la semaine dernière et il avait ainsi pu dénicher son adresse.

Il gara son véhicule sur le parking d'une zone industrielle à deux kilomètres de l'immeuble où elle résidait. Il fit le reste du chemin à pied. À 19 heures, il était sur place. Il n'avait plus qu'à attendre. Un mélange d'excitation et de nervosité s'était emparé de lui. Il sentait son pouls s'accélérer et se força à inspirer pour reprendre le contrôle. Il s'imaginait être un prédateur à l'affût. Elle ne tarderait sûrement pas à revenir après avoir réalisé que son rendez-vous lui avait posé un lapin.

Il vit la voiture de sa proie arriver et entrer dans le garage au sous-sol vers 19 h 30. Elle immobilisa son véhicule, le temps que la porte automatique s'ouvre. Il attendit que la voiture s'engage pour descendre la rampe en pressant le pas. Il avait constaté que la porte restait ouverte une quinzaine de secondes avant de se remettre en branle. Au moment où il pénétra dans le souterrain, il ne vit plus la voiture. Il avança puis entendit le bruit d'une portière se rabattre. Annabelle marchait dans sa direction. Il fut saisi par sa beauté. Il n'y avait personne d'autre dans le garage. Ils se croisèrent et elle ne parut pas inquiète. Il ne lui avait pas envoyé une photo de lui, mais celle d'un homme séduisant et viril trouvée au hasard sur Internet. Elle ne pouvait donc pas le reconnaître. Il se retourna, sortit un couteau de sa poche, et d'un geste rapide, pointa la lame contre le dos de la femme et avec l'autre main, lui couvrit la bouche. Il lui intima de le suivre jusqu'à sa voiture et l'obligea à lui donner les clés, ce qu'elle fit en tremblant. Il lui attacha les bras dans le dos à l'aide de la corde qu'il avait dans son sac et la bâillonna. Il ouvrit ensuite le coffre et la fit grimper à l'intérieur. Alors qu'elle tentait vainement de se débattre, n'étant plus sous la menace directe du couteau, il lui ligota les jambes avec une sangle qu'il lui relia aux mains. Ses membres ainsi repliés et bloqués l'empêcheraient de bouger. Il referma le coffre au moment où la porte automatique du garage s'ouvrait. Il se cacha derrière le véhicule et attendit sagement que la personne ait garé sa voiture et soit repartie. Il s'assit ensuite au volant et mit le moteur en marche.

Quelques minutes plus tard, il se gara juste à côté de son véhicule dans la zone industrielle. Il s'assura que personne ne se trouvait dans les environs avant de transvaser son *colis*.

Mission accomplie. Il pouvait remonter tranquillement à Gryon.

Chapitre 65

Andreas et Mikaël s'étaient réveillés de bonne heure et avaient même sauté le petit déjeuner pour se mettre au travail. Les renseignements obtenus par Mikaël la veille avaient suscité leur curiosité. Ils ne pouvaient pas être certains qu'un lien entre cette affaire immobilière et le meurtre de Serge Hugon existait, mais Andreas ne croyait pas au hasard. Il voulait en avoir le cœur net.

Ils avaient décidé de faire du salon leur quartier général. Mikaël avait affiché sur les murs plusieurs grandes feuilles avec des plans et de nombreuses informations. Un des panneaux titrait en grand : *Projet Frience*.

Mikaël commenta à Andreas la carte où il avait noté les différentes propriétés qui faisaient partie du projet ainsi que les noms des propriétaires avant qu'elles ne soient rachetées :

1. Pâturage de Frience : il appartient à Swiss Quality In Real Estate SA (SQIRE), acheté en 2008 à la commune de Gryon pour trente millions.

2. Ferme d'alpage et terrain appartenant à Serge Hugon *(récemment assassiné)* et maintenant à sa tante Isabelle qui en a hérité. Elle aurait décidé de vendre.
3. Refuge de Frience : il appartient à Nathalie Vernet. Elle en est aussi la gérante.
4. Chalet Le Bouquetin : il appartient à la SQIRE. Le chalet a été vendu par Lucien Brunet en 2008.
5. Chalet Le Mazot : le chalet appartenait à André Jaccard. Ce dernier en avait hérité de sa femme Michèle. Il a été vendu à la holding Swiss Global Services Limited (SGS). L'acte de vente a été signé le 22 mars 2013.
6. Chalet Argentine : le chalet appartenait à Alexis Grandjean, un banquier genevois. Le chalet a été vendu à la holding Swiss Global Services Limited le 1er mars 2013.

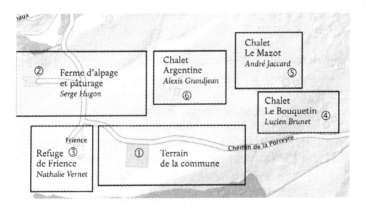

En étudiant le plan, Andreas ne put s'empêcher de songer aux événements de l'automne dernier qui avaient laissé leur empreinte dans son esprit, mais il devait se concentrer sur le présent.

— Donc, si j'ai bien compris, la société Swiss Quality In Real Estate SA doit acquérir ces différentes parcelles et biens fonciers pour réaliser un complexe hôtelier de luxe ? demanda Andreas.

— Oui, exactement.

— Que penses-tu de tout cela ?

— La mort de Serge Hugon semble arranger quelqu'un. Le projet immobilier est comme par miracle ressuscité. Peut-être que ce n'est pas juste une histoire de vaches et de jalousie, après tout ?

— Je te l'accorde, c'est très étrange. Hugon est assassiné le 17 mars. Un chalet a été vendu avant son décès, et un autre après. Pourquoi maintenant ? Cinq ans après le lancement du projet.

— Y a-t-il eu un élément déclencheur ?

— Dans tous les cas, nous devons sérieusement creuser cette piste. Donc sur les six biens immobiliers, deux sont en possession de la société suisse – la SQIRE –, deux viennent d'être achetés par la holding chypriote – la SGS –, et deux appartiennent encore à leurs propriétaires actuels ?

— Exact. J'ai appelé ce matin Isabelle Hugon. Elle s'apprête à signer le contrat de vente dès que les questions d'héritage auront été réglées.

— Il ne leur reste donc plus que le Refuge de Frience à acquérir et ils pourront commencer. Mais pourquoi est-ce la holding qui fait maintenant l'acquisition des biens et pas directement la société suisse qui veut réaliser le projet ?

— Probablement pour ne pas éveiller de soupçons. Aucun lien juridique ou officiel n'existe entre l'entreprise – Swiss Quality In Real Estate SA – et la holding – Swiss Global Services Limited. La holding achète les propriétés et peut ensuite les revendre à la société immobilière suisse. Le tour est joué sans éveiller de doutes… Et le projet peut démarrer. Ce n'est qu'une théorie, mais…

— S'ils n'avaient rien à cacher, cela ne serait pas nécessaire.

— En effet. As-tu réussi à trouver un rapport entre Klitschko et Tchourilova ?

— Non, mais je m'y emploie. Il doit y en avoir un. C'est certain. Cela ne peut être un hasard.

— Maintenant, ils savent que nous sommes sur leur piste. Notamment parce que nous sommes à présent au courant de l'existence du dénommé Klitschko. Ils doivent se demander quelles informations nous possédons exactement, par exemple, avons-nous établi le lien entre les deux sociétés ?

— Il faudrait que nous allions rencontrer Natalia Tchourilova, la directrice de l'entreprise suisse, non ?

— Oui, je pense que c'est une bonne idée. Mais pas dans l'immédiat. Et nous devrions aussi faire la connaissance des quatre propriétaires ou ex-propriétaires, ceux des trois chalets et la gérante du restaurant.

Chapitre 66

Hôtel de police,
Lausanne, mardi 26 mars 2013

Karine, Christophe et Nicolas étaient en réunion avec Viviane, leur supérieure. Ils étaient maintenant occupés par une nouvelle affaire : le mystère d'une femme enlevée, retrouvée après un accident de la route à Gryon, déguisée avec une robe vintage et maquillée.

— Que savons-nous sur cette histoire ? demanda Viviane pour lancer la séance.

— Pas grand-chose. Séverine Pellet, quarante-sept ans. Elle habite à Ollon. Elle a été enlevée le 20 mars et est réapparue trois jours après, le 23 mars. Elle travaille dans une librairie à Aigle. Elle est mariée. Elle a été retrouvée à Gryon sur la route des Renards par un riverain qui rentrait d'un repas chez des amis. Elle avait les mains attachées dans le dos et un bandeau autour du cou qu'elle a dû réussir à retirer de ses yeux, expliqua Karine.

— Nous partons du principe qu'elle s'est enfuie d'un endroit à proximité du lieu où elle a été retrouvée. Elle a dû errer ou courir avant de se faire percuter par la voiture, compléta Christophe.

— Va-t-elle pouvoir témoigner ?

— Elle est actuellement dans le coma et le médecin ne risque pas de pronostic. Christophe et moi devons chercher d'autres pistes pour faire avancer cette enquête.

— Et le conducteur qui l'a renversée ? Se pourrait-il que ce soit le ravisseur ?

— Karine a songé à cette alternative. Mais ce n'est certainement pas le meilleur moyen de vouloir s'en débarrasser.

— Mais elle a pu s'enfuir et le ravisseur serait parti à sa recherche et l'aurait percutée volontairement, non ?

— Oui, c'est une possibilité. Nous allons tout mettre en œuvre pour le retrouver. C'est notre priorité. Quant à savoir si le ravisseur et le chauffard sont la même personne, nous devrons le déterminer. Il est plausible que le conducteur qui l'a renversée habite dans le voisinage. Il y a de nombreux chalets dans le coin, mais nous suivons en ce moment une piste sérieuse. Une habitante domiciliée au début de la route des Renards, près du terrain de foot, fumait une cigarette sur son balcon aux alentours de minuit. Elle a vu une voiture rouler en zigzaguant sur ce chemin. Il faisait noir, mais elle a dit à Christophe que le véhicule était de couleur claire. Gris ou blanc. Elle n'a pas reconnu la marque. Mais elle a précisé que c'était une petite berline. Genre Golf.

— La route des Renards serpente sur deux kilomètres depuis la place de la Barboleuse. La victime a été retrouvée environ à mi-chemin. Nous pensons que la personne qui l'a renversée habite entre ce point et la fin de la route des Renards. Donc dans un des chalets sur ce tronçon d'un kilomètre, compléta Christophe.

— À moins que la voiture ait roulé dans l'autre sens… commenta Viviane.

— Oui. Bien sûr. C'est une possibilité, mais il faut bien commencer quelque part, non ? intervint Nicolas, qui n'avait rien dit jusque-là.

— Selon le médecin, la tête de la victime a heurté la vitre avant. Nous n'avons pas trouvé de débris de verre sur les lieux, mais il est probable que le pare-brise soit pour le moins fendu. Le chauffard va certainement devoir le remplacer. Nicolas s'attèle déjà à contacter tous les garagistes de la région. Mais pour le moment, la voiture est peut-être cachée dans un garage privé. Il n'osera pas la faire réparer maintenant, mais on ne sait jamais. Christophe et moi allons faire le tour des maisons et inspecter tous les garages pour trouver ce véhicule.

Karine sortit les photos de la femme prises à son arrivée à l'hôpital et les posa sur la table.

— Elle a sans doute été déguisée et maquillée de force.

— Qu'est-ce que cela vous inspire ? demanda Viviane.

— Il ne s'agit pas d'un enlèvement pour une rançon en tous les cas. Il se pourrait que nous ayons affaire à un déséquilibré…

— … qui risque de récidiver ? compléta Viviane.

— Andreas pourrait nous aider à y voir plus clair et à dresser un profil de sa personnalité, suggéra Christophe.

— Il est en congé. Vous devrez vous débrouiller sans lui, grogna Viviane.

— En effet, on n'a pas besoin de lui, ajouta Karine.

Andreas lui manquait et elle savait qu'il pourrait les épauler, mais elle voulait aussi prouver aux autres son aptitude à mener des enquêtes sans lui. Elle avait d'ailleurs déjà résolu celle du meurtre du paysan. Elle était sur la bonne voie pour acquérir son indépendance d'enquêtrice et sortir un peu de l'ombre de son collègue et ami, qui prenait beaucoup de place et se trouvait sans arrêt sous le feu des projecteurs.

Un inspecteur frappa à la porte vitrée et fit signe à Karine de venir. Elle secoua la tête pour lui signifier qu'elle était occupée, mais devant son insistance, elle se leva et sortit du bureau.

— Un coup de fil pour toi. Un gendarme de Monthey.

— Je n'ai pas le temps, là. Prends son nom et je le rappellerai.

— Il dit que c'est important.

Karine ronchonna et retourna vers son bureau. Elle s'assit sur le coin de table et prit l'appel.

— Oui, allô.

— Bonjour inspecteur Joubert, on m'a fait savoir que c'est vous qui étiez sur l'enquête de la femme enlevée.

— C'est exact.

— J'ai une information qui pourrait vous intéresser. Une femme de Monthey est portée disparue. Il s'agit d'Annabelle Champion. Elle n'a plus donné signe de vie depuis hier. Sa disparition m'a été signalée par une de ses collègues et meilleures amies. Elle n'est pas venue au travail ce matin et elle ne répond pas au téléphone. Sa collègue s'est alors rendue à son appartement. Elle a les clés. Elle n'était pas là et, d'après elle, il semblerait qu'Annabelle n'ait pas dormi chez elle. Puis elle m'a dit que cette Annabelle avait un rendez-vous galant hier soir. Elle lui en avait parlé. Ça ne lui arrivait pas très souvent. Elle avait perdu son mari dans un accident l'année précédente et depuis elle n'arrivait pas à se projeter dans une nouvelle relation. Et c'est son amie qui l'a un peu poussée à faire des rencontres. Elle a peur que quelque chose lui soit arrivé. Et donc elle culpabilise.

— Peut-être que sa rencontre galante a abouti à une nuit chez son nouvel amant ? Elle va sûrement réapparaître dans la journée.

— Là où c'est troublant, c'est qu'elle m'a montré une photo d'Annabelle Champion. Et elle ressemble beaucoup à la fille qui a été enlevée. En plus, elle a presque le même âge…

Chapitre 67

Chalet L'Étoile d'argent,
Gryon, mardi 26 mars 2013

Après le départ de Mikaël, Andreas observait à nouveau les différents panneaux affichés sur le mur. Un lien entre la mort de Serge Hugon et ce projet immobilier n'était peut-être qu'une projection de son esprit, mais il voulait en avoir le cœur net. Son intuition lui suggérait de creuser dans les arcanes de cette société immobilière qui semblait jeter un voile sur ses activités récentes. Après un moment, il composa le numéro du banquier. Une standardiste l'informa qu'Alexis Grandjean était occupé. Même une fois qu'il eut annoncé son identité de policier, elle ne consentit pas à le lui passer. Il lui donna ses coordonnées et raccrocha.

Andreas prit dans sa cave à cigares un modèle nommé *the five.sixty – 5.60 –* de la marque El Sueño[1], que son marchand habituel lui avait conseillé. Bien qu'il se fût mis en tête de ne fumer que des havanes, il s'était laissé persuader qu'il serait *déçu en bien*, comme on dit dans le canton de Vaud. Il lui avait

---

1. Le rêve.

expliqué que les feuilles de tabac provenaient des endroits les plus reculés de Saint-Domingue et du Nicaragua, là où – sous-entendu, contrairement à Cuba – les traditions étaient restées fidèles aux méthodes issues d'une culture ancestrale. Le *5.60* était un modèle trapu. Le cinq indiquant sa taille (12,7 cm), et le soixante son *cepo*, son diamètre (60/64 pouces, soit 2,4 cm). Il était donc plus épais que le module *robusto* qu'il affectionnait particulièrement. Une grosse cylindrée…

Andreas laissa de côté ces considérations techniques et observa la vitole tout en coupant sa tête. Ce qui frappait en premier lieu était sa bague inhabituellement large qui présentait, sous la partie avec le logo et le nom, un damier en noir et blanc. Décidément, ce cigare détonnait. Il sortit sur la terrasse. Malgré la fraîcheur de l'air, les quelques rayons de soleil avaient déjà réchauffé les dalles. Il s'installa confortablement dans un fauteuil. Il observa à nouveau la vitole. La cape du cigare était *colorado*, foncée, dans les tons brun moyen à rouge. Au toucher, elle était bien grasse, comme il l'aimait. Il l'alluma en espérant que cela soit un rêve – comme son nom l'indiquait –, et pas une chimère…

Son démarrage facile et sa fumée généreuse n'étaient pas pour déplaire. Peu à peu, les arômes s'immiscèrent subtilement. Des fruits secs et une touche de boisé. Du cèdre. Le cigare évoluait doucement, mais dès le deuxième tiers, la palette gustative devint plus complexe. Des saveurs fongiques de sous-bois ainsi que des notes animales se développèrent sans une once de brutalité malgré la montée en puissance finale. Il était conquis.

En fumant, Andreas se remémorait les images de son dernier rêve qui persistaient dans son esprit.

Deux immenses oiseaux aux ailes déployées sur le sol. Blancs. Ils avaient un bec crochu. Des aigles ! Ils battaient des ailes, mais sans parvenir à s'envoler. Le bruit du battement ralentit. Ils s'épuisaient. Puis renoncèrent. Il les entendit soupirer. Il se revit au milieu de la pièce. Les deux volatiles baignaient dans une mare de sang. Il comprit alors. Leurs ailes étaient bien trop petites par rapport à leur corps. L'image restée floue dans son rêve devint plus nette. Ce n'étaient pas des ailes, mais des côtes redressées qui ressortaient de la carcasse ouverte. Et ce n'étaient pas des oiseaux, mais des dépouilles humaines. Comme les cadavres qu'il avait pu voir à la morgue, ceux qui étaient autopsiés. Et si ce n'était pas qu'un cauchemar, mais des souvenirs ?

La sonnerie de son téléphone le fit émerger de ses songes. C'était Alexis Grandjean, le banquier. Il perçut dans sa voix un mélange de curiosité et d'inquiétude. Ils convinrent d'un rendez-vous le jour suivant à Genève.

Chapitre 68

L'homme qui s'enivrait du parfum de sa mère lui avait ôté le bandeau. Elle avait vu son visage pour la première fois. Il l'avait fixée avec curiosité. Puis elle avait repéré les terrariums dans la pénombre de cette pièce humide. La vision de cet individu maquillé tout en blanc, les yeux cernés de fard noir lui avaient évoqué un souvenir lointain. Dans son adolescence, elle avait été fan de The Cure, ce groupe de rock britannique qui avait connu son heure de gloire dans les années quatre-vingt. L'homme s'était déshabillé devant elle au rythme de la musique obsédante qui passait en boucle. Elle était terrifiée.

Elle était séquestrée dans cette pièce, c'était son seul point de repère. Son ravisseur l'avait enfermée dans le coffre de sa propre voiture, avant de la transférer dans un autre véhicule. Sans doute une camionnette, car elle avait été posée à même le plancher. Elle était certaine de ne plus être en plaine. Elle avait été ballottée pendant tout le trajet à cause des nombreux virages. Une route de montagne… Mais où se trouvait-elle maintenant ? Elle n'en avait pas la moindre idée. Et personne d'autre ne le savait non plus…

Cet homme l'avait déshabillée, puis il lui avait enfilé de force une robe. Et il l'avait aspergée de ce parfum dont les effluves s'étaient incrustés dans ses narines. Un parfum qu'elle aimait bien, dont elle avait testé les échantillons dans une boutique. Elle ne pouvait le reconnaître exactement. Le nom de Guerlain lui vint à l'esprit. Elle avait apprécié celui-ci, mais préférait pour elle-même des fragrances plus discrètes. Toujours est-il que la douce senteur devint écœurante. Et depuis un sentiment de nausée ne la quittait plus.

Elle était prise au piège. Et cet homme lui inspirait un dégoût profond. De l'aversion même. Et de l'effroi.

Que lui voulait-il ?

Qu'allait-il faire d'elle ?

Elle l'avait vu se masturber, mais il ne parvenait pas à avoir une véritable érection. Au début, elle avait observé ses faits et gestes de manière extérieure comme si elle n'était pas la victime, mais une spectatrice. Elle n'était pas en mesure d'absorber le caractère réel de ce qui lui arrivait. Sans doute un mécanisme de protection. Puis il avait tenté de la violer malgré sa mécanique défaillante. C'est là qu'elle s'était éveillée à la réalité. Elle s'était débattue avec ses pieds qui n'étaient plus attachés. Elle avait même réussi à le blesser à l'arcade sourcilière. Il avait dû quitter la pièce pour aller soigner sa plaie. Il était revenu avec un sparadrap, fou de rage. Puis il avait ouvert un des terrariums et en avait sorti une énorme araignée toute velue, une mygale. Il l'avait prise entre ses doigts et s'était approché d'elle. Il l'avait déposée sur son ventre : « *Comme ça, tu resteras tranquille* », lui avait-il glissé à l'oreille avec une voix glaciale. Elle était tétanisée par l'emprise qu'il exerçait sur elle. Elle aurait voulu hurler pour exprimer son désarroi et sa rage. Ou alors pleurer ? Peut-être qu'en voyant ses larmes, il aurait été attendri et l'aurait épargnée ? Mais elle ne pouvait tout simplement pas. Les pattes velues se déplaçaient sur son corps. Elle n'avait plus osé bouger. Ni même respirer. Après un moment qui lui avait paru interminable, il avait rangé le monstre dans sa cage et était ressorti de la pièce.

Avant de repartir, il lui avait remis le bandeau sur les yeux et ligoté les mains. Elle était dans le noir complet, couchée sur un matelas, et entendait de temps à autre des bruits provenant des terrariums. Elle se souvint alors d'une image, celle d'un clip de The Cure. Une araignée, noire, velue, identique à celle qui s'était promenée sur son estomac. Il s'agissait d'une des chansons mythiques du groupe, *Lullaby*, et de ses paroles hypnotiques qu'elle fredonnait en se déhanchant en boîte de nuit :

A movement in the corner of the room !
And there is nothing I can do
When I realize with fright
That the spiderman is having me for dinner tonight[1]...

Cet individu – ce monstre – au visage peinturluré de blanc, et aux yeux comme noircis au charbon lui rappelait un peu le chanteur Robert Smith, mais surtout, il

---

1. Un mouvement au coin de la chambre ! / Et il n'y a rien à faire. / Je comprends avec terreur / Que je serai ce soir le dîner de l'homme-araignée.

était l'homme-araignée de la chanson, l'homme aux araignées, et elle songeait en tremblant qu'il risquait fort de faire d'elle son repas.

L'homme qui s'enivrait du parfum de sa mère était seul à la maison. Son père, comme tous les mardis, était allé dîner chez un de ses cousins et reviendrait en début d'après-midi. Pour le moment, il était donc tranquille. Pas un bruit dans la maison. Pas de musique. Il devait réfléchir. Qu'allait-il faire d'elle ? Elle était sienne depuis hier. Depuis moins de vingt-quatre heures. Et il ne la voulait déjà plus. Elle ne pouvait pas se résoudre à lui obéir. Peut-être était-il trop impatient ? Peut-être devrait-il lui laisser plus de temps pour s'habituer à lui ? Comment pouvait-il s'y prendre ? La séduction n'était certainement pas une option. La contrainte n'amènerait jamais l'effet escompté. Il devait la maîtriser autrement. Mais comment ? Et surtout, il devait y parvenir dès le début. Car par son attitude rebelle, puis son attitude de soumission, sa dernière conquête le dégoûtait maintenant. Il ne pourrait rien en faire. Il le savait. Il avait déjà en tête la suivante. Il était certain qu'elle serait parfaite. Une femme qui lui donnait des frissons. Des yeux d'une nuance de bleu qui lui rappelaient ceux de sa mère. Une peau sans défauts et un teint clair. Une créature qu'il devait faire sienne. Restait le souci de la propreté. Il n'avait pas pensé qu'elles devraient uriner ou même déféquer. Dans sa tête, il n'avait jamais imaginé sa mère se prêter à ce genre d'activités corporelles dégradantes. Et les nettoyer ensuite le débectait. Lui ôtait tout désir.

Mais il devait résoudre un autre problème encore plus pressant. Il avait contacté les deux premières femmes sur des sites de rencontres. Il n'avait pas aimé ces discussions futiles via Internet, se faire passer pour une personne qu'il n'était pas, juste pour attirer sa proie. Il avait même horreur de cela. D'autant plus qu'au moment du face-à-face réel, dans son antre, sa demeure de l'amour, ce n'était plus ce don Juan fictif qui les rencontrait, mais lui, un homme au physique androgyne qui les mettait mal à l'aise. Et les deux premières avaient été déçues. C'était certain. Cette fois, il allait attaquer de front. Il l'enlèverait sans la baratiner sur Internet ni lui fixer de rendez-vous préalable. Il connaissait son nom et il l'avait revue dernièrement à Gryon au Café Pomme. Trouver son adresse avait ensuite été une simple formalité. En revanche, il devait imaginer un moyen pour obtenir sa soumission. Il avait abandonné l'idée que son charme puisse agir sur elle. Elle devait juste lui obéir, c'est tout. Il pourrait lui administrer un poison neurotoxique ? Comme l'avait fait le tueur en série à Gryon l'automne dernier. Ils en avaient parlé dans le journal. Et elle serait ainsi enfermée dans son corps…

Mais avant tout cela, il devait se débarrasser de l'actuelle.

Chapitre 69

Mikaël se gara le long de la route des Renards. Les deux personnes qu'il allait rencontrer – André Jaccard et Lucien Brunet – habitaient l'une en face de l'autre dans deux vieux chalets typiques de la région.

En traversant le jardin de Brunet, Mikaël observa la ravissante bâtisse. Une très ancienne demeure avec des peintures et ornements muraux représentatifs du baroque alpestre. Ces décorations n'avaient pas comme seul objectif l'amour de l'esthétique. Posséder un grand et beau chalet était un signe de richesse et marquait l'influence sociale des gens qui l'habitaient. Ceux qui l'avaient fait construire étaient sans doute des notables de la région du XVIIIe siècle. La date de construction était peinte en haut de la porte : 1728. Au-dessus était mentionné le nom du propriétaire de l'époque, un certain Arthur Brunet. Les Brunet étaient une des familles bourgeoises de Gryon, établie depuis plusieurs générations. Les initiales du maître charpentier responsable de l'ouvrage figuraient également sur la façade : DHD. David-Henri Dumayne, un des artisans charpentiers les plus renommés de la région.

C'est lui qui, après l'incendie ayant ravagé Gryon, avait construit de nombreux chalets et rénové le temple. Mikaël s'était intéressé, dans le cadre de ses recherches sur les origines de sa famille, à l'histoire du village et des familles bourgeoises qui avaient marqué la vie locale. Les Brunet en faisaient incontestablement partie.

En l'absence de sonnette, Mikaël frappa à la porte. Il attendit un long moment et toqua à nouveau. Nouvelle attente. Au moment où il se retournait pour partir, il entendit une voix provenant de l'intérieur de la maison.

— J'arrive.

La porte s'ouvrit.

— Bonjour monsieur Brunet.

Un homme en fauteuil s'avança.

— Ah ! mais je vous reconnais. Vous êtes le fils Achard, non ? Vous êtes journaliste, c'est ça ?

— Oui, c'est bien moi.

— Que me vaut l'honneur de cette visite ?

— Je peux entrer ?

Lucien Brunet fit effectuer un demi-tour à son fauteuil et précéda Mikaël à la cuisine où il l'invita à prendre place.

— Que devient votre père ? En fait, je crois que je vais me permettre de te tutoyer. Je t'ai connu gamin. Ton père était un de mes meilleurs amis avant qu'il décide de se tailler à Leysin.

— Il se porte bien, aux dernières nouvelles. Toujours à Leysin.

— Tu le salueras bien, à l'occasion. Mais pourquoi tu viens me voir ?

Mikaël fut perturbé par cette entrée en matière inattendue. Il s'était douté que son père le connaissait comme la plupart des habitants de Gryon, mais pas qu'ils étaient amis.

— Je vais aller droit au but, monsieur Brunet…

— Appelle-moi Lucien.

— Lucien, j'aimerais qu'on parle du projet immobilier de Frience.

Le visage souriant de Lucien s'assombrit.

— Cette vieille histoire ? Ça n'a rien donné finalement. Pourquoi t'intéresses-tu à ça ?

— Justement, il semble que le projet soit à nouveau à l'ordre du jour. J'ai besoin de savoir ce qu'il s'est passé en 2008.

— Je n'ai pas très envie de parler de ça. Pour moi, cette histoire est enterrée et ma femme avec.

— Je suis navré de t'importuner avec ça, mais des choses louches se déroulent actuellement. Et un lien avec le meurtre de Serge Hugon n'est pas à exclure.

— Hugon… Ce n'est pas Antoine qui l'a tué ?

— C'est un peu plus compliqué qu'il n'y paraît, mais je ne peux pas vraiment t'en dire plus.

— Je veux bien, mais pourquoi tu te mêles de ça ? C'est pour le journal ?

— Oui, mentit-il.

Lucien sembla intrigué et se décida finalement à accepter la discussion.

— Qu'est-ce que tu aimerais savoir ?

— Tu as cédé ton chalet d'alpage en 2008 à une société immobilière. Tu peux me raconter les circonstances ?

— Nous avons reçu une offre très intéressante.

Tout le monde était d'accord pour vendre. Puis toute l'histoire est partie en vrille…

Lucien soupira avant de continuer.

— Tout d'abord, Germaine Grandjean est décédée, la pauvre. Elle avait toujours été en pleine forme. Elle a eu une rupture d'anévrisme, je crois. Son fils, banquier à Genève, qui héritait du chalet ne voulait plus vendre. Puis nous avons eu cet accident. Marlène, ma femme, est morte.

— Que s'est-il passé ? Un accident de voiture, c'est ça ? Il me semble en avoir entendu parler.

— Oui. On descendait à Bex. Les freins ont lâché. C'est elle qui conduisait. On a foncé tout droit dans le ravin. Je n'avais pas mis ma ceinture et j'ai été éjecté de la voiture. Marlène est restée coincée et le véhicule s'est embrasé. C'est depuis ce jour-là que je suis dans ce foutu fauteuil.

— Je suis désolé. Toutes mes condoléances.

— Ouais. Merci. Et ensuite, pour finir mon histoire, Hugon a changé d'avis, Dieu sait pour quelle raison et le projet s'est arrêté.

— Mais tu as vendu ton chalet finalement ?

— Oui. Je les ai contactés. En fauteuil roulant, je savais que je n'irais plus jamais là-haut. Ils l'ont quand même acheté, mais pas au prix qu'ils proposaient au départ. Mais cela m'importait peu. Cet argent m'a permis d'adapter la maison à ma nouvelle situation. Et d'ailleurs, je n'avais pas d'attachement particulier avec cet endroit.

— Pourquoi cela ?

— C'est ma femme qui avait insisté pour l'acheter. Nous n'avions pas de chalet et ma femme était jalouse de nos voisins, les Jaccard, surtout de Michèle qui soi-disant la narguait. Lorsque le chalet voisin du leur a été mis en vente suite à un décès, elle a fait des pieds et des mains pour l'acheter. Je trouvais que ce n'était pas une bonne idée, mais Marlène n'était pas une personne qu'on contrarie.

— Lucien, je te remercie beaucoup d'avoir accepté de m'en parler.

— Je t'en prie. Je ne sais pas si ça va t'aider. Mais je l'espère.

Chapitre 70

Le chalet d'André Jaccard était aussi une œuvre d'art avec ses nombreuses décorations sculptées. Contrairement à celui des Brunet, la plupart des peintures avaient disparu avec le temps. Certaines inscriptions à caractère religieux demeuraient encore visibles. Une des fresques attira son attention. Un anneau avec des motifs floraux entourait un texte : « *Béni soit le Seigneur, chaque jour.* » Ce chalet, un des rares qui avait échappé aux flammes lors de l'incendie de 1719, datait de 1662, un des plus vieux de Gryon, comme l'indiquait la pancarte du Parcours Juste Olivier, un circuit didactique qui permettait de découvrir les lieux pittoresques et emblématiques du village. Son état de conservation était remarquable. Il avait d'ailleurs été inscrit au titre des monuments historiques.

Mikaël appuya sur la sonnette. Après quelques instants, un jeune homme d'une trentaine d'années lui ouvrit la porte. C'était un des amis de Vincent.

— Salut Jérôme, est-ce que ton père est là ?

288

— Ah bonjour, Mikaël, c'est juste ? Un instant, je l'appelle.

Il se retourna et disparut dans la maison sans demander son reste.

— Papa, c'est quelqu'un pour toi.

Mikaël entendit quelqu'un descendre l'escalier et peu après un homme élancé, le visage marqué, se tint devant lui et le salua.

— Bonjour, Mikaël Achard. Je suis journaliste.

— Oui, je sais qui vous êtes. Gryon est un petit village où tout se sait. Vous êtes l'ami de cet inspecteur, non ? Celui qui a arrêté ce tueur il y a quelques mois. Que puis-je pour vous ?

— J'aimerais échanger quelques mots avec vous au sujet de votre chalet d'alpage.

— Ce n'est plus le mien. Je l'ai vendu il y a quelques jours.

— Oui, je suis au courant. En fait, c'est du projet immobilier à Frience dont je souhaitais m'entretenir. Puis-je entrer ?

Mikaël fit un pas en avant comme s'il allait passer le pas de la porte. André Jaccard plaça sa main sur le montant du cadre pour l'en empêcher.

— Si c'est pour un article, je ne suis pas intéressé. Je n'ai rien à dire. J'ai juste vendu mon chalet. C'est tout.

Mikaël n'avait pas imaginé que Jaccard s'opposerait à une discussion. Il était à court d'arguments. Comment allait-il le convaincre ? Une idée lui vint à l'esprit.

— Je comprends. Pas de problème. Je trouvais normal de vous tenir au courant de certaines informations avant qu'elles ne paraissent dans la presse. Surtout que vous êtes concerné. Mais bon… c'est vous qui savez.

Mikaël lui tourna le dos et fit mine de partir.

— Quelles informations ?

Il continua de marcher en direction du portail sans répondre.

— Monsieur Achard ! Venez, je vous offre un café.

L'appât avait fonctionné. Mikaël se ravisa et suivit son hôte jusque dans la cuisine. Ce dernier l'invita à prendre place sur le banc. Au bout de la table était assis Jérôme. Il ne leva pas la tête de l'ordinateur sur lequel il semblait affairé. Un bruit de message entrant se fit entendre. Il ferma alors brusquement son ordinateur portable, le prit sous son bras et quitta la pièce.

— Désolé, mon fils n'est pas de très bonne humeur, en ce moment. Mais ce n'est pas un mauvais bougre. Déjà que la police était là un peu plus tôt ce matin, maintenant un journaliste.

— La police ?

— Oui. C'est à cause de la femme retrouvée dimanche au bord de la route, renversée par une voiture. Ils sont passés chez tout le monde. Ils ont voulu contrôler tous les véhicules. Ils pensent sans doute que le coupable habite dans le coin.

André Jaccard enclencha la bouilloire et sortit deux tasses. Un bocal de Nescafé, du sucre et de la crème étaient déjà sur la table.

— Désolé. Nous n'avons que du café soluble.

André Jaccard s'assit en face de Mikaël.

— Mais ils n'ont rien découvert ici, précisa-t-il en ricanant.

— Rien découvert ?

— Euh, la police. Ils ont vérifié nos véhicules et sont ensuite repartis. Aucun chauffard ni ravisseur dans cette maison ! Désolé, j'étais toujours dans mon récit de la veille. Mais ça n'a pas l'air de vous intéresser…

— Que venez-vous de dire ?

— Que je devais vous ennuyer avec mes histoires de police. C'est pas pour ça que vous êtes là, non ?

— Vous avez parlé de *ravisseur* ?

— La fille qui a été retrouvée avait les mains ligotées dans le dos et un bandeau sur les yeux.

— Comment le savez-vous ?

— C'est l'un de mes voisins qui l'a découverte en rentrant chez lui. Il a averti la gendarmerie.

Mikaël avait entendu parler de la femme retrouvée inconsciente au bord d'une route, mais il ignorait qu'elle avait été enlevée. Étrange histoire. Cela n'avait rien à voir avec leur enquête en cours, mais cela piquait sa curiosité de journaliste. Il tenterait d'en savoir un peu plus. Un enlèvement n'était pas courant.

— Revenons à notre sujet, si vous le voulez bien.

— Oui, bien entendu. Vous aviez des informations à me communiquer ?

— Tout à fait… mais, une question, tout d'abord. Le projet Frience Luxury Estate semble renaître de ses cendres comme le phénix, cinq ans après, ça ne vous étonne pas ?

— Non. La situation n'est plus la même. Les principaux opposants sont morts.

— De qui s'agit-il ? Serge Hugon. Et qui d'autre ?

— Ma femme.

— Votre femme ? Elle n'était pas d'accord pour vendre il y a cinq ans ?

— C'est un peu compliqué, toute cette histoire…

— J'ai tout mon temps, monsieur Jaccard.

— Si vous y tenez… À cette époque, une société immobilière, la SQIRE avait acheté le terrain principal de la commune pour des dizaines de millions. Mais pour réaliser leur projet, ils devaient encore acquérir l'alpage et la ferme d'Hugon, le refuge ainsi que trois autres chalets. Ils nous avaient fait de très belles propositions. Des prix bien au-dessus du marché. Tous avaient accepté de céder leur propriété, sauf ma femme, Michèle. Elle avait d'ailleurs refoulé l'agent immobilier en l'insultant. Hugon est alors venu me voir. Il m'a mis la pression pour que je persuade mon épouse de vendre. Mais c'était son chalet à elle, hérité de ses parents.

— Et vous avez réussi à la convaincre ?

— Pas vraiment. Hugon a organisé une soirée avec tous les propriétaires. J'y suis allé. Seul. Et je leur ai dit que c'était bon. À la question « *Pourquoi ta femme n'est pas venue à la réunion ?* », je leur ai répondu qu'elle était malade.

— Et ensuite ?

— Je pensais parvenir à la persuader. Mais je n'ai pas eu besoin de le faire finalement…

— Pourquoi donc ?

— Je vous ai dit que c'était une longue histoire. Et compliquée. Tout d'abord, Lucien et Marlène ont eu un accident. Marlène est morte…

— Je suis au courant, interrompit Mikaël.

— Après avoir hérité du chalet, le banquier genevois a refusé l'offre qui avait été faite à sa mère. Même

292

au double du prix, il ne souhaitait plus s'en séparer. Juste avant de signer, Hugon a aussi changé d'avis. Personne n'a compris pourquoi. Quel emmerdeur, celui-là… Après m'avoir travaillé au corps pour que je pousse ma femme à revoir sa position, il se ravise soudain. Le seul qui voulait encore vendre était Lucien. Étant en fauteuil roulant, il savait qu'il ne profiterait plus de son chalet d'alpage et il avait besoin d'argent pour réaménager sa maison et la rendre accessible pour une personne handicapée.

— Et la gérante du refuge ?

— Nathalie Vernet était vraiment déçue. Son affaire ne tournait plus. Elle était au bord de la faillite et elle avait vu dans cette transaction une occasion de s'en sortir.

— Est-ce que c'est Immogryon qui vous a recontacté pour vendre le chalet ?

— Non, c'est moi. J'ai appelé l'agence immobilière. J'ai retrouvé la carte de visite que j'avais gardée. Et je me suis dit qu'il était temps de le faire. Je voulais passer à autre chose.

— Vous les avez contactés quand ?

— Cela fait deux mois environ. Et j'ai signé le contrat de vente il y a quatre jours.

— Mais vous ne l'avez pas cédé à la fameuse SQIRE, c'est juste ?

— En effet. Madame Pitou m'a expliqué que l'achat se ferait par une autre société basée à Chypre. La Swiss Global Services Limited. C'est d'ailleurs pour cela que je n'ai pu signer que récemment.

— Et ça ne vous a pas étonné ?

— Non. Pour moi, c'était pareil, du moment que je pouvais vendre.

— Mais, dites-moi, monsieur Jaccard, vous avez raconté que Serge Hugon vous avait mis la pression. Avait-il des arguments pour le faire ?

André Jaccard baissa les yeux et inspira profondément.

— Monsieur Jaccard, il est important que je comprenne les tenants et aboutissants de cette histoire.

— Pourquoi ? Pourquoi tout cela vous intéresse-t-il tant ? Et d'ailleurs, vous m'avez dit avoir des informations à me communiquer ! Et je suis là en train de tout vous exposer sans même savoir pourquoi.

— Monsieur Jaccard. Je ne vous ai pas dit toute la vérité. Je ne prépare pas d'article en ce moment. J'essaie de découvrir ce qui se trame. Des choses pas nettes. Et je m'y intéresse en tant qu'habitant de Gryon. Je n'ai aucune envie de voir ce projet pharaonique se réaliser sur un des plus beaux alpages de la région. Je vous promets de ne rien divulguer, mais j'ai besoin de savoir.

— Je comprends… Moi non plus, je n'ai pas envie de ce monstrueux hôtel. Mais en même temps je voulais me débarrasser de ce chalet. Et ils m'ont offert un bon prix.

— Ça n'explique toujours pas en quoi Hugon avait les moyens de vous mettre la pression.

André Jaccard, d'habitude très calme, haussa le ton tant et si bien que Mikaël fut surpris et recula sur sa chaise.

— Écoutez, ne vous mêlez pas de mes affaires. Je vous en ai assez dit. Ça ne vous regarde pas. Et ça n'a aucun lien avec la vente de mon chalet. Point à la ligne. Je vous demanderais maintenant de partir.

Mikaël quitta Jaccard avec de nombreuses questions en tête. De vieilles querelles du passé semblaient encore vives dans les esprits des protagonistes, assez pour aller jusqu'au meurtre ?

Chapitre 71

Gryon, mardi 26 mars 2013

Karine et Christophe sonnèrent à la porte du chalet. Ils en étaient à leur neuvième visite de la matinée. Ils recherchaient la personne qui avait renversé la jeune femme. Les seules informations dont ils disposaient étaient la couleur, grise ou blanche, et le genre de la voiture, une petite berline, peut-être une Golf. Dans chacune des maisons, Karine avait posé les questions et Christophe avait pris des notes. Ils voulaient inspecter tous les véhicules des habitants et à chacun ils demandèrent leur emploi du temps au moment de l'accident. Pour le moment, toutes les visites s'étaient avérées infructueuses. Certains avaient des alibis solides et d'autres possédaient des voitures qui ne ressemblaient pas à celle aperçue par le témoin la nuit en question. Et c'est d'ailleurs là où résidait le problème. La voisine avait vu passer cette voiture à peu près à l'heure supposée de l'accident, mais cela pouvait tout aussi bien être une autre. Même si le véhicule ne correspondait pas à la description, ils les avaient toutes inspectées à la recherche de dégâts causés par le choc avec la victime. Sans succès. La tâche s'avérait compliquée. En attendant que quelqu'un vienne ouvrir, Karine se retourna pour admirer le chalet dans lequel ils avaient fait la connaissance d'André Jaccard un peu plus tôt dans la matinée. Elle aperçut alors une personne se diriger vers la maison. Elle aurait juré que c'était Mikaël…

La porte s'ouvrit, ne lui laissant pas le temps de réfléchir aux raisons de la présence du compagnon de son collègue dans le voisinage.

Un jeune homme se présenta. Karine lui expliqua le motif de sa visite et demanda à entrer. Les habitants de ce chalet n'étaient pas des fées du logis. Une couche de poussière plutôt uniforme recouvrait les meubles. Au moment où ils s'assirent, il sembla d'ailleurs à Karine qu'un léger nuage se soulevait. Son imagination ? Toujours est-il qu'elle eut soudain envie d'éternuer.

— Quel est votre nom ?

— Cédric Brunet.

— Vous avez quel âge ?

— Vingt-huit ans.

— Qui d'autre habite ici ? J'ai vu le nom de Lucien Brunet sur la porte.

— C'est mon père.

— Et votre père est présent ?

— Oui, il est dans sa chambre. Papa, on a de la visite !

Karine avait éprouvé un sentiment bizarre en entrant dans la maison, sans savoir pourquoi. Le désordre régnait et le chalet dégageait une odeur de renfermé. Elle put maintenant mettre des mots sur ce qu'elle avait ressenti. Une absence. Celle d'une femme ?

— Et votre mère ?

— Elle est morte.

Ils n'étaient pas là pour comprendre les histoires de familles. Ils recherchaient la personne qui avait renversé Séverine Pellet. Et ils cherchaient aussi le ravisseur, bien entendu. Elle observa attentivement Cédric Brunet et apprécia ce qu'elle vit : un jeune homme plutôt beau aux traits réguliers. C'était la deuxième fois qu'elle se faisait cette réflexion à propos d'un homme qu'elle rencontrait dans le cadre de son enquête. Le célibat devait vraiment commencer à lui peser. Mais bien que bel homme, celui-ci n'était pas son genre.

— Possédez-vous un véhicule gris ou blanc ? Style Golf.

— Une Golf ? grise ou blanche ? Non. J'ai une Jeep Toyota, une RAV4. Et sinon j'ai la fourgonnette du boulot.

— Et votre père ?

— Oui, de quoi s'agit-il ?

Ils se retournèrent et le virent arriver en fauteuil roulant.

— Bonjour, nous sommes de la police. Nous voulions savoir si vous aviez une voiture.

— Avant oui, mais maintenant, je ne conduis plus.

— D'accord. Que faites-vous comme travail ? demanda Karine en s'adressant au fils.

— Je suis employé communal. Je m'occupe de l'entretien des routes et des bâtiments entre autres. Et aussi de la maintenance des véhicules. À la base, je suis mécanicien.

— Où étiez-vous samedi soir ? Vers minuit.

— J'étais à Barboleuse. Au Harambee. C'est un bar. Je buvais des verres avec des potes. Je suis parti vers 2 heures, à la fermeture.

— Quelqu'un pourrait-il le confirmer ?

— Oui bien sûr. Il y avait pas mal de monde.

— Pourriez-vous être plus précis ?

— Parmi mes amis, il y avait Vincent, Jérôme… Ah non, il travaillait cette nuit-là. Et … Romain.

Il eut un moment d'hésitation qui ne passa pas inaperçu à Karine.

— Romain ?

Cédric venait de comprendre. Son ami, Romain. Il n'était pas resté avec eux jusqu'au bout…

— Je sens que vous avez quelque chose à me dire à son sujet. Je me trompe ?

— Euh… non. Il…

— Il quoi ?

— Il a dû partir vers minuit.

— Quel type de voiture possède-t-il ?

— Une Golf. Grise…

Chapitre 72

De retour à la maison, Mikaël rejoignit Andreas qui était aux fourneaux. Il s'approcha de lui et l'enlaça en l'embrassant dans la nuque, à la naissance des cheveux.

— Hum. Ça sent bon, dit-il en soulevant un des couvercles de casserole.

— Pas touche ! Je prépare un risotto de coquilles Saint-Jacques poêlées au safran. Et j'ai ouvert une bonne bouteille de noir-de-duin. J'espère que ça te convient ?

— J'ai hâte…

— En attendant, si tu veux te rendre utile, tu peux préparer l'apéritif.

Mikaël sortit une bouteille de gin et une de tonic et remplit les deux verres qu'il posa sur la table basse du salon. Il prépara également un bol d'olives et un d'amandes au romarin. Andreas vint s'asseoir.

— Santé ! dit Mikaël.

— Oui, santé. Alors, raconte-moi tes entretiens.

— J'ai besoin que tu m'aides à y voir plus clair.

Mikaël se leva, prit un stylo et commença à écrire sur un des panneaux affichés contre le mur blanc du salon qui ressemblait maintenant à une salle d'état-major. Il inscrivit un premier titre – *Veau d'or* – et un deuxième – *Tour de Babel*. Il avait choisi ces deux histoires bibliques illustrant l'orgueil humain comme nom de code pour chacune des affaires. Il hésita à en ajouter une troisième…

Il expliqua à Andreas ce qu'il avait appris.

— Un enlèvement ? Je pensais que c'était un accident.

— La police n'a rien dit et la presse n'a visiblement pas encore eu vent de cela.

— Étrange, très étrange. Il se passe beaucoup de choses à Gryon en ce moment. Mais laissons cela de côté. Je tâcherai d'obtenir les infos de Karine à ce sujet. Il n'y a a priori pas de lien avec ce qui nous préoccupe.

— Non, en effet.

— Alors, revenons à nos moutons…

— Concernant l'affaire du *Veau d'or*, tes collègues sont convaincus qu'il s'agit d'une *vendetta* personnelle. Antoine Paget aurait tué Serge Hugon. Et toi, tu es intimement persuadé qu'il est innocent. Donc la question qui se pose est : qui peut avoir intérêt à faire disparaître Hugon ?

Mikaël écrivit ensuite le fil des événements sur le panneau :

Samedi 9 mars : Exposition régionale de bovins à Aigle. La vache de Serge Hugon meurt et celle d'Antoine Paget gagne.

Dimanche 10 mars : Serge Hugon se rend chez Antoine pour le menacer. Il pense qu'Antoine a empoisonné sa vache.

Dimanche 17 mars : Antoine trouve une de ses vaches mortes. Ce n'est pas Yodeleuse, la gagnante du concours. Antoine se rend alors chez Serge Hugon à Huémoz. Une bagarre éclate entre les deux hommes.

Lundi 18 mars : Isabelle Hugon découvre le corps de son neveu. Elle alerte la police.

Mercredi 20 mars : Antoine est arrêté pour le meurtre de Serge Hugon.

Andreas récapitula les preuves qui avaient permis d'inculper Antoine et qui étaient déjà inscrites sur une autre feuille :

Des traces du profil ADN de Serge Hugon ont été prélevées sous les ongles d'Antoine Paget.
Des habits avec des traces du sang de Serge Hugon ont été retrouvés dans le panier à linge sale d'Antoine.
Une pelle est retrouvée dans l'écurie. C'est l'arme du crime. Sur la partie métallique, du sang et des morceaux du cerveau de Serge Hugon et, sur le manche, des traces correspondant au profil ADN d'Antoine.
Dans la grange de Serge Hugon, on a retrouvé le couteau qui a servi à égorger la vache d'Antoine. Et chez Antoine, une fiole contenant de la strychnine, le poison qui a tué la vache d'Hugon.

— Qu'en penses-tu ? demanda Mikaël.

— Je suis convaincu de l'innocence d'Antoine. Quand je considère ces différents indices, je n'ai qu'une certitude : une bagarre a bel et bien eu lieu. Mais c'est tout. Le reste des preuves a pu être orchestré pour faire croire à la culpabilité d'Antoine. Tout a l'air trop limpide, non ?

— Tout ceci serait un coup monté ?

— C'est le scénario que j'aimerais retenir. Je n'en vois pas d'autre pour le moment.

— Mais qui ?

— On en revient à la question du début : à qui profite la disparition d'Hugon ?

— Exact. Bonne déduction.

— Une supposition éclairée ! À partir de là, je vais tenter une hypothèse… Hugon est mort et sa tante est en train de vendre sa propriété et l'alpage de Frience. Le projet immobilier renaît de ses cendres. C'est les dessous de cette affaire que nous devons continuer à creuser !

— En commençant par le début. En 2008. J'ai essayé de résumer et simplifier le résultat de mes recherches et les événements tels que me les ont rapportés Brunet et Jaccard. C'est un joli sac de nœuds.

Mikaël commenta le fil de l'affaire immobilière qu'il avait nommée *Tour de Babel* :

Mars 2008 : La société immobilière Swiss Quality In Real Estate SA (SQIRE) – basée en Suisse dans le canton de Zoug – acquiert le terrain de la commune à Frience et soumet le projet d'un complexe hôtelier : Frience Luxury Estate.

Début avril 2008 : La SQIRE fait des propositions de rachat aux propriétaires.

15 avril 2008 : Une réunion a lieu entre les différents protagonistes. Tout le monde est d'accord pour vendre, sauf Michèle, la femme d'André Jaccard. Elle ne veut pas assister à cette séance. Elle envoie son mari leur signifier son refus. Mais André Jaccard, sous la contrainte du chantage de Serge Hugon, prétend qu'elle est disposée à vendre, sachant qu'il devra élaborer un stratagème pour la convaincre... Jaccard a refusé de dire de quel moyen de pression bénéficiait Hugon.

30 avril 2008 : La voiture de Marlène et Lucien Brunet est retrouvée calcinée au fond d'un ravin, entre les Posses et Fenalet. Marlène était restée bloquée à l'intérieur et a été brûlée vive. Lucien a été catapulté hors du véhicule. Il a survécu, mais est depuis en fauteuil roulant. Le rapport de la police a conclu à une défaillance du système de freinage, due à une fuite de liquide. Aucune des pièces mécaniques n'était défectueuse. Ils ont estimé que le problème devait être lié au réservoir en plastique qui a brûlé dans l'accident.

19 mai 2008 : Germaine Grandjean décède de mort naturelle et son fils ne veut plus vendre.

Juin : Lucien Brunet, encore en rééducation à l'hôpital, cède le chalet suite au décès de sa femme.

Juillet 2008 : Finalement le projet avorte, car, en plus du banquier Alexis Grandjean, c'est au tour de

Serge Hugon, l'un des plus motivés à vendre son terrain, de changer soudainement d'avis. Le terrain d'Hugon est le principal obstacle, car l'accès au complexe immobilier se ferait par là. Sans le terrain d'Hugon, pas de projet.

— C'est la malédiction de Toutânkhamon, cette histoire !

— Et ce n'est pas fini… on regarde la suite ?

Janvier 2013 (cinq années après le projet initial avorté) : André Jaccard contacte Immogryon et leur annonce qu'il s'est décidé à vendre. Le chalet appartenait à la famille de sa femme depuis des générations et suite à son décès quelques mois auparavant, il souhaitait s'en séparer.

10 mars 2013 : Le chalet d'Alexis Grandjean, banquier genevois, est acheté par un nouveau protagoniste dans l'histoire, la Swiss Global Services Limited (SGS, une holding détenue par Klitschko, un oligarque russe).

17 mars 2013 : Serge Hugon est assassiné.

19 mars 2013 : Marie Pitou contacte Isabelle Hugon pour lui proposer d'acquérir le terrain et la ferme d'alpage qu'elle va hériter de son neveu.

22 mars 2013 : La SGS et André Jaccard signent le contrat pour le rachat du chalet de ce dernier.

— Ce qui me semble bizarre dans les événements de ces dernières semaines, c'est le timing, commenta Mikaël.

— Qu'est-ce qui t'interpelle ?

— Tout d'abord, pourquoi le projet est-il relancé cinq ans après ? Est-ce un projet planifié depuis longtemps ou un événement a-t-il servi de déclencheur et remis le projet à l'ordre du jour ? La SQIRE a investi trente millions. Après l'abandon du projet, leur argent était perdu… Sans construction, leur investissement constituait une perte sèche… Je peux comprendre que cette situation n'était pas du goût de celui qui était censé en tirer profit.

— Et si c'était Jaccard qui était à l'origine de tout cela ? C'est peut-être tout simplement son coup de fil à l'agence immobilière qui a relancé les choses.

— Et Hugon aurait été assassiné parce qu'il refusait à nouveau de vendre… Tout semble indiquer que quelqu'un n'a pas l'intention de laisser les décisions au hasard. Le projet ne doit pas dépendre du bon vouloir de certains propriétaires. Soit ils cèdent sans poser de problèmes, soit ils en subissent les conséquences.

— La fameuse malédiction… Rétrospectivement, je me demande si l'*accident* de Lucien Brunet et sa femme est aussi accidentel qu'il y paraît…

— Tu veux dire que les meurtres en lien avec le projet auraient commencé dès 2008 ?

— Non, ça ne colle pas… pourquoi se seraient-ils alors arrêtés en si bon chemin et auraient-ils abandonné ? Mais cet accident me paraît tout de même bien étrange, pour ne pas dire suspect, dans ce contexte. Tout dans cette histoire semble être fait de manière discrète pour qu'on ne puisse pas remonter à la source.

La société suisse doit montrer patte blanche. D'où la nécessité de brouiller les pistes… Le coup d'Hugon était bien vu. Il est mort, un paysan est accusé et aucun lien n'est fait avec le projet immobilier…

— Bien vu, oui, mais c'était sans compter sur le flair du formidable inspecteur Andreas Auer… volant au secours du brave Antoine.

— Arrête tes sarcasmes ! D'ailleurs, c'est toi qui as commencé à creuser cette affaire, non ? Le brillant journaliste à l'esprit de déduction que rien n'arrête…

Ils éclatèrent de rire, et décidèrent de profiter de cet intermède pour s'accorder une pause.

Chapitre 73

Après le souper, ils se servirent un café et un verre de whisky avant de se replonger dans la réflexion.

— Donc, en suivant notre raisonnement, quelqu'un – appelons-le pour le moment Mangiafuoco, le montreur de marionnettes, celui qui tire les ficelles dans l'ombre à la solde de la société immobilière –, a profité du fait qu'Hugon était en conflit avec un autre paysan pour le tuer. L'occasion rêvée d'éliminer un des opposants au projet en faisant passer cela pour une vengeance.

— Oui, exact. Mais j'irais même plus loin. Est-ce un coup monté depuis le départ ? Je ne vois pas Antoine empoisonner la vache de son concurrent. Ça faisait peut-être partie du plan de ce Mangiafuoco. Et si c'est le cas, c'est quelqu'un qui doit être très au courant de la vie locale et des relations entre les différents protagonistes.

— Mais, si on veut rester objectif… Antoine pourrait avoir assassiné Hugon. On ne peut pas l'exclure. Mangiafuoco en marionnettiste rusé les a si bien montés les uns contre les autres qu'il n'aurait même pas eu besoin de tuer Hugon lui-même. Ou alors pour reprendre un autre personnage de fiction, il serait une sorte de Tullius Detritus, tu sais, le personnage ignoble dans Astérix, qui sème la zizanie ? Un homme envoyé pour répandre la discorde…

— Antoine est innocent !

— Bon, soit. Nous devons creuser et découvrir la partie immergée de l'iceberg. Revenons à la liste des protagonistes de cette saga immobilière :

Marie Pitou
Directrice d'Immogryon.

Natalia Tchourilova
Directrice et propriétaire de la société SQIRE (Swiss Quality In Real Estate SA).

Andreas Schuller
Avocat et administrateur de la holding SGS (Swiss Global Services Limited).

Andreï Klitschko
L'ayant droit économique de la holding SGS.

— En surface, c'est Marie Pitou qui agit pour le compte de la holding Swiss Global Services Limited dont le siège est situé à Chypre, et qui est administrée par Schuller. Ce dernier est actuellement présent à Villars. Mais quelqu'un œuvre dans l'ombre pour faire avancer les choses : notre Mangiafuoco. Pour le moment, il semble en revanche que Natalia Tchourilova demeure en retrait, commenta Andreas.

— Oui, si notre hypothèse tient la route, la SQIRE achètera les biens acquis par la SGS au moment voulu et pourra enfin entamer le projet. J'ai poussé les recherches sur la SQIRE. La société n'est pas cotée en bourse et appartient à Natalia Tchourilova. Je n'ai pas encore trouvé d'autres informations dignes d'intérêt à son sujet.

— Et le fameux Klitschko ? Est-ce lui qui tire les ficelles depuis la Russie ?

— C'est une des éventualités. Mais pourquoi avoir attendu cinq ans avant de relancer ce projet ?

— C'est un point à éclaircir. En 2008, il semble que seule la société suisse – la SQIRE – ait été impliquée. Nous devons donc tenter de comprendre comment et pourquoi la holding détenue par Klitschko est entrée dans la partie.

— Alors, quelles sont les prochaines étapes ? demanda Mikaël.

— Je propose que nous rencontrions les autres propriétaires. J'ai rendez-vous avec Alexis Grandjean, le banquier, demain matin. Toi, tu peux aller voir Isabelle Hugon. Et on pourrait finir la journée par un souper au Refuge de Frience pour discuter avec la patronne, Nathalie Vernet.

— Et si j'allais aussi faire un tour à Zoug pour faire connaissance avec Natalia Tchourilova ?

— Oui, il le faudra. Mais attendons d'avoir plus d'éléments en notre possession. Bon, je vais aller faire la vaisselle.

Andreas retourna à la cuisine et Mikaël rejoignit son bureau à l'étage. Il décida de faire quelques recherches au sujet de l'oligarque russe. Sur Internet, il trouva très vite de nombreux sites en lien avec Andreï

Klitschko. Un personnage influent en Russie. Il avait été le directeur du SVR – le Service des renseignements extérieurs de la Fédération de Russie –, entre 1996 et 2005. En d'autres termes, les services secrets actuels, le KGB de l'époque. Sa nomination avait été rendue officielle par l'oukase – le décret – du président Eltsine. Klitschko était un militaire de carrière, général de l'armée. En 2005, à l'âge de cinquante-trois ans, il avait été remplacé à la tête du SVR. Le président lui avait alors sans doute attribué des places dans des conseils d'administration pour qu'il puisse remplir son escarcelle en remerciement de ses *bons et loyaux services* à la Fédération de Russie... Il était notamment administrateur d'une des sociétés pétrolières les plus réputées du pays. Mikaël voulait obtenir d'autres renseignements plus personnels, mais il ne trouva rien, si ce n'est que Klitschko avait été marié à une certaine Svetlana.

Mikaël plongé dans ses recherches n'entendit pas son compagnon arriver. Ce dernier lui passa la main dans les cheveux.

— Je vais me coucher. Tu viens ?

Chapitre 74

Genève, mercredi 27 mars 2013

Andreas prit les escaliers roulants du parking du Mont-Blanc, construit sous le lac, et il émergea sur les quais. Il se dirigea en direction du pont de la machine, contourna ensuite la Cité du Temps, traversa la passerelle et rejoignit l'entrée de la banque. Il s'annonça à l'huissier qui lui demanda de patienter dans la salle d'attente.

Après quelques minutes, un homme en costume sombre d'une quarantaine d'années se présenta. Le parfait cliché du gérant de fortune. Michael Douglas dans *Wall Street*. Ses cheveux gominés lissés en arrière brillaient autant que ses chaussures noires.

Alexis Grandjean l'invita à le suivre. La rencontre n'aurait pas lieu dans les locaux de la banque. Ils traversèrent le pont sans échanger un mot et entrèrent dans le bar-café Arthur's situé en face. Il désigna deux fauteuils cossus dans un coin, à l'écart des autres clients.

— Vous êtes inspecteur de police ? Que me voulez-vous ? lança-t-il abruptement. Puis-je voir votre insigne ?

— Je ne l'ai pas avec moi. Je ne suis pas en service.

Au moment où le serveur arriva, le banquier se leva. Il fit mine de partir, mais hésita.

— Mais vous aimeriez bien entendre ce que j'ai à dire, non ? Je me trompe ?

Il se rassit et ils commandèrent deux *latte macchiato*.

— Je sais que vous êtes inspecteur. Je vous ai reconnu. Vous étiez en photo dans la presse lors de cette affaire de tueur en série. Vous vouliez me parler de mon chalet à Gryon ? Ou plutôt ancien chalet. Pourquoi ?

— C'est moi qui pose les questions. Allons droit au but. En 2008, vous avez refusé de vendre. Pourquoi ?

— C'était notre chalet familial et il avait pour moi une valeur sentimentale.

— Et pourquoi l'avoir cédé maintenant ? Ce n'est pas pour des raisons financières, n'est-ce pas ?

Il hésita avant de répondre.

— L'offre était plus que généreuse.

— Est-ce que vous auriez subi des pressions ?

Le banquier n'était visiblement pas préparé à cette question et parut perdre contenance.

— Des pressions ? Euh, non, pas du tout.

— De drôles de choses se passent à Gryon en ce moment. Un meurtre a été commis et comme par hasard ce projet immobilier est à nouveau d'actualité. Et je suis persuadé que cela ne va pas s'arrêter là…

— Je n'ai rien à vous raconter de plus, inspecteur.

— Vous ne voulez rien dire, n'est-ce pas ? J'ai parlé à votre femme ce matin. Je me suis permis de passer la voir. Elle ne semblait pas très enthousiasmée par la vente du chalet. Elle m'a même déclaré qu'elle ne comprenait pas. Que vous aviez décidé de vendre de votre propre chef, sans la consulter…

Alexis Grandjean resta coi. Andreas se tut. Au jeu du silence, ce n'était jamais lui qui craquait.

— Un homme est venu me voir, lâcha-t-il après un long moment où il avait tenté en vain de fuir le regard inquisiteur de l'inspecteur.

— Monsieur Grandjean, c'est le moment de tout raconter, vous ne pensez pas ?

Chapitre 75

— Vous êtes qui, vous ?

Mikaël venait de sonner à la porte d'une Isabelle Hugon surprise et mécontente. Son accueil s'en ressentit.

— Mikaël Achard. Je suis journaliste.

— Que me voulez-vous ?

— J'aimerais vous parler de la vente de l'alpage de votre neveu.

— Je n'ai rien à vous dire !

Elle tenta de lui fermer la porte au nez, mais Mikaël l'avait retenue sans peine.

— Vous n'avez pas honte d'importuner une vieille dame endeuillée ?

— Je suis navré, je ne vais pas insister, mais nous aurions pu nous entretenir au sujet d'André Jaccard… Je pense que le sujet devrait vous intéresser…

L'expression du visage d'Isabelle Hugon changea et laissa apparaître une expression qui révélait son principal défaut : la curiosité. Mikaël avait fait mouche. Elle le laissa entrer. Ils s'installèrent à la cuisine.

Elle servit deux tasses de café sans même demander l'avis de son visiteur.

— Vous savez, j'aime pas les fouineurs.

— J'ai cru comprendre qu'on vous avait fait une offre pour l'alpage de votre neveu. C'est juste ?

— Oui.

— Vous allez vendre ?

— Bien sûr, que voulez-vous que j'en fasse, à mon âge ? Et en quoi cela vous regarde ?

— Je cherche à innocenter Antoine Paget.

— Il n'est pas coupable selon vous ?

— Non.

— Pourtant la police l'a arrêté. Mon neveu a été assassiné par ce salopard et vous essayez de me faire avaler que ce n'est pas lui ? Je n'en reviens pas…

— C'est ce que je m'efforce de démontrer.

— Soit. Et vous voulez savoir quoi ?

— Est-ce que Serge vous a dit si quelqu'un était venu le voir dernièrement pour racheter sa ferme d'alpage et son terrain ?

— Oui, cette pimbêche de Marie Pitou est passée.

— Et ? Il ne souhaitait plus vendre ?

— Non. Il s'en foutait de l'argent. Il n'avait plus envie de se séparer de son alpage !

— Pourtant en 2008, il était prêt à le céder avant de se rétracter, non ?

— Vous tenez vraiment à déterrer de vieilles histoires ?

— C'est là que ça devient intéressant… J'ai appris par André Jaccard que votre neveu avait fait pression sur lui pour convaincre sa femme de vendre. Vous savez pour quelle raison ?

— Vous avez qu'à demander à Jaccard.

— Donc vous connaissez la réponse ?

— Vous êtes perspicace et obstiné, jeune homme, mais de moi vous n'obtiendrez rien !

Chapitre 76

L'homme qui s'enivrait du parfum de sa mère avait un rendez-vous important à Lausanne. Il avait laissé sa voiture au parking de la Riponne et marchait maintenant le long de la rue du Tunnel. Il commença à gravir les marches en direction de Riant-Mont, un lieu mal-famé et fréquenté par des drogués. Au milieu de la montée, il dut enjamber une loque humaine qui tentait, tant bien que mal, de se trouver une veine encore intacte avec son aiguille. Il arriva au haut de l'escalier. L'immeuble où il était attendu se trouvait juste de l'autre côté de la rue.

Il monta trois étages à pied et sonna à la porte.

— Salut ! Entre !

— Tu m'as dit que tu avais quelque chose de très spécial pour moi. Je suis curieux.

— Viens, suis-moi.

Les deux hommes descendirent à nouveau les trois étages et prirent ensuite les escaliers qui menaient à la cave. Ils pénétrèrent dans une pièce où régnait la pénombre. Seul un soupirail permettait à la lumière de

318

se faufiler. Éric enclencha l'interrupteur. Des terrariums se trouvaient tout autour d'eux, contre les murs.

C'était dans cet endroit qu'il se fournissait en bestioles de toutes sortes, de celles que sa mère détestait. L'excitation montait en lui.

— Tu es certain que tu veux un foutu serpent venimeux ?

Éric souleva le drap qui recouvrait un terrarium posé au milieu de la pièce.

— Oui, acquiesça-t-il en admirant l'animal.

Il s'approcha et vit le reptile dresser la tête et sortir sa langue fourchue. Il avait un iris brun et sa couleur était dans les tons marron virant au vert olive intense.

— C'est un des serpents les plus *killeurs* de la planète. Une seule goutte de venin de la taille d'une tête d'épingle suffirait à faire caner mille souris. Le taïpan du désert, prononça Éric avec une fierté non dissimulée. Celui-ci mesure presque deux mètres. Un putain de spécimen. Il vit au sud-ouest de l'Australie dans la région du Queensland…

— Je sais tout ça, rétorqua l'autre, comme hypnotisé à la vue de l'animal. Un serpent qu'on ne trouve que difficilement en captivité. C'est incroyable d'en voir un en vrai.

— T'es vraiment sûr de vouloir le prendre ? C'est pas une bestiole pour lopettes. Et fais gaffe quand tu le manipules. Il est rapide et très nerveux. Il n'hésitera pas à se défendre s'il se sent menacé, contrairement à d'autres espèces qui préfèrent se tirer. Après t'avoir mordu, il se dresse et frappe à nouveau. Encore et encore, jusqu'à ce qu'il t'ait fait la peau. Il peut mordre plusieurs fois de suite…

— … et son venin bloque la circulation sanguine en quelques secondes. Les neurotoxines paralysent les muscles. Sans antidote, la mort est au rendez-vous en moins de six heures. Je sais tout ça…

— Tu as amené le pognon ?

Il retira cinq billets de mille francs de la poche intérieure de sa veste et les lui tendit.

— Et c'est un prix d'ami.

Éric se munit d'une longue tige métallique avec à son bout un crochet pour maîtriser le serpent. Il ouvrit le terrarium et bloqua à l'aide du manche la tête du reptile. Il le saisit alors par la queue et le sortit. Le manche lui permettait de maintenir l'animal à distance.

— Une putain de belle bête, non ?

Il le fit ensuite entrer dans une boîte en polystyrène préparée avec quelques trous d'aération pour le transport. Il immobilisa la tête à l'aide de son manche.

— Prends le couvercle.

Il hésita d'abord, mais s'exécuta. Éric enleva le manche. L'homme qui s'enivrait du parfum de sa mère posa immédiatement le couvercle sur la boîte.

Chapitre 77

Au Refuge de Frience, Andreas et Mikaël furent accueillis par Nathalie Vernet, la patronne du restaurant. Elle les invita à prendre place près de la fenêtre bien que cela ne changeât rien à la vue. La nuit était déjà tombée.

Elle leur amena la carte et leur servit cinq décis de chardonnay. Andreas lui proposa de s'asseoir et de prendre un verre avec eux. Le restaurant étant presque complet, elle déclina et leur promit de les rejoindre pour le café.

Deux croûtes au fromage et un dessert plus tard, la patronne apporta les espressos et s'attabla avec eux.

— Vous avez bien mangé ?

— Oui, c'était excellent. Merci.

— Vous vouliez me poser quelques questions ? Je suis tout ouïe et curieuse d'en connaître le sujet.

— Frience Luxury Estate.

— Je dois répondre au policier ou au journaliste ?

— Cet entretien n'a rien d'officiel, ni pour l'un ni pour l'autre. On s'inquiète de la situation. Et aussi pour Antoine.

— Vous ne le croyez pas coupable, n'est-ce pas ?

— Officieusement… non. Mais on ne vous a rien dit.

— Je connais bien Antoine. Je dois avouer que j'ai moi-même de la peine à me l'imaginer tuant quelqu'un. Mais qui aurait supprimé Hugon alors ? Et pourquoi ?

— Nous pensons que c'est en lien avec l'affaire immobilière.

Nathalie Vernet ressentit comme une onde de choc. Un sentiment d'inquiétude, voire de peur. Un décès de plus en lien avec cette maudite histoire ?

— Vous avez été recontactée pour vendre le refuge ?

— Oui, dernièrement. Par Marie Pitou.

— Et alors ? demanda Mikaël, impatient d'entendre la suite.

— J'ai refusé. Net !

— Vous avez changé d'avis ? Nous avons cru comprendre qu'en 2008 vous étiez d'accord.

— Oui en effet. Mais la situation a évolué. À l'époque, mon restaurant marchait mal. Je voulais tout plaquer et cet argent m'aurait permis de rembourser mes dettes, et même d'avoir de quoi me relancer. J'étais donc déçue que le projet capote. J'ai malgré tout continué. Et ensuite, il y a eu l'incendie. En 2011.

— Vous présumez que c'est en lien avec cette affaire ?

— C'est la question que je me pose en ce moment… À l'époque, j'avais été entendue par la police. Ils me suspectaient d'avoir incendié le refuge pour toucher la prime d'assurance. Le feu était bien d'origine criminelle. Mais en fin de compte, on n'a mis la main sur aucun coupable. Je ne sais plus quoi penser.

Marie Pitou avait l'air contrariée l'autre jour quand j'ai décliné sa proposition. Elle a insisté. Une offre qu'on ne peut pas refuser, m'a-t-elle affirmé.

— Et pourtant vous avez dit non ?

— Après l'incendie, les indemnités de l'assurance m'ont permis de reconstruire et de développer un nouveau concept. Et depuis, le restaurant tourne à plein régime. Je ne suis pas intéressée par l'argent. J'aime ce refuge d'alpage. Et après réflexion, si je peux contribuer à faire avorter ce projet monstrueux, je ne m'en porterai pas plus mal.

— À votre place, je partirais d'ici quelque temps.

— Vous pensez qu'ils vont s'en prendre à moi ?

— On ne peut pas l'exclure.

— Je ne peux pas juste partir et fermer le restaurant. C'est chez moi ici. Je ne vais pas fuir. Et d'ailleurs, je n'ai pas peur d'eux.

Andreas et Mikaël quittèrent le refuge. Il était plus de 23 heures et ils regagnèrent le parking en avançant dans la neige fondue dont il ne resterait bientôt plus rien en raison de la chaleur printanière qui s'installait. Sur le chemin du retour, Andreas ne put s'empêcher de penser que Nathalie Vernet était peut-être en danger.

Chapitre 78

Jérôme, Cédric et Vincent tenaient une conversation animée dans un coin de leur bar habituel à Barboleuse, le Harambee Café. Un des quatre compères manquait à l'appel : Romain.

— La police est venue l'arrêter ce matin. Je buvais un café chez lui. Ils ont sonné à la porte et l'ont menotté et emmené. Ensuite, ils m'ont dit de partir, expliquait Jérôme.

— Quoi ? Ils l'ont embarqué ? Mais pour quelle raison ?

— Il a renversé la fille. Celle qui a été enlevée.

— C'est pas vrai ! J'y crois pas… s'exclama Vincent, tout en regardant Cédric qui n'avait pas semblé surpris par la nouvelle.

— La police est venue chez moi et m'a interrogé. Ils m'ont demandé si je connaissais quelqu'un qui avait une voiture grise ou blanche, une Golf, précisa Cédric.

La serveuse arriva pour prendre la commande et les interrompit :

— Qu'est-ce que je vous sers ?

Elle sentit une odeur inhabituelle effleurer ses narines. Elle identifia de discrètes notes florales et des effluves de vanille. Elle n'était pas ce qu'on appelle un nez, mais elle avait suivi un cours d'œnologie. Elle avait l'odorat fin. Il s'agissait d'un parfum de femme et pourtant, ils étaient trois garçons à table. Surprise, elle les regarda tour à tour. L'un des trois soutint son regard et elle sentit un malaise la gagner.

Après avoir commandé trois bières, Vincent relança la discussion :

— Et tu as balancé Romain ?

— Tu voulais que je fasse quoi ? réagit Cédric en haussant le ton. Quand ils m'ont posé toutes ces questions, j'ai compris que c'était lui. Sa voiture. Et puis, samedi soir, il est parti bourré d'ici. Et ça correspondait à l'heure où la fille a été renversée.

— Ah, merde ! C'est pas croyable. Il est dans de beaux draps…

— Oui, on se dit toujours que rien ne va nous arriver. Qu'on peut boire et rentrer en conduisant sans problème. Que la police ne monte quasi jamais jusqu'ici. Faut qu'on arrête ces conneries ! C'est arrivé à Romain, mais ça aurait aussi pu nous arriver, lança Vincent.

— Bon ça va, pas besoin de nous faire la morale, répliqua Jérôme.

— Tu crois qu'il a quelque chose à voir avec l'enlèvement ? demanda Cédric.

— Romain ? Un ravisseur de femmes ? Mais ça va pas ! C'est notre pote. On le connaît. C'est pas un taré. Je ne comprends même pas comment tu oses penser ça, protesta Jérôme.

À la table d'à côté, Fabien Berset prenait des notes dans son carnet. Après le deuxième enlèvement – dont il avait eu vent grâce à un de ses contacts dans la police –, il avait décidé de louer une chambre à Villars et de venir fouiner un peu. En tant que journaliste spécialisé dans les affaires criminelles pour le quotidien *Le Matin*, c'était une de ses occupations favorites. Gryon, il connaissait bien. Sans le savoir, il s'était mis sur la piste du fameux serial killer et avait même réussi à s'attirer ses foudres. Ce dernier lui avait envoyé un mail. Un message menaçant… Le tueur n'avait pas apprécié le fait d'être qualifié de « psychopathe » dans un de ses articles. Fabien aimait l'aventure et les risques, mais, cette fois-là, il avait eu des sueurs froides. Ce petit village de montagne des Alpes vaudoises avait alors fait la une de la presse. Des affaires pas très nettes s'y tramaient à nouveau. D'abord le meurtre d'un paysan et l'arrestation d'un autre. Et maintenant un ravisseur de femmes…

Fabien Berset avait suivi les allées et venues de Karine et de son équipe ces derniers jours. Il avait bien entendu tenté de lui parler, mais sans aucun succès. De plus, il n'avait vu Andreas Auer nulle part. Où était-il ? Joubert et Auer étaient inséparables. Comment devait-il interpréter son absence ?

En suivant Karine le matin même, il avait assisté à l'arrestation du jeune homme. Romain Servan. Un autre avait quitté la maison. Sans doute un ami de celui qui avait été interpellé. C'était justement l'un des trois compères qui tenaient une discussion animée à la table d'à côté. Il s'était dit que cela valait la peine de tendre l'oreille. Et leur conversation fut en effet fort instructive…

Chapitre 79

Litso Ice avait bu un verre en début de soirée, accoudé au bar du luxueux établissement, tout en observant les allées et venues dans le hall. L'avocat était sorti vers 19 heures. Il l'avait discrètement pris en filature et l'avait vu entrer dans un restaurant du village. Il était ensuite retourné à l'hôtel. Il avait prétendu avoir un message pour Adrian Schuller et avait glissé au réceptionniste une enveloppe vide que celui-ci avait déposée dans la case de la chambre 220. Il était allé repérer les lieux quelques jours auparavant et avait noté le nom du système de verrouillage électronique des portes. Une marque fort répandue à travers le monde. Il avait alors contacté un ami informaticien à Moscou. Un vrai petit génie, *hacker* par passion. Deux jours plus tard, un pli rembourré lui avait été remis avec un microcontrôleur permettant d'envoyer des informations à des systèmes intégrés pour les contrôler. Il avait été préconfiguré avec les données de base du système de verrouillage.

Litso Ice se trouvait devant la porte et regarda autour de lui. Personne. Il sortit le microcontrôleur de sa veste et brancha le câble à la serrure. Le processeur fit le reste. Il entendit le clic de déverrouillage. Il commença par inspecter les lieux et fouiller les affaires de l'avocat pour s'assurer qu'aucun indice indésirable ne puisse être découvert par la police. Il prit ensuite place dans un fauteuil. Il tournait le dos à la fenêtre et fixait la porte d'entrée. Sur l'accoudoir, il posa son Makarov PM doté du silencieux.

Litso Ice attendait depuis bientôt une heure. Il aimait ces moments qui précédaient l'action. Il était dans le noir. La lune diffusait un semblant de luminosité. Mais il s'était habitué et arrivait maintenant à voir dans l'obscurité. Comme un animal nocturne à l'affût d'une proie. Bien que concentré, il pouvait en profiter pour réfléchir. Il s'imaginait comment il aménagerait sa future maison de retraité quand il entendit des pas s'arrêter devant la porte. Puis le bourdonnement électronique de la serrure qui venait de se déverrouiller.

La porte s'ouvrit. La silhouette entra et referma derrière elle, avant d'insérer la carte dans le boîtier qui contrôlait l'allumage de la lumière.

Adrian Schuller s'arrêta net en voyant l'homme figé dans son fauteuil, avec une arme pointée sur lui. Dans d'autres circonstances, il aurait cru être face à une statue de cire. Mais la statue bougea.

Litso Ice mit son index devant sa bouche pour lui faire signe de se taire et se leva. Il fit asseoir l'avocat dans le fauteuil où il était précédemment installé. Litso Ice alluma la télévision et mit le volume à fond.

Adrian Schuller commença à suer à grosses gouttes. Il savait que Klitschko n'était pas homme à plaisanter ou laisser les choses au hasard. Il pensait avoir bien fait de l'avertir. De lui dire que cet inspecteur fouinait dans cette affaire immobilière. Il s'était imaginé qu'ils allaient éliminer le policier trop curieux. Ils le feraient certainement, d'ailleurs. Mais à ce moment précis, c'était dans sa chambre que se trouvait un sbire armé. C'était la fin. Il le savait. Il avait accepté de jouer un jeu dangereux. Il avait été grassement payé. Mais à quoi lui servirait un compte off-shore avec un montant à plusieurs zéros s'il bouffait les pissenlits par la racine ?

— Détends-toi, cher ami. Tu veux que je mette la chaîne de films pornos ?

— Je n'ai rien dit à cet inspecteur. Rien, je vous jure.

— Donne-moi ton téléphone portable.

Il le sortit de sa poche et le lui remit.

— Non pas celui-là. L'autre !

— L'autre ?

— Ne fais pas le malin.

Adrian Schuller lui tendit un deuxième appareil, qui lui avait été fourni et qui n'était pas à son nom, mais contenait une carte prépayée. C'était uniquement avec ce téléphone qu'il communiquait avec son employeur.

Litso Ice se plaça ensuite derrière lui.

— Ne me tuez pas. S'il vous plaît ! Je ne dirai rien. Je serai muet comme une tombe. J'ai toujours été loyal envers lui.

Litso Ice ne répondit pas. Il sortit un 38 mm de la poche de sa veste et rangea le sien. Il lui donna un coup rapide et précis de la main au niveau de la veine du cou. Schuller perdit connaissance. Il saisit le bras droit de Schuller et plaça l'arme dans sa main tout en la maintenant fermement. Il souleva le bras et dirigea le pistolet vers la tempe. Puis il appuya sur la détente. La balle traversa la tête de part en part et s'encastra dans le mur blanc à présent tapissé de sang et de morceaux de cervelle.

Litso Ice sortit de la chambre et quitta les lieux comme il y était venu, avec calme et détermination.

Chapitre 80

L'homme qui s'enivrait du parfum de sa mère s'apprêtait à descendre à la cave. Le ciel était couvert et aucune étoile n'illuminait la voûte céleste. Il faisait nuit noire. Il avait hâte d'accueillir sa nouvelle conquête, mais pour cela il devait d'abord se débarrasser de cette abominable et désobéissante créature qui occupait sa place. Il ouvrit la porte et descendit les marches…

Elle s'était recroquevillée contre le mur. Elle n'en pouvait plus d'être allongée sur ce matelas.

La nuit.

L'humidité.

La solitude.

Et la peur…

Qu'allait-il lui arriver ? Quelles étaient les intentions de cet individu qui la retenait captive ? Elle avait espéré trouver une issue. Elle avait tenté de se raccrocher à l'idée qu'il puisse, dans un élan d'humanité, la libérer. La laisser sortir de cet enfer. Mais au fond d'elle-même, elle était persuadée du contraire. Il ne semblait pas parvenir à ses fins, quelles qu'elles soient. Lorsqu'il était dans la pièce, elle ressentait toute la frustration qui l'habitait. Blottie contre le mur, elle attendait. Au début de sa détention, l'homme était venu la voir régulièrement, mais cela faisait longtemps qu'il ne s'était pas montré. La captivité était devenue insupportable. Même si elle avait des difficultés à se situer dans le temps, les gargouillis de son estomac et sa bouche sèche étaient le signe qu'elle n'avait rien mangé ni bu depuis de nombreuses heures. L'espoir s'évaporait à mesure que le temps passait. Elle aurait aimé se laisser mourir. S'endormir. Et pouvoir enfin s'échapper de cet antre lugubre. Son corps resterait là, mais son âme traverserait les murs pour retrouver la lumière.

Elle entendit alors la porte s'ouvrir et des pas dans les escaliers. Elle eut l'intuition à ce moment précis que c'était la fin. L'homme entra dans la pièce sans un mot. Elle perçut un cliquetis et le grincement d'une charnière. Puis il s'approcha d'elle. Au prix d'un effort désespéré, elle se retourna sur le dos. Dans un dernier élan, elle tenta de se débattre et de lui donner des coups de pied. Sans succès.

Elle sentit alors quelque chose de froid sur son ventre. C'était vivant. Cela bougeait et remontait le long de sa peau. Ses muscles se contractèrent sous l'effet du dégoût et de l'effroi. Elle eut l'impression d'entendre un léger sifflement. Gagnée par une terreur incontrôlable, elle ne put s'empêcher de s'agiter…

Le taïpan du désert se redressa et mordit sa proie à plusieurs reprises.

Chapitre 81

Les yeux cernés de fatigue, Karine se concentrait tant bien que mal sur les virages en épingle qui s'enchaînaient. Son portable avait sonné alors qu'elle faisait l'amour, pour la troisième fois de la nuit, avec son amant, chez lui.

Depuis sa rupture, elle ne sortait jamais et consacrait tout son temps à son travail et à son art martial, le jiu-jitsu. Elle s'était donc résolue à s'inscrire sur un site de rencontre. Elle s'était vite rendu compte qu'elle avait l'embarras du choix. Elle préféra éviter Swissinfidelity et Adultery. Elle avait eu son lot de déceptions par le passé, et avait plutôt opté pour Parship.ch. Un site qui affichait des photos de personnes aux sourires bienveillants et faisait miroiter des promesses avec son slogan : *Pour vivre votre vie à deux.* Une vie à deux ? Elle ne voulait rien précipiter, mais après plusieurs mois de rencontres d'un soir, elle avait à nouveau envie de séduction et de romantisme. Elle avait reçu de nombreux messages, mais le bilan avait été plutôt négatif. Un premier rendez-vous avait avorté avant même d'avoir lieu. Elle avait aperçu l'individu à travers la vitre, l'avait reconnu à l'aide du signe dont ils étaient convenus, le dernier polar de Camilla Läckberg, repérable de loin à sa couverture rouge et noire. Immédiatement rebutée par le physique de son propriétaire, elle avait fait demi-tour sans demander son reste. Un deuxième rendez-vous, avec un beau ténébreux, avait tourné court quand il s'était avéré être d'un machisme d'un autre âge. Cet échec sonna le glas de son expérience en ligne.

Au bout du compte, la bonne vieille méthode avait fonctionné. Son amant était le sosie aux yeux de braise du docteur Mamour, celui qui l'avait troublée à l'hôpital. Elle avait pris le semi-prétexte de chercher à avoir des nouvelles de la santé de Séverine Pellet pour le recontacter. Ils s'étaient retrouvés à la fin de sa journée de travail et ils avaient passé la soirée à discuter, sans que cela ne se termine au lit. Elle avait été un peu frustrée sur le moment, mais elle avait passé une agréable soirée et la deuxième, le lendemain, avait été encore plus extraordinaire. Une invitation chez lui. Un repas succulent. Du vin. Et pour finir, du sexe. Ce ne fut pas la partie de jambes en l'air la plus excitante qu'elle ait connue, mais, au moment de s'endormir dans ses bras, elle s'était sentie bien. Elle n'avait pas l'habitude des hommes plus jeunes qu'elle, mais il était intelligent, charmant et terriblement séduisant. Si de cette aventure naissait une histoire, elle ne manquerait pas de lui donner quelques conseils avisés pour combler son manque d'expérience qu'elle mettait sur le compte d'un travail très prenant. Elle espérait néanmoins, pour le bien de ses patients, qu'il était meilleur médecin qu'amant.

Au moment où elle avait entendu son téléphone, elle n'avait eu d'autre choix que de répondre et de laisser Luca sur sa faim.

Un corps avait été retrouvé à Gryon.

Une femme.

Karine arriva sur les lieux et gara sa voiture sur une petite place à côté d'une grange vers le lieu-dit de Cergnement. Elle se dirigea d'un pas rapide en direction du pont qui traversait l'Avançon. Elle souleva la banderole *police zone interdite* pour se glisser dessous et se faufila entre les arbres. Christophe et Doc, tous deux vêtus d'une combinaison blanche, étaient déjà sur les lieux.

Le corps de la femme se trouvait au bord de la rivière, étendu sur un rocher. Elle portait une robe vintage comme la première femme enlevée. La robe était noire avec des motifs de roses rouges. Le haut en avait été déchiré. Ce qui la frappa d'emblée, c'était les plaies sur sa poitrine. De minuscules trous rougeâtres. Tout autour, la peau gonflée était d'une couleur violacée. La victime avait un bandeau sur les yeux et les mains attachées dans le dos. Du sang s'était écoulé de sa bouche et son visage était boursouflé. Le doute n'était pas permis. Le ravisseur avait franchi un cap de plus dans l'ignominie et était devenu un meurtrier.

Chapitre 82

Entourée d'un mur d'enceinte de forme octogonale rehaussé par des fils barbelés, la prison de Bois-Mermet semblait sortir tout droit d'un film américain. Avant de s'y rendre, Vincent en avait regardé une photo aérienne et glané quelques informations à son sujet. Le bâtiment, construit en briques claires, était tout en longueur, séparé en deux par une autre partie accolée perpendiculairement, face à l'entrée. Les plans de 1904 prévoyaient une construction en forme de croix, mais le projet ne fut jamais mené à son terme. Vincent – qui avait obtenu la permission du procureur de rendre visite à son père – était arrivé devant la porte d'accès, sous une arche voûtée, passage d'un monde à l'autre. Une voix lui intima de se présenter et le portail métallique s'ouvrit juste assez pour le laisser entrer. Le bruit de sa fermeture lui donna un frisson dans le dos. Pourtant, il n'était qu'un visiteur. Il pensa à son père et à ce qu'il avait dû ressentir quand elle s'était close derrière lui.

Il se trouvait maintenant dans une cour. Seul un mur d'enceinte le séparait de la zone carcérale. Derrière, un brouhaha signalait un groupe de prisonniers profitant de la promenade quotidienne. Devant lui, des escaliers qui menaient à la partie administrative et à l'accueil, avec les seules fenêtres dépourvues de barreaux. Il s'y dirigea.

Un des gardiens déverrouilla la cellule numéro 112, au deuxième étage, dans laquelle Antoine croupissait. Le jour où il avait découvert le bloc carcéral, il avait immédiatement songé à la prison d'Alcatraz. Des cachots, avec leurs portes en bois d'un autre âge, étaient alignés le long d'une coursive. Au milieu, tout était ouvert, et depuis l'endroit où il se trouvait, il voyait les deux autres niveaux. Des filets avaient été tendus, sans doute pour éviter que quelqu'un ne tente d'enjamber les barrières pour sauter dans le vide. Des films sur Alcatraz, il avait le souvenir d'une prison grise, humide et glauque. Ici, c'était lumineux et les barrières métalliques étaient peintes de couleurs vives. Quelques plantes vertes donnaient à l'endroit une touche vivante. Mais malgré cela, son âme était morose.

— Suivez-moi, vous avez une visite.

Antoine sentit son pouls s'accélérer. Enfin de la visite ! Il pensa à son ami l'inspecteur ou à son fils, cela pouvait être l'un ou l'autre. Il arpenta le long couloir en passant devant les autres cellules. Il était enfermé depuis une semaine dans cette prison où il avait été transféré après la décision du tribunal des mesures de contraintes de le maintenir en détention provisoire jusqu'au jugement. Il avait la chance d'être seul dans sa geôle, alors que la plupart des détenus devaient en partager une, en raison de la surpopulation carcérale. L'exiguïté était oppressante. Lui qui aimait les grands espaces et passait le plus clair de son temps à l'extérieur. Il n'osait même pas imaginer vivre avec un autre, jour après jour, dans ces quelques mètres carrés. Nouveau venu, il n'avait pas encore participé à une activité ou à des tâches particulières pour occuper sa journée et croupissait la majeure partie du temps dans son cachot. *Cachot* était le mot qui lui venait à l'esprit pour décrire le lieu de son confinement. Même les repas étaient servis en cellule. Il ne sortait que lors de la promenade quotidienne et de la douche, trois fois par semaine. Il avait la possibilité de faire du sport. Il y était allé une fois sur le conseil du directeur de la prison. Ce dernier était venu le voir et ils avaient longuement discuté. Il avait apprécié l'échange. Le directeur lui avait raconté comment la vie se déroulait entre ces quatre murs et il lui avait suggéré de prendre part à la vie sociale de l'établissement, en lui vantant les différentes activités qui y étaient organisées pour améliorer le quotidien. Une sorte de Club Med en somme, sans la plage et les cocotiers. Et les gentils organisateurs avaient troqué leur maillot de bain contre une tenue grise.

Antoine avait regardé les autres jouer au football sur le nouveau terrain synthétique, prétextant des problèmes au genou pour rester sur la touche. Le ballon termina sa course, crevé par les barbelés, comme souvent. L'incident mit fin au jeu. La prison était rationnée en ballons, expliqua-t-on à Antoine. Dans la salle de sport, il s'était senti mal à l'aise. Une ambiance humide et pesante. Des types balèzes, tous plus jeunes que lui, qui s'interpellaient dans des langues qu'il ne savait même pas identifier. Il se sentait étranger dans un monde étrange. Il n'avait aucune envie de jouer au football, au ping-pong ou encore de faire de la musculation. Et surtout, il tenait à éviter au maximum le contact avec les autres détenus. Le directeur lui avait parlé de sa nouvelle existence, mais il n'allait pas rester ici. Il pourrait bientôt sortir. C'est ce dont il voulait se convaincre, même si, au fond de lui, il n'en était plus très sûr. Il avait demandé à retourner dans sa cellule.

Son espace de vie se composait d'un lit, d'un bureau, d'une chaise, d'un lavabo, de toilettes et d'une télévision qui diffusait quatre chaînes internes avec une sélection de films, un cours de français ou des informations concernant les activités de la prison. Le cantinier lui avait livré sa première commande dans la matinée. Chaque semaine, il pouvait cocher sur une liste les produits qu'il voulait. Certes, le choix n'était pas des plus folichons, mais il y avait un peu de tout. Il avait ainsi pu se faire un Nescafé qu'il accompagna de quelques biscuits. Il n'était pas un lecteur assidu non plus, mais pour passer le temps il était allé choisir quelques ouvrages à la bibliothèque. Au moment où le surveillant était venu le chercher, il était plongé dans un roman policier.

Le gardien lui ouvrit la porte d'une pièce dans laquelle se trouvaient une table et deux chaises. Vincent occupait l'une d'elles. Antoine, heureux de le retrouver, prit place en face de lui et le gardien se positionna en retrait.

— Salut papa, ça va ?

— Vu les circonstances, on va dire que oui. Mais j'ai qu'une envie, c'est sortir d'ici. Je n'aurais jamais dû me rendre chez Hugon. Je suis vraiment un âne.

— J'aurais fait pareil. Il le méritait…

— … de mourir ?

— Non, que tu lui flanques une bonne raclée. Tuer une vache, c'est ignoble.

— Je suis d'accord avec toi, mais la violence ne résout rien. Tu vois bien. Je me retrouve maintenant derrière les barreaux. Tout ça pour quoi ? Ça ne ramènera pas notre Heidi. Comment ça se passe à la ferme ?

— Andreas me donne un coup de main, mais il n'a pas toujours le temps. Lui et son ami essaient de tirer cette histoire au clair. Il m'a dit qu'il allait te faire sortir de là. Mon chef a accepté de me donner des vacances. Sinon Cédric m'aide autant qu'il peut. T'inquiète pas. On s'occupe bien des bêtes.

— J'en suis sûr. Tu crois qu'il va y arriver ?

— Qui ? Quoi ?

— Andreas, à me disculper ?

— Je l'espère, oui…

De retour dans sa cellule, Antoine s'allongea sur le lit. Le matelas n'était pas de tout confort. La nuit, il avait du mal à trouver le sommeil. Tant de choses tourbillonnaient dans sa tête. Mais là, il était fatigué. Il devait dormir un moment. Le repas n'était que dans deux heures.

Il ferma les paupières et des images lui vinrent à l'esprit. Mathilde. Sa femme. Ou plutôt son ex-femme. Ils s'étaient rencontrés en 1984. Elle était jeune, dix-sept ans. Lui-même en avait trente-deux à l'époque. Il la trouvait très belle. Il était tombé amoureux d'elle au premier coup d'œil. Il avait aimé sa longue chevelure noire et ses yeux bruns. Et son sourire… Il l'avait remarquée pour la première fois dans un bar après une journée sur les pistes. Elle était prof de ski et originaire de Megève. Elle avait prévu de faire la saison d'hiver à Gryon. Ils s'étaient revus à plusieurs reprises et étaient allés skier ensemble pendant ses jours de congé. Dès le début, il était tombé amoureux d'elle. De son côté, cela avait pris un peu de temps. À cause de la différence d'âge ? Ils se marièrent au temple de Gryon et avant la fin de la saison, elle était enceinte. Sa mère à lui n'avait pas manifesté un enthousiasme débordant. Qu'avait-elle pressenti ?

En 2001, après seize ans de vie conjugale, elle était partie. Elle les avait quittés, lui et Vincent. Elle avait rencontré un homme, professeur de ski lui aussi, plus jeune qu'elle. Et elle avait décidé de le suivre. De retourner en France. Dans sa région. Durant leurs années de mariage, elle avait continué son activité de prof de ski l'hiver et l'été elle aidait Antoine à la ferme. Au moment de le quitter, elle lui avait avoué ne jamais s'être faite à la vie agricole et à Gryon. « *Ce n'est pas que je t'aime plus...* », lui avait-elle dit. « *Mais je suis tombée amoureuse de lui* », avait-elle complété.

Avec son nouveau compagnon, elle avait descendu les pistes de ski du monde entier. Les États-Unis. Le Canada. La Nouvelle-Zélande. Après seize années... Antoine avait dû se résoudre à l'évidence. C'était une vie qu'il n'aurait jamais pu lui offrir. D'autant qu'avec le temps, la flamme s'était éteinte.

Son départ avait été un coup dur pour Vincent. En pleine adolescence...

Antoine se remémora les soirées qu'ils avaient passées ensemble tout au début de leur relation. Elle aimait danser. Il n'avait jamais mis les pieds à un bal, mais pour elle, il aurait tout fait. La mode disco battait son plein, mais elle préférait les danses en couple des années cinquante et soixante. La rumba, le cha-cha-cha et surtout le rock. Elle l'avait entraîné dans les bals de toute la région avec un autre couple d'amis de Gryon qui partageait la même passion. Pour ces soirées, elle se faisait belle. Elle possédait une collection de robes dans lesquelles elle ressemblait aux stars américaines de l'époque.

Chapitre 83

La situation était devenue complexe et une réunion au sommet s'imposait. Comme lors de l'enquête précédente, Viviane avait jugé plus pratique de se réunir à Gryon pour être au plus près des événements.

Un paysan avait été tué par un autre qui était maintenant derrière les verrous. L'affaire était réglée, mais Andreas s'évertuait à tenter de disculper son ami Antoine. Karine ne pouvait malgré tout s'empêcher d'avoir un doute. Et si Andreas avait raison ?

Un avocat avait été retrouvé mort dans sa chambre d'hôtel ce matin même à Villars par la femme de ménage. Un suicide ? Les premières constatations de Doc allaient dans ce sens, mais il voulait l'autopsier avant de donner ses conclusions.

Deux femmes avaient été enlevées par le même malfaiteur. La première était dans le coma à l'hôpital et la deuxième à la morgue. Y en aurait-il une suivante ? un nouveau tueur sévissait-il à Gryon ? Un jeune homme avait été arrêté pour avoir renversé la première femme. Un accident ? De nombreuses questions devaient trouver des réponses. Rapidement.

Karine, Christophe, Nicolas, Viviane et le procureur Charles Badoux étaient assis autour de la table. Ce dernier venait de subir un revers important dans sa carrière. Alors qu'il pensait être nommé procureur général, un de ses collègues lui avait été préféré, un *outsider* avec moins d'expérience que lui. Il avait pourtant tout mis en œuvre pour y arriver. Peut-être en avait-il trop fait pour tenter de se faire bien voir. Et au passage, il s'était fait des ennemis. « *Ils ne voulaient pas d'un arriviste arrogant et sans scrupules* », lui avait asséné le procureur général qui allait prendre sa retraite. Sa carrière ne valait plus un clou. L'occasion d'atteindre son apogée lui était passée sous le nez. Et maintenant, il se sentait mal à l'aise face à cette équipe. Il savait qu'il avait suscité de l'antipathie autour de lui et il se fichait pas mal de leur avis, mais à présent il serait pour toujours un *loser* à leurs yeux. Heureusement qu'Auer n'était pas présent. Il ne se serait pas gêné pour retourner le couteau dans la plaie.

Doc avait aussi été convié et fut invité à prendre la parole en premier :

— Monsieur Guyon. Je vous laisse commencer.

Doc enleva ses lunettes et les fit tourner en les tenant par une des branches – une de ses nombreuses manies – tout en considérant son auditoire. Il balança la tête tout en se pinçant les lèvres.

— Alors…

— On n'a pas de temps à perdre ! Je vais devoir vous tirer les vers du nez ou quoi ?

Doc échangea un regard avec Karine et sourit en coin. Cela l'amusait beaucoup de voir le procureur s'énerver et d'observer les veines de son cou et de son front qui se gonflaient et se rétractaient à chacune de ses paroles.

Doc prit une carafe d'eau sur la table et se servit un verre en prenant son temps. Dans le silence de mort qui régnait, on n'entendait que le bruit de l'eau qui coulait.

— Vous vous foutez de moi, Guyon ?

Il se racla la gorge, il but une gorgée, puis une deuxième et reposa le verre sur la table.

— J'avais la gorge sèche.

Karine et son équipe ne purent s'empêcher de rire sous le regard courroucé du procureur.

— Ça suffit ! s'exclama Viviane. Soyons sérieux !

— Je suis venu directement depuis le lieu où nous avons retrouvé le corps de la femme. Je n'ai donc pas encore de rapport et pas grand-chose à vous dire à ce stade. Si vous ne me retenez pas trop longtemps, je pourrai retourner à mon travail... Surtout que le deuxième client m'attend.

— Quelle est la cause du décès ? s'enquit le procureur.

— Du venin neurotoxique.

— Du venin ? Vous en êtes sûr ?

— Non. Car je n'ai pas encore fait les analyses.

— Mais vous venez de dire...

— Vous m'avez posé une question et je vous ai répondu. Mais ce n'est que mon avis. Pas une certitude prouvée scientifiquement.

— Ne jouez pas sur les mots avec moi.

— Sur sa poitrine, on distingue plusieurs orifices qui s'avèrent être des morsures de serpent. Bien qu'il y ait dix minuscules trous, on en discerne cinq paires symétriques.

— Ça pourrait être une vipère ?

— Non, Christophe. Pour plusieurs raisons. La profondeur des orifices laisse penser à de longs crochets. Bien plus longs que ceux des vipères qui vivent dans nos régions. Et le fait qu'il y a plusieurs morsures. La vipère mord une fois et s'enfuit ensuite. Là, on a sans doute affaire à un serpent très agressif et j'en connais peu qui seraient capables de cela. Et aussi le fait que le venin est très puissant. Mortel. Autour des plaies, la peau est nécrosée. Il y a du sang mélangé à du vomi dans et autour de la bouche. Le visage est gonflé. Sans aucun doute un serpent exotique.

— Quel est l'effet du venin ?

— Après la morsure, la victime ressent de fortes douleurs. Sa pression artérielle chute. Du sang s'écoule de sa bouche. De la mousse aussi. Le visage enfle. Les lèvres et les doigts deviennent violets, une cyanose. Les tissus autour des plaies se nécrosent et des caillots dus à l'épaississement du sang se forment. Ceux-ci endommagent divers organes. Les reins notamment. L'empoisonnement s'étend et devient massif. Le décès est probablement dû à un œdème pulmonaire suivi d'une asphyxie. Mais l'autopsie le corroborera.

— Et en combien de temps est-elle décédée ?

— Entre une et six heures, voire moins, je pense.

— Un serpent exotique…, ça ne court pas les rues ! s'exclama Karine.

— Il n'est pas possible de s'en procurer dans une animalerie, n'est-ce pas ? lança Nicolas.

— Non, en effet. C'est même totalement illégal, confirma le procureur.

— Il existe certainement un marché noir, affirma Christophe.

Charles Badoux en avait assez entendu et décida de changer de sujet :

— Et notre jeune chauffard pourrait-il être le ravisseur ?

— Nous avons fouillé la maison de Romain Servan de fond en comble. Nous n'y avons rien trouvé. Dans son ordinateur non plus. Aucune trace des femmes enlevées. Rien de suspect. Aucun animal venimeux. Pas de vêtements vintage. Rien de rien.

— Selon nous, il n'est pas le ravisseur, confirma Christophe.

— Pour le moment, il est inculpé pour ne pas avoir rempli ses devoirs en cas d'accident et pour lésions corporelles graves. Selon les témoignages que nous avons recueillis auprès des amis avec lesquels il a passé la soirée, il était alcoolisé, mais il ne pourra pas être poursuivi pour un taux d'alcoolémie précis, mais pour inaptitude à la conduite.

— Et pas pour non-assistance à personne en danger ? s'enquit Nicolas.

— Non. Il ne remplit pas l'article 128 CPS[1] d'omission de prêter secours. Pour cela, il faudrait que nous puissions le prouver – mais il n'y a pas de témoin – ou que Romain Servan lui-même déclare avoir été conscient qu'il a percuté une personne et qu'il a continué sa route malgré la gravité de l'accident. Mais lors de ses auditions, il a maintenu qu'il pensait avoir percuté un animal, compléta Viviane.

---

1. Code pénal suisse.

— Et puis nous avons le cas d'Antoine Paget, ajouta Karine. Il semble que sa culpabilité ne soit pas aussi certaine qu'il y paraît. Nous devons à mon sens reprendre cette affaire depuis le début.

— Oui, et pour gérer ces deux enquêtes en parallèle, nous avons besoin de plus de ressources, compléta Christophe.

— Il n'y a pas deux enquêtes ! L'affaire Paget est résolue. Il est en prison et il va être jugé.

— Nous avons eu vent d'éléments nouveaux, insista Karine.

Viviane dévisagea Karine et comprit ce qui se tramait derrière son dos.

— Ah oui, des éléments nouveaux ? Je suis curieuse.

— J'ai parlé avec Andreas ce matin avant la réunion…

Charles Badoux se leva de sa chaise et tapa du poing sur la table. Son visage devint écarlate.

— Madame Joubert. Le futur ex-inspecteur Auer est en congé. Il a été suspendu. Et s'il se mêle encore de cette affaire, je vais le faire arrêter. Je vous interdis de le contacter. Sinon vous pourrez profiter de vacances prolongées en sa compagnie. C'est bien clair ?

Karine se demanda si elle avait bien fait de mentionner Andreas. Elle l'avait mis dans une mauvaise posture. D'autant que ce n'était pas à lui qu'elle avait parlé, mais à Mikaël. Elle avait bien tenté de le joindre, mais il n'avait répondu ni à ses appels ni à ses messages. Mais cela, elle ne pouvait pas le dire. N'aurait-elle pas dû simplement omettre de divulguer la source de ces informations ? C'était trop tard de toute façon. Son plan venait de s'écrouler. Elle avait espéré que le procureur et Viviane décident de réintégrer Andreas. Elle avait l'impression que la situation la dépassait et qu'elle ne pourrait assumer tout cela seule. Elle avait besoin de son collègue. Et elle avait aussi besoin de son ami.

— Charles, calmez-vous. Peut-être devrions-nous juste entendre ce que Karine a à nous dire ?

À la surprise générale, le procureur se rassit et son visage perdit en un rien de temps sa couleur rougeâtre.

— Soit, je vous écoute.

— Il s'agit de cet avocat zurichois retrouvé mort dans sa chambre d'hôtel ce matin. Le directeur de l'établissement nous a informés qu'il y résidait depuis plus d'un mois. Et son étude prétendait qu'il était en vacances. Mais il n'était pas là pour le ski… Andreas a découvert qu'il se tramait une transaction immobilière importante à Gryon. Il a rencontré cet avocat, Adrian Schuller, la semaine dernière. Il représente une holding qui est en train d'acquérir des terrains pour pouvoir construire un énorme complexe hôtelier. Or il se trouve qu'un des biens qu'ils s'apprêtent à acheter appartenait à Serge Hugon, l'agriculteur assassiné.

— Et d'un point de vue médico-légal, le diagnostic de suicide n'est pas évident, compléta Doc.

Chapitre 84

Café Pomme,
Gryon, jeudi 28 mars 2013

De retour à Gryon depuis quelques jours, Litso Ice s'aventurait rarement en dehors du chalet pour éviter d'attirer l'attention sur lui. Être complètement isolé avait certes des avantages, mais il lui importait aussi de savoir ce qui se passait, et les bistrots étaient toujours les meilleurs lieux pour se tenir au courant des sujets de discussion actuels. Et ce jour-là, il n'allait pas être déçu.

À cette heure, le café était presque complet. Il s'était donc installé à la seule table libre, juste à côté du bar, vers les toilettes. La gérante parlait avec deux dames d'un certain âge, qui venaient de colporter la découverte d'un homme d'affaires retrouvé suicidé dans un hôtel de Villars. Puis il tendit l'oreille vers la table d'à côté. Un individu dans la trentaine, chauve, un anneau à l'oreille, discutait avec une autre personne. Ils regardaient et commentaient des photos. Des journalistes. De là où il se trouvait, il ne parvenait pas à discerner quoi que ce soit sur l'écran digital de l'appareil, mais il entendait distinctement leur conversation.

— Génial. Elle est bien nette, celle-là. Heureusement que j'avais mon gros objectif.

— On dirait que la robe qu'elle porte est du même genre que celle de la première femme enlevée.

— Comment ça, du même genre ?

— Une robe vintage. De style rockabilly. Tu sais, à bustier serré et jupe ample, comme la robe en tissu Vichy que portait Brigitte Bardot pour son mariage avec Jacques Charrier. Deux femmes ont été enlevées et les deux étaient revêtues de vêtements d'une autre époque. J'ai parlé avec le mari de la première. Il m'a confirmé que la robe avec laquelle sa femme a été retrouvée n'était pas la sienne.

— C'est le ravisseur qui lui aurait mis ces habits ?

— Le tueur. Maintenant, c'est un tueur ! Oui, très certainement. Je vois bien l'article. Aide-moi à trouver un titre. Genre le « tueur rétro ». Ou alors « le tueur qui déguise les femmes » ?

Litso Ice sourit intérieurement. Cette histoire de ravisseur-tueur arrangeait ses affaires. Une bénédiction, même. La police serait occupée avec cet homme qui allait faire les gros titres. Et lui pourrait accomplir sa mission dans l'ombre. Il paya son café et sortit.

Chapitre 85

Chalet L'Étoile d'argent,
Gryon, jeudi 28 mars 2013

La sonnette se fit entendre et Minus fut le premier à gagner l'entrée. Il aboya pour signaler sa présence au visiteur. Andreas suivit le mouvement et ouvrit la porte.

— Tiens, tiens.

— Salut Andreas. Je peux te parler ?

Minus sortit et renifla la main de la femme qui se tenait là. Le saint-bernard était curieux et montrait de l'affection aux gens qui venaient, attendant la même chose en retour. Cette dernière lui caressa la tête et lui fit un numéro de charme à son tour.

— Salut mon beau toutou.

— Arrête ton cirque, Viviane, tu n'aimes pas les chiens.

— Je peux entrer ?

— À moins que tu ne veuilles que je te raconte mes vacances, on peut certainement en parler sur le pas de la porte. J'ai de toute manière un programme chargé cet après-midi.

— Une enquête à mener ?

— Tu aimerais que je te réponde quoi ?

— Que tu as outrepassé mes ordres et que tu as pu avancer plus que nous dans cette affaire.

— Admettons…

— On a besoin de toi, Andreas. Tu peux revenir de vacances…

— Je n'ai plus de badge ni d'arme. Moi, j'appelle ça une suspension, pas des vacances.

— Ne joue pas sur les mots. Tu veux quoi ? Que je m'excuse ? Que je me mette à genoux ? Que je dise haut et fort *Andreas est le meilleur, on ne peut pas se passer de lui* ?

— C'est Badoux qui t'envoie ?

— Non, c'est moi qui l'ai convaincu de te réintégrer.

— Il me reste encore deux semaines. Après on verra.

— Tête de mule.

— Merci pour le compliment.

Viviane se retourna et sortit de son sac l'arme de service et la plaque d'Andreas qu'elle posa sur une table à côté de l'entrée.

— Au moins comme ça, ce que tu entreprendras restera légal. Tu sais où nous trouver…

Chapitre 86

L'homme qui s'enivrait du parfum de sa mère entra dans la boulangerie Charlet. Elle était bondée et les gens faisaient la queue pour être servis. Une agréable odeur de pain frais se mêlait à celle du chocolat. Derrière une vitre, un pâtissier confectionnait des pralinés. Il se dirigea vers le *tea-room* qui venait d'être entièrement rénové. La boulangerie était une véritable institution à Gryon. Dans la nouvelle partie, très chaleureuse, une cave à vin vitrée exposait de nombreuses bouteilles. Il en buvait, mais ne s'y intéressait guère. Il ne savait pas faire la différence entre un grand cru et de la piquette. Tant que ça saoulait, ça lui convenait. Il s'assit à une table haute dans le coin. De là, il avait une vue sur toute la salle et la cheminée en son milieu. À travers la baie vitrée, il voyait la place de la Barboleuse et de l'autre côté, le Harambee Café, qu'il connaissait bien.

Il commanda un café. Sur la table d'à côté, il aperçut l'édition du jour du journal *Le Matin*. Le titre en première page, écrit en grandes lettres rouges, l'interpella : « *Un tueur de femmes dans les Alpes vau-doises !* »

Il se leva pour aller le prendre et ouvrit le tabloïd à la page trois : « *Psycho Billy sévit dans le Chablais. Encore un psychopathe dans la région.* » Fabien Berset, le journaliste, lui avait donc donné un surnom : *Psycho Billy*. Il ne comprenait pas à quoi il faisait référence avec le prénom *Billy*, mais la mention de *Psycho*, précisée plus loin par « *psychopathe* » était on ne peut plus claire. Il ne parvenait pas à s'y identifier. Il voulait juste aimer et être aimé en retour, ce qui était le contraire d'un comportement antisocial associé traditionnellement à un psychopathe, non ? Ce n'était tout de même pas sa faute si ces femmes l'avaient obligé à les punir, n'est-ce pas ? Il se souvenait avoir lu un jour que les psychopathes se cachaient « *sous un masque de normalité* ». Cela l'intrigua. Il éprouvait l'irrésistible besoin de se déguiser. Que ce soit dans la chambre de sa mère ou dans son antre. D'abord, il voulait devenir sa mère, une femme lumineuse, puis il était passé à une autre transformation, bien plus sombre. Il avait besoin de devenir un autre.

Cet autre qui n'était pas lui.

Cet autre qui était lui.

Lorsqu'il avait fait ce qu'il devait faire, il pouvait redevenir lui-même, ce jeune homme parmi d'autres. Un retour à la normalité. Et si finalement le journaliste avait un peu raison ? mais *Billy* ? Il ne comprenait pas…

La silhouette d'un homme, une ombre noire sans visage, avait été apposée à une photo du village de Gryon. *Lui*. Il ne s'était pas imaginé figurer en première page des journaux. Cela lui faisait un effet bizarre. Faire la une. Quand il avait enlevé la première femme, cela ne lui avait pas effleuré l'esprit, qu'il pourrait devenir célèbre. Il avait le sentiment d'être mis à nu. Découvert. Identifié… Psycho Billy. Il eut peur. Des gouttes de sueur perlaient à son front. Il prit une serviette et s'essuya. Il ne pouvait pas être démasqué et arrêté. En prison, il ne pourrait plus rencontrer de femmes. Mais pour le moment, personne ne savait que c'était lui. Certainement pas ses amis. Pas même son père. Pour le moment, il n'était que Psycho Billy, une ombre, un inconnu. Mais la police était dans la région. Ainsi que des journalistes qui fouinaient partout. Cela l'inquiétait. Il n'était pas un professionnel et se devait d'être vigilant. Surtout qu'il allait bientôt posséder la créature de ses rêves. Demain. Il ne pouvait pas attendre. Son impatience grandissait de minute en minute.

L'article du journal couvrait deux pages entières. Sur une photo, on apercevait, enfermé dans une housse mortuaire, le cadavre de la deuxième victime sur la berge de la rivière. Il commença à lire :

« *Une femme, Christine*, a été retrouvée morte au bord de l'Avançon dans la commune de Bex, entre le village de Gryon et l'alpage de Solalex. Elle était portée disparue de son domicile à Monthey depuis lundi dernier. La police a confirmé qu'elle avait dû être retenue captive durant trois jours avant d'être tuée. Les causes de son décès n'ont pas été révélées. Une première femme enlevée à Ollon la semaine précédente, Stéphanie*, avait réussi à s'enfuir. Elle a été renversée par un automobiliste résidant à Gryon, qui était sous l'emprise de l'alcool. La femme est actuellement dans le coma à l'hôpital de Monthey.*

Son médecin ne donne aucun pronostic, mais estime qu'elle ne pourra pas parler avant un certain temps.

(...)

Il semblerait que ce soit également l'œuvre de Psycho Billy. Le tueur pourrait encore se trouver dans la région. La police est à la recherche d'un dangereux psychopathe et avertit la population féminine du danger qu'il représente...

* Nom connu de la rédaction. »

Le journaliste écrivait que la première femme était loin de pouvoir communiquer. Mais c'était faux. Elle montrait déjà des signes d'éveil. Et pire encore, elle allait probablement récupérer toutes ses facultés. Dont la parole...

Il avait obtenu cette information d'une source sûre.

Il devait agir.

Chapitre 87

Prison de La Tuilière,
Lonay, vendredi 29 mars 2013

Erica était derrière les barreaux depuis un peu plus de deux semaines et elle y resterait en attente de son procès qui se déroulerait d'ici quelques mois. Son avocat voulait obtenir une libération provisoire, mais Erica avait refusé qu'il fasse des démarches en ce sens. Elle estimait que cela faisait partie de son chemin de croix.

Gérard, son mari, était venu la voir régulièrement depuis son arrestation, mais il avait de la peine à accepter la décision d'Erica. Il considérait que cela avait été un choix égoïste qui allait mettre en péril l'équilibre de leur famille. Son fils travaillant à l'étranger n'avait pas encore pu se déplacer pour la voir, mais il lui avait téléphoné à plusieurs reprises. Quant à sa fille, qui habitait à Genève, choquée par ce qui s'était passé, elle refusait pour le moment d'adresser la parole à sa mère.

C'était vendredi saint. Une fête qu'Erica avait toujours aimé célébrer du haut de sa chaire. La mort de Jésus, et quelques jours plus tard, le miracle de sa résurrection. À cette occasion, elle parlait en général

358

de Marie de Magdala. Une figure de femme à laquelle elle s'identifiait volontiers. Jeune, elle rencontre Jésus, qui la délivre de sept démons. Libre de tout autre lien, elle se décide à le suivre. Alors que les disciples brillent par leur absence, elle est présente lors de la crucifixion. Et c'est encore elle qui se rend au tombeau tandis qu'il fait toujours sombre. Elle est en deuil. Elle voit la pierre du sépulcre qui a été déplacée. Elle ne le sait pas encore, mais des ténèbres va rejaillir la lumière. Et c'est à elle que Jésus apparaît en premier après sa résurrection. À elle, qu'il donne la responsabilité d'informer les disciples. Le côté féministe d'Erica aimait à penser qu'une femme était la première apôtre, l'apôtre des apôtres, et qu'elle avait été choisie par Jésus pour cette mission. Accusée de tous les maux ou élevée au rang le plus illustre, Marie de Magdala a fait couler beaucoup d'encre : une femme malade souhaitant être libérée de ses démons intérieurs, prostituée repentie, compagne de Jésus et mère d'une lignée royale selon certaines sources… peu lui importait. Marie de Magdala. Une femme humble, fidèle, et dévouée. C'est ainsi qu'Erica la voyait. Et c'est ainsi qu'elle imaginait sa mission de femme pasteure.

Mais cette année, elle ne pouvait s'empêcher de se demander qui célébrait le culte à sa place dans le temple de Gryon. Elle se sentait d'autant plus mal en ce jour qu'elle avait fait l'inverse du Christ. Au lieu de donner sa vie pour autrui, comme lui, elle avait pris celle d'un pécheur. Elle était indigne, à jamais, du rôle de pasteure. Mais peut-être pourrait-elle continuer à guider les âmes malgré tout ? Dans cette prison, des âmes perdues en recherche, non de la rédemption qu'elle ne pouvait leur donner, mais d'un peu d'écoute, d'un peu d'empathie, ce n'était pas ce qui manquait. Erica avait fait la connaissance de Gaëlle, cette jeune femme à peine majeure qui avait été condamnée pour le meurtre de son bébé. Elle n'avait pas su qu'elle était enceinte. Un déni de grossesse. Elle avait accouché dans les toilettes d'un parking sans comprendre ce qui lui arrivait. Prise de panique, elle avait étouffé l'enfant et l'avait abandonné là. Elle était réellement repentante et cherchait un pardon qu'Erica ne pouvait pas lui donner. Alors elle la prenait dans ses bras, et la consolait comme une enfant, comme elle avait réconforté les siens quand ils avaient sept ou huit ans et revenaient avec un genou écorché. Ou encore à quinze ans, lorsqu'ils se blottissaient dans les bras de leur mère pour oublier une peine de cœur. Ses enfants qui maintenant vivaient loin d'elle.

Chloé, une autre jeune femme, était condamnée pour trafic de stupéfiants. Elle était tombée dans la spirale infernale du crack à seize ans, elle avait été mise dehors par ses parents. Pour survivre et continuer à se fournir en drogue, elle s'était prostituée et avait dealé. Cette dernière activité l'avait conduite à La Tuilière. Son physique était marqué par cette courte vie d'abus et de temps passé dans la rue : visage creusé, yeux cernés, dents manquantes. Elle avait à peine vingt ans, mais on lui en donnait facilement dix de plus. Elle avait en plus contracté le HIV. Contrairement à Gaëlle, Erica ne l'appréciait pas. Elle la trouvait fuyante et manipulatrice. Mais Chloé semblait avoir repéré en elle quelqu'un à qui raconter les déboires de sa triste existence. Alors, Erica l'écoutait, car son empathie ne devait pas s'arrêter là où sa sympathie s'achevait, mettant tout de même quelques limites à sa personnalité envahissante.

Les visites lui apportaient une bouffée d'oxygène. Certains paroissiens lui avaient tourné le dos, mais les autres, non seulement ne la condamnaient pas, mais la considéraient comme une sorte d'héroïne vengeresse, *le glaive de Dieu*, en quelque sorte. Elle avait bien fait de « *foutre le feu à ce salaud* », lui avait même dit un visiteur, un jour. Le fait qu'elle puisse être admirée pour son acte la mettait presque encore plus mal à l'aise que l'acte lui-même.

Andreas était venu la voir une fois et il s'était livré à elle, à demi-mot. Elle avait compris que lui aussi avait des démons enfouis, et elle espérait qu'un jour, il arriverait à laisser sortir ce qui le hantait. Elle se sentait proche de lui, plus peut-être que de son propre mari, ces derniers temps. En effet, depuis qu'elle était en prison, ce dernier respectait scrupuleusement les jours de visite, mais avait adopté une distance palpable. Elle savait qu'il venait par devoir. Pour lui, elle était devenue quelqu'un d'autre. Quelqu'un qu'il ne connaissait pas, et quelqu'un qu'il n'aimait plus, soupçonnait-elle. Leur couple se remettrait-il de cette épreuve ? Elle en doutait.

Erica était à la bibliothèque. C'était l'atelier qu'on lui avait attribué, après quelques jours à la buanderie. Elles étaient quatre à se relayer, par groupes de deux. Aujourd'hui, elle sourit en voyant arriver Patricia avec un énorme carton. Cette dernière avait quarante-huit ans et était en détention pour le meurtre de son mari. *Meurtre* était le terme légal, mais qui selon elle s'appliquait mal à la situation. Patricia avait tué son époux d'un coup de couteau de cuisine en pleine nuit, après avoir été battue quotidiennement pendant plus de vingt ans. Après des années de terreur et de côtes brisées. Mais comme elle le disait, la peine qu'elle purgeait derrière les barreaux était bien moins abominable que celle qu'elle avait vécue pendant toutes ces années auprès de son bourreau. Patricia était une optimiste. Lorsqu'elles étaient en promenade dans la cour de la prison, elle s'émerveillait du moindre rayon de soleil. De la forme des nuages dans le ciel. Du chant d'un oiseau. De l'odeur de la pluie. En quelques jours, Erica et elle étaient devenues des amies. Elle ne se sentait pas dans son rôle de pasteure « défroquée » avec elle. La relation était équilibrée. Patricia lui apportait le rayonnement de sa douce présence. Elles étaient toutes prisonnières. Patricia, elle, était libre. Plus libre qu'elle ne l'avait jamais été.

— Salut Patricia, ça va ?

— Impeccable. On a reçu un nouvel arrivage de livres. Un don d'une librairie.

— Voyons voir ça.

Erica s'agenouilla auprès de Patricia et elles découvrirent le contenu du colis. L'intégrale de la *Comédie humaine* de Balzac et plusieurs pièces de molière. Des œuvres de Ramuz, le fameux chantre de la Suisse romande. Erica grimaça. Les détenues préféraient des lectures plus légères. Des polars ou des histoires d'amour. La collection Harlequin marchait fort. Les couvertures d'éphèbes à torses nus et aux abdos sculptés s'arrachaient. Au propre comme au figuré. Beaucoup de livres ne revenaient pas intacts.

Elles commencèrent ensuite à ranger les ouvrages dans les rayons. L'espace entre les étagères était étroit. Chaque fois qu'elles se croisaient, elles devaient se frôler. Erica préférait ne pas analyser le trouble qui s'emparait d'elle.

Chapitre 88

La veille, après avoir appris qu'Adrian Schuller était mort, Andreas avait relu les panneaux qui recouvraient le mur du salon. Deux enquêtes. Un des protagonistes – Serge Hugon – se retrouvait mêlé aux deux affaires qu'ils avaient nommées : *Veau d'or* et *Tour de Babel*.

Une coïncidence ? Andreas ne croyait pas au hasard. Un lien devait certainement exister. Mais lequel ? Et puis Psycho Billy était passé à l'acte. Surgi de nulle part, il avait enlevé une première femme et en avait tué une seconde.

Andreas entra au Centre gryonnais. Karine, Christophe, Nicolas et Viviane étaient assis autour de la table. Une scène déjà vue quelques mois plutôt…

— On t'attendait, dit Viviane en indiquant une chaise libre prévue pour lui.

Andreas prit les commandes de l'opération sans tarder.

— Dites-moi tout ce que vous savez sur Psycho Billy, comme notre cher ami Berset l'a surnommé dans la presse. Où a-t-il trouvé ce nom de scène ? Je ne comprends pas…

— À cause des robes, commenta Christophe.

— Je ne vois toujours pas.

— Le psychobilly est un genre musical qui associe punk rock et rockabilly, et qui a émergé aux États-Unis dans les années quatre-vingt.

— Le punk rock, je connais, j'écoute les Ramones et les Clash, mais le rockabilly, c'est plus vieux non ? demanda Nicolas.

— En effet, c'est un courant né au début des années cinquante de la fusion du rhythm'n'blues et de la country, black and white, l'association de la musique afro-américaine et de la musique blanche. Son origine se situe au moment de la sortie du single d'Elvis Presley, *That's all right Mama*.

Christophe se mit à entonner les paroles en claquant des doigts pour marquer le tempo :

Well, that's all right, mama
That's all right for you
That's all right mama, just anyway you do
Well, that's all right…

— Ça suffit Christophe, l'interrompit Karine. Viens-en au fait.

— Au rockabilly, on associe un style vestimentaire. James Dean, Tony Curtis, Marlon Brando et bien sûr Elvis en étaient les précurseurs. Blue-jean, T-shirt blanc et perfecto leur donnaient une allure rock de jeune rebelle.

— Ça me rappelle quelqu'un…, lança Karine en lançant un regard amusé à Andreas.

— Et les femmes revêtaient surtout des *swing dress*, le même genre que celles avec lesquelles nos deux victimes ont été habillées…

— Ah. C'est très recherché…, commenta Viviane.

— Oui, en effet. Une contraction entre *psychopathe* et *rockabilly*, ça donne *Psycho Billy*. En le scindant en deux noms *Psycho* et *Billy*, c'est comme si Berset le surnommait *Billy le Psychopathe*, tout en jouant sur ce mouvement en lien avec l'accoutrement des victimes. De plus dans *rockabilly*, *billy* vient de *hillbilly* qu'on pourrait traduire par *péquenaud*, littéralement *type de la colline*. Or, notre tueur n'est sûrement pas un citadin…

— Berset s'est littéralement surpassé sur ce coup-là ! commenta Andreas.

— Ça y est ! s'exclama Karine en lançant un regard amusé à Andreas.

— Quoi ? Tu as résolu l'enquête ? l'interrogea Christophe d'un ton sarcastique.

— Mais non, t'es con ! Je me disais bien que le nom de Psycho Billy me rappelait quelque chose… Buffalo Bill, vous savez, le fameux tueur du *Silence des agneaux* ?

— Tu penses qu'on va retrouver des manteaux en peau de femme ? T'as pas un peu grossi ces derniers temps, Karine ? Attention à toi ! Tu pourrais être sa prochaine victime, ironisa Christophe.

— Ouais en tout cas, ça m'étonnerait qu'on ait un tel spécimen de dingue à Gryon. Imaginez ça ! compléta Nicolas.

Ils éclatèrent de rire et Andreas, que ce commentaire mettait vaguement mal à l'aise sans qu'il s'explique exactement pourquoi, jugea utile de ramener un peu de sérieux dans la discussion :

— Bon Clarice Starling, si tu voulais bien en revenir aux faits.

— Malheureusement, sur Psycho Billy lui-même, nous ne savons pas grand-chose, commenta Karine.

— Sinon il serait sûrement déjà sous les verrous, compléta Christophe.

— Parlons d'abord des victimes, dit Andreas.

— Les deux femmes ont un profil et un physique similaires. La première, Séverine Pellet, a quarante-sept ans et la deuxième, Annabelle Champion en a quarante-cinq. Elles ont toutes les deux les cheveux châtains mi-longs et les yeux bleus, expliqua Karine.

— Leur ressemblance physique est peut-être un hasard, suggéra Nicolas.

— Non, ce n'est pas fortuit, réagit Andreas du tac au tac.

— Tu débarques dans l'enquête et après cinq minutes tu as déjà des convictions ? renchérit Karine, pour masquer son soulagement à la perspective de voir Andreas venir en renfort dans cette enquête qui lui semblait de plus en plus inextricable.

— Notre homme n'est pas juste un ravisseur ou un violeur. Il est plus que ça…

— Il n'y a d'ailleurs aucune trace de violence sexuelle, intervint Christophe.

— Mais sa motivation est très certainement libidinale. Ou du moins liée à son identité sexuelle. Il enlève des femmes et les enferme. Que fait-il avec elles ? La première s'est visiblement enfuie. Il s'est débarrassé de l'autre trois jours après l'avoir prise en otage. Pourquoi ?

— Il avait peut-être obtenu tout ce qu'il voulait d'elle ? suggéra Nicolas.

— Ou alors il n'était pas satisfait... Il enlève deux femmes qui se ressemblent et les déguise avec des robes des années cinquante. Il les maquille. À mon avis, il essaie de créer une réplique de la femme idéale.

— Une femme qu'il a connue ou juste celle de ses fantasmes ?

— Excellente question, Karine ! Ce qui semble certain, c'est qu'il n'est pas capable d'avoir des relations affectives normales. Pourquoi les enlèverait-il s'il avait la possibilité de les séduire ?

— Devons-nous nous attendre à une prochaine victime ?

— Il ne va pas s'arrêter là...

Andreas regarda les photos des deux femmes et eut soudain un instant de trouble sans pouvoir l'expliquer. Juste une impression de déjà-vu.

— Si nous voulons remonter jusqu'à lui, nous devons tenter de comprendre comment il repère ses proies. Si nous partons du principe qu'il ne les a pas prises au hasard, mais choisies, il faut découvrir comment. Et dans quelles circonstances se sont passés les enlèvements. Karine, un petit récapitulatif ?

— La deuxième victime, Annabelle, a été enlevée lundi 25 dans la soirée. Une voisine l'a vue partir de chez elle en voiture vers 18 heures. Elle se rendait probablement au rendez-vous galant dont nous a parlé sa meilleure amie. Son véhicule a été retrouvé sur un parking dans une zone industrielle de Monthey. Nous avons fait le tour des cafés de Monthey et un serveur du restaurant du Théâtre a confirmé qu'il l'avait servie. Elle n'a rien voulu commander, prétextant qu'elle attendait quelqu'un. Après une dizaine de minutes, elle a finalement demandé une eau minérale. Selon le serveur, elle est ensuite repartie une demi-heure plus tard. Seule.

— On peut ainsi supposer qu'elle est retournée chez elle après le lapin qu'on lui a posé. Et c'est sans doute là que le ravisseur l'attendait. Il l'a enfermée dans le coffre de la voiture. Nous y avons retrouvé des cheveux lui appartenant, mais malheureusement aucune trace du ravisseur. Il s'est ensuite rendu dans la zone industrielle où il a dû déplacer la victime dans son propre véhicule, compléta Christophe.

— Ce serait donc lui qui lui aurait fixé rendez-vous ?

— C'est une théorie plausible.

— Son amie nous a dit qu'Annabelle était inscrite sur un site de rencontre sur Internet, rajouta Karine.

— Christophe ? Tu as vérifié cela sur son ordinateur ? Le meurtrier devrait avoir un profil lui aussi, non ? lança Andreas.

— Je n'ai pas encore eu le temps… Tout s'est enchaîné tellement vite…

— Alors, dépêche-toi de le faire. Il est où cet ordinateur ?

— Nous l'avons amené à Lausanne.

— Tu sais ce qu'il te reste à faire, ne traîne pas ! Le temps nous est compté ! Et la première ?

— Elle a été enlevée le mercredi 20 et nous l'avons retrouvée dans la nuit du samedi 23 au dimanche 24. Le soir de son enlèvement, son mari travaillait de nuit. Il est mécanicien dans une usine à Monthey. C'est le matin en rentrant chez lui vers 5 heures qu'il s'est inquiété de ne pas voir son épouse.

— Elle aurait pu tomber dans le même piège que la deuxième ?

— Oui, peut-être… mais elle est mariée.

— Ce qui empêche bien entendu qu'elle se cherche un amant sur Internet… Vous êtes retournés lui parler ?

— Non, pas encore.

— Je pense que nous devons le faire au plus vite. Christophe, tu n'avais rien trouvé dans son ordinateur ?

— Le mari m'a dit qu'elle n'avait pas de portable. Elle utilisait juste leur vieille bécane fixe, pour faire un peu de shopping, mais je n'y ai rien trouvé de compromettant… Rien en lien avec des sites de rencontres en tout cas. Et comme on n'était pas spécialement axés sur cette piste, je n'ai pas insisté.

— À voir. Peut-être que le mari ne nous a pas tout dit. Et les médecins, Karine, quoi de neuf de ce côté-là ?

— Nous avons eu de bonnes nouvelles. Son œdème cérébral se résorbe et ils sont en train de la sortir peu à peu du coma. Cela risque de prendre encore quelques jours. Mais le docteur semblait positif. Il espérait qu'elle puisse bientôt nous parler.

— Souhaitons-le, mais d'ici là nous devons nous débrouiller sans son témoignage. Psycho Billy ne va pas attendre… Est-ce que sa chambre est toujours sous surveillance ?

— Oui, vingt-quatre heures sur vingt-quatre.

— Bien.

— Tu penses qu'elle est en danger ? On n'a rien laissé filtrer. Même la presse dit qu'elle ne va pas s'en sortir de sitôt.

— Il ne faut rien négliger. Elle constitue un danger pour le tueur. Elle pourrait sans doute l'identifier.

— Et si on lui tendait un piège ? On pourrait laisser filtrer l'info qu'elle va bientôt pouvoir parler et peut-être qu'il tentera de la supprimer à l'hôpital.

Andreas sourit.

— Bonne idée, Karine. Excellente idée.

Andreas se leva de sa chaise.

— Faisons une pause. Je dois réfléchir. Café et cigare. On reprend après.

Andreas et Karine sortirent sur la terrasse et s'appuyèrent contre la balustrade. La vue sur la vallée de Frenières et les montagnes environnantes était dégagée, malgré le léger brouillard qui montait en catimini. La féerie du panorama emporta Andreas dans un moment de rêverie. Il alluma un cigare et tira une longue bouffée.

— Tu penses qu'un lien existe entre les trois affaires ? demanda Karine.

— Je pense que nous sommes aux prises avec deux affaires, pas trois. Le *Veau d'or* – le meurtre d'Hugon – et la *Tour de Babel* – l'histoire immobilière – sont liés, j'en suis persuadé, même si je n'ai pas encore de preuve. Et puis, cet avocat zurichois retrouvé « suicidé », juste après ma visite, comme par hasard… Je ne crois pas au hasard. Des coïncidences ? Des incidences collatérales ? Je ne sais pas trop. Ce dont je suis sûr, c'est qu'Antoine est innocent. Cela pose donc la question : qui a tué Hugon et pourquoi ? La mort d'Hugon profite aux protagonistes de l'affaire immobilière. C'est un fait. Le reste n'est encore que pure spéculation. Quant à l'affaire Psycho Billy, je pense qu'elle est totalement indépendante.

Chapitre 89

Chalet RoyAlp,
Villars, samedi 30 mars 2013

Andreas avait été réintégré et était officiellement chargé des enquêtes qui touchaient la région. Cet intermède, et le sentiment de mener sa propre investigation n'avaient pas été pour lui déplaire. Il n'aimait pas particulièrement les règles et les structures. Il préférait la liberté. Décider sans aucune forme de contrainte. Mais il avait flirté avec l'illégalité. Ce n'était pas une position tenable à long terme. Il se sentait plus serein à présent. Sa place était à la tête de son équipe à la criminelle. Ils étaient venus le chercher. Il ne se serait pas imaginé implorer lui-même son retour. L'honneur était sauf.

Le gendarme qui gardait la porte de la chambre d'hôtel l'avait laissé entrer. La police scientifique avait fini son travail. Le corps de l'avocat avait été retrouvé affalé sur le fauteuil, les bras étendus sur les accoudoirs. Il avait vu les photos prises par Christophe. Le mur blanc était maculé de sang, d'éclats d'os et de cervelle. La taille des gouttes de sang inférieures à 1 mm de diamètre indiquait une projection à vélocité élevée, celles dues à la balle ayant perforé le cerveau de part en part. Un petit orifice sur le côté droit et un plus gros de l'autre, au point de sortie. L'arme avait été retrouvée sur le sol à côté du canapé. Tout paraissait accréditer la thèse du suicide. La police scientifique avait pu identifier, sur les cheveux et les habits, des résidus de poudre et de fumée dégagée par le pistolet. L'orifice d'entrée éclaté en forme d'étoile et la présence de poudre et de suie dans la plaie prouvaient que le coup était parti à bout touchant. Des fragments tissulaires avaient même été trouvés à l'intérieur du canon. Des traces de poudre, ainsi que du sang de la victime, avaient aussi été détectées sur les mains. Tout semblait indiquer qu'il avait tenu l'arme et tiré lui-même le coup fatal.

Un suicide !?

L'homme aurait-il pris peur pour une raison qui lui échappait encore ? Ou alors était-ce ses employeurs qui craignaient qu'il ne devienne trop bavard ? Émettant de sérieux doutes sur le soi-disant suicide, Doc – qu'il avait appelé en chemin – privilégiait la deuxième hypothèse. Lors de l'autopsie, il avait décelé des ecchymoses internes de la région cervicale. Et, ces traces, au niveau de la zone du cou, invisibles à l'extérieur, mais présentes à l'intérieur ne pouvaient pas provenir du coup de feu, mais probablement d'un coup qui lui avait été porté pour le neutraliser.

— Tu en es certain ? l'avait interrogé Andreas.

— Tu oses me demander ça ? vitupéra Doc. Même un médecin légiste normalement constitué sera au moins intrigué par la présence de ces ecchymoses récentes et…

— Il a donc été *suicidé* ? le coupa Andreas, qui sentait venir un cours magistral et ne se sentait pas d'humeur à l'écouter.

— À moins qu'il se soit tapé le cou contre le cadre de la porte, le lavabo ou la cuvette des chiottes... juste avant de se tirer une balle dans la tête.

Pour le moment, peu importait. Le bilan était le même. Ils devaient maintenant remonter la filière pour tenter d'atteindre le prochain échelon dans l'organisation.

Christophe n'avait rien découvert d'intéressant dans cette chambre. Pas d'ordinateur. Pas de documents. Juste des affaires personnelles. Il analysait le contenu du téléphone portable retrouvé sur l'avocat. Il espérait y trouver des informations en lien avec le projet immobilier, mais, si le suicide avait été arrangé par un pro, il ne se faisait pas d'illusions sur le résultat.

Andreas songea à celui qu'ils avaient appelé Mangiafuoco. Cette mise en scène de suicide savamment orchestrée était probablement son œuvre. Et si sa théorie se révélait juste, c'était également lui qui avait rencontré Alexis Grandjean pour le forcer par le biais d'un chantage à vendre son chalet. Le banquier devait donc être en mesure de l'identifier. Ils avaient envoyé un spécialiste de la brigade scientifique pour réaliser un portrait-robot qu'ils avaient ensuite placardé un peu partout dans le village, mais sans aucun résultat pour l'instant.

Andreas était attendu à l'hôpital de Monthey. La chambre d'hôtel et Doc lui avaient dit tout ce qu'il avait besoin de savoir.

Chapitre 90

L'homme qui s'enivrait du parfum de sa mère traversait un long couloir, dans le secteur des soins intensifs. Il avait préparé une seringue avec une solution létale. Il ne lui restait plus qu'à entrer et injecter le produit dans le goutte-à-goutte. Puis sortir. Mais le policier risquait de l'identifier par la suite...

Il avait imaginé un stratagème : mettre le feu à la blanchisserie de l'hôpital qui se situait non loin de la chambre. L'alarme anti-incendie créerait une agitation certaine et le gendarme quitterait vraisemblablement sa garde. Quoi qu'il en soit, il n'avait pas le choix. Il devait prendre ce risque. Au moment où elle parlerait, la police remonterait jusqu'à lui. Il devait intervenir.

Lorsqu'il arriva devant la porte, la chaise occupée par le policier était vide. Où était-il donc ? Aux toilettes ? Il ne s'attarda pas à réfléchir, mais s'avança vers la chambre. C'était peut-être un heureux hasard, dont il devait tirer profit. Il devait faire vite avant que le gendarme ne revienne. Arrivé à hauteur de la porte, il se retourna. Personne dans les environs. Il entra.

Une surprise l'attendait !

Le lit était… vide.

Où était-elle ? L'avait-on déplacée ? Ils n'avaient pas pu arrêter la surveillance aussi subitement. Ce n'était pas le moment de se poser des questions. Il ressortit dans le couloir et tourna la tête vers la droite. Au fond du corridor à une trentaine de mètres, il aperçut un homme. Il le reconnut. S'il l'avait vu sortir de cette chambre, il était cuit. Il commença à détaler.

Sans hésiter, Andreas s'élança à la poursuite du fugitif. Il le vit tourner à droite et entendit un fracas de métal et de bris de verre. Arrivé au bout du corridor, il aperçut une infirmière à terre, un chariot renversé et des médicaments éparpillés sur le sol, mais le fuyard n'était plus dans son champ de vision. Il continua à courir et sauta par-dessus l'infirmière. Son pied glissa sur des pilules et il faillit perdre l'équilibre. Il entendit du bruit dans le couloir sur sa droite et poursuivit sa course. Une autre infirmière lui indiqua la direction que l'homme avait prise. Au bout du corridor, une sortie de secours était signalée. Percevant le bruit de quelqu'un qui dévalait les escaliers en acier situés sur l'extérieur du bâtiment, il s'élança à son tour. Arrivé au bas des trois étages, il sortit, regardant de tous côtés. Personne. Où était-il passé ? Il observa son environnement et resta à l'affût du moindre son.

L'homme qui s'enivrait du parfum de sa mère détalait à en perdre haleine. Arrivé dehors, il continua à courir sans réfléchir. Il déboucha sur l'arrière du bâtiment et gravit en courant un chemin de terre en direction de la forêt surplombant l'hôpital. Un peu plus haut, il franchit les rails de chemin de fer sans même regarder, et se jeta à plat ventre dans les buissons.

Andreas entendit soudain un bruit métallique. Il courut le long de l'immeuble et tourna à l'angle. Une employée était en train de jeter les poubelles dans un container…

— Merde !

De rage, Andreas donna un coup de pied dans un sac-poubelle qui était par terre. La femme de ménage fut prise de panique.

— Désolé. Je suis de la police. Vous avez vu un homme s'enfuir ?

Elle hocha de la tête et indiqua le talus d'en face. Andreas retourna sur ses pas. Il gravit le raidillon et traversa les voies. À l'orée du bois, il s'arrêta pour écouter.

Il n'entendit rien.

Au travers de l'arbuste derrière lequel il se trouvait, il aperçut l'inspecteur qui scrutait dans sa direction. Il n'avait pas vu par où il s'était enfui. Sinon il aurait déjà traversé les voies à sa poursuite. Il retint sa respiration.

Il avait profité du fait que son poursuivant était allé dans la mauvaise direction pour pénétrer dans la forêt, avant de se cacher à nouveau. Il voulait être sûr de ne pas être suivi. Où pouvait-il aller ? Son véhicule était stationné sur le parking de l'hôpital… Il reviendrait plus tard, mais il savait qu'il ne devait pas traîner dans les parages.

Andreas était retourné à l'intérieur de l'hôpital et y avait retrouvé Karine, devant la chambre de Séverine

Pellet. Il avait demandé la veille qu'elle soit transférée secrètement dans un autre secteur. Il avait vu juste. Mais Psycho Billy avait été le plus rapide. Il était venu avant qu'il ait pu mettre en place le piège. Et pendant la poursuite, il ne l'avait aperçu que de dos. Impossible de l'identifier…

La brigade canine mit une heure pour arriver sur place et lança immédiatement les chiens. Ils suivirent les traces du fuyard dans la forêt, jusqu'à une zone résidentielle, et perdirent ensuite sa piste…

Mais Andreas avait un avantage sur Psycho Billy : le médecin avait confirmé que la victime sortait tout doucement du coma.

Dans quelques jours, elle pourrait parler.

Chapitre 91

Le mari de Séverine Pellet, Raphaël, avait des cernes sous les yeux et semblait épuisé.

— Moralement, c'est très dur. Je ne dors plus. Je suis soulagé maintenant, même si je n'ose pas encore y croire. Elle va se réveiller. Mais j'ai peur. J'ai le sentiment que je ne retrouverai pas la Séverine d'avant. J'essaie de m'imaginer ce qu'elle a vécu. Et je suis triste. Furieux. Ce n'est pas à vous que je devrais dire cela, mais je pense que je serais capable de tuer celui qui a fait ça.

— Je vous comprends. C'est tout à fait normal. Mais si je peux vous donner un conseil, vous devriez garder votre énergie pour soutenir votre femme. Elle aura besoin de vous, répondit Karine.

— Oui, si elle se réveille…

Raphaël Pellet laissa s'échapper une larme et ferma quelques instants les yeux avant de reprendre la parole.

— Mais j'ai peur de la perdre. Même si elle revient à elle, je ne sais pas dans quel état elle sera. Au moins, elle est vivante. Pas comme cette pauvre femme retrouvée à Gryon. Avez-vous des pistes ?

— Pour le moment, rien de concret. C'est pour cela que nous sommes ici, répondit Christophe.

— Parlez-moi de votre couple, monsieur Pellet, poursuivit Karine.

— Mon couple ? Mais… qu'est-ce qu'il a à voir là-dedans ?

— Nous avons des raisons de penser que le tueur contacte ses victimes sur des réseaux sociaux.

— Je ne comprends pas…

— Des sites de rencontres, si vous préférez.

— Je ne comprends toujours pas. Des sites de rencontres ? Ma femme et moi formons un couple uni et soudé.

Pellet était sur la défensive.

— Écoutez monsieur Pellet. Je ne pose pas des questions sur votre couple pour nourrir les pages people d'une gazette. Un prédateur est dans la nature et nous pensons qu'il a pu contacter votre femme via Internet.

— J'ai déjà laissé votre collègue farfouiller dans notre ordinateur familial.

— Et il n'y a vraiment pas d'autre appareil dans la maison ?

L'homme était visiblement aux prises avec un débat intérieur. Mais Karine n'avait pas le temps d'employer la manière douce.

— Monsieur Pellet, c'est simple, si vous nous cachez des informations et que nous le découvrons, en plus d'avoir une femme qui souffre de graves séquelles, vous risquez de rencontrer de sérieux ennuis avec la justice. Et derrière les barreaux, vous ne serez pas d'une grande utilité à votre épouse.

Les menaces semblèrent fonctionner et Pellet capitula après quelques secondes d'hésitation.

— Ma femme a un ordinateur portable. Et il semble en effet qu'elle se soit inscrite sur des sites de rencontres.

— Et vous attendiez quoi pour nous le dire ? Une troisième victime ?

— Je ne pensais pas que c'était en rapport avec votre enquête. Je voulais préserver notre intimité, l'histoire de notre couple. C'est peut-être tout ce qui me reste. Vous pouvez le comprendre, ça ? Vous êtes peut-être vous-même marié, inspecteur ?

Devant le silence de Karine, Pellet soupira et compléta :

— Il est posé sur le bureau. C'est la pièce en haut à droite. Il n'y a pas de mot de passe, ajouta-t-il.

Pendant que Karine poursuivait la discussion avec le mari, Christophe monta à l'étage. Deux bureaux étaient l'un à côté de l'autre contre le mur. Sur l'un, il vit l'ordinateur portable fermé. Il l'ouvrit et l'alluma.

Il consulta l'historique de navigation. Les dernières entrées dataient du dimanche 18 mars. Elle avait été enlevée le 20. Christophe consulta l'historique de la journée précédant l'enlèvement de Séverine Pellet. Elle n'avait même pas pris la peine d'effacer l'historique. Sans doute faisait-elle aveuglément confiance à son mari. Il parcourut la liste. Elle avait commandé des habits dans une boutique en ligne et elle avait lu la version électronique du *24 Heures*. Il trouva ensuite plusieurs visites sur le site meetic.ch. Il effectua un clic sur l'une d'elles et la page d'accueil s'afficha. Le pseudo ainsi que le mot de passe avaient été sauvegardés dans les cookies. Il était presque déçu. Trop facile. Il aimait les obstacles, et surtout les surmonter. De temps à autre cependant, il était content de pouvoir compter sur un brin de chance. Il accéda au profil.

La dernière conversation était avec un certain Dan Manson… Il ouvrit les nombreux messages échangés et commença par le dernier en date, écrit par Séverine Pellet : « *Parfait. Je me réjouis de te rencontrer tout à l'heure.* » Il lut le précédent : « *Je te propose l'auberge Le Manoir à Vionnaz. 19 heures ?* » Cela collait avec le jour et l'heure de sa disparition.

Le jour précédent, Christophe avait pu accéder au profil d'Annabelle Champion et y avait également trouvé des messages signés du même pseudonyme, le doute n'était plus permis :

Dan Manson était Psycho Billy !

C'est ainsi qu'il attirait ses victimes. Il leur donnait un rendez-vous bidon et attendait que sa proie revienne à la maison déçue par le lapin qu'on venait de lui poser. Sans doute s'appliquait-il à connaître toutes les habitudes de la victime pour s'assurer qu'elle serait seule chez elle pour pouvoir l'enlever en toute impunité.

Christophe afficha le profil de Dan Manson. Les informations personnelles indiquaient qu'il avait trente-huit ans, les yeux verts et les cheveux châtains. Sa profession : ingénieur. Plusieurs photos de lui étaient affichées. Un bel homme. Mais tous ces renseignements étaient certainement faux. Un profil bidon. Comment le tracer ? Il avait une idée.

Chapitre 92

Restaurant Le Miroir de l'Argentine,
Solalex, samedi 30 mars 2013

Depuis la récente fonte des neiges, Solalex était accessible par la route. La dernière fois, Andreas et Mikaël s'y étaient rendus en raquettes. Dans quelques semaines, ce bucolique alpage, entouré d'un cirque alpin majestueux, accueillerait des chèvres et des vaches.

Le restaurant Le Miroir de l'Argentine se situait, comme son nom le suggérait, juste en dessous de la fameuse paroi calcaire lisse issue d'un glissement de rochers. En entrant dans l'établissement, qui rouvrait le jour même après la pause hivernale, Andreas et Mikaël furent reçus par Lucien, personnage incontournable du lieu, membre de la famille des propriétaires. Il les accompagna à leur table et leur donna la carte. Le restaurant était renommé pour ses menus de chasse, mais ce n'était pas la période. Andreas commanda en entrée le fameux feuilleté au fromage d'alpage et Mikaël opta pour une tarte aux légumes.

Andreas avait décidé de s'accorder un peu de temps malgré l'enquête et invité son compagnon à l'occasion de son anniversaire. Il fêtait ses trente-six ans.

Le serveur leur amena un excellent vin rouge de la région, leur favori, le milan-noir de Bex.

Ils trinquèrent. Mais Andreas n'était pas vraiment présent. Ses pensées étaient occupées par l'affaire en cours, comme souvent. Il avait de la peine à décrocher. Si seulement il avait réussi à attraper Psycho Billy lors de la course-poursuite à l'hôpital… Karine et Christophe – qui s'étaient rendus chez le mari de Séverine Pellet sans lui – lui avaient donné des nouvelles fort intéressantes en fin de matinée. Enfin une percée dans l'enquête ! Ils avaient découvert son mode opératoire pour contacter les victimes et ils connaissaient maintenant son pseudo.

À la fin du repas, le moment tant attendu : les desserts. Non seulement ils étaient faits maison, mais Lucien avait sa manière personnelle de les présenter. Pas de carte. Il expliquait les différents choix, tout en les esquissant sur la nappe en papier. Andreas craqua pour la glace à l'aspérule avec son coulis d'abricot et Mikaël pour la feuillantine aux deux mousses, sauce caramel.

Le dessert à peine entamé, le téléphone d'Andreas se mit à vibrer. Il hésita un moment, sortit son portable sous le regard irrité de Mikaël, et répondit.

— On doit partir. Tout de suite !

Chapitre 93

L'amie de Mélissa venait d'avoir douze ans, comme elle quelques semaines auparavant. Avec leur groupe de copines, elles avaient passé la journée au Labyrinthe aventure, un parc d'attractions à Evionnaz, en Valais, non loin de Bex. Mélissa ouvrit la porte d'entrée de chez elle. Elle avait hâte de tout raconter à sa mère.

Elle enleva ses chaussures en quatrième vitesse, sans prendre la peine de les ranger, et courut à la cuisine.

— Maman !

Sa mère ne s'y trouvait pas. Mélissa se dirigea alors vers le salon.

— Maman !

Aucune réponse. Peut-être était-elle à l'étage ? Elle monta les escaliers et l'appela à nouveau. En vain. Elle redescendit.

— Maman ?

Le ton de sa voix laissait à présent filtrer une once d'inquiétude. Elle regarda l'horloge murale. 16 h 10. Elle était sans doute encore au match de football d'Adam. Mélissa ne se souvenait plus où il avait lieu. Elle prit le téléphone de la maison et appela sa mère sur son portable. Après quelques sonneries, la boîte vocale s'enclencha. Il était toujours en mode silencieux et elle le mettait en général dans son sac à main. S'il était posé à côté d'elle, elle ne l'entendrait pas, se rassura Mélissa. Elle décida de regarder la télévision en attendant qu'elle rentre. Elle avait enregistré tous les épisodes de *Pretty Little Liars*. Quatre adolescentes, dont un harceleur anonyme menaçait de révéler les secrets, un an après la disparition mystérieuse de leur amie Alison. Ses copines parlaient de cette série à longueur de journée, et elle ne voulait pas être en reste. Elle se servit un verre de sirop et s'installa confortablement dans le canapé du salon.

Au moment où elle venait d'entamer le second épisode, elle entendit le bruit d'une voiture s'approcher. Elle se leva et regarda par la vitre. Ce n'était pas celle de sa mère. Et pourtant, Adam en sortit, courut jusqu'à la maison et ouvrit la porte avec fougue.

— Maman, on a gagné. Et j'ai marqué un but, hurla-t-il.

— Elle est pas là. Je pensais qu'elle était avec toi ?

— Elle m'a amené et après elle est repartie. Elle m'avait dit qu'elle ne pourrait pas rester au match cette fois.

Alors qu'Adam montait à l'étage, Mélissa se rassit devant la télévision. Elle essaya de se rassurer en se disant que sa mère avait eu un contretemps et qu'elle allait bientôt arriver. Mais Mélissa sentit l'inquiétude la gagner. Et si elle avait eu un accident de la route ? Affolée, elle tenta à nouveau de l'appeler…

Toujours aucune réponse.

— Mélissa, cria Adam à pleins poumons. Viens !

Mélissa déboula dans la chambre de sa mère. Son frère se tenait debout sans bouger. Il avait le téléphone portable de sa mère entre ses mains.

— Je l'ai entendu vibrer. Il était par terre sous le lit.

Mélissa scruta la pièce, moderne et épurée, en règle générale scrupuleusement en ordre. Mais le spectacle sous ses yeux racontait une autre histoire, plus inquiétante. La lampe de la table de nuit était renversée, tout comme la boîte à bijoux. La couverture gisait au sol. Et le cadre qui contenait une photo de sa mère, d'Adam et elle offrant de larges sourires à l'objectif, était tombé à terre et le verre s'était brisé.

Mélissa prit le portable des mains de son frère et appela son oncle, qui répondit après deux sonneries.

— Tonton Andy, viens tout de suite. Maman a disparu.

Chapitre 94

Chalet L'Étoile d'argent,
Gryon, dimanche 31 mars 2013

Andreas n'avait aucune nouvelle de Jessica depuis la veille. Sa nièce Mélissa l'avait appelé affolée. Il s'était immédiatement rendu chez sa sœur, et s'était efforcé de garder son sang-froid de flic pour constater les dégâts. Elle avait été enlevée et avait sans doute tenté de résister à son agresseur. Il avait contacté la police scientifique pour qu'ils procèdent à un relevé d'empreintes digitales et d'ADN, mais, en son for intérieur, il le savait : Jessica avait été enlevée par Psycho Billy.

Le jour précédent, en voyant la photo des deux premières femmes victimes du psychopathe, il avait eu un sentiment de trouble et il avait compris un peu trop tard pourquoi. Elles lui rappelaient un peu sa sœur. Les cheveux châtains. Les yeux bleus. Et à peu de choses près le même âge. Jessica correspondait au profil.

Quel crétin !

Andreas avait eu tous les indices sous les yeux. Et dire qu'il se targuait d'avoir du flair… Il aurait dû anticiper. Fou d'inquiétude, il ne parvenait pas à se concentrer. Il s'en voulait. Et plus il s'énervait, moins il avait les idées claires. Lorsque Christophe avait analysé l'ordinateur de Jessica et qu'il n'avait trouvé aucune inscription sur Meetic – le mode de prise de contact du ravisseur – ni sur aucun autre site de rencontres, il avait eu une lueur d'espoir. Mais les heures passant, son angoisse n'avait fait qu'augmenter. Il n'avait pas fermé l'œil de la nuit. Il savait que le temps était compté. Il se refusait à imaginer le pire, mais les clichés de la femme retrouvée au bord de l'Avançon, pris par Christophe, hantaient son esprit.

Son téléphone portable se mit à vibrer. Il était posé sur la table basse du salon, devant lui. Il le regardait sonner. La photo de Karine était affichée. Il était comme paralysé. Il n'osait pas prendre l'appel. Il voulait repousser le moment où on lui annoncerait la nouvelle.

Mikaël arriva en dévalant les escaliers.

— Mais pourquoi tu réponds pas ?

Andreas se décida.

— Le véhicule de Jessica a été retrouvé le long de la Gryonne sur un chemin. Pas loin du hameau des Dévens.

Andreas se leva d'un bond. Il avait déjà son arme sur lui. Il mit sa veste et allait prendre les clés de la voiture, mais Mikaël s'en saisit avant lui.

— C'est moi qui conduis. Tu n'es pas en état de prendre le volant.

Chapitre 95

Bex, dimanche 31 mars 2013

Un quart d'heure plus tard, ils empruntèrent la route des Dévens et prirent la direction de l'abbaye de Salaz.

Et si Karine ne lui avait pas tout dit ? Si elle n'avait pas voulu lui révéler la vérité au téléphone ? Et si, en arrivant, il découvrait le cadavre de Jessica ? Non… Impossible ! Si c'était bien Psycho Billy, il ne s'en serait pas débarrassé après une journée. Puis d'autres images lui vinrent à l'esprit. La victime de l'Avançon avait été mordue par un serpent venimeux. Il imaginait Jessica enfermée dans une fosse remplie de reptiles. Son imagination devait arrêter de s'emballer. Pourquoi se torturer ainsi ? Il avait trop regardé *Indiana Jones*. Mais qu'est-ce que ce tordu était en train de faire à sa sœur ?

À hauteur du pont en bois, ils aperçurent le véhicule de Karine et, le long du canal, celui de Jessica.

Andreas se précipita vers la voiture, mais Karine l'empêcha de s'en approcher.

— Les gars sont en train de relever les traces.

— Et ils ont découvert quelque chose ? Des indices ?

— Ils n'ont pas fini, Andreas. Essaie de te calmer.

— C'est facile à dire.

Il se retourna et donna un coup de pied dans une motte de terre. Il se pencha ensuite sur la barrière du pont et regarda la rivière, tentant de trouver la réponse dans ses remous. Que pouvait-il faire ? Pas de piste sérieuse. Pas d'indice. Rien. Il sortit son portable. Au même moment, un appel entrant. C'était Viviane.

— Andreas. Je viens d'avoir un coup de fil de la police de Bex. Une femme a été retrouvée… morte.

Il se laissa tomber à terre, la tête entre les mains.

Mikaël, au volant de la BMW, suivait Karine, qui roulait à vive allure. Au bout de la route des Dévens, ils bifurquèrent à droite en direction du Bévieux. Juste après les Salines de Bex, ils prirent la route de la Barmaz qui longeait l'Avançon, puis la route de Sublin qui menait à l'usine électrique de la Peuffeyre, à trois kilomètres en amont. C'est à cet endroit que le corps avait été retrouvé, environ six kilomètres en aval du lieu où Psycho Billy s'était débarrassé de la précédente…

Trois véhicules de la gendarmerie étaient déjà sur place. Andreas sortit de la voiture et se précipita vers le pont qui traversait la rivière. En contrebas sur un monticule, il aperçut le cadavre d'une femme allongé sur le ventre, portant des habits vintage. Son cœur se mit à battre à tout rompre. Il enjamba la barrière et sauta, avant que quiconque ne puisse l'en empêcher. Il courut jusqu'au corps et le retourna pour voir son visage.

Mikaël avait suivi son compagnon et arriva essoufflé. Il s'agenouilla juste derrière lui. Andreas avait la tête dans les mains et sanglotait. Il le prit dans ses bras, n'osant pas regarder dans la direction du cadavre. Il avait entendu les récits d'Andreas, mais de là à voir une victime de mort violente… Surtout si c'était sa belle-sœur Jessica. Une femme dont il admirait la force de caractère et la gentillesse.

Andreas se retourna vers lui. Ses yeux étaient baignés de larmes :

— Mikaël, ce n'est pas elle !

Il prit son ami dans ses bras. Ils étaient tous deux à la fois soulagés et inquiets. Ce n'était pas elle, mais Jessica n'était pas tirée d'affaire pour autant. Elle était entre les mains d'un psychopathe totalement imprévisible.

Chapitre 96

Devant Mikaël se dressait la Zytturm – la tour de l'horloge. Zoug était une charmante ville au bord du lac du même nom. Elle comptait environ trente mille habitants, bien moins que sa voisine Zurich, la ville la plus peuplée de Suisse. Zoug était connue comme étant un paradis fiscal au sein même du pays. Une fiscalité attractive et une qualité de vie très agréable en avaient fait un lieu prisé des particuliers, mais aussi des entreprises.

Mikaël avait obtenu un rendez-vous avec Natalia Tchourilova. Il n'avait pas pu en informer Andreas, qui, après les émotions de la veille, était parti à Lausanne aux aurores. Les forces de police et Andreas avaient pour priorité de retrouver Jessica. De son côté, il ne pouvait rien faire de plus. Il pouvait en revanche se changer les idées et prendre les devants en creusant le filon de l'affaire immobilière auquel il s'intéressait depuis quelques jours. Il avait découvert des éléments intéressants ce matin-là sur Internet et il espérait faire progresser l'enquête.

Il passa sous la tour de l'horloge et, deux rues plus loin, il se retrouva face à une très belle maison à colombages sur laquelle figurait une plaque métallique dorée gravée de l'inscription suivante : SQIRE SA. Swiss Quality In Real Estate SA était la société immobilière dont le projet à Gryon semblait causer la mort de quiconque se mettait en travers de son chemin.

Mikaël fut accueilli par une réceptionniste blonde à la silhouette élancée. Elle lui demanda de patienter et annonça son arrivée en russe par téléphone. Après avoir raccroché, elle l'accompagna dans une salle de réunion sans rien lui proposer à boire.

Un homme élégant en costume sombre entra et s'assit. Il se présenta comme le responsable des relations publiques. Mikaël décida de ne pas l'aimer. Son air condescendant l'indisposait.

— J'avais rendez-vous avec Mme Tchourilova.

— Elle n'est pas là. C'est moi qui vais répondre à vos questions.

L'homme déposa devant lui plusieurs brochures en papier glacé au sujet de l'entreprise et de ses activités.

— Merci. Mais je ne suis pas venu pour consulter vos prospectus. J'ai des questions à poser à Mme Tchourilova au sujet d'un projet immobilier à Gryon.

Le visage hermétique de l'homme se renfrogna et il dévisagea son interlocuteur avec un regard noir.

— Je ne peux rien vous dire à ce sujet. Vous trouverez toutes les informations nécessaires sur notre site Internet.

— Écoutez ! Je ne suis pas intéressé par le baratin que vous servez à vos clients ! Si je ne rencontre pas la directrice, je vais rédiger mon article au sujet du projet de Gryon sans le lui soumettre. Et vu ce que je sais, je ne suis pas certain que ça lui fasse plaisir.

Face au manque de réaction de son interlocuteur, Mikaël se leva de sa chaise. Il décida d'employer les grands moyens.

— Dites-lui que je parlerai de sa relation avec Andreï Klitschko.

Puis il lui tourna le dos et se dirigea vers la sortie.

— Attendez…

L'homme l'avait rattrapé.

— Je vais voir ce que je peux faire. Reprenez place.

Il revint après quelques minutes.

— Elle va vous recevoir.

— Je pensais qu'elle était absente.

L'homme resta impassible.

— Suivez-moi.

Il le fit entrer dans une pièce spacieuse au mobilier contemporain. Au centre, un bureau ovale en verre. Une femme dans la quarantaine y était assise. Elle avait de longs cheveux blond platine et des yeux verts. Son visage lisse et symétrique avait sans doute enrichi son chirurgien. Ses mains posées sur le plateau et ses ongles vernis en rouge rubis attiraient le regard. Elle se leva et vint saluer son visiteur. Elle portait un tailleur noir de marque composé d'une veste cintrée et d'un pantalon qui mettait en valeur ses fines jambes élancées. Perchée sur des talons aiguilles, elle dépassait Mikaël de presque une tête.

— Natalia Tchourilova.

— Mikaël Achard. Merci de me recevoir.

Elle l'invita à prendre place de l'autre côté de la table ovale plutôt que dans le coin canapé, comme pour garder ses distances. Elle se rassit, posa ses coudes sur le plateau en verre, les mains jointes, et avança son buste, comme pour prendre une posture offensive. Son pendentif en platine incrusté d'un gros rubis ne laissait pas de doute sur ses moyens financiers ni sur son désir de les montrer. De son attitude se dégageait un mélange d'arrogance et de dureté. Une femme à poigne.

— Vous avez des questions au sujet d'un projet immobilier, m'a expliqué mon adjoint.

Son expression ne laissait rien paraître. Le botox devait expliquer en partie cette impassibilité. Et l'antipathie était sans doute inscrite sur le cahier des charges des employés de ces bureaux.

— Que pouvez-vous me dire au sujet de Frience Luxury Estate ?

— C'était un projet immobilier, mais il est tombé à l'eau.

— Il semble que non… une holding achète actuellement les terrains qu'il vous manquait pour lancer le projet.

Son regard marqua une légère surprise, mais aucune inquiétude n'était perceptible.

— Je ne suis pas au courant.

— Parlez-moi d'Andreï Klitschko.

— C'est un homme d'affaires russe réputé. Pourquoi ?

— Vous le connaissez, non ?

— Pas personnellement.

— Et pourtant votre père, Sergueï Tchourilov et lui ont travaillé ensemble au SVR, le Service des renseignements extérieurs russe.

— Vous me l'apprenez. Je ne sais pas grand-chose du passé de mon père.

— D'ailleurs, je me permets de vous adresser mes condoléances, chère madame.

— Ce n'est pas nécessaire. Et je ne répondrai plus à aucune de vos questions sur ma vie privée.

— Madame Tchourilova, laissez-moi vous exposer la situation. Votre père était le propriétaire de la SQIRE. Il achète un terrain à Gryon pour près de trente millions et le projet capote. Il y a un mois de cela, il est exécuté à Berlin lors d'une représentation à l'opéra. Une semaine plus tard, c'est vous qui reprenez en main les rênes de l'entreprise en Suisse. Klitschko, l'ancien collègue et ami de votre père, acquiert les biens immobiliers qui manquent pour débuter le fameux projet. Et depuis, les personnes en lien avec cette affaire disparaissent les unes après les autres. Un paysan, Serge Hugon, refuse de céder son terrain et il meurt. Ensuite, c'est le tour de l'avocat de la holding, Adrian Schuller. Et depuis quelques jours, vous vendez des actions qui sont rachetées par une entreprise russe. Et cette société russe se trouve appartenir à la holding de Klitschko. Vous souhaitez que je continue ?

— Monsieur comment ? Acart ? C'est ça ?

— Achard. Avec un *h*. Et pas de *t* à la fin. Un *d*. Mais il ne se prononce pas.

— Tout ceci est fort intéressant, mais vous faites fausse route. Mon père est mort pour ses prises de position politiques. Que je ne partage pas, par ailleurs. J'ai eu plaisir à parler avec vous, mais là je vais vous demander de bien vouloir partir.

Elle se leva et lui tendit la main. Au même moment, la porte s'ouvrit et un cerbère, aussi peu amène que ses collègues, se présenta à Mikaël.

— Suivez-moi.

Mikaël s'exécuta. L'homme le guida vers le hall d'entrée. Il lui glissa à l'oreille :

— Si j'étais à votre place, j'arrêterais de fouiner. On ne sait jamais, un accident est si vite arrivé.

Mikaël avait vu juste et s'en était réjoui, mais la menace lui fit froid dans le dos.

— La porte est par ici, indiqua le gorille d'un geste ferme.

En se dirigeant vers la sortie, Mikaël croisa un homme au regard bleu glacier qui le fixait. Décidément, cet établissement était fréquenté par une belle brochette de personnages qui dégageaient autant de chaleur qu'un hiver sibérien.

Chapitre 97

Hôtel de police,
Lausanne, lundi 1er avril 2013

La découverte de la veille avait eu un effet dévastateur sur le moral des troupes. L'ambiance était morose et les visages abattus. Et à ce stade, aucune piste sérieuse ne permettait d'entrevoir le bout du tunnel.

Viviane prit la parole :

— Nous avons deux femmes mortes, une troisième à l'hôpital et une quatrième, Jessica, la sœur d'Andreas, qui pourrait être la prochaine victime si nous ne la retrouvons pas rapidement.

En voyant le visage de la dernière victime, Andreas avait été soulagé. Ce n'était pas Jessica. Mais le réconfort fut de courte durée. Même s'il ne l'avait pas contactée par un site de rencontre, modifiant ainsi son mode opératoire, Andreas restait persuadé qu'elle avait été enlevée par Psycho Billy et qu'elle était donc en danger. Viviane lui avait demandé de se récuser, mais Andreas avait refusé net. Il avait argué qu'il enquêtait sur le meurtre de femmes et qu'après tout, sa sœur avait peut-être décidé de prendre l'air. L'argument ne trompait personne, mais comme nul ne pouvait avoir l'absolue certitude que Jessica avait été enlevée par Psycho Billy, Viviane estima qu'elle préférait ne pas se passer de ses compétences pour l'instant, en espérant qu'elle n'aurait pas à s'en mordre les doigts.

La nouvelle victime était Nathalie Vernet, quarante-deux ans, propriétaire et gérante du Refuge de Frience. Elle avait été retrouvée, tout comme les deux femmes précédentes, vêtue d'une robe vintage. Sa gorge avait été tranchée.

Doc, qui avait été invité à participer à la séance, prit la parole à la demande de Viviane. Il se racla le gosier, mais vu la situation, il ne se permit pas comme à son habitude les quelques blagues ou extravagances qui faisaient habituellement partie de son répertoire.

— Le décès est dû à un coup de couteau. La veine jugulaire a été tranchée et la victime est décédée très rapidement en se vidant de son sang. Le coup a été porté de manière nette et précise. Elle avait très certainement les bras attachés. Des marques d'abrasions circulaires sont visibles autour des poignets. La victime n'a pas été tuée là où le corps a été retrouvé, car aucune trace de sang n'a été trouvée sur place. Or la section de la veine jugulaire entraîne un important écoulement sanguin. Par ailleurs, on lui a mis la robe après la mort, car elle n'est pas maculée de sang.

— A-t-elle subi des violences sexuelles ?

— Non. Aucune.

— J'ai contacté le personnel du restaurant. Le dernier employé est parti peu après minuit. Selon ses dires, Nathalie Vernet était encore là. Elle devait compter la caisse et faire la mise en place des tables pour le lendemain, expliqua Karine.

— Nous l'avons retrouvée dimanche matin à 10 heures. À ce moment-là, elle était morte depuis moins de dix heures. Les lividités n'étaient pas fixées et la rigidité cadavérique n'était pas très avancée. Dans le cas d'une mort par hémorragie massive, la rigidité est plus lente à se mettre en place.

— Donc ?

— Euh, ben vous le savez maintenant comme moi. Elle est décédée entre minuit, heure à laquelle elle a été vue vivante pour la dernière fois et 6 heures du matin, puisque les rigidités avaient déjà montré leurs premiers signes au niveau de la nuque et des muscles masticateurs.

— Psycho Billy l'attendait certainement à la sortie, lança Nicolas.

— Ou alors elle avait un rendez-vous galant prévu avec son bourreau ? Je vous rappelle que son mode opératoire est de contacter ses victimes sur Internet.

— Une rencontre au milieu de la nuit ? s'interrogea Viviane.

— Elle avait peut-être rendez-vous juste pour un plan cul après la fermeture du restaurant, commenta Nicolas.

— Non, cela m'étonnerait, affirma Christophe. J'ai analysé son téléphone portable, son ordinateur à la maison et au refuge. Je n'ai trouvé aucun compte sur des sites de rencontres.

— C'est étrange. Les deux autres fois, il a gardé sa première victime pendant trois jours avant qu'elle ne s'enfuie et la deuxième deux jours avant de s'en débarrasser. Et là, il l'aurait tuée à peine quelques heures après ? commenta Karine.

— Et pourquoi l'aurait-il enlevée alors qu'il détient peut-être encore Jessica ? s'interrogea Christophe.

— Il voulait peut-être en avoir deux en même temps, estima Nicolas.

Andreas, qui avait écouté sagement jusque-là, prit la parole.

— Ce n'est pas l'œuvre de Psycho Billy !

Le silence se fit dans la salle. Si Andreas avait raison, cela pouvait bien être la réponse à toutes les incohérences et interrogations soulevées.

— Mais le meurtrier veut nous le faire croire.

— Je suis un peu perdue, admit Viviane.

— Nathalie Vernet n'a pas du tout l'apparence des proies que Psycho Billy recherche. Elle est brune aux yeux verts. Les autres ont les cheveux châtains et les yeux bleus. La presse a parlé des robes vintage, mais pas du physique des femmes. Le tueur de Vernet pensait réaliser le crime parfait, mais il n'avait pas tous les éléments en main.

— Mais alors, qui aurait pu vouloir liquider Nathalie Vernet ?

— Le même qui a tué Hugon peut-être ? suggéra Karine.

— Encore cette affaire immobilière ? demanda Viviane.

— Exactement ! J'ai rencontré Nathalie Vernet la semaine passée. Elle m'a confirmé que l'agence lui avait fait une offre et elle l'a refusée. Elle ne désirait plus vendre. Et c'est le dernier terrain dont ils avaient besoin pour lancer le projet. Je lui avais suggéré de quitter Gryon un moment, mais, malheureusement, elle n'a pas suivi mes conseils. Je m'en veux, j'aurais dû insister. La faire mettre sous protection de la police…

— Tu ne pouvais pas savoir, pas avec certitude. Qui va hériter du restaurant maintenant ? s'interrogea Viviane.

— Nathalie Vernet est célibataire et ses deux parents sont décédés. J'ai vérifié. Aucun héritier légitime. Le refuge sera mis aux enchères. Et ils pourront l'acheter.

— Nous devons à tout prix les arrêter. Il faut convoquer Marie Pitou et lui faire cracher le morceau, ordonna Viviane.

— Ce n'est pas aussi simple. Marie Pitou est juste un maillon de la chaîne dans cette *Tour de Babel*. Nous devons réussir à relier ces meurtres à la société immobilière SQIRE et à cette holding, la SGS. Et nous devons identifier cet assassin qui œuvre dans l'ombre depuis le début, Mangiafuoco. J'irai rencontrer la directrice à Zoug pour commencer, mais avant cela je dois retrouver Jessica.

Chapitre 98

Jessica, allongée sur un matelas humide, avait perdu la notion du temps. L'homme était venu par trois fois lui apporter à manger. Une première fois avec des tartines de confiture et un bol de café. Ensuite des pâtes et un verre d'eau. Puis à nouveau des tartines et du café. Mais elle avait eu faim entre les repas. Elle en avait déduit qu'il ne respectait pas le rythme usuel des trois repas quotidiens. Elle avait cédé à la fatigue malgré l'inquiétude et s'était endormie plusieurs fois. Des phases d'inconscience entre les périodes lucides. Impossible de dire pendant combien de temps. Son ravisseur lui avait mis à disposition un seau pour qu'elle se soulage en cas de besoin qu'elle avait dû utiliser.

Elle avait été enlevée samedi après-midi après avoir amené Adam à son match de foot. Durant les premières heures, l'homme ne s'était plus manifesté. Elle avait été seule dans le noir, pieds et mains liés. Impossible de bouger. Il lui avait en revanche ôté le bandeau des yeux ainsi que le gros scotch qui couvrait sa bouche.

Mélissa et Adam devaient être inquiets. Pourvu qu'ils aient eu la présence d'esprit de contacter Andreas en premier lieu. Était-il à sa recherche ? Avait-il déjà compris qu'elle avait été enlevée par celui qu'ils appelaient Psycho Billy ? Elle l'espérait. Andreas savait que jamais elle ne partirait et ne laisserait ses enfants tout seuls sans prévenir.

Depuis qu'elle était enfermée, elle s'était murée dans le silence. Elle n'avait pas crié. Elle savait que cela ne servirait à rien. Elle devait garder son énergie et sa lucidité. Et tenter quelque chose le moment venu.

Tout s'était passé très vite. Mélissa était partie à l'anniversaire de son amie. Elle avait amené Adam au match de foot et était ensuite rentrée à la maison. Elle voulait profiter de son après-midi. Pour une mère célibataire, les moments de solitude étaient rares. Elle avait prévu de préparer son jardin pour l'été. Elle avait obtenu des graines de légumes anciens, d'une association de conservation dont elle était membre, qu'elle se réjouissait de semer. Au moment où elle avait passé la porte, elle avait eu un sentiment étrange, mais indéfinissable. Elle était alors montée dans sa chambre pour se changer. À peine entrée, elle avait senti une présence dans son dos et s'était retournée. Un homme masqué s'était jeté sur elle. Elle avait tenté de se débattre. Elle avait reçu un coup de poing en plein visage et était tombée à terre. Dans sa chute, elle avait entraîné l'homme qui avait terminé sa course sur la table de nuit. Il s'était ensuite accroché à ses jambes. Elle lui avait donné des coups de pied pour essayer de se dégager, mais il avait réussi à la ramener vers lui. Puis l'odeur du chloroforme. Et elle s'était retrouvée dans le noir.

Au moment où son ravisseur était rentré dans la cave, il avait allumé la lampe. Elle avait d'abord scanné la pièce du regard. Elle avait vu les terrariums. Un serpent qui ondulait contre une des vitres. Et puis le faciès de son agresseur. C'est là qu'elle avait compris. Jamais il ne la laisserait ressortir vivante… C'était un jeune homme. Un visage d'ange… et pourtant… Et elle le connaissait. Il était avec ses amis au concours de vaches. Puis elle l'avait revu lors de l'apéro à la ferme. Elle s'en souvenait parce qu'ils l'avaient regardée. Non, certains l'avaient *matée*. Avec insistance. Elle s'était sentie flattée, à son âge, d'intéresser des hommes qui avaient bien une quinzaine d'années de moins qu'elle. Si elle avait su que l'un d'entre eux était un dingue… mais bizarrement, elle n'avait pas peur. Elle voulait croire qu'Andreas la retrouverait. En attendant, elle devait essayer de trouver une solution par elle-même. Ne pas se rebeller. Entrer dans son jeu. Le mettre en confiance. Peut-être alors lui enlèverait-il les entraves qui l'immobilisaient. Elle pourrait l'assommer et tenter de fuir. Elle s'en sentait capable. Elle se sentait forte.

La première visite du jeune homme avait été brève. Il lui avait parlé d'une voix douce, lui demandant si elle allait bien. Si son œil ne lui faisait pas mal. Il s'était même excusé. Il lui avait apporté le petit déjeuner. Mais il ne lui avait pas détaché les mains. Il l'avait assise dans le coin sur le matelas et il lui avait donné à manger. Elle avait accepté. Elle avait besoin de forces.

Lorsqu'il était revenu avec le plat de pâtes, il s'était montré plus prolixe. Il lui avait dit qu'il allait bien s'occuper d'elle. Qu'il la trouvait belle. Était-il en train de tenter de la séduire ? Il lui avait apporté une robe.

— Est-ce qu'elle te plaît ?

— Elle est magnifique.

— Bientôt, tu pourras la mettre. Et je te maquillerai aussi. Je veux que tu sois la plus belle.

— Si tu veux, je peux me maquiller toute seule. Je pourrais me faire belle pour toi.

Il avait alors élevé la voix pour la première fois.

— Tu me prends pour un débile ? Tu crois que je vais te détacher pour que tu puisses te débattre ? Tu es pareille que les autres. Je voulais que tu m'aimes. J'ai toujours espéré que tu m'aimes. Moi, et pas ce rustre de paysan.

Puis il était parti en claquant la porte.

Ce *rustre de paysan* ? De qui parlait-il ? Cela ne pouvait pas être Antoine. Il était le seul paysan qu'elle connaissait personnellement, parce que c'était un ami de son frère. Mais elle n'éprouvait évidemment aucun sentiment amoureux à son égard. Ce psychopathe était-il en train de la prendre pour une autre ?

Ce matin, il était venu lui donner le petit déjeuner. Il n'avait rien dit et s'était énervé lorsqu'elle lui avait demandé comment il allait et prétendu qu'elle se réjouissait de mettre la robe. Il l'avait menacée d'ouvrir le terrarium et avait exigé son silence. Elle en avait fait un peu trop. Il avait vu dans son jeu. Il se méfiait d'elle à présent.

Jessica était maintenant seule depuis quelques heures. Il reviendrait sans doute ce soir. Elle sentait la peur s'installer en elle. Car elle savait comment cela allait se terminer. Le jeune homme la tuerait. La dernière victime avait été assassinée et abandonnée près d'un ruisseau deux jours après son enlèvement. Et plus le temps passait, plus l'espoir s'amenuisait. Andreas ne la retrouverait certainement pas à temps, malgré ce qu'elle s'efforçait de croire. Il lui avait dit le jour avant son enlèvement qu'il n'avait aucune piste sérieuse.

Mourir était hors de question. Cette idée la révoltait. Elle était inacceptable. Elle voulait voir grandir ses enfants. Et puis mourir sans révéler le lourd secret qu'elle portait la rendait triste et folle de rage. Quitter cette vie dans le mensonge. Un mensonge qu'on lui avait demandé de ne pas divulguer, pour le bien de son frère. Elle avait accepté le fait que ne rien savoir de son passé était mieux pour lui. Mais un traumatisme comme celui qu'il avait dû vivre ne s'effaçait pas si facilement. Elle s'était décidée à lui parler. À raconter la vérité. Mais elle n'avait pas trouvé le moment opportun. Et maintenant, elle était enfermée dans cette cave et les perspectives étaient sombres.

Chapitre 99

Buffet de la gare,
Gryon, lundi 1er avril 2013

Cédric rejoignit ses amis au moment où la serveuse leur apportait le plat du jour.

— Désolé du retard les gars.

— T'as dû aller faire à manger à ton père ? OK, il est handicapé… mais il peut pas se débrouiller un peu tout seul ? Tu vas devoir te pourrir la vie comme ça jusqu'à quand ?

— Occupe-toi un peu de tes affaires, Jérôme. Je me mêle des tiennes, moi ? Je viens pas te dire comment gérer ta vie. Et si tu as des problèmes avec ton paternel, j'y peux rien.

Le ton commençait à monter entre les deux camarades.

— Le mien est un connard et un lâche, c'est vrai. Mais toi tu es devenu l'esclave de ton père.

— Ça suffit les gars ! s'exclama Vincent.

C'est lui qui avait initié cette rencontre. En général, ils se voyaient plutôt le soir, mais leur emploi du temps chargé cette semaine-là n'avait pas rendu possible la traditionnelle tournée au Harambee.

— Je voulais vous donner des nouvelles de Romain.

— Il est toujours en prison, non ?

Cédric semblait soulagé que la conversation prenne une autre direction.

— Oui. Ils l'ont autorisé à passer un coup de fil et c'est moi qu'il a appelé. Il ne voulait pas parler à ses parents. Il est encore en détention provisoire, à l'endroit où était mon père. Son avocat pense qu'il sera relâché, en attendant le procès.

— Donc ils ne pensent pas que c'est le ravisseur ? demanda Jérôme.

— Non. Ils lui ont dit qu'il serait poursuivi pour lésions corporelles graves et je sais pas quoi… Il risque jusqu'à dix ans de prison.

— C'est quand même con de gâcher sa vie comme ça… réagit Cédric.

— Et la fille qu'il a renversée, elle va comment ? demanda Vincent à Jérôme.

— Elle est toujours dans le coma, je crois.

— Tu crois ? Tu bosses là-bas, non ? Tu devrais le savoir.

— Oui, mais elle n'est pas dans mon secteur. Elle est dans une chambre surveillée par la police. Et ceux qui s'en occupent sont tenus au secret sur son état de santé.

— J'ai parlé avec l'inspecteur Auer ce matin au téléphone. Je voulais savoir où en était l'enquête au sujet de mon père. Il m'a dit que c'était en cours, mais qu'il avait d'autres priorités. Sa sœur a été enlevée. Il n'a rien voulu lâcher de plus : enquête en cours… mais faut pas être Sherlock Holmes pour se dire que c'est sûrement ce taré de Psycho Billy. Ça fait froid dans le dos… À ce sujet, paraît qu'il y a eu du grabuge à l'hôpital ? T'es au courant ?

— Oui, c'était samedi. Une course-poursuite dans l'hôpital. Tout le monde en parle. Et depuis, plus personne ne rentre au service des soins intensifs sans se faire contrôler par un gendarme. Et seulement quelques personnes y ont accès. La police est en train d'interroger tour à tour tout le personnel hospitalier.

— Ils pensent que c'est quelqu'un qui travaille là-bas ? interrogea Cédric.

— Je n'en sais rien.

— Tu travaillais samedi, non ? Tu as vu la scène ?

— Vous arrêtez avec vos questions ? T'insinues quoi avec ton « *tu travaillais samedi* » ? Tu crois pas que c'est moi le psychopathe quand même ?

— Monte pas sur tes grands chevaux, je veux juste dire que tu as peut-être été témoin, t'es vachement chatouilleux en ce moment, Jérôme.

— Pique pas la mouche, je crois pas que Vincent insinuait quoi que ce soit. Et toi Vincent, arrête de le cuisiner. C'est pas parce que Jérôme travaille à l'hôpital qu'il en sait plus que nous. D'ailleurs, on pourrait changer de sujet, non ? Ça plombe l'ambiance tous ces meurtres…

Jérôme regarda sa montre et dit :

— Bon les gars, à propos de changer de sujet, ce soir je travaille de nuit. Faut que j'aille dormir un moment. À plus.

Il laissa un billet sur la table pour régler sa part de l'addition et prit congé de ses amis, que la conversation avait rendus moroses.

Chapitre 100

Andreas quitta le poste de police. Son téléphone portable avait sonné plusieurs fois. Ses parents s'inquiétaient et voulaient des nouvelles de leur fille. Malheureusement, Andreas n'en avait pas. Il hésita à retourner à la maison et à les appeler depuis sa voiture. Il était épuisé. Il avait besoin du réconfort de Mikaël, de la chaleur de ses bras. Mais il se mit à leur place. Imagina l'angoisse qui devait les étreindre. Sans compter Adam et Mélissa, qui avaient trouvé la chambre de leur mère sens dessus dessous et avaient tout de suite compris qu'un malheur était arrivé.

Avant de retourner à Gryon, il se décida finalement à faire un détour pour tenter de les rassurer. Leur faire comprendre qu'ils avaient la situation en main. Si seulement il en était lui-même convaincu.

La circulation était assez fluide, et il arrivait à Cheseaux-sur-Lausanne. Ses parents habitaient ce village du Gros-de-Vaud, dont ils avaient vu la population et les commerces se développer considérablement durant les vingt dernières années. Ils vivaient dans une maison mitoyenne, qui les avait accueillis, lui et sa sœur, dans des circonstances heureuses, comme les fêtes de famille, mais aussi moins heureuses, comme quand Jessica et ses enfants s'y réfugiaient pour fuir un mari et un père violent. Ce jour-là, c'est avec un gros pincement au cœur qu'Andreas gara la voiture et pénétra dans le jardin de la villa. Sa mère, qui l'avait entendu arriver, se jeta dans ses bras :

— Oh, Andreas…

Il la serra fort et songea qu'avec l'âge, elle paraissait plus petite, plus frêle. Dans d'autres circonstances, c'est elle qui l'avait consolée. Après les genoux écorchés et autres bobos de l'enfance. Aujourd'hui, les rôles étaient inversés. Son père se tenait dans l'encadrement de la porte. Les traits de son visage étaient marqués. Il avait l'air d'avoir pris dix ans en quelques jours.

Quand il pénétra dans la maison, les enfants se tenaient debout, à quelques mètres derrière leur grand-père. C'était inhabituel. En temps normal, ils couraient vers lui et se jetaient dans ses bras. Mélissa serrait la main de son frère, alors qu'ils avaient plutôt tendance à se taquiner ou se quereller. Andreas mesura, à leur attitude d'adultes, l'inquiétude qu'ils devaient ressentir.

Sa mère releva la tête :

— Jessica ? demanda-t-elle d'une voix craintive.

— Nous n'avons encore aucune nouvelle. Mais toute la brigade est sur l'affaire. Nous la chercherons nuit et jour. Sois-en sûre.

— Je n'en doute pas, mais… et s'ils ne la retrouvaient pas ? Ou trop tard ?

— Ne pense pas à ça. Ils la retrouveront. Nous la retrouverons. En bonne santé.

Il avait voulu donner à sa voix l'assurance qu'il ne ressentait pas au fond de lui. Cela avait dû marcher, car sa mère eut l'air un peu apaisée. Son père, en revanche, était livide.

Il se dirigea vers les enfants, se baissa et les enlaça, tous les deux en même temps. Adam se mit à pleurer. Mélissa retenait ses larmes.

— Regardez-moi dans les yeux !

Ils obéirent.

— Je vous promets qu'on va retrouver votre mère. Sinon, vous voyez ça ? Il sortit de sa veste son insigne de police. Sinon, je n'en serai plus digne. Alors je vous jure que, très bientôt, votre maman sera là avec vous et vous serrera dans ses bras. Vous pensez que je mens ? Ou vous voyez dans mes yeux à quel point je suis sérieux ?

Les deux enfants hochèrent la tête. Adam avait cessé de pleurer. Mélissa esquissa un sourire crispé et l'enlaça :

— T'es le meilleur, tonton.

Pourvu qu'elle ait raison, songea Andreas. Pourvu que cette fois-ci, cette fois-ci seulement, il soit le meilleur. En tout cas, il n'avait pas menti sur un point : s'il ne retrouvait pas Jessica vivante, il ne serait plus jamais digne d'être flic.

Sa mère réapparut dans le hall d'entrée :

— Vous venez dans le salon ? Le thé est prêt. Andreas, toi, je t'ai fait un café.

Ils se rendirent tous dans le salon, pour tenter de se réconforter en famille, avec les gestes du quotidien mille fois répétés.

Chapitre 101

Chalet L'Étoile d'argent,
Gryon, lundi 1ᵉʳ avril 2013

De retour de son excursion au bord du lac de Zoug, Mikaël avait hâte qu'Andreas arrive pour lui raconter son entretien avec Natalia Tchourilova. Ils tenaient le bon bout. La directrice de la SQIRE et Andreï Klitschko étaient de mèche. Et Klitschko menait le bal. Il en était maintenant persuadé. Mais même s'il en était convaincu, il devait trouver des preuves. Et pour le moment, il était bloqué. Avec Andreas, ils trouveraient certainement une solution pour faire avancer cette enquête.

Son téléphone portable sonna. Il décrocha et une voix de femme se fit entendre.

— Monsieur Achard ?

— Oui, c'est moi.

— Je sais que vous faites des recherches sur Tchourilov et Klitschko. J'ai des informations qui pourraient vous intéresser.

— Qui êtes-vous ?

— Mon nom importe peu. Je suis une journaliste russe. Je suis en train d'enquêter sur Klitschko et ses affaires louches.

— Russe ? Cela ne s'entend pas. Vous parlez parfaitement le français.

— Je suis indépendante et je vis à Paris depuis bientôt vingt ans.

— De quel genre de renseignements disposez-vous ?

— Des éléments qui démontrent le lien entre la société d'investissement qui est en train d'acheter les actions de la SQIRE et Klitschko. Rencontrons-nous et je vous en dirai plus.

— Comment êtes-vous au courant que je m'intéresse à Klitschko ?

— J'ai une taupe au sein de la SQIRE. Je sais que vous y êtes allé ce matin.

Mikaël était de nature méfiante, mais la personne au bout du fil avait attisé sa curiosité et son histoire semblait tenir la route.

— Et pourquoi me donner ces informations ? Qu'avez-vous à y gagner ?

— Klitschko est responsable de la mort de mon frère. Et je veux le venger. Je cherche par tous les moyens à lui nuire. Dès que j'aurai réuni toutes les preuves nécessaires, je le balancerai à la police. Mais si je peux faire avorter son projet en Suisse, j'en serai très heureuse.

— Vous ne m'avez pas encore dit votre nom ?

Il sentit une hésitation au bout du fil.

— Anna Filatov.

— Quand est-ce que nous pouvons nous rencontrer ?

— Je suis actuellement en route pour Gryon. Le GPS m'indique que j'y serai dans trente minutes.

— À Gryon ?

— J'ai appris pour le décès de Schuller et j'ai lu la presse. Des choses surprenantes se produisent depuis quelque temps. J'ai pris l'avion pour Genève. Je voulais enquêter sur place.

— On pourrait se voir au Buffet de la gare à Gryon. Vous trouverez facilement.

— Non, pas de lieu public. Un endroit discret, plutôt. Ils ne doivent pas savoir que je suis là.

— Qui ça, ils ?

— Les hommes de Klitschko. Ils surveillent tout et ils vous ont à l'œil. Je ne veux prendre aucun risque.

— Alors. Attendez… Je réfléchis.

Un lieu discret… Il commença à hésiter. Mais la journaliste lui paraissait crédible. L'occasion était trop belle pour la laisser passer. Il eut une idée.

— En arrivant à Gryon à la place de la Barboleuse, vous suivrez la route de Solalex jusqu'au pont qui traverse l'Avançon. Cent mètres après le pont, tournez sur la droite. C'est la route de Matélon. Vous y verrez une carrière. Je vous y attendrai dans ma voiture.

— Parfait. À tout à l'heure.

Après avoir raccroché, Mikaël vérifia sur Internet le nom d'Anna Filatov et tomba sur un profil LinkedIn qui semblait correspondre à la femme qui venait de le contacter. Il décida ensuite d'appeler Andreas, mais tomba sur son répondeur et lui laissa un message. Il sortit de la poche extérieure de son veston un gadget digne de l'agent 007, qui semblait tout droit sorti du hangar de Q. Un stylo qui comportait une caméra intégrée. Ils l'avaient trouvé lors d'un voyage en Italie, dans une boutique qui vendait des appareils de surveillance. Andreas avait absolument voulu l'acheter, et Mikaël s'était moqué de lui : à présent, Andreas

417

n'avait plus qu'à attendre que *Her Majesty the Queen* le contacte pour une mission spéciale. Mais, dans les faits, c'est lui qui l'avait utilisé. À plusieurs reprises. Lors d'entretiens avec des sources. Et aussi ce matin à Zoug. Il s'assura que la batterie était chargée.

Chapitre 102

Christophe n'avait pas quitté l'écran de son ordinateur depuis vingt-quatre heures. Mais cela avait valu la peine. Il avait enfin réussi à rentrer en contact avec Dan Manson à l'aide d'un profil sur meetic.ch : *Nicole, quarante-quatre ans, habitant dans le Chablais.* Viviane, sa supérieure, avait fait pression sur Charles Badoux, le procureur, pour qu'il obtienne rapidement une autorisation d'infiltration auprès du tribunal des mesures de contrainte.

Christophe y avait ajouté une photo trouvée sur Internet qui correspondait au physique des autres femmes enlevées : cheveux châtains mi-longs, yeux bleus, visage fin. Il avait réfléchi à la façon d'entrer en contact sans éveiller les soupçons de Dan Manson. Un profil récemment créé qui le contacte directement aurait pu attirer son attention et lui faire flairer un piège. Attendre que ce soit l'assassin qui se mette en rapport avec lui était sûrement la meilleure solution, mais ils n'avaient plus beaucoup de temps devant eux. Ils devaient retrouver Jessica au plus vite. Il avait découvert que Meetic offrait la possibilité de faire un test d'affinités. Si ce test permettait de tomber *par hasard* sur Dan Manson, ce serait une bonne raison de prendre contact. Il avait dû s'y employer à plusieurs reprises avant que le profil de l'homme qu'il recherchait apparaisse dans *la sélection des célibataires*. Il avait trouvé l'exercice difficile. Ce n'était pas un problème informatique ou logique. Il avait dû imaginer ce que Psycho Billy, alias Dan Manson, avait renseigné comme critères pour construire son profil de séducteur capable d'attirer de belles quarantenaires. Se détacher de ce qu'ils avaient appris de lui d'après les meurtres pour se figurer comment l'assassin lui-même se percevait. Comment il s'idéalisait dans l'œil de ses futures victimes. Mais il y était finalement parvenu. Se présenter comme *une femme qui cherchait un homme* et habitait dans la même région que Dan Manson avait certainement facilité le processus de sélection. Il s'était alors fendu d'un message envoyé à 11 h 35 :

« Bonjour Dan,

Lorsque j'ai rempli le test d'affinité, ton profil est apparu. Je suis nouvelle sur ce site. Après plus de vingt ans de mariage, j'ai décidé qu'il était temps pour moi de passer à autre chose. Ma vie de couple n'est plus ce qu'elle était. J'ai envie de connaître à nouveau l'excitation d'une rencontre. Aller à la découverte de l'inconnu. Me laisser surprendre. Sentir mon cœur s'emballer. Nous habitons la même région et j'ai vu sur ton profil que tu aimais les balades en montagne. Moi aussi. Je serais ravie d'avoir un message de ta part.

Nicole »

L'homme qui s'enivrait du parfum de sa mère était connecté. La première page qu'il ouvrit fut celle du site de rencontre. Il avait reçu un message dans la matinée. Une femme habitant la région. Il avait regardé son profil et était resté en admiration devant sa photo. En général, c'est lui qui prenait l'initiative du contact, car il ne s'intéressait qu'à celles qui correspondaient parfaitement à ses critères. Les messages qu'il recevait des autres, il les ignorait. Mais cette Nicole ressemblait à sa mère. Elle lui plaisait. Il commença à rédiger une réponse, puis se ravisa. La femme idéale était déjà dans sa cave. Il devait se dévouer entièrement à elle. Se consacrer maintenant à une autre, c'était la tromper ou la remplacer. Ce n'était pas encore le cas, même s'il était un peu déçu par ses réactions. Elle était rusée et essayait de le manipuler. Ce n'est pas comme cela qu'il l'avait imaginée. Peut-être que passer du temps seul à la cave l'aurait calmée et quelque peu adoucie. Peut-être allait-il désormais lire la soumission dans son regard.

Il voulait voir comment évoluerait la situation. Il pourrait toujours répondre à l'autre plus tard. En attendant de la rejoindre à la cave, il s'était connecté sur son forum préféré, consacré aux bêtes venimeuses.

Un des derniers messages postés attira son attention :

« *Je suis dans la région de Lausanne et je cherche à acquérir un serpent exotique. Est-ce que quelqu'un sait à qui je pourrais m'adresser ?*

David »

Christophe était toujours devant son écran. Il attendait une réponse qui semblait ne pas arriver. En patientant, il avait fait des recherches sur les serpents venimeux. Il avait été impressionné de voir les nombreux sites consacrés au sujet, et surtout tous les élevages existants. Souvent de pythons. Mais pour les reptiles exotiques mortels, c'était plus compliqué. Il s'était même inscrit sur un forum et venait de recevoir une réponse sous forme de message privé.

« *Salut David,*
Tu peux t'adresser à Exotic Snake. Il s'appelle Éric.
Il pourra sans doute t'aider.
Salutations,

Dan »

Un message d'un certain Dan… Manson ? Il ne devait pas y avoir dans la région des dizaines d'adeptes de serpents venimeux qui utilisaient le pseudo de Dan. Si c'était bien lui, il avait choisi le même pseudo que sur Meetic ! Ce n'était pas très prudent, mais cela arrangeait bien ses affaires. Christophe avait espéré l'appâter via un site de rencontre et c'était finalement sa marotte de collectionneur qui allait peut-être le trahir.

« *Merci Dan,*
Tu as aussi des serpents exotiques ? Je suis un fan.
J'ai un python royal et un crotale. Et toi ? »

« *J'ai surtout des pythons. Mais j'ai dernièrement acheté un taïpan du désert. C'est un des serpents australiens les plus venimeux.*
Une bête splendide. »

« *Excellent. Et tu l'as acheté où ?* »

« *Il faut voir avec Éric.* »

Un taïpan du désert. Cela ne pouvait être une coïncidence. Christophe était très probablement en train de parler avec Psycho Billy. Ses pulsations cardiaques augmentèrent. L'enjeu s'avérait de taille. Il devait maintenant essayer d'obtenir des informations plus précises. Le localiser ? Proposer une rencontre ?

« *Je n'ai jamais vu de taïpan. J'en rêve... Tu habites aussi en Suisse ?* »

« *Oui.* »

« *Moi, j'habite à Monthey. Et toi ? On pourrait se rencontrer. Tu serais d'accord de me le montrer ?* »

« *On se connaît pas.* »

« *Oui, tu as raison. Désolé. C'était un peu précipité.* »

« *Qui me dit que tu n'es pas un flic ? Ce genre de bestioles, c'est interdit. D'ailleurs, je n'ai pas souvenir d'avoir déjà vu ton profil sur ce forum.* »

Il commençait à se méfier.

« *Moi, un flic ? Non. Je suis nouveau sur ce forum. Je faisais justement des recherches pour trouver des contacts.* »

En parallèle, il avait envoyé un message au fameux Éric et la réponse arriva.

« *Salut David, malheureusement je ne suis pas la bonne personne pour ce que tu cherches.* »

Dan s'était avancé en lui donnant le prénom d'Éric, mais vu l'évolution de leur conversation et sa méfiance croissante, il l'avait sans doute rapidement avisé et lui avait conseillé de couper court aux demandes de Christophe alias David. Il se retrouvait dans une impasse. Il voulut envoyer encore un message à Dan, mais son profil n'était plus actif. Il avait quitté le forum.

Il ne lui restait plus qu'à espérer une réponse sur Meetic. Mais en attendant, il eut une idée et appela un de ses collègues.

— Des éleveurs ou revendeurs de serpents ? Oui, il y en a dans la région.

— Tu en connais qui auraient des bestioles venimeuses ? Un certain Éric ? Il a aussi un pseudo : Exotic Snake.

— Ah oui, je sais qui c'est. Mais à ma connaissance, il n'a pas de serpents venimeux. Il habite dans un immeuble à l'avenue de Riant-Mont à Lausanne. Attends, je regarde. Au numéro 10.

Chapitre 103

Mikaël attendait déjà depuis une vingtaine de minutes. Il se sentait un peu tendu. Il savait qu'Andreas – qui n'avait toujours pas rappelé – n'apprécierait pas qu'il s'implique ainsi. Faire des recherches était une chose. Participer activement à l'enquête sur le terrain en était une autre. Il entendit le bruit du moteur d'une voiture et vit dans son rétroviseur une Ford Focus blanche avec des plaques immatriculées *AI*, un véhicule de location, qui se gara juste derrière lui.

Mikaël sortit de sa voiture et fit quelques pas en direction de la Ford. À l'intérieur, il aperçut la silhouette non pas d'une femme, mais d'un homme. Son sang ne fit qu'un tour, et son rythme cardiaque s'emballa au moment où il le reconnut.

Son regard.

Les yeux bleu glacier…

Mikaël l'avait croisé le matin même à Zoug dans les bureaux de la société immobilière.

C'était un piège.

— Mangiafuoco !

L'homme était, lui aussi, sorti de son véhicule et avait dégainé son arme.

Mikaël resta figé, puis dans un dernier élan de lucidité, déclencha la caméra intégrée de son stylo. Il entendit alors le bruit sourd du coup de feu. Puis une forte douleur et il s'écroula.

Litso Ice s'approcha. Il avait prévu de ne pas lui tirer dessus afin de ne pas attirer l'attention sur son pistolet d'origine russe. Il voulait le tuer d'un coup de couteau, mais en le voyant glisser la main dans sa poche il s'était dit qu'il était peut-être armé lui aussi. Il fouilla en vain l'intérieur du blazer. C'est alors qu'il vit dans la poche extérieure un stylo avec une lumière bleue qui clignotait. Il connaissait ce modèle. Une mini caméra-espion dotée de la technologie 4G capable de sauvegarder son et image simultanément sur Internet.

Quelqu'un avait-il assisté à la scène en direct ? Ou alors était-elle maintenant sauvegardée sur l'ordinateur de ce journaliste fouineur ?

Il fouilla à nouveau les poches de l'homme à terre et en sortit son téléphone portable. Il le déverrouilla à l'aide du pouce de sa victime et accéda à l'application enregistrant les fichiers vidéo de la caméra. Il enclencha *play* et se vit en train de tirer. Brièvement et de relativement loin. Puis des images de ciel. Et ensuite son visage en gros plan au moment où il s'était penché au-dessus de lui. Il était parfaitement reconnaissable. Il n'avait même pas pris la précaution de se déguiser, n'ayant pas imaginé un seul instant qu'il pourrait être filmé à son insu.

La veille, en passant devant le panneau d'affichage au centre du village, il avait vu un portrait-robot placardé. C'était lui, aucun doute. Avec le déguisement dont il s'était affublé pour aller voir le banquier à Genève. Cet imbécile avait dû parler.

Il s'en voulut. Cette fois, il avait agi dans l'urgence et la précipitation, alors qu'il excellait d'habitude dans la planification. Mais le mal était fait.

Impossible cependant de supprimer le fichier de sauvegarde qui était sans doute déjà enregistré sur une page web sécurisée. Il ouvrit la fonction de paramétrage. Un lien vers le fichier avait été envoyé par SMS sur le téléphone portable qu'il tenait entre ses mains, mais aussi sur un autre au nom d'un certain Andreas… La seule solution était de trouver l'ordinateur du journaliste en espérant qu'il puisse se connecter au programme et d'effacer la vidéo avant que cet Andreas n'y accède. Mais peut-être était-ce déjà trop tard…

Litso Ice entendit au loin le bruit d'une voiture. Il emporta le stylo et le téléphone portable puis il monta dans la sienne et s'éloigna des lieux.

Chapitre 104

Cheseaux-sur-Lausanne et Gryon, lundi 1er avril 2013

Andreas avait fait ce qu'il avait pu pour essayer de rassurer ses parents pendant une bonne heure. Arrivé vers la voiture, il constata que son téléphone était sur le chargeur. Il avait cru l'avoir sur lui. Quel imbécile ! Karine avait peut-être tenté de le joindre avec des informations sur Jessica. Dans son souci d'affronter le chagrin de ses parents, il avait oublié l'appareil et ne s'en était même pas aperçu. Il avait un message sur son répondeur. Ce n'était pas Karine, mais Mikaël qui l'informait qu'il allait rencontrer une journaliste russe. Il rappela, mais tomba sur sa boîte vocale. Bizarre… Cela ne voulait rien dire en soi. Mikaël ne répondait pas au téléphone quand il était en entretien. Mais il ressentit au creux de l'estomac une torsion d'angoisse qui n'avait rien à voir avec les soucis qui emplissaient déjà sa tête au sujet de Jessica.

L'homme qu'il venait d'abattre habitait dans un chalet non loin de là, en compagnie de l'inspecteur Andreas Auer. Il allait devoir jouer de prudence. Le journaliste était l'ami d'un flic, ce n'était vraiment pas de chance. Quelques recherches dans son téléphone lui avaient donné toutes les informations : notamment l'adresse de sa victime et la photo du fameux Auer. Il avait alors eu la surprise de reconnaître l'inspecteur homosexuel du concours de vache. Il appréciait les libertés qu'offraient les sociétés occidentales, mais, de là à considérer l'homosexualité comme une norme, il y avait des limites ! Certes, elle avait existé de tout temps, même dans la Russie communiste. Il n'était pas pour les arrêter et les poursuivre, mais, de là à promouvoir leur mode de vie... Les *gays pride*, le mariage *gay*, *gay* par-ci *gay* par-là... Le simple terme *gay* l'irritait déjà. Enfin, on parlait tout de même d'une déviance !

Litso Ice était entré sans peine dans la maison en forçant la serrure. Il était assez curieux de savoir à quoi ressemblait l'intérieur d'un couple homosexuel, mais il devait bien admettre qu'il aurait tout aussi bien pu être chez n'importe quel couple. Il avait d'abord fait le tour du rez-de-chaussée sans perdre de temps. Au salon, il était tombé nez à nez avec un chien. Heureusement, ce n'était pas un rottweiler ou un doberman, mais une grande boule de poils inoffensive. Il n'avait même pas grogné. Il devait se dépêcher. Il monta ensuite les escaliers et entra dans le bureau où il vit un ordinateur portable ouvert. Il s'assit et appuya sur le clavier pour désactiver l'écran de veille qui faisait défiler des photos de paysages australiens.

Andreas ouvrit le dernier e-mail reçu et cliqua sur le lien qu'il contenait. Une vidéo s'afficha. En voyant les premières images, il eut des sueurs froides. Un homme, cheveux coupés à ras et des yeux bleus perçants.

Il pointait une arme. Le bruit du tir. Ensuite, l'image bascula et il aperçut un ciel azur traversé de nuages.

Par chance, aucun mot de passe ne lui barrait la route. Litso Ice cliqua sur l'icône de l'application qui s'ouvrit en un rien de temps. Une vidéo avait bien été sauvegardée moins d'une heure auparavant. Il repéra facilement le lien vers le site Internet où le fichier avait été enregistré. Un message s'afficha : « *Synchronisation terminée.* » Il appuya sur l'icône représentant une corbeille et le fichier disparut. Il rouvrit ensuite les paramètres et il trouva le lien vers le dossier sur le disque dur où les fichiers étaient automatiquement synchronisés au moment de l'activation de l'application. Dans le dossier figuraient de nombreux sous-dossiers. Il élimina le fichier, mais son regard fut attiré par une autre vidéo portant le nom de « *Zoug, SQIRE, 1.4.2013* ». Elle durait une quarantaine de minutes. Il reconnut les locaux de la société immobilière et avança la vidéo jusqu'aux dernières minutes. C'était au moment où le journaliste quittait les lieux qu'il l'avait croisé. Pas de doute, il était là, bien reconnaissable. Il supprima le fichier rageusement et vida la corbeille.

Litso Ice prit ensuite l'ordinateur et le lança de toutes ses forces sur le sol. Il se brisa et les morceaux s'éparpillèrent. Il récupéra le disque dur. En descendant l'escalier, il fut surpris par un bruit métallique dans la cuisine. Un objet était sans doute tombé sur le carrelage. Il s'arrêta net. Il sortit son arme et se déplaça doucement dans la pénombre. Puis il entendit un miaulement. Un chaton se trouvait à ses pieds. Il souffla et rangea son pistolet. Il se retourna et se retrouva nez à nez avec le chien, lui aussi venu voir tranquillement qui faisait un tel raffut.

La vidéo s'était arrêtée avant la fin. Andreas tenta à nouveau de cliquer sur le lien, mais un message d'erreur s'afficha : « *Le fichier recherché est introuvable.* » Il essaya encore une fois. Rien.

Mikaël…

Où était-il en cet instant ? Et surtout, était-il encore en vie ? Andreas avait le sentiment que le monde s'écroulait autour de lui. Il était en train de perdre pied. Jessica enlevée. Et maintenant Mikaël, abattu. Certes, il n'avait pas vu des images de Mikaël blessé ou pire, mais celle d'un individu dont il ignorait l'identité lui tirer dessus. Il avait aperçu le visage de cet homme sur la vidéo de manière furtive. Mais il avait enregistré son regard dans sa mémoire. Peut-être Mikaël n'était-il pas la victime ? Il essaya de se raccrocher à cette idée quelques instants. Mais qui aurait donc porté le stylo-caméra ?

Le téléphone sonna. Mikaël ? C'était sûrement lui qui appelait. Et il aurait une explication sur cette vidéo. Il répondit machinalement sans regarder l'appelant. Mais il entendit une voix féminine. Celle de Karine.

— Andreas, où es-tu ? Tu dois venir tout de suite. On a retrouvé Mikaël…

Chapitre 105

L'homme qui s'enivrait du parfum de sa mère observait le ciel étoilé devant son chalet. Il avait bien fait de couper court à la discussion sur le forum. Ce n'était peut-être rien, mais en dialoguant il avait tout d'un coup eu un mauvais pressentiment. Et s'il ne s'était pas montré assez prudent ? La police était à ses trousses. Et plus l'enquête avançait, plus le risque était tangible. Tuer la deuxième créature avec le concours du taïpan n'avait pas été une idée lumineuse. Et dire spontanément à un inconnu sur Internet qu'il avait un tel reptile chez lui avait été d'une bêtise sans nom. Il s'en mordait les doigts, mais il était fier de sa récente acquisition et n'avait pas réfléchi avant de répondre. Il aurait dû étrangler la femme, ou lui planter une lame. Un couteau était moins facile à retrouver que remonter la piste d'un serpent venimeux. Heureusement, il avait prévenu Éric à temps.

Et en plus, le journal du matin parlait d'une nouvelle victime de Psycho Billy. Une femme, la gérante du Refuge de Frience, avait été retrouvée hier dans la région de Gryon. Elle portait une robe vintage et avait été maquillée. Faisait-il des émules ? Il ne savait pas s'il devait en éprouver de la fierté ou s'il devait s'en inquiéter. La police serait maintenant encore plus sur le qui-vive. Il devait être prudent.

La femme séquestrée dans sa cave était d'une beauté inégalable. Elle lui rappelait vraiment sa mère. Bien plus que les autres. Ces cheveux châtains mi-longs. Ces yeux bleus d'une profondeur abyssale. Ce visage ovale et ce menton fin. Et même son nez. Tout en longueur et délicatement busqué. Cette créature serait-elle l'élue ? Il voulait y croire. Il n'avait pas envie de reprendre sa quête éperdue, avec celle qui l'avait contacté récemment par exemple. Rien ne disait qu'elle ferait mieux l'affaire. Mais celle-ci s'était débattue et il l'avait frappée, marquant son visage d'ange. Dommage... Elle avait ensuite essayé de le séduire, mais il avait senti qu'elle ne cherchait qu'à le manipuler. Lui faire confiance était impossible. Il devait trouver un autre moyen de la rendre docile. De la soumettre. De la faire sienne.

Il ne devait pas prendre de risques. Il avait une idée. Il s'était souvenu des articles qui avaient fait la une au sujet du tueur en série qui avait sévi ici même à Gryon. Ce dernier avait utilisé du curare pour paralyser les muscles de ses victimes. S'il s'en procurait aussi, sa prisonnière ne bougerait plus et il pourrait l'habiller, la maquiller et finalement accomplir ce dont il avait toujours rêvé sans oser se l'avouer : faire l'amour à sa mère.

Comme cet individu qu'il avait observé à travers le trou dans le mur qui donnait sur la chambre maternelle. Il n'avait jamais oublié. C'était en 2002. Il avait alors dix-sept ans. L'homme qu'il avait vu faire l'amour à celle qui lui avait donné le jour n'était pas son père, mais à l'époque il n'avait pas su qui il était. D'où il était, il n'avait pu apercevoir son visage, seulement son dos. Une rose noire et un crâne ondulaient sur les muscles de son épaule au rythme de ses coups de reins. Il avait été fasciné par ce dessin mouvant. Un tatouage qu'il n'avait jamais oublié.

Et c'est précisément ce tatouage qu'il avait reconnu, lors de la verrée pour fêter la victoire de Yodeleuse. À la vue de la rose noire et du crâne, toutes les images lui étaient revenues. Il les revoyait onduler sur l'épaule musclée. Il n'avait aucun doute. Cet homme, il le haïssait. Depuis ce jour-là.

Tuer Serge Hugon avait été un énorme soulagement. Mais son acte avait eu des effets collatéraux non souhaités. Et il ne pouvait rien y faire. Ce n'était pas la première fois qu'il tuait, mais de ses propres mains, oui. Il était entré dans l'écurie et s'était avancé. Hugon trayait une vache. Le bruit de la machine à traire et celui de la musique couvraient ses pas. Il avait alors saisi une pelle qui traînait par terre et s'était approché d'Hugon, l'*usurpateur*. Ce dernier avait sans doute senti sa présence. Il s'était retourné et l'avait regardé avec étonnement. Le coup de pelle avait scellé son sort.

Chapitre 106

Après le coup de téléphone de Karine, Andreas avait pris le volant. À peine engagé sur l'autoroute, il avait mis les gaz et s'était déjà fait flasher à deux reprises. Il voulait être au plus vite au chevet de Mikaël. Et surtout ne pas trop penser à ce que Karine lui avait dit.

On lui avait tiré dessus.

Il était à l'hôpital.

Aux urgences.

Andreas ne savait rien d'autre. Il avait eu envie de la rappeler sur le trajet pour avoir des détails. Savoir ce qui s'était passé. Mais il n'avait pas osé. De peur de recevoir des nouvelles terribles ? Il connaissait Karine. Par cœur. Et le ton de sa voix ne trompait pas. C'était sérieux. Très sérieux. Il continua à vive allure tout en slalomant entre les véhicules. Il n'en était plus à une infraction près. Le trajet lui sembla infini. À quoi devait-il s'attendre ?

Andreas stationna la voiture devant l'entrée princi-pale. Il tira le frein à main et sortit sans même prendre le temps d'éteindre le contact ou de refermer la porte. Un gendarme, qui l'attendait, le précéda jusqu'au service de soins intensifs où avait été transféré Mikaël.

Il aperçut Karine en pleine conversation avec un médecin. Andreas se précipita vers eux. Dans la chambre derrière eux, un homme était allongé sur un lit. Il ne pouvait pas l'identifier. De son visage, il ne voyait que des yeux fermés et gonflés par des hématomes. Le reste était entouré de bandages. Il ne percevait aucun signe de vie apparent.

Il regarda le moniteur cardiaque…

Un tracé régulier.

Son cœur battait.

Il était vivant.

Andreas tenta d'entrer, mais Karine l'en empêcha.

— Comment va-t-il ? Que s'est-il passé ?

Le médecin posa la main sur son épaule.

— Votre ami a été retrouvé à Gryon près de l'Avançon par une promeneuse. C'est son chien qui l'a découvert. Un hélicoptère l'a ensuite amené ici. Il est dans un état critique. Il a reçu une balle dans la tête. Nous l'avons opéré pour l'ôter et réduire la pression dans le cerveau. Et nous l'avons plongé dans un coma artificiel.

— Il va s'en sortir ?

— Les prochaines heures seront déterminantes.

Andreas connaissait la prudence et le langage des médecins et il comprit qu'il devait envisager le pire.

— Il est entre la vie et la mort, c'est ça ?

— Oui.

La question d'Andreas avait été purement rhétorique, mais il avait eu besoin d'une confirmation.

Pour réaliser. Pour prendre la mesure de ce qui était en train de se passer.

Un rêve ?

Un très mauvais rêve ?

Andreas observa à nouveau son compagnon à travers la vitre et son regard se fixa sur le moniteur cardiaque. Son cœur battait. Il devait s'accrocher à cette courbe et à ces bips réguliers.

— Et s'il se réveille, il sera dans quel état ?

— Le projectile a atteint le crâne avec une entrée au niveau fronto-temporal gauche puis a traversé la partie antérieure des deux lobes frontaux du cerveau en passant au-dessus du toit des deux cavités orbitaires selon une trajectoire quasi horizontale pour terminer sa course du côté opposé dans l'épaisseur de la table interne de l'os frontal controlatéral…

— Épargnez-moi votre jargon de toubib !

— La balle est entrée du côté gauche de la tête. Quoi qu'il en soit, cela l'a probablement sauvé. Si la balle était entrée par l'avant, cela aurait eu des conséquences dramatiques. Mais là, nous avons pu l'extraire sans endommager le cerveau. Il a eu beaucoup de chance.

— Est-ce qu'il aura des séquelles ?

— S'il survit… dans le meilleur des cas… il pourrait retrouver sa pleine conscience et toute son autonomie. Mais il est trop tôt pour le dire.

— Est-ce que je peux le voir ?

— Non. Pas pour le moment.

Andreas se dirigea vers la salle d'attente et s'effondra dans un canapé, la tête entre les mains. Karine vint prendre place à côté de lui et l'entoura de ses bras.

437

Andreas s'était endormi, épuisé. Il n'avait pas pu partir. Il voulait être aux côtés de Mikaël. Vers deux heures du matin, il se réveilla. L'image de son compagnon sur son lit d'hôpital lui apparut. Était-ce un cauchemar ?

Non.

Il était à l'hôpital.

Seul.

Karine avait dû retourner travailler, tout mettre en œuvre pour retrouver Jessica et celui qui avait tiré sur Mikaël. Il revit son regard bleu glacier. Il était resté gravé dans sa mémoire. Il ne souhaitait qu'une chose : le trouver et le tuer de ses propres mains.

Jessica, puis Mikaël. Ce n'était pas humainement concevable. Les deux personnes qu'il aimait le plus en danger de mort imminente. C'était le pire jour de son existence.

Le temps était compté…

Andreas devait d'abord retrouver Jessica. Le sort de Mikaël était entre les mains des médecins. Il ne pouvait rien faire pour lui.

Chapitre 107

L'homme qui s'enivrait du parfum de sa mère avait revêtu la blouse d'infirmier. À cette heure tardive, à part aux urgences, le personnel était réduit au strict minimum. Il sortit du vestiaire et arpenta les couloirs déserts de l'hôpital.

Devant le service des soins intensifs, il avait vu un homme endormi sur les canapés et à ses côtés, une femme en train de boire un café et de lire un magazine. Ils les avaient reconnus immédiatement. Son rythme cardiaque s'était affolé.

Il avait tourné la tête pour ne pas croiser leur regard. L'inspecteur Andreas Auer l'avait poursuivi ici même, sans réussir à le rattraper. De loin, il ne l'avait sans doute pas reconnu… sinon il serait certainement déjà derrière les barreaux. La femme flic, il avait aussi eu affaire à elle récemment.

Décidément, il jouait avec le feu. Le contrôle de la situation lui échappait de plus en plus. Et puis sa première victime, Séverine Pellet, constituait toujours un danger. Depuis la course-poursuite, elle se trouvait dans une partie isolée de l'hôpital sous la surveillance continue de plusieurs policiers. Et le personnel soignant qui s'occupait d'elle était tenu au secret. Elle n'était pas encore consciente, mais selon ses sources, elle était en bonne voie de guérison et ce n'était plus qu'une question de jours avant qu'elle ne se réveille et parle. Mais il n'avait aucun moyen de s'en approcher. Il savait que son temps était compté. Il devait faire vite. Avant de tomber entre les mains de la police, il voulait à tout prix faire sienne la femme qui se trouvait dans sa cave. Au moins, il aurait le souvenir de son triomphe pour l'accompagner dans un avenir qu'il ne voyait malheureusement pas ailleurs qu'entre quatre murs. Un dernier trophée avant la privation de liberté. Une dernière conquête, qu'il devrait bien sûr supprimer ensuite, pour qu'elle lui appartienne. Pour l'éternité. Il devait se procurer le produit anesthésiant qui la rendrait docile. Et il savait où le trouver.

Chapitre 108

Chalet L'Étoile d'argent,
Gryon, mardi 2 avril 2013

Minus vint à la rencontre d'Andreas au moment où il sortait de la voiture. Ce n'était pas normal. Il aurait dû être enfermé dans le chalet. La porte d'entrée était entrouverte. En s'approchant, Andreas constata que la serrure avait été forcée.

Il dégaina son arme.

Un cambrioleur ?

Andreas franchit le pas de la porte sans un bruit et tenta de discerner des sons à l'intérieur. Rien. Tout était calme. Il continua jusqu'au salon dans la pénombre. Il aperçut les yeux de Lillan, perchée sur l'arbre à chats, briller dans la nuit. Seules les lumières de dehors lui permettaient d'y voir quelque chose. Il ne voulait pas allumer tout de suite. Quelqu'un se trouvait peut-être encore dans la maison…

Au rez-de-chaussée, tout semblait en ordre. Il monta les escaliers en silence, l'arme au poing. Il entra dans la chambre. Rien à signaler. Puis il se rendit dans le bureau. Des morceaux de l'ordinateur de Mikaël étaient éparpillés au sol. Il comprit alors qui était venu visiter leur chalet. L'homme au visage de glace.

Celui qui avait tiré sur Mikaël. Il avait sans doute découvert la caméra… et il devait visiblement s'y connaître. Le premier venu n'aurait pas compris que les images prises par le stylo étaient envoyées et automatiquement enregistrées à distance sur un ordinateur. Le visage de glace devait être un professionnel. Un tueur mandaté ? Ou même Mangiafuoco qui depuis le début agissait dans l'ombre ?

Andreas redescendit au salon et alluma la lampe. L'horloge affichait 3 heures du matin et il n'était plus fatigué. La journée à venir serait sans doute interminable. Il devait tout faire pour retrouver sa sœur. Il l'imaginait seule dans le noir, enfermée. Quelque part tout près d'ici ? Et Mikaël, dans une chambre éclairée des soins intensifs de l'hôpital. Aucune des deux situations n'offrait de perspective réjouissante à laquelle se raccrocher. Il enclencha la bouilloire pour se faire un café, puis se ravisa. À la place, il se servit un whisky. Double.

Chapitre 109

Christophe et Karine retrouvèrent leur collègue Stéphane devant l'entrée de l'immeuble de l'avenue de Riant-Mont.

— Il habite au troisième étage. Nous l'avons dans le collimateur depuis quelque temps. De plus en plus de personnes s'adonnent soit à l'élevage, soit à la revente d'animaux exotiques. De véritables jungles en pleine ville. Certaines espèces sont interdites et c'est celles que nous recherchons. Nous avons eu des informations qui indiquent qu'Éric Beaufort a élargi son offre.

Karine était impatiente. Elle espérait que cette piste les mènerait à Psycho Billy.

— Allons-y !

Ils montèrent les escaliers et se positionnèrent des deux côtés de la porte. Karine frappa énergiquement. Ils entendirent du bruit de l'intérieur.

— Police, ouvrez !

Éric Beaufort obtempéra. Karine l'empoigna et le traîna à la cuisine, sans même prendre le temps de lui montrer le mandat de perquisition délivré par le procureur.

— Assieds-toi !

Elle prit une chaise qu'elle plaça à l'envers en face de lui. Elle s'assit les bras croisés sur le dossier.

— Tu connais un certain Dan Manson ?

Dan l'avait prévenu : un type cherchait à acquérir un serpent venimeux. Dan avait soupçonné un coup foireux, mais l'avait réalisé trop tard, après avoir donné son pseudo et son prénom. Éric avait été furieux. Il ne tenait pas à avoir de problèmes. Mais il ne s'était pas imaginé voir la police débarquer chez lui…

— Qui ça ?

— Ne fais pas le malin. Tu sais très bien de qui je parle.

— C'est un amateur de serpents, comme moi.

— Tu lui as vendu un serpent venimeux dernièrement ?

— Non. Je n'ai que les pythons. C'est ma spécialité.

— Écoute, je ne suis pas là pour tes bestioles. Ça ne m'intéresse pas. Donne-moi le vrai nom du gars qui se fait appeler Dan Manson.

— Je ne sais pas comment il s'appelle. Je connais juste son pseudo.

Karine se leva. Elle se mit derrière Éric et lui tira la tête en arrière. Elle commençait à lui compresser la carotide, empêchant l'oxygène de remonter au cerveau. L'homme tenta sans succès de se débattre.

Christophe s'interposa :

— Arrête, il ne sait rien.

Karine relâcha la pression.

— D'accord, tu ne connais pas son nom, mais tu sais à quoi il ressemble. On t'embarque pour établir un portrait-robot tellement précis qu'on pourra compter les points noirs sur sa sale gueule. Sinon, c'est la tienne qui va morfler. *Capice ?*

Chapitre 110

Andreas n'avait même pas à lutter pour rester éveillé. L'adrénaline et la rage le maintenaient en éveil. Jessica était toujours l'otage de Psycho Billy. Pour combien de temps ? Mikaël était aux soins intensifs entre la vie et la mort. Il avait entrevu le visage de celui qui avait tiré sur Mikaël dans la vidéo. Qui était-il ? Il allait s'en occuper.

Le retrouver.

Et…

Mais sa priorité était Jessica.

Qui se cachait derrière Psycho Billy ? Il repensa à la discussion de l'autre jour. Karine avait fait le lien entre Psycho Billy et Buffalo Bill. Andreas n'avait alors pas réagi sur le moment, peut-être y avait-il quelque chose à en tirer ? Quelque chose qui lui permettrait de dresser un profil de l'homme qu'il recherchait. Même si Buffalo Bill était un personnage de fiction, son profil de tueur en série construit à partir de certains meurtriers célèbres et bien réels – et pas des moindres : Ed Gein, Ted Bundy ou encore Ed Kemper – lui suggéra des parallèles avec Psycho Billy.

La personnalité de Buffalo Bill était marquée par une ambiguïté sexuelle. Tout comme les papillons qu'il élevait, il aspirait à une métamorphose. Mal dans sa peau d'homme, il désirait devenir femme en se parant d'un vêtement créé à l'aide de la peau de ses victimes.

Dans le cas de Psycho Billy, il déguisait ses proies avec des robes vintage, style rockabilly, et les maquillait. Que cherchait-il à faire ? Il enlevait des femmes dans la quarantaine. Qui se ressemblaient toutes. Voulait-il reproduire quelque chose ? Recréer la femme idéale ? Celle de ses fantasmes ? Ou alors, une femme réelle, mais qui n'était plus ? Une femme morte ou disparue… oui, c'était certainement cela. Cette femme pouvait-elle être sa mère ? Oui, sa mère. Sans doute.

Soudain, il repassa une scène du *Silence des agneaux* dans sa tête, celle où Clarice discute avec sa colocataire :

— *Qu'est-ce qui pousse le tueur à agir ? La convoitise. Et quelle est la première chose que l'on convoite ?*
— *On convoite ce que l'on a sous les yeux…*
— *… tous les jours.*
— *Est-ce que tu veux dire…*
— *Il la connaissait.*

Contrairement aux deux premières femmes enlevées, Psycho Billy n'avait pas contacté Jessica sur Internet. Il avait modifié sa manière d'opérer. Il devait la connaître… Cela paraissait tellement évident. Mais avec tous ces événements, Andreas avait du mal à raisonner. Psycho Billy habitait certainement la région, et même probablement Gryon, à proximité de là où avait été renversée la première victime.

Psycho Billy connaissait Jessica.

Yodeleuse.

Le concours…

L'apéritif de la victoire !

L'image d'un homme se forma dans son esprit : Vincent.

Chapitre 111

Gryon, mardi 2 avril 2013

Andreas avait remarqué que Vincent avait porté une attention particulière à sa sœur lors de l'apéro en l'honneur de la victoire de Yodeleuse. Vincent semblait considérer Jessica avec une vive lueur dans le regard. Désir ? Concupiscence ? Sa sœur était une belle femme et il comprenait pourquoi les hommes la regardaient. Mais il n'aurait pas pu imaginer que ce regard pouvait cacher des envies et des intentions aussi malsaines.

Durant tout ce temps où il avait cherché Psycho Billy, il semblait qu'il l'avait côtoyé au quotidien. Vincent s'était d'abord montré assez distant et mystérieux à certains égards, mais, depuis que son père était en prison, Andreas avait appris à le connaître et à l'apprécier. Et il voyait en lui une personne dévouée et sympathique. Mais, sous la surface, se cachait-il une vérité plus sordide ?

Jusqu'à maintenant, il n'avait jamais imaginé que le tueur était quelqu'un qu'il pouvait connaître. Vincent était un jeune homme secret et il avait décelé chez lui des attitudes qui l'avaient surpris. Parfois, il semblait enfermé en lui-même, à ruminer, comme absent. Andreas s'était demandé s'il était déprimé. Un jour, alors qu'ils s'étaient retrouvés tous les deux à traire les vaches, Andreas l'avait interrogé au sujet de sa mère. Vincent avait alors raconté avec émotion un épisode douloureux de sa vie, une blessure encore vive. Sa mère les avait quittés alors qu'il avait seize ans. Vincent avait rajouté, les larmes aux yeux :

— Elle nous a quittés pour partir avec un autre !

Un mélange d'amour et de haine semblait l'habiter. Déçu par sa vraie mère, tentait-il de recréer d'elle une version idéalisée ? Le fils de son ami était-il Psycho Billy ?

En route pour la maison des Paget, il eut un moment d'hésitation. Séverine Pellet avait été renversée par Romain Servan sur la route des Renards. Comment s'était-elle retrouvée là-bas ? Elle aurait réussi à s'enfuir à plus de deux kilomètres de chez eux ?

La voiture de Vincent était là, mais pas son 4×4. Il était certainement à la ferme. Andreas prit la clé cachée sous un caillou à l'entrée et ouvrit la serrure. Il fit le tour de toutes les pièces du rez-de-chaussée, mais il ne trouva rien. Il fit de même à l'étage. De retour en bas et bredouille, Andreas remarqua alors la porte qui menait à la cave. Il n'y était jamais allé, mais avait vu Antoine s'y rendre pour aller chercher une bouteille de vin. Et si Jessica s'y trouvait ? Les enlèvements avaient commencé juste après l'arrestation d'Antoine. Cela ne pouvait être un hasard. Une fois son père éloigné de la maison et enfermé, Vincent aurait eu tout le loisir de réaliser ses fantasmes. Une idée folle vint à l'esprit d'Andreas. Et si la mort de Serge Hugon n'avait rien à voir avec l'histoire immobilière ? Si c'était Vincent qui avait profité de la situation pour se débarrasser de son père en tuant son *rival* ? Andreas n'aimait pas l'idée que Vincent soit Psycho Billy, mais toute cette affaire semblait prendre un nouvel éclairage.

Andreas descendit les marches lentement. Il alluma et observa la pièce dans laquelle il se trouvait. Au sol, des gravillons. Contre les murs, des étagères en bois avec des réserves de nourriture et des bouteilles de vin. Aucune porte visible. Il cherchait un accès caché vers un autre local. Il fit le tour et inspecta jusqu'au moindre recoin, mais il ne trouva rien. Si elle n'était pas ici, où aurait-il pu la retenir prisonnière ? À la ferme ? Un entrepôt ou un local près de la route des Renards ?

En remontant de la cave, il se demanda soudain à quoi ressemblait la mère de Vincent. Il n'avait jamais vu de photographie d'elle. Au salon, quelques photos, d'Antoine, posant avec des vaches de concours, étaient accrochées au mur ou dans des cadres posés sur une armoire. Quelques-unes de Vincent, enfant. D'autres du père et du fils, ensemble. Mais aucune de femme. Andreas commença à ouvrir les tiroirs d'un des meubles. Un à un. S'étaient-ils débarrassés de tout ce qui pouvait leur rappeler son existence ? Puis il ouvrit la porte d'une des armoires. Sur une des étagères, un album photo de mariage. Il l'ouvrit.

Antoine et sa femme…

Andreas entendit une respiration dans son dos. Il se retourna.

Vincent se tenait derrière lui, un couteau à la main.

Chapitre 112

Gryon, mardi 2 avril 2013

Litso Ice bouclait ses valises. Sa mission était accomplie. Il avait reçu un message de son commanditaire, le rappelant immédiatement à Moscou. Bien qu'il ait apprécié son séjour dans les Alpes suisses, il n'était pas mécontent de rentrer chez lui. Il était prévu qu'il prenne le vol du jeudi à 15 heures. Il aurait préféré partir plus vite, mais celui du jour précédent était complet. Se débarrasser du journaliste ne faisait pas partie du plan initial, mais son employeur avait insisté et lui avait proposé une rallonge conséquente, ce qui n'était pas pour lui déplaire. Pourtant, il n'était pas satisfait. Il avait pu supprimer les fichiers vidéo que le journaliste avait enregistrés et où il apparaissait, mais le risque que cet inspecteur l'ait vu ne pouvait être totalement exclu. Et le fait qu'il ait utilisé son Makarov n'était pas pour le rassurer. Ces erreurs pourraient lui coûter cher. Il devenait négligent, ce qui ne lui ressemblait pas. Il se faisait vieux. D'ailleurs, il songeait de plus en plus souvent à la retraite.

Quoi qu'il en soit, la police ne remonterait pas à lui aussi vite. Jusqu'à ce jour, il s'en était toujours sorti sans soucis et il n'en serait pas autrement cette fois-ci. Mais il ne voulait pas prendre de risques inutiles et avait décidé d'utiliser un de ses déguisements pour passer la douane.

Il allait retourner à Genève et se prélasser dans la majestueuse suite de l'Hôtel des Bergues jusqu'à son départ. Avec la coquette somme que cette dernière affaire lui avait rapportée, sa retraite lui paraissait une vision d'avenir de plus en plus alléchante.

Il quitta la maison au volant de sa voiture de location et après quelques centaines de mètres, longea le pâturage du paysan qui était maintenant derrière les barreaux. Son plan avait mieux fonctionné que prévu. Il avait réussi à monter les deux fermiers l'un contre l'autre tant et si bien que l'un avait finalement tué l'autre. C'était la conclusion à laquelle il était arrivé. Il ne voyait pas d'autre possibilité. Tout semblait parfait. Mais c'était sans compter sur cet inspecteur et son ami journaliste qui avait commencé à fouiner. Il essaya de se convaincre que ce n'était plus son problème. Il avait fait ce qui lui était demandé et son employeur serait bientôt en possession de tous les biens nécessaires pour réaliser son projet immobilier. Le reste ne le concernait plus.

Il eut toutefois une pensée pour les deux vaches qu'il avait tuées. Sur le moment, il avait agi comme lors de n'importe quelle mission. Sans se poser aucune question. Sans émotion. C'était un job comme un autre après tout. Mais par la suite, il avait songé à la maison à la campagne et aux chevaux qu'il comptait s'offrir avec le pactole mis de côté durant ses années de labeur. Le cheval, une bête noble, belle, racée. Certes, une vache n'était pas un cheval, mais tout de même.

Elle ne possédait pas les mille travers des humains, était dénuée de méchanceté, de mesquinerie. Et puis, il avait appris le nom de celle qu'il avait égorgée sur l'alpage : Heidi.

De simple animal, elle avait acquis une identité. Tuer un être humain ne lui avait jamais posé de problèmes de conscience, mais supprimer cette vache, innocente par nature, lui avait donné pour la première fois des remords. Il avait tué Heidi. Certes, pas la petite fille sur l'alpage qu'il avait vue dans un film suisse en noir et blanc, mais il avait un peu le sentiment d'avoir tué un mythe. À l'image de l'alpage idyllique qu'il avait en mémoire avait succédé celle d'une vache égorgée sur un pâturage sombre et souillé de son sang. Sans qu'il ait été capable d'expliquer exactement pourquoi, cette idée le répugnait. Peut-être devenait-il sentimental avec l'âge… Il devait vraiment se ressaisir, du moins jusqu'à ce qu'il regagne Moscou.

En quittant Gryon, il eut un moment d'hésitation. Tous ces doutes à propos de ces traces mal effacées revenaient le titiller comme une vilaine démangeaison. Et si l'inspecteur avait finalement vu la vidéo ? peut-être aurait-il dû le liquider, lui aussi… Ce n'était pas le moment de tenter le diable. Il décida de se convaincre qu'il allait pouvoir prendre l'avion sans encombre et retrouver sa terre natale.

Chapitre 113

— Andreas ?

Vincent baissa son couteau, avant qu'Andreas n'ait eu le temps d'esquisser le moindre geste de défense ou de protection. Il tenait toujours l'album photo entre ses mains.

— Je t'ai pris pour un cambrioleur. Qu'est-ce que tu fais là ?

La mère de Vincent avait des cheveux noirs et des yeux brun foncé. Elle ne ressemblait pas au profil des femmes enlevées par Psycho Billy.

S'était-il trompé ?

Comment allait-il expliquer et justifier sa présence ? Il fixa Vincent. Était-il sûr qu'il n'était pas Psycho Billy ? Sa mère ne ressemblait pas au profil. Mais avait-il vu juste ? Les femmes qu'il enlevait étaient-elles vraiment des projections de cette dernière ? Même si son analyse du tueur tendait dans cette direction, il ne pouvait en être absolument certain. Ces femmes étaient peut-être tout simplement le fruit de son imagination et de ses fantasmes malsains.

— Je cherchais une photo de ta mère.

— De ma mère ? Pourquoi ?

Vincent tenait toujours son couteau et Andreas remarqua qu'il le serrait fortement dans sa main. Ses phalanges avaient blanchi.

— Je suis à la recherche de Jessica.

— Et tu pensais là trouver ici ?

— Je ne pouvais pas l'exclure. Mes recherches m'ont dirigé ici.

Vincent le dévisagea.

— Tu as cru que j'étais Psycho Billy ? T'es pas sérieux, Andreas !

— Ton profil…

— T'es complètement à côté de la plaque ! Je n'ai rien à voir avec ce taré !

Andreas dévisagea Vincent de haut en bas. Il avait poursuivi Psycho Billy dans les couloirs de l'hôpital. Il n'avait pas vu son visage, mais il avait pu évaluer sa stature. Et Vincent était moins robuste. Et surtout, il n'avait pas la même couleur de cheveux.

— Je suis désolé, Vincent. Je me suis trompé…

Chapitre 114

Vincent n'était pas Psycho Billy, cette fois Andreas en était certain. Il aurait d'ailleurs dû commencer par là : vérifier s'il avait un alibi. Et samedi dernier, au moment où Jessica était enlevée, Vincent participait à une réunion de la coopérative de la laiterie.

Qui était Psycho Billy ?

D'un côté, il était soulagé que Vincent ne soit pas coupable. Mais de l'autre, Jessica était toujours entre les mains du dangereux psychopathe et cela l'obsédait. Ce n'était pas le fils d'Antoine, mais il avait le sentiment de ne plus être très loin de la vérité. Psycho Billy pouvait être un jeune du même âge. Un homme, tout à fait normal en apparence, qui fantasmait sur sa mère disparue au point de vouloir la *recréer*. Les femmes enlevées avaient toutes autour de quarante-cinq ans. Était-ce l'âge de sa mère au moment de sa disparition ? Il imaginait Psycho Billy entre vingt-cinq et trente ans. Il avait obtenu une liste des habitants de Gryon avec les personnes qui correspondaient à ce profil. Plus d'une cinquantaine de noms y figuraient. Et si on élargissait le rayon à Bex, Villars et Ollon, ce nombre était multiplié par dix. Fouiller l'ensemble de ces maisons prendrait beaucoup plus de temps qu'il n'en avait. Il n'avait d'ailleurs pas les ressources pour le faire. Pour réduire ce nombre, il avait demandé à Nicolas de vérifier parmi la liste ceux qui étaient orphelins de mère.

Où Jessica était-elle retenue captive ?

Dans une maison ?

Un chalet abandonné ?

Un local industriel ?

Ce n'étaient pas les possibilités qui manquaient. C'était un véritable casse-tête.

Andreas avait déjà bu de nombreux cafés, mais malgré cela, il avait de la peine à garder les yeux ouverts. Et plus le temps passait, plus son espoir de retrouver Jessica s'amenuisait. Mais il ne pouvait pas perdre pied, pas maintenant. Il avait besoin d'y croire. Il fallait que quelque chose de nouveau se passe. Une piste ! Même la plus mince. Un indice qui lui permettrait de se remettre en selle…

Son téléphone portable se mit à vibrer.

— Salut Christophe, répondit-il avec une voix défaite.

— C'est pas le moment de laisser tomber. Tu m'entends ?

— Je ne sais plus quoi faire.

— Alors d'abord, écoute-moi.

— Ça concerne Jessica ?

— Oui, en partie. Pour Jessica, on a trouvé le type qui fournit Psycho Billy en serpents venimeux. On est en train d'établir un portrait-robot. On va la retrouver !

— Il le faut… répondit Andreas.

C'était incontestablement une avancée dans l'enquête, mais la question était de savoir s'ils la retrouveraient à temps.

— J'ai aussi des informations au sujet de Mikaël.

— Je t'écoute.

— Le nom de la journaliste que tu m'as transmis, celle que Mikaël allait rencontrer, d'après son message, existe bien… mais elle ne pouvait pas être à Gryon. Elle est actuellement aux États-Unis pour un reportage.

— Il a été piégé…

— Oui. J'ai consulté la liste des appels que Mikaël a reçus avant de te laisser le message sur ta boîte vocale et de se rendre au lieu de rendez-vous. Un numéro de portable français l'a appelé, mais c'est une carte prépayée.

— Ces gens ne laissent rien au hasard…

— Puis j'ai procédé à une analyse balistique. La balle provient d'un Makarov PM, un pistolet russe.

Christophe avait réussi à capter l'attention d'Andreas.

— J'ai cherché dans la base de données pour voir si un Makarov avait été utilisé dernièrement. C'est le cas. À Berlin dans le cadre de l'assassinat d'un politicien russe et de sa femme. Ils s'appelaient Sergueï Tchourilov et Elena Tchourilova.

— Tchourilov, tu as dit ?

— Oui. Tchourilov.

— Est-ce la même arme ?

— Je ne sais pas encore. J'ai contacté nos collègues du Bundeskriminalamt – la Direction de la police judiciaire – à Wiesbaden. Je leur ai envoyé la balle pour qu'ils puissent procéder à une comparaison au microscope.

Chapitre 115

Après avoir raccroché, Andreas s'était connecté au compte Google de Mikaël. Il saisit *Sergueï Tch...* dans le moteur de recherche, qui lui proposa immédiatement le nom complet. Mikaël l'avait donc entré auparavant pour obtenir des informations. Il ouvrit l'historique et trouva les renseignements dont il avait besoin. Mikaël les avait certainement utilisés pour leur mettre la pression. S'il avait pu le joindre au téléphone, il l'en aurait dissuadé. Quiconque s'intéressait de trop près à cette affaire était mis hors d'état de nuire. Si c'était, comme il le présumait, le même homme qui avait tué le couple Tchourilov à Berlin, supprimé Serge Hugon, maquillé la mort de Schuller en suicide, égorgé la gérante du Refuge de Frience en faisant croire que c'était Psycho Billy et en outre tiré sur Mikaël à bout portant, il avait affaire à un vrai professionnel.

Un mail arriva dans sa boîte. Christophe venait de lui envoyer le rapport de la police de Berlin au sujet de l'assassinat à l'opéra. Il le lut attentivement. Le tueur à gages présumé avait éliminé non seulement le couple, mais aussi deux gardes du corps. Il pouvait s'agir d'un tueur professionnel russe. Il avait exécuté les quatre personnes, d'une balle chacune, et avec une grande précision. Pouvait-il s'agir du même homme que celui que Mikaël avait surnommé Mangiafuoco ?

Andreas décida de résumer sur un tableau les meurtres, enlèvements et autres suicides survenus. Qu'espérait-il ? Une vue d'ensemble plus claire. Peut-être avait-il omis quelque chose ? En attendant, c'était ce qu'il avait de mieux à faire. Il établit la liste suivante dans l'ordre chronologique :

Sergueï Tchourilov †
Elena Tchourilova †
Assassinés le 28.2.2013 à Berlin.

Serge Hugon †
Assassiné le 17.3.2013

Séverine Pellet
Enlevée le 20.3.2013
Retrouvée renversée par une voiture le 23.3.2013

Annabelle Champion †
Enlevée le 25.3.2013
Corps retrouvé le 28.3.2013

Adrian Schuller †
Retrouvé mort le 28.3.2013

Jessica Auer
Enlevée le 30.3.2013

Nathalie Vernet †
Retrouvée morte le 31.3.2013

Mikaël Achard
Blessé par balle le 1.4.2013

Dans l'ordre chronologique, ce n'était plus Serge Hugon qui était la première victime sur la liste, mais Sergueï Tchourilov et sa femme Elena. Au vu des dernières informations obtenues, il faisait sans aucun doute partie de l'affaire immobilière, la *Tour de Babel*. Sergueï était le père de Natalia Sergueïevna Tchourilova, la directrice de la SQIRE. Elle en était d'ailleurs devenue la propriétaire après le décès de son père, soit depuis à peine plus d'un mois. La mort du père était très certainement en lien avec la reprise du projet Frience Luxury Estate. Le carnet de notes de Mikaël lui fut d'une aide précieuse. Il y avait noté tous les résultats de ses recherches. Restait à découvrir pourquoi.

La deuxième victime était Serge Hugon. Il tendait à intégrer ce meurtre à l'affaire immobilière, puisque Hugon en était lui-même un des protagonistes. Son terrain et son chalet d'alpage étaient essentiels à la SQIRE pour que le projet se réalise. Et alors même qu'il était prêt à vendre cinq ans plus tôt, il venait de refuser la nouvelle offre qui lui avait été faite. Sa disparition les arrangeait donc bien. Mais qui était le tueur ? Le même que celui qui avait assassiné Tchourilov à Berlin ? Un professionnel ? Aurait-il tué les vaches pour faire croire à cette histoire de vengeance ?

La troisième victime, Séverine Pellet, avait été enlevée par Psycho Billy. C'était en l'état actuel des informations, la première. Elle était dans le coma.

La quatrième victime était Annabelle Champion, la deuxième femme enlevée. Elle était décédée suite à la morsure d'un serpent venimeux.

La cinquième victime, Adrian Schuller : suicide ou meurtre ? Au vu des explications fournies par Doc, Andreas estimait que c'était un assassinat, et très certainement l'œuvre de celui qu'il avait nommé Mangiafuoco. Celui qui agissait dans l'ombre. Schuller, l'avocat, avait sans doute commis l'imprudence de révéler à son employeur, Andreï Klitschko, qu'Andreas connaissait son existence. Erreur fatale.

La sixième victime était Jessica. Pour le moment, elle était détenue par Psycho Billy. Était-elle encore en vie ? Il l'espérait plus que tout.

La septième victime était Nathalie Vernet. Elle avait été retrouvée maquillée et habillée d'une robe vintage tout comme Séverine Pellet et Annabelle Champion. Celui qui l'avait tuée voulait faire croire qu'elle était une victime de Psycho Billy. Mais elle ne correspondait pas au profil physique des autres et était également impliquée dans l'affaire immobilière. Tout comme Serge Hugon, elle ne souhaitait plus vendre et sa disparition semblait bien arranger les choses pour la SQIRE. Sans doute encore une œuvre du tueur à gages.

La huitième victime… Mikaël. Mangiafuoco était sorti de l'ombre. Il avait maintenant un visage. Et Andreas s'était juré de le retrouver !

Deux affaires. Deux meurtriers. Et pas de lien entre les deux sauf le fait que le Mangiafuoco s'était essayé en tant que *copycat*, imitant Psycho Billy pour couvrir ses actes.

L'affaire que Mikaël avait nommée *Le Veau d'or* se résumait finalement en une bagarre et Antoine était donc innocent comme il l'avait imaginé depuis le début.

Tout s'éclairait. Il réorganisa les victimes en deux colonnes en les attribuant aux deux tueurs :

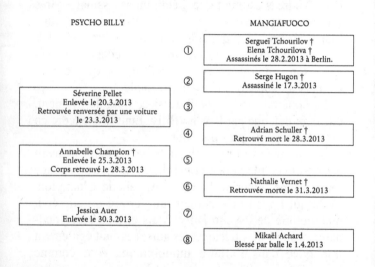

L'enquête sur l'affaire immobilière avait progressé, mais la recherche de Psycho Billy était toujours au point mort. Comment l'identifier avant qu'il ne soit trop tard ? Il espérait que le portrait-robot les aiderait. C'était sa dernière chance de retrouver Jessica vivante.

C'est alors que son téléphone portable sonna. Il reconnut le numéro de l'hôpital de Monthey. Il le saisit pour répondre, mais hésita. Mikaël ? Son pouls s'envolait. Si l'hôpital l'appelait, c'est qu'il y avait du nouveau concernant son état de santé. Il se décida finalement après la quatrième sonnerie.

— Séverine Pellet s'est réveillée.

Chapitre 116

Devant la chambre de Séverine Pellet, Karine était en discussion avec le médecin tandis qu'un policier montait la garde.

— On ne peut pas lui parler, elle est encore trop faible.

Andreas, qui venait d'arriver, prit le relais :

— Je dois absolument la voir. Elle est la seule qui pourra nous aider à retrouver ma sœur, enlevée par un ravisseur, avant qu'il ne soit trop tard.

— Je comprends, mais c'est trop risqué à ce stade. Le réveil après un coma est un processus qui peut prendre du temps. Si vous tentez de lui parler et que les souvenirs de son enlèvement lui reviennent, cela pourrait provoquer un choc sérieux et mettre en péril la phase de réveil.

— Docteur, laissez-moi la voir. Juste quelques minutes. Je vous en prie.

— Luca, c'est vraiment important.

Andreas regarda sa collègue avec étonnement, elle venait d'appeler le médecin par son prénom.

Dans d'autres circonstances, il en aurait profité pour la taquiner et connaître le fin mot de l'histoire.

— Je vous en donne cinq, pas une de plus. Et surtout, ne la brusquez pas.

— Merci, lui dit-elle en lui faisant un clin d'œil.

La raison pour laquelle Karine semblait connaître Luca, le ténébreux médecin, lui importait peu en ce moment. Ce qui comptait, c'est qu'il avait l'autorisation de voir Séverine Pellet grâce à elle.

Andreas entra seul dans la chambre. Séverine Pellet était allongée sur le lit, reliée par de nombreux tuyaux et câbles à divers appareils. Tout comme Mikaël l'était…

Au moment où il s'approcha, elle ouvrit les yeux et le regarda.

— Je suis l'inspecteur de police Andreas Auer, lui dit-il avec une voix douce.

Elle cligna des yeux.

— Ma sœur Jessica a été enlevée par le même ravisseur que vous. J'espérais que vous pourriez m'aider à la retrouver. Vous vous souvenez de quelque chose ?

Elle ferma les yeux. Sans doute pour laisser les images ressurgir. Après quelques instants, ses paupières se rouvrirent. Elle inclina la tête pour acquiescer. Elle se souvenait. Elle ouvrit ses lèvres dans une tentative de parole. Mais seuls quelques sons incompréhensibles en sortirent. Andreas lut le désarroi sur son visage. Elle avait à l'évidence aperçu la frustration immense qui l'habitait. Elle voulait l'aider. Elle pouvait le mener jusqu'à Jessica.

— Je vais vous laisser. Je repasserai plus tard.

Andreas se dirigea vers la porte. Il perçut alors le son de sa voix. Il se retourna et revint à son chevet. Son visage révélait l'effort considérable qu'elle était en train de fournir pour lui parler.

— Béni…

— Qu'essayez-vous de me dire ?

Il se baissa et approcha son oreille de sa bouche pour mieux entendre.

— Bée… ni soooit le Sei… gneeeur…

— Oui ?

— … chaaaque jour.

— Béni soit le Seigneur, chaque jour. C'est ça que vous essayez de me dire ?

Elle fit un signe de la tête pour confirmer. Puis elle relâcha son effort. Elle tenta encore d'ajouter quelque chose, mais plus aucun son ne sortit. Que voulait-elle dire ? Était-elle en train de délirer ? Était-elle en train de remercier Dieu d'être vivante ? Il ne voyait pas comment cela pourrait l'aider. Il ressortit et Karine se leva de sa chaise, impatiente.

— Alors ? Elle a dit quelque chose ?

— Juste une phrase religieuse : « *Béni soit le Seigneur, chaque jour.* »

— C'est tout ?

— Oui, c'est tout.

Andreas s'en prit à la chaise qu'il envoya valser d'un coup de pied.

— C'est dans un psaume, le 68, annonça Karine qui venait de *googler* la phrase.

— Super ! Ça nous avance pas vraiment…

Andreas avait mis tout son espoir en Séverine Pellet pour retrouver sa sœur et voilà qu'elle psalmodiait un verset biblique.

— Et merde !

Andreas releva la chaise dans laquelle il avait shooté, s'assit dessus et se pencha en arrière. Il mit ses deux mains sur le visage et soupira.

Le médecin qui avait suivi la discussion prit la parole.

— Attendez… « *Béni soit le Seigneur.* » C'est le genre de phrase qu'on trouve écrite sur certains chalets anciens. Sur le mien à Champéry on peut lire « *Ce n'est point nous qui avons bâti ce chalet, c'est l'Éternel lui-même. Nous lui rendons grâce.* »

Les vieux chalets… Andreas eut une idée. Il se releva, prit son téléphone et s'éloigna du groupe. Après quelques minutes, il revint, l'air triomphant.

— Tu as trouvé quelque chose ? s'impatienta Karine.

— Oui, j'ai appelé l'office du tourisme. La mention des vieux chalets m'a fait penser au parcours historique Juste Olivier, qui référence les maisons et les lieux remarquables de Gryon. Je leur ai demandé si la phrase « *Béni soit le Seigneur chaque jour* » leur évoquait quelque chose.

— Et alors.

— Le chalet des Jaccard…

— Jaccard ? Comme Jérôme Jaccard ? intervint le médecin.

— Tu le connais ? lui lança Karine.

— Il fait partie du personnel soignant. Enfin plus pour longtemps.

Andreas revit la scène où il avait poursuivi l'infirmier dans les couloirs de l'hôpital. Celui qui était sans doute venu pour éliminer Séverine Pellet, Psycho Billy. Il avait imaginé qu'il s'était introduit dans le bâtiment et avait volé une blouse. Il n'avait pas envisagé qu'il puisse faire partie du personnel de l'établissement.

— Pourquoi ça ? l'interrogea Karine.

— Une infirmière est venue me parler ce matin. Elle l'a vu se servir dans l'armoire à médicaments. Selon elle, il était très mal à l'aise. Comme s'il venait d'être pris sur le fait. Et puis elle s'est rendu compte qu'il manquait des produits sensibles.

— Quoi, comme produit ?

— De la méthadone. Cela fait plusieurs semaines que nous avons constaté des vols. Mais là en plus, des ampoules de Lysthenon avaient disparu.

— C'est quoi ?

— C'est du curare dépolarisant. Un adjuvant de l'anesthésie générale qui permet de provoquer un relâchement musculaire.

Les morceaux du puzzle étaient en train de se mettre en place pour former une image.

Du curare.

Des souvenirs…

Les victimes du tueur en série, enfermées dans leur propre corps, devant supporter d'atroces douleurs sans pouvoir réagir.

Jessica !

Il ne devait pas perdre une seconde.

Chapitre 117

Zoug, mardi 2 avril 2013

Natalia Tchourilova venait d'avoir une conversation téléphonique avec Andreï Klitschko. Le projet ne se déroulait pas comme prévu. Tout avait pourtant si bien commencé. Le banquier genevois avait vendu son chalet sans rechigner après un chantage bien orchestré. Serge Hugon avait été assassiné et un paysan du cru, tenu pour coupable, avait été arrêté. Et le meurtre de Nathalie Vernet avait été maquillé pour faire croire que c'était l'œuvre de ce Psycho Billy qui sévissait dans la région.

Mais c'était sans compter sur ce flic tenace et son ami fureteur. Schuller avait craqué et les avait mis sur la piste. Prendre le risque qu'il en dise plus n'était pas envisageable. Ils avaient dû l'éliminer. Le journaliste n'était plus un problème, mais que savait le policier ? Ils ne pouvaient pas continuer à supprimer tous les gens qui s'approchaient d'eux. Après la mort de Schuller, elle avait essayé de dire à Klitschko d'arrêter les frais. Mais lui voulait aller jusqu'au bout. Pas question de laisser tomber et de perdre son investissement.

Après l'échec du projet de 2008, l'entreprise s'était trouvée dans une situation délicate. Le père de Natalia, Sergueï Tchourilov, avait obtenu un soutien financier de Klitschko – un de ses anciens camarades du parti – pour maintenir l'affaire à flot. Klitschko avait commencé à perdre patience, le remboursement tardant à venir. Et voilà qu'en février de cette année, Marie Pitou – l'agente immobilière de Gryon – l'avait appelée pour l'informer qu'André Jaccard était disposé à vendre son chalet d'alpage. Une lueur d'espoir s'était alors ranimée. Elle avait exposé son idée à son père, mais ce dernier avait refusé d'employer des moyens illégaux.

C'était la goutte d'eau qui avait fait déborder le vase. Son père, après la mort de sa mère, avait dilapidé son argent en cédant aux moindres désirs de sa nouvelle compagne. C'était son héritage qu'Elena Tchourilova voyait partir en fumée.

Elle avait ensuite contacté Klitschko directement, pour obtenir son aide. Il lui avait proposé de prendre les choses en mains. Il voulait non seulement récupérer ses billes, mais aussi mettre le grappin sur l'entreprise. Elle avait rapidement fait le calcul. Mieux valait une association avec Klitschko qu'être dépossédée totalement par son père. Le problème paternel devait être réglé comme les autres. Comme un obstacle qui barrait leur route. Son père étant un politicien contesté, son assassinat pouvait laisser penser à un lien avec son activité politique. La mort de sa belle-mère s'était également avérée nécessaire. Dans le cas où son père décédait, l'entreprise lui serait en effet revenue. Il avait rédigé un testament dans ce sens.

En se débarrassant d'eux, Natalia Tchourilova avait pu reprendre le contrôle de l'entreprise. Mais comme l'accord le prévoyait, elle avait cédé la majorité des parts à Klitschko qui en était devenu le nouveau propriétaire. Et elle en était restée la directrice. En théorie, tout semblait parfait…

Mais maintenant, elle était mouillée jusqu'au cou. Alors que Klitschko était tranquillement en Russie, elle était la plus exposée. Le journaliste était venu la voir… La police pourrait-elle remonter jusqu'à elle ? À nouveau, en théorie, il ne leur serait pas possible de faire un lien entre elle et les meurtres. Pas plus qu'entre elle et le tueur à gages. Mais elle n'était pas tranquille.

Chapitre 118

Gryon, mardi 2 avril 2013

L'homme qui s'enivrait du parfum de sa mère avait subtilisé des ampoules de curare à l'hôpital. On utilisait ce produit, combiné à d'autres, dans le cadre d'anesthésies générales. Les hypnotiques rendaient le patient inconscient et les morphiniques jouaient le rôle d'un puissant antidouleur. Le curare, lui, provoquait l'immobilité du sujet en empêchant le flux nerveux entre le cerveau et les muscles. Il souhaitait simplement que sa victime ne puisse plus bouger. Combien d'ampoules devait-il lui injecter ? Le risque, s'il en utilisait trop, c'était que la fonction respiratoire en pâtisse et qu'elle décède. Ce serait dommage. Il ne voulait pas qu'elle meure. C'était la femme idéale. Grâce à elle, il pourrait refaire vivre sa mère et enfin l'aimer à sa manière. Et sans qu'elle ne le rejette. Sans qu'elle ne l'humilie. Elle serait sienne.

Il avait en fin de compte pu se venger de l'homme qui lui avait volé sa mère : Serge Hugon, l'*usurpateur*. Sa mère, elle, avait déjà payé. Cela avait été la décision la plus dure de sa vie. Mais il n'avait pas eu le choix.

Depuis qu'il avait des femmes à la maison, en chair et en os, il n'éprouvait plus le besoin d'aller dans la chambre de sa mère comme il l'avait fait depuis sa disparition. Se maquiller et se travestir pour lui ressembler. Porter son parfum. Tout cela n'était plus nécessaire. Il ne voulait plus devenir cet être de lumière. Il pouvait laisser libre cours à ses penchants les plus sombres.

Il avait étalé le fard blanc gras sur l'ensemble de son visage et sur son cou. Puis il avait noirci le contour de ses yeux et appliqué le rouge à lèvres pourpre en dépassant légèrement le bord des lèvres pour leur donner un aspect épais et pulpeux. Et ensuite, il avait posé sur ses yeux les lentilles. Et pour finir, il avait mis son collier en cuir garni de clous.

Il se tenait devant le miroir. Son teint cadavérique lui plaisait. C'était lui, mais en différent. Il se sentait mieux dans la peau de quelqu'un d'autre. Il avait essayé d'être sa mère. Maintenant, il devenait un être livide et satanique. En se déguisant, il avait senti que la transformation opérait, que des énergies tourbillonnaient dans son corps. Il était gonflé à bloc. Plus rien ne pouvait l'atteindre.

Il déverrouilla la porte de la cave et descendit les marches en bois qui grinçaient. Il ouvrit ensuite la deuxième porte, qui lui permettait d'accéder à son antre.

Jessica était allongée sur son matelas, dans un coin. Il aimait bien ce prénom. Il mit en route la chaîne hi-fi. Toujours la même musique enivrante. Celle qui l'entraînait dans ses délires. Il regarda le taïpan du désert à travers la vitre du terrarium. Le serpent était éveillé et montrait sa langue fourchue. La dernière fois qu'il l'avait sorti, il avait eu toutes les peines du monde à le rattraper pour le remettre dans sa prison de verre. Il avait été impressionné par ce reptile, qui avait mordu Annabelle à plusieurs reprises avec une agressivité remarquable. Il n'allait pas prendre le risque de le sortir aujourd'hui. Le python ferait l'affaire et, surtout, il n'était pas venimeux.

Il se saisit d'une seringue et la remplit avec le liquide contenu dans l'ampoule. Il crut entendre une sonnerie se mêler à la musique. Il avait installé dans sa cave un boîtier relié à la sonnette de la porte. Il posa la seringue sur la table et baissa le volume. Qui était-ce ? Il n'attendait personne. Il resta immobile. La sonnerie retentit une deuxième fois.

Chapitre 119

Andreas et Karine se tenaient chacun d'un côté de la porte. Ils avaient appuyé sur la sonnette une deuxième fois. Sur le trajet, Karine avait appelé Viviane et Charles Badoux par téléphone et leur avait expliqué la situation. Devant l'urgence, le procureur avait donné son accord verbal pour interpeller Jérôme Jaccard.

Le groupe d'intervention de la gendarmerie, le DARD[1], était en route. Viviane leur avait intimé l'ordre de ne pas intervenir avant leur arrivée. Mais Andreas ne pouvait tout simplement pas rester là les bras ballants. La vie de sa sœur était en jeu. Ils s'apprêtaient à enfoncer la porte au moment où ils entendirent des bruits de pas et le loquet s'ouvrir.

André Jaccard se tenait devant eux. Karine s'avança et appuya la main contre sa bouche, lui montrant son arme.

— Où est votre fils Jérôme ?

Elle ôta sa main et lui fit signe de parler doucement.

---

1. Détachement d'action rapide et de dissuasion.

— Il est à la cave. Dans son local, chuchota-t-il, l'air inquiet.

Karine précéda Andreas. Ils entendirent un bruit sourd de musique et les basses qui résonnaient. Andreas avait lui aussi dégainé son pistolet. Il ouvrit la porte et Karine s'engagea la première dans les escaliers en bois. Arrivée en bas, elle appuya doucement sur la poignée. C'était fermé. Andreas prit un peu d'élan et se jeta contre la porte de tout son poids. La serrure céda sous la pression.

Jérôme sursauta. Il était assis dans un fauteuil, au milieu de la pièce.

— Ne bouge pas !

Karine et Andreas se tenaient au milieu de la cave et braquaient leur arme sur Jérôme Jaccard. Son visage exprimait la stupéfaction. Il en laissa tomber le joint qu'il était en train de fumer. Juste à côté de lui sur la table basse se trouvaient plusieurs fioles de méthadone.

Chapitre 120

Gryon, mardi 2 avril 2013

L'homme qui s'enivrait du parfum de sa mère avait gravi les escaliers avec appréhension après la deuxième sonnerie. Il regarda par le judas.

Le facteur se tenait sur le pas de la porte avec un paquet dans les mains. Il ne pouvait lui ouvrir dans cet accoutrement. Il se souvint avoir commandé du maquillage sur Internet. Après quelques instants qui lui parurent interminables, le facteur posa enfin le colis et se décida à repartir.

Il tira le rideau et regarda dehors. Il aperçut alors deux véhicules de la gendarmerie stationnés devant le chalet d'en face. Que faisaient-ils là ? L'un des deux inspecteurs de police, la femme, était venue le questionner au sujet de sa première victime, celle qui avait été renversée par Romain. Elle tenait Jérôme par le bras et l'obligeait à s'asseoir dans la voiture. Étaient-ils en train d'arrêter son ami ? Il ne comprenait pas ce qu'ils lui voulaient. Les deux inspecteurs retournèrent ensuite dans la maison des Jaccard.

Risquait-il quelque chose ?

Il décida de rester un moment à son poste d'observation.

Chapitre 121

Andreas et Karine étaient frustrés et avaient le sentiment, comme souvent durant cette enquête, d'être à nouveau au point mort.

Ils s'étaient fourvoyés.

Aucune trace de Jessica.

Jérôme Jaccard n'était pas Psycho Billy.

Pourtant la phrase révélée par Séverine Pellet et leurs propres conclusions pointaient vers cette maison. Était-il possible que la phrase soit présente sur un autre chalet ? La victime s'était-elle trompée ? Avait-elle mal lu ? Cela semblait improbable.

Andreas avait été certain d'avoir résolu l'énigme. Il aurait tant aimé avoir raison… Il aurait voulu retrouver Jessica, mais il avait fait fausse route. Et malgré cela, il avait encore le sentiment que la solution était à portée de main… mais où ? Qui ?

Son regard fut attiré par des photos encadrées contre le mur. Sur l'une d'elles, figurait un groupe de personnes, parmi lesquelles André Jaccard, plus jeune de quelques années. À côté de lui, une femme. Sa robe capta son attention : une polka twist bleue avec des pois blancs. La même robe que celle dont avait été revêtue la première victime, Séverine Pellet. Son pouls s'accéléra. Il ne pouvait s'agir d'un hasard. Psycho Billy.

— Qui est cette femme ? demanda Andreas à André Jaccard.

— Que voulez-vous à mon fils ?

— C'est moi qui pose les questions ici ! Qui est cette femme ?

— C'est Marlène.

— Et qui est-elle, cette Marlène ?

— C'est une longue histoire…

— Nous n'avons pas le temps. Donnez-moi la version abrégée !

— Tout le monde était amoureux de Marlène… une très belle femme. Et séductrice dans l'âme. Elle pouvait avoir qui elle voulait. Elle était l'épouse de Lucien. Lucien Brunet, mon ami et voisin d'en face. Le pauvre bougre…

— Continuez.

— Marlène a toujours cocufié son mari. Et lui ne savait rien. Enfin, c'est ce que je pense. Elle a été la maîtresse de Serge Hugon pendant plusieurs années. Marlène a même réussi à convaincre son mari d'acheter le chalet voisin du nôtre, juste pour être plus proche d'Hugon. Lucien n'aimait pas y venir et elle en profitait. Elle prétextait vouloir dormir sur l'alpage. Ensuite, Hugon la rejoignait dans le chalet sans même se cacher. Je crois qu'elle était tombée amoureuse de lui. Je me suis souvent demandé ce qu'elle pouvait bien lui trouver d'ailleurs.

— Parlez-nous de la photo ! de vous et Marlène. Et de la robe, ordonna Karine.

— La photo a été prise lors d'une soirée. Un bal. Marlène m'avait convaincu d'y aller avec elle. C'était avant qu'elle se mette avec Hugon. Ma femme me rabrouait sans cesse et elle n'aimait pas sortir. Elle était bipolaire. Une situation difficile à gérer. Pour y aller, je lui avais menti. J'avais demandé à Hugon de me servir d'alibi. Danser avec elle avait été sublime. Marlène adorait ces robes des années cinquante. Elle voulait ressembler à ces belles actrices. J'ai été séduit par son charme. On a même couché ensemble. Et ensuite, elle m'a laissé tomber pour Hugon. Quelle salope c'était ! Mais une magnifique salope, ajouta-t-il en caressant du doigt sa silhouette sur la photo.

— Hugon était au courant de votre infidélité, je suppose ?

— Oui.

— La photo date de quand ?

— De 2000. Je m'en souviens très bien.

Un gendarme emmena Jérôme, menotté.

— Je veux bien coopérer, mais répondez au moins à ma question. Qu'a fait Jérôme ?

— Il a volé des stupéfiants à l'hôpital.

André Jaccard était complètement dépassé par les événements et il craqua.

Jérôme avait été très attaché à sa mère, malgré la bipolarité de cette dernière. Lors des phases maniaques, elle les agressait, Jérôme et lui. Et son fils avait de la peine à réconcilier les deux visages de sa mère. Sa maladie s'était d'ailleurs aggravée au cours du temps. Mais malgré tout, mère et fils avaient une relation très fusionnelle. À sa mort, il avait commencé à se droguer. Une manière de combler le vide laissé par sa disparition ?

— Et Hugon vous a fait chanter, c'est ça ?

— Oui, à l'époque, il s'est servi de ça pour me forcer à convaincre ma femme de céder le chalet. C'était en 2008. Elle était la seule qui refusait de vendre et mettait en péril le projet immobilier, et du coup, la possibilité pour les autres de se faire un paquet de fric.

Chapitre 122

Andreas et Karine sortirent rapidement de la maison et regardèrent les peintures et inscriptions sur la façade du chalet.

L'histoire de Marlène.

La robe vintage.

Tout devint clair.

« *Béni soit le Seigneur chaque jour* » était inscrit sur la façade des Jaccard. Séverine Pellet, lorsqu'elle s'était évadée, avait bien vu ce texte, mais il ne figurait pas sur le chalet… duquel elle s'enfuyait. Il se trouvait sur le chalet… d'en face, celui qu'elle avait dû voir en rejoignant la route. Elle s'était échappée de nuit, mais la lampe sous le toit illuminait la peinture et l'inscription.

Et, dans le chalet d'en face… habitait Cédric Brunet, le fils de Marlène. Celui qui, de toute évidence, détenait sa sœur, la maltraitait, la torturait. Peut-être même l'avait-il déjà supprimée. Il revoyait dans son esprit les photos post-mortem d'Annabelle Champion. Les effroyables morsures de serpent. L'écume aux lèvres.

Il devait chasser ces images et espérer que, pour Jessica, il n'était pas trop tard.

Son téléphone portable vibra. Un MMS. C'était le portrait-robot réalisé à partir des déclarations du vendeur de serpents. Andreas le montra à Karine. C'était bien lui. Aucun doute.

Il n'y avait plus une seconde à perdre.

Chapitre 123

L'homme qui s'enivrait du parfum de sa mère regardait toujours par la fenêtre. Il observait les deux inspecteurs, qui venaient de ressortir du chalet d'en face. Celui de son ami Jérôme, qui avait été embarqué un peu plus tôt dans la voiture de police. Ils semblaient en pleine réflexion et contemplaient les murs du chalet. Il se demanda ce qu'ils pouvaient bien fabriquer. Soudain, ils se retournèrent quasiment simultanément dans sa direction. Il eut un mouvement de recul instinctif et comprit qu'il ne lui restait pas beaucoup de temps avant qu'ils ne viennent frapper à sa porte.

Et tout serait alors terminé…

En descendant à la cave, sa demeure à lui, il repensa à sa mère et au jour où tout avait basculé dans son existence. Elle avait eu un amant pendant plusieurs années : Serge Hugon. Ce n'était que dernièrement qu'il avait pu l'identifier et lui régler son compte d'un coup de pelle bien asséné.

Et, il avait laissé un message sur la table de la cuisine – « *L'usurpateur est en enfer !* » –, mettant ainsi un point final à la vie de cet homme, qui avait gâché la sienne.

Quant à sa mère, il lui en avait voulu dès le jour où il avait compris qu'elle en avait choisi un autre que lui. Mais au moins, il avait pu continuer à l'observer par le petit trou dans la paroi.

Et puis... en 2008, elle avait signé son arrêt de mort, le jour où il avait surpris une conversation entre les deux amants. Sa mère avait décidé de les quitter, son père et lui. De LE quitter. C'était la fin. De son monde. De sa vie telle qu'il l'avait connue.

L'entendre dire qu'elle aimait cet *usurpateur* et qu'elle était prête à l'accompagner. À partir de Gryon. À refaire son existence avec lui. Il n'avait pas pu l'accepter. Son amant avait décidé de vendre sa maison et son chalet. L'argent leur servirait à repartir à zéro. Ce n'était plus qu'une question de semaines...

Ce jour-là, sa mère avait dû se rendre en plaine. Elle avait rendez-vous chez le médecin. Cédric avait fait ce qu'il fallait. Mais il n'avait pas prévu qu'au dernier moment son père déciderait d'accompagner Marlène...

Marlène prit place au volant de la voiture et Lucien sur le siège passager.

— Attache ta ceinture, lui lança Marlène en démarrant le véhicule.

— Tu sais très bien que je ne le fais jamais.

— Quand c'est moi qui conduis, tu fais ce que je te dis.

— Mêle-toi de tes affaires, Marlène.

Elle ne répondit pas et mit les gaz.

Ces derniers temps, Lucien éprouvait un sentiment bizarre. Comme si sa femme s'éloignait de lui.

Il n'avait jamais été dupe. Il savait qu'elle avait eu plusieurs aventures. Qu'il ne l'avait jamais satisfaite. Elle ne l'aimait pas. Et lui non plus d'ailleurs. Dès le départ, les sentiments n'avaient pas eu grand-chose à y voir. Ils avaient fini ensemble à une fête du village, un peu avinés, et avaient oublié de se protéger. Elle était tombée enceinte. Il s'était senti obligé de l'épouser. Une fille-mère, dans un petit bled de montagne, même dans les années quatre-vingt, ça faisait cancaner les commères. Une histoire banale, comme tant d'autres. Pourquoi donc avait-il commencé à éprouver de la jalousie ? Elle était de plus en plus souvent absente. Elle voyait quelqu'un régulièrement. Il en était certain. Qu'elle couche de temps en temps avec d'autres, il s'en était accommodé. Mais il n'accepterait pas qu'elle le quitte. Il serait la risée du village. Il avait prétexté devoir aller faire des courses pour l'accompagner. En réalité, il voulait éviter qu'elle puisse profiter de cette escapade pour rejoindre son amant. Elle avait d'ailleurs paru mécontente. S'il avait pu contrarier ses plans, cela lui apportait une certaine satisfaction. Ils passèrent le premier virage après la sortie de Gryon.

Aucun des deux n'avait dit un mot depuis le départ de la maison. Lucien se décida alors à rompre le silence.

— Il n'est pas question que tu me quittes, j'espère que tu en es consciente.

— Eh bien, tu devras t'y faire ! Je n'ai pas rendez-vous chez le médecin.

— Tu pensais rejoindre ton amant, c'est ça ?

Pendant qu'ils discutaient, ils ne pouvaient se rendre compte que la voiture laissait derrière elle une traînée. Le liquide de frein était en train de se répandre au compte-gouttes.

— Non. J'ai rendez-vous chez un avocat. Je vais déposer une demande de divorce.

Lucien resta sans voix. Il avait vu juste. Il devait l'en empêcher. Mais comment ?

— Jamais je ne te laisserai faire ça. Tu m'entends ? Jamais !

À la sortie du village des Posses, Marlène appuya sur les freins pour négocier un virage à droite. La voiture ne décéléra pas. Elle appuya encore. Rien. Elle négocia le virage tant bien que mal.

— Vas-y mollo, Marlène !

La voiture continua à accélérer sans qu'elle puisse faire quoi que ce soit. Après la longue ligne droite en descente se présenta un nouveau virage. Elle réussit à le prendre en mordant sur l'autre côté de la route. Heureusement, aucun véhicule ne venait en sens inverse.

— Marlène ! Arrête tes conneries !

— J'y suis pour rien. C'est les freins...

Au tournant suivant, Marlène vira à droite, mais la vitesse empêchait toute manœuvre. La voiture sortit de la route et s'envola sur une dizaine de mètres pour atterrir en contrebas. Elle faillit heurter de plein fouet un autre véhicule qui montait. La voiture poursuivit sa course dans le pré et buta contre un monticule. Elle fit un premier tonneau. Un deuxième. Lucien fut éjecté par le pare-brise. Puis la voiture effectua un troisième tonneau avant d'être stoppée net au moment où elle percuta un arbre.

Lucien avait survécu, mais l'accident l'avait rendu tétraplégique. Ce dommage collatéral ne figurait pas dans les plans de Cédric. Celui-ci n'avait jamais eu d'affection particulière pour son père, mais il n'avait pas eu non plus l'intention de le condamner au fauteuil roulant pour le restant de ses jours. Il s'était racheté à sa manière, en s'occupant du vieux sans broncher, jour après jour. Quand le ressentiment montait, il essayait de l'étouffer. Il ne lâchait la pression qu'en devenant sa mère devant son miroir, et plus récemment, en tentant de modeler ses créatures. Ses camarades le prenaient pour un saint. Il était juste coupable. Pas du meurtre de sa mère, bien sûr. Elle avait mérité son sort. Ni de ses divertissements avec ses créatures de la cave. Après tout, il n'avait jamais voulu que les aimer. Mais de l'infirmité de son père. De ça, oui, il en était responsable.

Même s'ils vivaient tous les deux sous le même toit, lui et son père, ils avaient aménagé deux appartements pour que chacun ait son espace privé. L'accès à la cave était heureusement de son côté. En général, il attendait que son père se soit couché, pour pouvoir ensuite vaquer à ses occupations sans être dérangé. Mais deux jours auparavant, son père avait entendu les cris de la femme enfermée au sous-sol. Il avait oublié de fermer la porte. Quel idiot ! Il n'avait eu d'autre choix que d'attacher son père sur son lit.

L'inspecteur Auer et sa collègue allaient débarquer chez lui. Il était cuit. Tous ses plans étaient réduits à néant. Jessica ne deviendrait jamais sa nouvelle créature, sa mère, son idole. Mais s'il était contraint de renoncer à la posséder, il devait aussi s'assurer qu'elle ne serait à nul autre.

Cédric se saisit d'un marteau. Il aperçut sur la table le précieux flacon de Shalimar. Ce parfum qui avait tant signifié pour lui. Il devait anéantir ce symbole qui l'avait accompagné toute sa vie durant. Il donna un coup puissant et le cristal vola en éclats. L'odeur de la bergamote, douce et acidulée, envahit la cave. Un souvenir réconfortant et insupportable évoquant à la fois la demeure de la haine, celle habitée par sa mère, et celle de l'amour, celle qu'il s'était imaginé dans ses rêves, mais qui dans la réalité s'était avérée une chimère. Puis des odeurs florales. Des roses. Des iris. Du jasmin. Il voulut fermer les yeux pour se sentir transporté une dernière fois dans un jardin luxuriant avec des fontaines jaillissantes et des fleurs capiteuses en compagnie de la plus belle et la plus cruelle des femmes, sa mère. Mais il n'y parvint pas.

Saisi d'une rage enfin libérée, comme le parfum du flacon, il brisa une à une toutes les vitres des terrariums. Puis il remonta et entendit la porte d'entrée qu'on était en train d'enfoncer. Il s'enfuit par la sortie de derrière et se lança à corps perdu vers la forêt pour échapper à la police.

Chapitre 124

Andreas enfonça la porte. Il eut le temps d'entrevoir un homme entièrement vêtu de noir s'enfuir par l'arrière de la maison. Il allait partir à sa poursuite, mais il se ravisa. Il devait retrouver Jessica. Était-elle dans cette maison ? Ou alors devait-il d'abord rattraper le fuyard et le faire parler ? Ce fut Karine qui prit la décision pour lui.

— Je me charge de lui. Retrouve ta sœur !

Karine se lança à la poursuite de Cédric.

Andreas fit rapidement le tour des pièces. La cuisine, le salon et un réduit. Rien. Au fond du couloir, une porte fermée à clé. Son cœur battait la chamade. Il avait aperçu cette partie de la maison depuis l'extérieur, comme une excroissance qui aurait été bâtie après coup. L'endroit où Psycho Billy se livrait à sa double vie ? Il n'avait pas le temps d'y réfléchir. Il enfonça la porte à coups de pied. Tout était sombre. Les volets étaient fermés et ne laissaient passer quasiment aucune lumière. Une odeur pestilentielle le saisit à la gorge. Une odeur de merde. De manque d'hygiène et, quelque chose de plus sinistre derrière, celle de la mort ? Il alluma, la peur au ventre. Une chambre aménagée pour un handicapé. Des barres au mur, un lit médicalisé. Et dans le lit, une forme sous les draps. Andreas s'avança avec appréhension et souleva la couverture. Ce n'était pas Jessica, mais Lucien, le père de l'assassin. Il était attaché avec des sangles. Mort ? Malgré l'odeur, il s'approcha plus près et mit deux doigts contre sa gorge. Il sentait un pouls. Faible. Le vieil homme était visiblement déshydraté. Ses draps étaient souillés de déjections. Cette ordure avait abandonné son père à son propre sort, dans sa merde. Tout occupé à son obsession morbide. Obsession morbide qui avait pris le visage de Jessica. Il l'avait croisé dans son fauteuil, avec son fils dévoué qui le poussait dans les ruelles de Gryon. Un jeune homme fuyant, qui ne regardait pas les gens dans les yeux. Il avait mis ça sur le compte de la timidité. Un type à l'allure plutôt androgyne, aux traits fins, qui aurait pu être beau, s'il avait choisi entre virilité et féminité. S'il n'avait pas préféré se cacher derrière ses complexes et sa sexualité torturée. Comme quoi, on ne savait jamais ce qui se dissimulait derrière la façade.

Andreas monta à l'étage. D'autres pièces vides. L'une d'entre elles était sûrement la chambre du meurtrier. Une chambre d'ado mal dans sa peau. Des posters de Marylin Manson et autres groupes de rock satanique. Mais pas de désordre. Et personne non plus. Une dernière pièce, au fond du couloir, était fermée à clé. Son cœur se mit à battre très fort. Jessica…

Il prit un peu de recul et enfonça la porte. Elle céda.

Pas de Jessica.

Andreas se trouva dans une chambre de femme. Un lit glamour aux draps de satin rose, une immense armoire, et dans le coin, une coiffeuse surmontée d'un miroir. Sans doute celle de la mère, Marlène. Celle par qui la folie était arrivée. Celle que le tueur voulait faire revivre dans ses délires.

Mais aucune trace de Jessica. Il entendait sa propre respiration saccadée et son inquiétude décuplait au fur et à mesure que les possibilités de retrouver sa sœur diminuaient.

Pourquoi donc la pièce était-elle fermée à clé ? Dans l'armoire, il découvrit la collection de robes vintage dans laquelle l'assassin avait sûrement puisé pour vêtir ses victimes.

Mais où donc était Jessica ?

Andreas redescendit et vit la porte de la cave. Il l'ouvrit et emprunta les escaliers. L'angoisse montait. Elle ne pouvait être que là. En bas, il parvint dans un lieu où il faisait nuit noire. Il trouva non sans peine un interrupteur. Il était dans un local avec des étagères remplies de vin et de bocaux de toutes sortes. Mais pas de Jessica. Au fond, une deuxième porte. Il s'avança et l'ouvrit. Une forte odeur de parfum gagna ses narines. C'était bien l'antre de Psycho Billy. Une sensation bizarre l'envahit. Quelque chose bougeait…

— Jessica, tu es là ?

Il entendit quelqu'un marmonner une réponse. Il trouva l'interrupteur. Dans le coin de la pièce, il aperçut sa sœur. Elle était attachée et bâillonnée. Un python était en train de s'enrouler lentement autour de son corps. Sur le sol, une grosse araignée velue se déplaçait et, baissant les yeux, il vit devant lui un serpent dressé.

Andreas dégaina son arme sans prendre le temps de réfléchir et visa le reptile. Il manqua sa cible. Le serpent l'attaqua, mais ne parvint pas à lui planter les crocs dans la jambe. Il tira une seconde fois et le toucha. Sous la puissance de la balle, il ne resta plus qu'un corps sans tête et du sang dispersé. Il lâcha son arme et se jeta sur le python. Le visage de Jessica virait au bleu. Il essaya tant bien que mal de desserrer l'étreinte, mais l'animal avait une force phénoménale. Rien à faire. Il trouva un couteau sur une table. Il le planta dans le crâne du reptile et le tira sur la longueur. Peu à peu, le python relâcha la pression et Andreas put dégager l'animal. Il lui asséna ensuite un coup fatal. Il remarqua alors les terrariums brisés…

Le salopard, comprenant qu'il était fait comme un rat, avait sacrifié sa collection macabre. D'autres bestioles rampaient ou se déplaçaient encore sans doute sournoisement dans la pièce. Et là, il avait eu sa dose. Il ne s'agissait pas à proprement parler de phobie, mais d'un mélange d'aversion et de fascination. Et pour le moment, l'aversion dominait largement. La peur démultiplia ses forces. Il souleva Jessica et la plaça sur ses épaules. Alors qu'il se dirigeait vers la sortie, il sentit quelque chose sous son pied. Un craquement, ou plutôt un crissement. Il regarda par terre. Un scorpion gisait dans ses entrailles. Il avança vers la porte de sortie en faisant attention où il mettait les pieds et il remonta les escaliers.

Parvenu à l'extérieur, il détacha Jessica et l'enlaça. Des infirmiers, arrivés entre-temps, la prirent en charge. Mais toujours pas de groupe d'intervention…

Chapitre 125

Gryon, mardi 2 avril 2013

Derrière la maison, Karine s'était enfoncée dans la forêt. Le terrain était très en pente. Elle courait pour tenter de rattraper son retard sur le fuyard, et manqua à plusieurs reprises de trébucher sur des racines ou des cailloux.

Soudain, elle s'arrêta net.

Elle l'avait entendu dévaler l'étendue boisée, mais elle ne percevait maintenant plus aucun bruit.

S'était-il arrêté ?

Ou alors caché ?

Tout autour d'elle, des arbres se dressaient. Elle ne sentait sa présence nulle part. Il avait sûrement continué en aval. Mais elle ne pouvait en être certaine. Elle tendit l'oreille, en essayant de calmer sa propre respiration affolée. Toujours aucun bruit. Elle sortit alors son arme et progressa dans la forêt. Elle tenta de maîtriser le tremblement de ses mains sur le Glock. Elle entendit du bruit derrière elle et se retourna.

Un chevreuil détalait.

Karine s'efforça de respirer calmement.

Puis elle continua d'avancer. Il avait certainement réussi à fuir. Elle décida de revenir sur ses pas et rangea son pistolet.

Soudain, sans qu'elle ne puisse réagir, quelqu'un se jeta sur elle par-derrière en la saisissant par le cou. Elle tomba face contre terre. Le suspect lui comprimait la gorge. Elle tenta de se débattre de toutes ses forces. Mais rien n'y faisait. Il serrait de plus en plus et elle commençait à manquer d'air. Le sang dans sa tête ne pouvait plus rejoindre son cœur et son visage était en train de bleuir. Elle se sentait proche de l'évanouissement.

Dans un dernier effort, elle parvint à lui envoyer son coude dans la figure. Il relâcha suffisamment son étreinte pour qu'elle réussisse à se dégager en faisant basculer son agresseur, qui se retrouva sur le dos. Elle s'assit sur lui et lui asséna un coup de poing au niveau du plexus solaire, il avait le souffle coupé. Elle lui bloqua ensuite les mains et l'immobilisa au sol. Elle entendit quelqu'un débouler. Elle se retourna.

C'était Andreas.

— Comment va ta sœur ?

Sa voix était cassée, comme enrouée. Une marque commençait à apparaître autour de son cou.

— Elle va bien, elle n'est pas blessée. Elle a été prise en charge par les secours. Et toi, ça va ?

— Viens plutôt m'aider. Ce connard a failli m'étrangler, c'était moins une.

Andreas prit le relais et passa les menottes autour des poignets de Cédric Brunet, puis releva l'homme sans ménagement. Sous son masque de peinture blanche que la sueur avait fait couler, et avec ses yeux noircis au charbon et ses lentilles qui lui donnaient un regard de mort-vivant, il avait piètre allure.

L'homme qui s'enivrait du parfum de sa mère baissait à présent la tête et s'enfermait dans son mutisme. Karine avait retrouvé quelques couleurs et sa voix :

— Tu vas croupir le reste de ta vie au fond d'une cellule, ordure.

Chapitre 126

Jessica venait d'être admise à l'hôpital. Andreas l'avait sauvée in extremis des griffes de Psycho Billy. Elle était déshydratée mais n'avait aucune séquelle grave, si ce n'est un choc émotionnel important. Elle sortirait très vite, mais les médecins avaient préféré la garder en observation.

En revanche, Mikaël se trouvait encore aux soins intensifs et les médecins le maintenaient dans le coma. Son pronostic vital était toujours engagé. Selon eux, la situation pouvait évoluer dans un sens comme dans l'autre. Ils ne se montraient cependant pas très optimistes. C'était sans doute leur rôle. Mais Mikaël était un battant et Andreas ne pouvait pas s'imaginer une autre issue que sa survie. Il savait aussi que le risque de séquelles était important. Il voulait déloger cette idée de sa tête. Il voulait retrouver Mikaël tel qu'il était avant, mais des perspectives plus sombres lui revenaient sans cesse à l'esprit. Il ne pouvait chasser l'image de son compagnon à l'état de légume, incapable de bouger, et de lui en train de le nourrir à la bouillie pour bébé.

Une autre image le hantait. Celle du tueur qu'il avait aperçu sur la vidéo enregistrée par Mikaël au moment où il lui avait tiré dessus.

Mangiafuoco. Le mangeur de feu…

Cet individu qui avait agi dans l'ombre depuis le début. Mikaël l'avait surnommé comme le marionnettiste de Pinocchio. Maintenant, il avait un visage ! Et il allait tout faire pour le retrouver.

Andreas entra dans la chambre de Jessica. Elle était en train de dormir et Andreas esquissa un sourire furtif en la regardant. Il s'assit sur la chaise à côté du lit et mit sa main sur la sienne sans la quitter du regard. Il avait eu si peur de la perdre…

Et maintenant, il craignait pour Mikaël. Comment serait son existence sans lui ? Il voulait s'interdire cette pensée. Il devait se raccrocher à la seule chose concevable : Mikaël en vie à ses côtés. Eux deux. Ensemble. Il était perdu dans ses pensées et ne vit pas que sa sœur venait d'ouvrir les yeux.

— Andreas.

— Jessica.

Il lui adressa un sourire rassurant.

— Comment te sens-tu ?

— Je suis épuisée. Je t'aime p'tit frère !

— Moi aussi je t'aime, grande sœur.

— Tu m'as retrouvée. J'en étais sûre. Je me suis sans cesse raccrochée à cette idée.

— Il t'a fait du mal ?

— Il ne m'a pas violée, si c'est ce que tu voulais savoir.

Andreas était soulagé.

— J'ai sans arrêt cette musique atroce en tête et l'image de ce visage maquillé de noir et blanc. Et ces

501

yeux… Je devais rester forte, mais… c'était un sentiment indescriptible. Il m'appelait sans cesse *maman*. J'avais peur. Non pas de mourir, mais de ne plus revoir mes enfants. Et de ne plus te revoir, toi.

Andreas écouta sa sœur en silence. Il avait d'abord hésité à lui en parler maintenant, mais il n'avait pas le choix. Il ne pouvait pas garder cela pour lui.

— Je dois te raconter quelque chose.

En apprenant les nouvelles au sujet de Mikaël, Jessica fondit en larmes. Andreas aussi. Il posa sa tête sur le bras de Jessica. Il s'effondra.

— Andreas…

Jessica s'était juré de lui confier le secret qu'elle avait enfoui toutes ces années si elle survivait. Mais dans ce contexte, c'était exclu. Mikaël était dans le coma, elle ne pouvait pas lui faire porter le poids d'un souci supplémentaire.

— Oui ?

— Merci. T'es le meilleur des frères…

Chapitre 127

Sur l'ordinateur portable de Cédric Brunet, alias Psycho Billy, ils avaient découvert une série de vidéos enregistrées ces dernières années à l'aide de son smartphone, et un carnet avec des textes plus anciens dans lequel il relatait sa relation avec sa mère et comment il l'observait dans sa chambre à travers un trou dans la paroi.

Andreas avait vu tous les enregistrements, les uns après les autres. Il avait constaté la troublante transformation physique de Psycho Billy. D'abord homme sans fard, puis peu à peu, les yeux, maquillés comme ceux de sa mère, puis la bouche, rendue pulpeuse par le rouge à lèvres et ensuite la perruque, à laquelle s'était vite ajoutée la robe. Comme s'il avait assumé de plus en plus son image de femme. Cela lui fit repenser au spectacle de Catherine d'Oex. Mais dans un cas, c'était une transformation tout en émotion et en lumière, sous les feux des projecteurs, dans l'autre, un côté beaucoup plus sombre qui s'exprimait dans le secret d'une chambre de femme.

Ces vidéos racontaient l'histoire d'un jeune homme qui aimait sa mère, qui l'aimait trop, et qui au fil des ans avait développé une vie fantasmagorique. Il était convaincu que sa mère l'aimait, non pas comme une mère qui aime son enfant, mais comme une femme aime un homme. Il l'avait depuis son adolescence observée dans sa chambre, devant le miroir où elle se maquillait et s'habillait de robes vintage. Il l'avait aussi vue se caresser. Il pensait qu'elle le faisait pour lui.

À l'âge de dix-sept ans, tout avait basculé. À travers le trou, il l'avait surprise en pleins ébats avec un amant. Il avait vécu cela comme une profonde trahison. Ses écrits montrent qu'à partir de ce moment-là, il avait eu du mal à maîtriser ses émotions, et que les sentiments négatifs qui l'habitaient s'étaient installés en lui de manière plus intense et durable, l'entraînant progressivement vers un incontrôlable trouble délirant de type érotomaniaque. Cédric était convaincu d'être aimé par sa mère et il était certain que c'était elle qui avait initié cette *relation amoureuse*. La surprendre avec un amant et ensuite avoir l'impression qu'elle s'était détournée de lui, avait été d'autant plus dur à encaisser. Cédric exprimait dans ses écrits un profond désordre de l'identité. Lui voulait devenir un homme, *un vrai*, alors que sa mère passait son temps à le rabaisser et le traiter de *femmelette*. Il évoquait aussi des désirs homosexuels, mais il ne pouvait accepter cette idée. La seule personne qu'il se sentait le droit d'aimer était sa mère.

Ne parvenant ni à admettre ni à refouler son homosexualité, il s'était convaincu que sa mère l'aimait.

C'était la seule chose concevable et imaginable de son point de vue.

De ce que Cédric racontait à son sujet, Andreas comprit qu'elle avait été une mère castratrice. Elle se moquait de lui. Elle l'humiliait. Elle remettait en question sa virilité. Impossible pour le jeune garçon de se construire une vie sexuée et sexuelle équilibrée.

Puis Cédric a désiré devenir sa mère. Échouant lamentablement dans toutes ses tentatives de devenir un homme, il voulait devenir femme. Et quelle femme, sinon celle qu'il adulait, sa mère ? L'amour fantasmé de sa mère envers lui agit comme un mécanisme de survie, mais causa aussi son naufrage. La goutte d'eau qui avait fait déborder le vase fut le jour où elle avait décidé de quitter la maison pour partir avec son amant. Ce jour-là, il avait définitivement sombré dans la folie. Il avait tué sa mère en sabotant sa voiture. Sa mère morte, il avait commencé à revivre les scènes qu'il avait observées au travers du trou, quand, assise devant son miroir, elle se maquillait et s'habillait dans ses tenues vintage. Marlène était décédée à l'âge de quarante-quatre ans. Sa mère disparue, il voulait à la fois la ressusciter et devenir elle.

Dans une de ses dernières vidéos, il expliquait que cette image dans le miroir ne le satisfaisait plus. À partir de là, il ne se filma plus avec ses vêtements féminins, mais avec le maquillage satanique de Marilyn Manson. Comme si avec l'idée du passage à l'acte, il avait essayé de se déshumaniser. Comme si se transformer en monstre était le moyen qu'il avait trouvé pour nier sa propre humanité et basculer dans l'horreur de la torture et du meurtre. Et c'est là qu'il avait décidé qu'il devait posséder une femme, une vraie, en chair et en os. Une femme qui incarnerait la femme suprême : sa mère.

Andreas s'était demandé comment personne, durant toutes ces années, ne s'était rendu compte que quelque chose ne collait pas. Cédric Brunet avait sans doute une capacité à donner le change dans ses relations sociales. Personne dans son entourage n'avait pu dire s'il avait eu des liaisons avec des femmes. Il était toujours resté très discret. À ses amis, il expliquait devoir s'occuper de son père handicapé et ne pas avoir le temps de courir les filles. Le bruit de son arrestation s'étant déjà largement répandu, une jeune femme de Bex s'était pourtant manifestée la veille à la police. Elle avait raconté avoir eu une relation de quelques semaines avec lui. Très vite, elle s'était rendu compte qu'il avait des comportements et des attitudes *bizarres*. Le jour où ils avaient voulu passer à l'acte, la mécanique n'avait pas fonctionné. Dans sa cave, la police avait trouvé de nombreuses revues pornographiques gay. Cédric se battait donc contre lui-même. Il se sentait à la fois prisonnier de l'amour de sa mère et de son désir des hommes. Une situation psychologique inextricable.

Dans une ultime vidéo, il expliquait aussi le meurtre de Serge Hugon. À l'époque, il n'avait jamais su qui était le fameux amant, de sa mère, celui qu'il appelait *l'usurpateur*. Il n'en connaissait que le dos tatoué d'une rose noire et d'un crâne. Lorsque Hugon était venu accuser Antoine d'avoir tué sa vache et qu'Andreas en était venu aux mains pour l'empêcher de se battre avec Antoine, sa chemise s'était déchirée et il avait reconnu le tatouage. L'occasion pour lui de se venger avait été trop belle.

Chapitre 128

Antoine avait été formellement disculpé et allait être relâché en début de matinée. En d'autres circonstances, Andreas se serait rendu à la prison pour l'accompagner vers la liberté, mais il avait choisi de rester auprès de Mikaël.

L'épaisse porte en bois s'ouvrit et le directeur de la prison entra dans la cellule.

— Vous êtes libre. Le gardien va vous accompagner pour les formalités de sortie. Je suis heureux pour vous que cette affaire soit réglée. J'espère que vous ne garderez pas un trop mauvais souvenir de votre séjour chez nous, ironisa-t-il.

— Merci. Je mettrai un commentaire sur Tripadvisor…

Antoine se rappellerait toute sa vie le jour de son arrivée. Il avait été emmené dans un fourgon cellulaire. Depuis la cour, il avait été escorté menotté à l'intérieur du bâtiment et après un long couloir, il avait été placé dans une cellule sans fenêtre avec pour seul ameublement un banc, une table et des toilettes.

Après un moment, un gardien était venu le chercher et l'avait conduit dans une pièce où ils avaient procédé à l'entrée administrative. Il avait ensuite dû prendre une douche. On lui avait donné une couverture, un oreiller, une serviette de bain ainsi qu'un kit avec des articles de toilette. Puis il avait été amené dans le quartier cellulaire. Son pire souvenir : entendre la clé verrouiller la porte et se retrouver seul dans sa cellule pour la première fois.

Ce matin, il avait fait le chemin inverse, les menottes en moins. Il avait été accompagné jusque dans la cour et était maintenant seul. La porte métallique sous l'arche le séparait encore de la liberté et de sa ferme qu'il se réjouissait de retrouver. Il visualisa la route sinueuse qu'ils prendraient pour retourner à Gryon. Et l'image qui lui vint en tête était celle du Grand Muveran, cette montagne qui faisait partie de son quotidien depuis sa naissance. Comme il avait hâte de le voir rosir à nouveau dans le soleil couchant.

La porte métallique s'ouvrit et Antoine sortit. Il sourit en voyant Vincent. Il avait passé près de deux semaines dans sa cellule exiguë. Seul. Se retrouver dans cet univers avait été une expérience à la fois angoissante et perturbante. Par moments, il avait eu l'impression de suffoquer, lui qui aimait tant la liberté. Lui qui pouvait décider chaque jour de son emploi du temps. Lui qui se sentait à l'aise dans son environnement de Gryon. Avec ses bêtes.

Antoine avait dû partager la vie quotidienne de criminels. Il avait fait les gros titres des journaux et certains de ses codétenus lui tapaient dans le dos tout en disant « *Bien joué !* » ou « *Bravo !* ». Avoir tué un être humain qui avait trucidé une vache semblait être pour eux un acte civique. Mais il n'avait rien fait. Jamais il ne tuerait qui que ce soit. Pas même une bête. Lui qui ne pouvait pas dormir lorsqu'il devait envoyer une de ses vaches à l'abattoir.

Ils partirent en voiture pour retrouver leur vie à Gryon.

Vincent songeait qu'il devrait bientôt lui avouer le secret qui lui pesait sur le cœur depuis plusieurs mois. Il ne reprendrait pas la ferme. En cachette, il avait suivi une formation de graphisme par correspondance. Et il avait trouvé un stage. Son père serait déçu. Mais l'aveu difficile attendrait que ce dernier retrouve ses marques. Pour le moment, ils allaient célébrer son retour au bercail.

Chapitre 129

La sonnerie du téléphone de Christophe retentit. C'était l'appel qu'il attendait impatiemment d'Allemagne. La veille, il avait entamé des recherches au sujet de l'arme utilisée pour tirer sur Mikaël : un Makarov PM, un pistolet russe. Une arme similaire avait récemment été employée à Berlin lors de l'assassinat d'un homme d'affaires russe et de sa femme, pendant une représentation à l'opéra. Christophe avait contacté le *Bundeskriminalamt* et leur avait envoyé l'empreinte balistique.

— Nous avons comparé les deux projectiles, mais ce n'est pas la même arme. C'est certain.

— Dommage, s'exclama Christophe.

— Cela ne veut pas dire que ce n'est pas le même homme. Nous savons que c'était un meurtre commandité et exécuté par un professionnel. Et en règle générale, les pros se débarrassent de leur arme, une fois la mission effectuée.

— Avez-vous une idée de qui il s'agit ?

— Non. Mais nous pensons qu'il s'agit d'un Russe. L'arme utilisée, ainsi que les victimes, sont russes.

Un indic à Moscou a confié à un de nos agents que le tueur était sans doute un ancien du KGB. Nous avons une liste de noms de tueurs à gages connus de nos services. Je peux vous envoyer les photos par courrier électronique.

— Et avez-vous des soupçons sur le commanditaire ?

— C'est une affaire très délicate. Nos collègues russes ne semblent pas vouloir faire avancer l'enquête. La victime était un politicien opposé au régime en place. Nous pensons que l'ordre vient de très haut. L'instruction piétine et les chances pour que nous ne sachions jamais la vérité sont grandes.

Christophe remercia son interlocuteur et ouvrit sa boîte de réception. Quelques minutes plus tard, le mail était arrivé. Il transféra immédiatement les photos des tueurs à gages sur le portable d'Andreas.

Chapitre 130

Hôpital Riviera-Chablais,
Monthey, jeudi 4 avril 2013

Andreas consultait les photos attachées au message qu'il venait de recevoir. Il passa fébrilement en revue les têtes d'assassins. Il avait en mémoire ses yeux. Un regard de glace. Les cinq premières ne lui évoquaient rien. Il regarda la sixième, avant de revenir en arrière.

— C'est lui ! J'en suis sûr, s'exclama-t-il, faisant sursauter l'infirmière qui prodiguait des soins à Mikaël.

Andreas rappela Christophe. Il identifia le tueur en question comme Vladimir Bratcov. Ce dernier utilisait plusieurs pseudonymes supposés, dont ceux d'Artomonov, d'Andropov, d'Andreiev ou encore d'Alekseiev. Tous des noms de famille qui commençaient par *A*.

— On lui donne le surnom de Litso Ice, ce qui signifie *visage de glace* en russe.

Son nom d'*artiste* était particulièrement bien choisi. Ce regard froid, inhumain... Celui qu'il avait furtivement aperçu sur la vidéo enregistrée par Mikaël au moment où il se faisait tirer dessus. Cela s'était déroulé trois jours auparavant. Bratcov avait-il déjà quitté le pays ? C'était probable. Et s'il avait rejoint la

Russie, il n'y avait plus rien à faire. Mais si par hasard il était encore en Suisse, il ne devait pas perdre de temps. Ils avaient envoyé sa photo à toutes les polices ainsi qu'aux douanes. Ils avaient aussi contacté la BAero, la brigade judiciaire de l'aéroport de Genève, pour leur demander de vérifier si un passager avec l'un des pseudonymes de la liste était prévu sur un vol au départ de Genève ou d'un autre aéroport en Suisse.

Andreas raccrocha. Incapable de se calmer, il faisait les cent pas dans les couloirs de l'hôpital. Il ne savait même pas depuis quand il n'avait rien mangé. Il s'arrêta au distributeur automatique et inséra la monnaie pour acheter un paquet de chips. Rien ne se passa. Il tapa la vitre du poing. Il avait l'impression de vivre une scène cliché de cinéma : le flic énervé qui secoue le distributeur peu coopératif. Une infirmière qui passait par là le semonça et, lui faisant signe de s'écarter, appuya sur un bouton. Le paquet de chips tomba et elle le lui tendit en fronçant les sourcils. Il s'excusa platement et continua ses allées et venues dans le couloir, jetant à chaque passage un coup d'œil dans la chambre de Mikaël qui ne se réveillait pas. Il était trop nerveux pour aller s'asseoir à ses côtés. On disait que les patients dans le coma entendaient les paroles de leurs proches, peut-être sentaient-ils aussi leur stress. Ce n'était pas l'émotion qu'il voulait communiquer à l'homme de sa vie.

Andreas espérait que Litso Ice était enregistré sur un vol. S'il avait décidé de prendre le train ou de quitter la Suisse en voiture, il serait difficile, voire impossible, de l'intercepter. Et s'il passait la frontière, on ne le retrouverait sans doute plus.

La réponse arriva en début d'après-midi. La brigade judiciaire de l'aéroport avait fait le tour des transporteurs aériens et contrôlé toutes les listes de passagers. Un certain Alexey Artomonov était enregistré sur un vol pour Moscou le jour même à 15 heures.

Les aiguilles de sa montre affichaient 13 h 30.

Andreas contacta la police genevoise ainsi que la douane de l'aéroport. Il n'y avait pas une minute à perdre.

Chapitre 131

Avant de se rendre à l'aéroport, Litso Ice avait mis la touche finale à son déguisement : lentilles de contact brunes pour dissimuler son regard de glace, masque en silicone avec cheveux et barbe gris, et lunettes de vue. La faiblesse de ces masques très réalistes se situait au niveau du regard. Une mise à distance de l'interlocuteur à l'aide de lunettes n'était donc pas superflue dans sa situation présente. Il avait fait faire plusieurs modèles par une société qui travaillait principalement pour le cinéma. Il les avait payés une petite fortune, mais il en avait eu pour son argent. Il n'avait encore jamais voyagé, et encore moins traversé une douane, masqué. Il les utilisait plutôt lorsqu'il exécutait une mission en public. Dans l'action, tout le monde n'y voyait que du feu. Dans le cas présent, le risque existait que le douanier, formé à l'observation, puisse se douter de quelque chose. Mais il devait tenter le coup malgré tout, c'était sa seule chance. Si le flic avait vu son visage comme il le craignait, son signalement aurait été diffusé. Il se regarda dans le miroir. Il était prêt. Il avait ensuite vérifié qu'il avait bien mis dans sa poche le passeport correspondant à son personnage. Une précaution.

Au parking de l'aéroport, il gara son véhicule de location et remit les clés. Puis il se rendit au comptoir pour l'enregistrement des bagages et, avant de passer le contrôle de douane, il se rendit aux toilettes pour vérifier que son déguisement était bien en place. Une dernière vérification. Son sens du perfectionnisme s'exprimait dans les moindres détails.

Le douanier prit son passeport et le scanna. Puis il le regarda rapidement avant de le déposer sur le comptoir et lui souhaita bon voyage. Il ne lui restait plus beaucoup de temps avant de rejoindre la porte d'embarquement.

Litso Ice descendit ensuite les escaliers roulants pour rejoindre le terminal qui se situait dans un bâtiment rond au milieu du tarmac. Il arriva à un dernier contrôle de sécurité et le passa sans encombre.

Dans le hall de départ, il s'installa au comptoir d'un bar et commanda un verre de jus de pomme suisse qu'il avait appris à apprécier durant son séjour.

Subitement, une certaine agitation se fit ressentir. Des hommes en civil débarquèrent et se postèrent vers la porte d'embarquement du vol vers Moscou tout en observant attentivement les passagers. Il les reconnaîtrait entre tous. Des policiers. Sur le tarmac, des voitures banalisées firent irruption et se positionnèrent près de l'avion. Plusieurs hommes en sortirent. Les hommes, en civil, portaient tous un brassard. Il n'arrivait pas à lire ce qui était écrit dessus, mais pouvait se l'imaginer : *Police*. Dans le vide-poche d'une des portières, ouverte, il aperçut un étui qu'il identifia aisément. Il contenait un HK-MP5, un pistolet-mitrail-leur allemand que de nombreuses unités spéciales utilisaient. L'un des hommes qui tenait un talkie-walkie dans la main gesticulait et donnait des indica-tions aux autres. Une certaine nervosité s'était installée parmi les voyageurs qui devaient sans doute craindre un attentat terroriste imminent...

À ses yeux, une seule explication s'avérait pos-sible : ils savaient qu'il allait prendre ce vol. Litso Ice avait à l'évidence sous-estimé cet inspecteur. Com-ment avait-il réussi à remonter jusqu'à lui ? Il réfléchit quelques instants puis finit son verre.

Même déguisé, il ne pourrait pas se permettre de courir le risque. Ils avaient certainement connaissance de son nom d'emprunt, sinon ils ne seraient pas là. Il redescendit les escaliers et se dirigea vers le terminal principal. Il marchait dans un long couloir. En face, il vit arriver en courant d'autres policiers en uniforme. Il ne s'alarma pas et continua comme si de rien n'était tout en détournant le regard. Ils passèrent à sa hauteur sans s'arrêter. Il avait eu de la chance.

Parvenu au terminal principal, il devait encore résoudre un problème majeur. Comment sortir ? Impossible de franchir le contrôle de sécurité d'accès à la zone de départ...

Litso Ice aperçut une porte où un panneau affichait *Zone réservée au personnel de l'aéroport*. Mais elle était verrouillée. Il vit un homme s'en approcher, muni de son badge. Il s'avança et se positionna juste der-rière lui. Il sortit de sa poche le stylo Montblanc qu'il pointa dans son dos.

— Ouvrez cette porte. Ne dites rien. Sinon je n'hé-siterai pas à vous planter.

L'homme s'exécuta en tremblant et ils passèrent la porte. À quelques mètres, un panneau indiquait les toilettes. Il y fit entrer son otage. Il lui donna d'abord un coup sec sur la nuque pour le sonner. Puis il lui fit une clé de bras et lui brisa le cou. Il déposa le corps dans une des cabines et déroba son badge. Il regarda son visage et eut soudain des remords. Il venait de tuer une personne dont la seule erreur était de se trouver sur son chemin au mauvais moment. Mais il devait faire vite et sortir de l'aéroport avant qu'il ne donne l'alerte. Un dégât collatéral nécessaire.

Il quitta les toilettes et chercha la sortie qu'il trouva sans peine. Il plaça le badge sur la borne et la porte s'ouvrit. Il se retrouva dans le hall d'arrivée parmi la foule.

Chapitre 132

Litso Ice sortit de l'aéroport par la porte principale, se mêlant à la foule des voyageurs. Il devait réfléchir à la prochaine étape avant de prévoir un plan de fuite : où se cacher ? Mais avant tout, quitter les lieux au plus vite. Devant lui, des taxis attendaient les clients.

Un véhicule arriva à toute vitesse et s'arrêta brusquement au milieu de la route. Une vieille BMW grise. Cette voiture, il l'avait déjà vue. À Gryon…

L'inspecteur Andreas Auer en sortit et claqua la porte. Une deuxième personne l'accompagnait. Une femme. Sa collègue. Ils se mirent à courir dans sa direction. Son pouls s'accélérait.

Ils n'étaient plus qu'à quelques mètres…

— Police, écartez-vous ! s'écria Andreas.

Litso Ice se poussa et les vit passer en trombe à côté de lui. Ils ne l'avaient pas repéré. Ils le chercheraient à l'intérieur. De précieuses minutes gagnées. Il devait quitter les lieux sans plus tarder. Il profita de l'instant de panique pour sauter dans un taxi.

— Amenez-moi à la gare, s'il vous plaît.

Chapitre 133

Genève aéroport, jeudi 4 avril 2013

Andreas et Karine se faufilèrent entre les nombreux voyageurs regroupés dans le hall d'arrivée. Un inspecteur de la police judiciaire de Genève leur fit signe.

— L'embarquement est presque terminé. Mais nous ne l'avons pas encore localisé. La compagnie aérienne nous a confirmé qu'Alexey Artomonov a bien enregistré un bagage et a passé le contrôle pour accéder à la zone de départ. Son passeport a été scanné au passage de la douane. Il doit sans doute s'y trouver. Nous avons déployé des hommes devant toutes les issues. Il ne peut pas nous échapper.

Si Litso Ice était encore dans l'enceinte de l'aéroport, il pouvait être n'importe où parmi la foule. Ou alors s'était-il caché quelque part en espérant que la situation se calme ?

— Suivez-moi.

L'inspecteur les amena sur le tarmac où une voiture les attendait. Le chauffeur les conduisit jusqu'au pied de l'avion. L'embarquement était maintenant terminé. Litso Ice avait dû être alerté par la présence massive de la police et n'était probablement pas monté dans l'avion. Le personnel au sol avait confirmé qu'il n'avait pas embarqué. Andreas voulait s'en assurer par lui-même. Il emprunta les escaliers mobiles pour accéder à l'appareil, un Boeing 737, de la compagnie Aeroflot. Il longea le couloir tout en observant le visage de chacun des passagers. Un homme aux cheveux rasés et aux traits anguleux regardait par le hublot. Andreas lui mit la main sur l'épaule.

— Monsieur.

Ce dernier sursauta et se tourna. Des yeux noirs inexpressifs au lieu du regard de glace.

— Désolé. Ce n'est pas vous que je cherche.

Après avoir fait l'aller-retour et inspecté les toilettes, Andreas redescendit sur le tarmac.

L'inspecteur genevois lui demanda de le suivre. Au milieu d'une pièce, sur une table, se trouvait une valise.

— Nous avons fait sortir le bagage du suspect.

Andreas enfila des gants en plastique. La valise en aluminium était verrouillée à l'aide d'un code, mais, comme tous les bagages conformes aux normes américaines, il était possible de le déverrouiller avec une clé spéciale. Après ouverture, il en retira le contenu, inspectant chaque objet. Des habits soigneusement pliés. Une trousse de toilette. Au fond de la valise, il trouva deux masques en silicone parfaitement réalistes. L'un d'eux, celui d'un vieillard chauve, lui rappela le portrait-robot fait à partir de la description du banquier. Pas étonnant que sa diffusion n'ait donné aucun résultat. Il ouvrit ensuite la trousse de toilette qui contenait plusieurs produits de maquillage. Il y avait également plusieurs étuis pour lentilles de contact colorées. Il observa ensuite la valise vide. Il connaissait très bien ce modèle d'une célèbre marque allemande, car il en possédait une identique, de sorte qu'il vit immédiatement qu'elle avait été spécialement aménagée. Il retira le tissu qui protégeait la coque. Tout autour avait été ajouté une sorte de tube métallique. Un des bouts en était amovible. Un endroit parfait pour cacher des objets. Mais il était vide. Le tube avait la taille idéale pour accueillir le canon d'un pistolet.

— Au moins, nous aurons ainsi son profil ADN et ses empreintes digitales, commenta l'inspecteur genevois.

Andreas ne répondit pas. Il était en train de songer à Litso Ice. Ce dernier avait très certainement trouvé le moyen de quitter l'aéroport. Où était-il allé ?

En ce moment, il pouvait tout aussi bien être en Suisse ou avoir déjà franchi la frontière française. Andreas était las.

Le manque de sommeil.

L'inquiétude.

La frustration.

Chapitre 134

Vers Nyon, jeudi 4 avril 2013

Assis dans le wagon, Litso Ice regardait le paysage défiler. La vue sur le lac et les montagnes était de toute beauté. La Suisse était en train de devenir sa prison dorée. Comment en sortir ? Par avion, impossible. En train ? Ils auraient probablement mis en place des contrôles aux frontières. La voiture était certainement la solution la plus discrète. Mais louer un véhicule n'était pas une bonne idée. S'ils avaient découvert un de ses pseudonymes, ils connaissaient peut-être aussi les autres. C'était la première fois qu'il se retrouvait dans cette situation.

À quel moment avait-il commis une erreur ? En règle générale, il acceptait des missions de courte durée. Cette fois-ci, il était resté longtemps sur place. Trop longtemps, peut-être ? Le montant à six chiffres qui lui avait été proposé avait été une incitation suffisante. Avait-il été dénoncé ? Par qui ? Il ne connaissait pas le nom de son employeur. Mais il avait rencontré Natalia Tchourilova à Zoug. Avait-elle été interrogée par la police et avait-elle lâché le morceau ? Leur avait-elle donné son signalement ? Mais elle n'était pas au courant de sa véritable identité. En y réfléchissant, son erreur était sans doute en lien avec ce journaliste qui avait réussi à filmer le moment où il lui tirait dessus. La vidéo était-elle parvenue à son amant, l'inspecteur de police, avant qu'il ne la supprime ? Ce dernier avait-il pu voir son visage ?

Se poser ces questions ne servait à rien. Il savait qu'il ne devait entrer en contact avec personne, mêlé de près ou de loin à cette affaire. Il devait rester discret. Louer une voiture n'était pas une option. En voler une ? Cela attirerait aussi la suspicion de la police. Il eut une idée. Il savait où il pourrait trouver un véhicule dont l'absence ne serait pas remarquée avant longtemps.

Chapitre 135

Sur la terrasse du chalet, Andreas s'était servi un verre de whisky et avait allumé un cigare. Il voulait réfléchir au calme de ses montagnes. Minus était couché à ses pieds et Lillan s'était installée confortablement à ses côtés sur le canapé.

Seul Mikaël manquait à l'appel, et son absence était douloureuse.

En revenant de Genève, il s'était arrêté à l'hôpital pour prendre des nouvelles de Jessica, sa sœur, mais surtout pour aller voir son compagnon. Les médecins lui avaient expliqué que la situation était stable, mais toujours critique. Il avait voulu rester sur place, mais ils lui avaient recommandé de rentrer dormir quelques heures, constatant son état de fatigue mentale et physique. Il avait suivi leur conseil à contrecœur. Il retournerait au chevet de Mikaël à l'aube.

Les policiers avaient perdu la trace de Litso Ice, de son vrai nom Vladimir Bratcov. Andreas était dépité. En se rendant à Genève, il avait été certain de coincer l'ordure qui avait envoyé Mikaël à l'hôpital.

Et maintenant ?

Les chances de le retrouver étaient maigres. Il pouvait être n'importe où. Mais Andreas n'allait pas juste rester là à ne rien faire.

Il tira une bouffée sur son cigare et expira la fumée suave.

Vladimir Bratcov était Mangiafuoco, celui qui avait tiré les ficelles depuis le début de l'affaire.

Celui qui avait fait du chantage au banquier genevois pour qu'il vende son chalet.

Celui qui avait tué la vache de Serge Hugon pendant le concours et ensuite celle d'Antoine pour les monter l'un contre l'autre.

Celui aussi qui avait « suicidé » l'avocat zurichois.

Très certainement encore celui qui avait assassiné la propriétaire du Refuge de Frience en faisant croire à un nouveau meurtre perpétré par Cédric Brunet, alias Psycho Billy.

Et celui, toujours lui, qui avait laissé Mikaël pour mort parce qu'il s'était approché trop près de la vérité.

La police zougoise avait investi les locaux de la SQIRE. Natalia Tchourilova avait fui la Suisse le jour précédent sans en informer son personnel. Pour la faire plonger pour complicité d'assassinat, il fallait des preuves. Trouver un lien entre elle et Vladimir Bratcov. Andreas s'imaginait que cela ne serait pas simple, voire impossible. Celui qui était derrière toute cette histoire était le magnat russe Andreï Klitschko. C'était sans doute lui qui avait engagé l'assassin professionnel Vladimir Bratcov, alias Litso Ice. Mais Klitschko s'était très certainement gardé de le contacter directement. Comme souvent, ce genre de missions passait par un intermédiaire. Le procureur pourrait faire une demande d'entraide internationale à la Russie, mais pour cela il devait avoir des preuves concrètes. Ce qu'ils n'avaient pas. Et même s'ils en avaient, cela prendrait beaucoup de temps sans aucune garantie de résultat.

Klitschko était hors d'atteinte.

Lui et Natalia Tchourilova avaient presque réussi leur coup. Tous les terrains et chalets leur apparte- naient désormais. Soit à la Swiss Quality In Real Estate SA (SQIRE), soit à la holding Swiss Global Services Limited (SGS). Sachant que la SGS était maintenant actionnaire majoritaire de la SQIRE, plus rien ne s'opposait à priori à ce que le projet de Frience se réalise. Leur plan semblait en théorie parfait, mais en pratique cela ne s'était pas passé aussi discrètement qu'ils l'auraient voulu. Et la brigade financière avait surtout découvert des informations compromettantes réduisant leurs efforts à néant. La holding de Chypre dont Klitschko était le bénéficiaire économique avait acquis des biens sur le territoire suisse avec l'approba- tion des autorités compétentes. Elle était donc *clean* sur le principe. En revanche, Marie Pitou, l'agente immobilière, était dans de sales draps ainsi qu'un des fonctionnaires de l'autorité d'approbation. Tous deux avaient reçu une importante somme d'argent sur un compte off-shore. Après plusieurs heures d'audition, ils avouèrent avoir touché un pot-de-vin pour per- mettre à la holding d'acheter les biens en toute légalité apparente. La brigade financière avait ensuite réussi à remonter le flux et découvert que les dessous-de-table avaient été versés par l'intermédiaire d'un compte appartenant à Natalia Tchourilova. Dès lors, le permis était caduc. Et l'achat des propriétés nul. Les biens allaient être vendus aux enchères. Cela sonnait le glas du projet Frience Luxury Estate.

Andreas eut soudain une idée. Cela valait la peine de vérifier. Mais à cette heure, l'agence était fermée. Peu importe, pas de temps à perdre. Il écrasa son cigare.

Chapitre 136

L'agence immobilière au centre du village de Gryon était située juste à côté du Café Pomme. La porte en était bien sûr verrouillée. Y avait-il une alarme ? Rien ne semblait l'indiquer. Andreas prit le risque. Il n'était plus à une entorse au règlement près. Mais par précaution, il mit une paire de gants. Inutile de laisser des traces.

Il sortit son arme et frappa dans la porte vitrée avec la crosse. Il déverrouilla ensuite de l'intérieur et pénétra dans les locaux. Il entra dans le bureau de Marie Pitou et alluma l'ordinateur. Un mot de passe. Comment faire ? Il était bloqué. Il pourrait bien sûr contacter Marie Pitou, mais, ayant pénétré par effraction et sans mandat, il était peu probable qu'elle se montre coopérative. Puis il se souvint. Il appela Christophe. L'an dernier, ils avaient analysé le contenu des ordinateurs de l'agence après la mort d'Alain Gautier, le copropriétaire d'Immogryon. Et ils avaient demandé à l'époque les mots de passe pour y accéder. Christophe les retrouva rapidement et les lui donna sans rechigner. Ils n'avaient pas été modifiés.

Andreas commença ses investigations dans l'historique des achats et ventes de chalets. Il vérifia tour à tour si la SQIRE ou la holding étaient détenteurs d'autres biens. Litso Ice aurait peut-être séjourné dans l'un d'eux ? Christophe avait vérifié dans tous les hôtels de la région, mais aucune trace de lui. Andreas ne trouva rien. Il chercha ensuite sous le nom de Natalia Tchourilova. Rien non plus. Puis il entra celui d'Andreï Klitschko. Toujours rien. Mais il trouva plus d'une vingtaine de chalets dont le propriétaire avait un nom russe, aucun Klitschko, mais quatre ou cinq Andreï. Il cherchait des liens… sans succès pour le moment. Mais peut-être n'y en avait-il pas ? L'un de ces noms attira son attention : Andreï Mikhaïlovitch Krycek. Krycek ? Pourquoi ce nom lui évoquait-il quelque chose ? Il entra le nom sur Internet et tomba sur Alex Krycek, l'espion russe à la solde du mystérieux homme à la cigarette… dans la série *X-Files*. Il eut une intuition. Et si ce nom était un nom d'emprunt ? *Andreï Mikhaïlovitch*, *André fils de Mikhaïl*… Il tapa Mikhaïl Klitschko dans le moteur de recherche. Bingo ! Mikhaïl Alexandrovitch Klitschko. Il s'agissait du père d'Andreï.

Il regarda l'adresse du chalet. Peut-être n'était-ce qu'une hypothèse, mais il y avait de fortes chances pour que cet Andreï Mikhaïlovitch Kricek soit en réalité Andreï Mikhaïlovitch Klitschko.

Chapitre 137

Gryon, jeudi 4 avril 2013

L'imposant chalet en rondins était situé en plein cœur de Gryon, dans une zone résidentielle où les habitations rivalisaient en taille et en luxe. Par prudence, Andreas avait garé la voiture à quelques centaines de mètres de là et effectué le dernier bout de chemin à pied. La lampe du salon était allumée. Son cœur commença à battre plus rapidement. Et s'il avait eu raison ? Si Litso Ice était revenu à Gryon, le temps de réfléchir et de trouver un plan B ? S'il était retourné à l'endroit où il avait vraisemblablement passé les dernières semaines ? Il s'approcha de la baie vitrée et observa l'intérieur du salon. Il n'y voyait pas âme qui vive. Il appuya sur la poignée de la porte coulissante. Elle était ouverte…

Andreas dégaina son arme et entra dans le vaste séjour. Il était sur le qui-vive, à l'affût du moindre bruit. La stéréo jouait de la musique classique. Il reconnut *La Walkyrie* de Wagner. L'intérieur du chalet, tout comme l'extérieur, montrait clairement la richesse du propriétaire. Sur une commode en bois trônaient des œufs Fabergé incrustés de pierres précieuses. Il n'était pas un connaisseur en art, il était en revanche expert en James Bond. Dans *Octopussy*, le fameux œuf, objet de toutes les convoitises, était muni d'un système de localisation et d'écoute installé par Q. Dans l'évier de la cuisine, les vestiges d'un repas pris à la va-vite. Quelqu'un était passé par là récemment.

Litso Ice était dans le garage souterrain. Plusieurs voitures de luxe parfaitement entretenues et lustrées s'y trouvaient. Une Porsche 911 Carrera rouge décapotable. Une Ferrari 488 Spider jaune. Une Jaguar de collection, une MK2 de 1961. Et une Range Rover Sport V8 Supercharged noire. Il avait une préférence pour la Ferrari. Il n'en avait jamais conduit et en avait toujours rêvé. Mais ce n'était peut-être pas la plus discrète. La Range Rover noire ferait l'affaire et, s'il devait forcer un barrage, elle serait sans doute plus efficace que les modèles de sport. Avec ses 510 CV, il pourrait semer n'importe quelle voiture de police.

Litso Ice remonta les escaliers. Au moment où il parvint à l'étage, il vit un homme de dos au milieu du salon et le reconnut. L'inspecteur de police. L'amant du journaliste. Il n'avait pas d'arme sur lui. Il voulut rebrousser chemin, mais c'était trop tard.

Andreas ne l'avait pas entendu arriver, mais il sentit sa présence. Il se retourna et pointa son pistolet sur lui.

Les deux hommes s'observèrent et jaugèrent la situation.

Litso Ice vit de la fureur dans le regard de son adversaire. Il devait garder son calme.

Respirer.

Trouver une solution…

L'inspecteur était trop loin. Impossible de tenter quoi que ce soit.

— Je n'ai pas d'arme, dit-il en levant les mains.

— Vladimir Bratcov, Litso Ice, tu es en état d'arrestation. Couche-toi, face contre terre, et les bras écartés.

Litso Ice décida de ne pas coopérer. Il devait gagner du temps. Attendre le moment propice. L'inspecteur s'était avancé de quelques pas. Il se trouvait à moins de trois mètres, mais toujours trop loin. S'il s'approchait à moins de deux mètres, il pourrait lui envoyer un coup de pied pour lui faire lâcher son arme.

— Couche-toi, insista-t-il.

Litso Ice ne pouvait se faire arrêter. Ce serait la fin. Il devait coûte que coûte s'en sortir et rentrer au pays.

— Je n'hésiterai pas à tirer !

Chacun attendait de voir ce que l'autre allait entreprendre, de deviner dans son regard ses intentions. La tension était réelle, palpable.

— Si je m'écoutais, je te tuerais. Mon ami est entre la vie et la mort à cause de toi, ajouta Andreas.

Litso Ice ne s'attendait pas à cette nouvelle. Le journaliste avait survécu à la balle qu'il avait reçue en pleine tête.

— Cela n'avait rien de personnel. C'est mon job.

Parfait, l'inspecteur avait commencé à discuter. Il sentit chez son adversaire les émotions prendre le dessus. Et une certaine nervosité s'installer.

Andreas fulminait. L'homme en face de lui restait impassible. Cela faisait plusieurs jours qu'il n'avait qu'une seule envie : venger Mikaël.

— Tu es une ordure.

— Vous vous permettez de me tutoyer, inspecteur ?
on n'est pas amis à ce que je sache.

— Couche-toi ! Je le répète une dernière fois.

Litso Ice comprit à cet instant que ses rêves venaient
de s'évaporer. Il n'avait plus aucune chance de s'enfuir. Se retrouver en prison pour le restant de ses jours
n'était pas une option. Et s'il devait mourir, alors il
resterait debout.

— Sinon quoi ? Tu vas me tirer dessus ? Me tuer ?

Litso Ice vit le doigt de l'inspecteur se rétracter, prêt
à peser sur la détente.

— Tu es un flic. Tu ne peux pas.

Litso Ice savait qu'il provoquait son adversaire.
Qu'il le poussait à bout.

Un homme dont il avait tenté de tuer l'amant.

Un flic qui le haïssait plus que tout.

Mangiafuoco… le marionnettiste dans Pinocchio.
C'est ainsi que le journaliste l'avait appelé avant de
s'écrouler. Il pouvait se reconnaître dans ce surnom.
Manipuler, dresser les gens les uns contre les autres,
menacer leur famille pour leur inspirer la peur, celle
qui empêchait de dormir la nuit et faisait sursauter
au moindre bruit. Pousser les gens à bout aussi. Jouer
avec leurs limites. Les inciter à commettre à sa place
ce qu'il n'était pas en mesure de faire lui-même.
Comme avec les vaches et les paysans. Déplacer les
pions de son échiquier personnel. Et à présent encore,
tirer les ficelles une dernière fois, dans une tentative
ultime de mourir libre, pour ne pas vivre en prison.

À ce moment-là, il trouva les mots exacts qui pous-
seraient les boutons du flic homosexuel.

— J'espère que ton ami va crever, cela en fera un
de moins de votre espèce.

Au moment même où il prononça ces paroles, et voyant le regard empli de rage de l'inspecteur, Litso Ice sut qu'il avait gagné. Il eut une dernière image en tête : sa ferme avec les chevaux gambadant dans le soleil couchant. Son projet de retraite qui ne se réaliserait jamais…

Andreas avait appuyé sur la détente.

Sans réfléchir.

Un geste mécanique.

La lumière, puis les ténèbres.

Litso Ice s'effondra.

Andreas restait immobile et observait le corps inerte. La flaque de sang s'agrandissait sur la moquette en velours blanc. Qu'allait-il faire ? Comment pourrait-il expliquer cette situation ? Ses collègues comprendraient tout de suite. Andreas avait abattu le tueur à gages qui avait attenté à la vie de Mikaël.

Il retourna à la voiture pour y prendre des gants et commença à fouiller dans la maison. Il ouvrit tous les tiroirs. Après quelques minutes, il trouva finalement ce qu'il cherchait : un pistolet caché dans une des armoires du bureau, un Makarov PM de marque russe. Le même modèle que celui utilisé par Litso Ice. Il était chargé. Il revint au salon, mit l'arme dans la main droite de Litso Ice et se tira une balle dans le bras gauche. La douleur était vive et le sang commençait à couler. Il se dirigea vers la cuisine et prit un linge qu'il enroula autour de la plaie pour stopper l'hémorragie puis il s'assit sur un fauteuil. Avec son bras valide, il saisit son portable et appela Karine.

Chapitre 138

Andreas avait passé la nuit à l'hôpital pour faire soigner sa blessure au bras. Le soir précédent, un officier de police avait pris sa déposition et conclu son rapport préliminaire par « *légitime défense* ». Le pistolet de service d'Andreas avait été saisi, comme le règlement le stipule. Viviane lui avait demandé de venir à Lausanne pour faire son rapport au sujet des événements du soir précédent. Mais elle pouvait bien attendre jusqu'au lundi. Par la suite, Andreas serait auditionné par le procureur général dans le cadre d'une procédure qui déterminerait si l'usage de l'arme était justifié et s'il s'agissait bien de légitime défense. En parallèle, le commandant allait ouvrir une enquête interne au sujet d'une entorse importante au règlement qu'il avait commise : pénétrer dans le chalet seul sans avertir personne ni demander l'autorisation au procureur. Il espérait échapper à la mise à pied ou une mutation dans un service administratif le temps de l'enquête.

Les deux meurtriers étaient à présent hors d'état de nuire.

Cédric Brunet avait été arrêté et enfermé dans une cellule de l'unité psychiatrique du pénitencier de haute sécurité de Bochuz.

Vladimir Bratcov avait été emmené au centre de médecine légale à Lausanne.

Andreas avait eu des envies de vengeance, mais il n'avait jamais réellement eu l'intention de le tuer. Et pourtant, c'est ce qu'il avait fait la veille. La provocation de Litso Ice l'avait touché en plein cœur et le coup était parti instantanément. Une impulsion. Son doigt avait pressé la détente. Il se retrouvait aujourd'hui dans la même situation qu'Erica, la pasteure. Elle avait achevé le travail de son ami d'enfance, devenu meurtrier. Elle s'était finalement dénoncée à la police, le poids de la culpabilité ayant été trop lourd à porter. Et lui, regrettait-il son geste ? Vladimir Bratcov était mort, et au fond de lui, il estimait qu'il avait eu ce qu'il méritait. Mais une peine de prison à vie n'aurait-elle pas été un supplice bien pire ? Il ne se sentait pas un meurtrier. Et pourtant...

Andreas avait réalisé après coup qu'il avait été manipulé et qu'il était sans doute devenu la dernière victime de Mangiafuoco. La provocation de Litso Ice n'était pas gratuite. C'était un professionnel qui avait compris qu'il était pris au piège. Qu'il serait arrêté et qu'il finirait ses jours en prison. Et il avait préféré mourir au combat... Vladimir Bratcov n'était d'ailleurs qu'un exécutant et les vrais responsables, Tchourilova et Klitschko, étaient hors de portée en Russie. Il ressentit une immense frustration, mais il ne pouvait rien y faire.

Andreas avait dû mentir à Karine et Christophe, qui étaient venus sur les lieux. Avaient-ils compris ?

Aucun des deux n'avait dit quoi que ce soit, mais il lui avait semblé lire dans leur regard – au moment où ils avaient fait le constat technique –, un air à la fois soupçonneux et complice. Et il allait encore devoir mentir. À sa supérieure. À tous les membres de sa hiérarchie qui seraient impliqués dans l'enquête. Et à Mikaël, allait-il lui mentir ? Allait-il lui avouer qu'il avait basculé du côté de l'ombre ? Et ce dernier, intègre et droit, saurait-il lui pardonner ? Pourrait-il vivre avec un meurtrier ? S'il survivait, bien sûr, mais Andreas ne voulait pas laisser ses pensées aller dans cette direction. Il revoyait dans sa tête la scène du soir précédent. Il aurait souhaité remonter le temps et prendre une autre décision. Mais ce qui était fait ne pouvait être défait.

Chapitre 139

L'homme à l'origine de l'affaire immobilière – l'oligarque russe Andreï Klitschko – venait de recevoir la nouvelle. Il se tenait sur la terrasse de son appartement en plein cœur de Moscou et contemplait la place Rouge et le Kremlin.

Vladimir Bratcov avait été tué au moment de son arrestation. Il perdait ainsi un élément clé de son organisation. Même s'il avait toujours été en contact avec lui par un intermédiaire, il préférait le savoir mort que dans une prison étrangère. Bientôt, rien ni personne ne pourrait plus le relier directement aux événements de Gryon, même si Bratcov avait été tué dans un chalet qui lui appartenait.

Andreï Klitschko avait ordonné à Natalia Tchourilova de revenir au pays. Elle était le maillon faible et il ne voulait pas prendre le risque qu'elle parle à cet inspecteur de police, qui avait réussi à coincer et éliminer un de ses tueurs à gages les plus réputés.

Toute cette histoire pour rien. Pour que le projet capote alors même qu'ils touchaient au but. Il lui en restait un goût amer…

Chapitre 140

Cédric Brunet, alias Psycho Billy, n'avait pas ouvert la bouche depuis son arrestation. Il n'avait rien à dire. À personne. Pas même au procureur qui avait tenté de l'interroger. Il avait eu le sentiment d'être si près du but. Et ils lui avaient volé ce moment.

À jamais.

Il n'avait pas vraiment écouté les discussions autour de lui. Il avait compris qu'un avocat avait pris sa défense pour expliquer qu'il n'était pas responsable de ses actes et qu'il souffrait d'un déséquilibre psychique important. Au final, le juge du tribunal avait ordonné son incarcération, en attente du jugement, dans le quartier de haute sécurité du pénitencier de la plaine de l'orbe, où il se trouvait maintenant.

Il avait perdu tout ce qui comptait à ses yeux. Ses serpents, ses araignées, toute cette belle collection assemblée au fil des années. La garde-robe de sa mère, sa coiffeuse dans laquelle il espérait rencontrer son reflet. Ses créatures, en qui il avait tenté de la retrouver. Son espace de liberté dans lequel il pouvait être un autre que lui-même.

Ici, il n'avait rien.

Il n'était rien.

Cédric était allongé sur un lit. Ses bras et ses jambes étaient attachés au cadre métallique. Il ne s'était toujours pas exprimé, mais même menotté, il s'était jeté sur le médecin qui devait déterminer son état psychologique et l'avait mordu à la main jusqu'au sang. Il entendit la porte s'ouvrir.

Une femme.

Vêtue de blanc.

Une infirmière.

Elle tenait dans sa main une seringue. Il la trouvait belle. Elle avait les cheveux clairs et de beaux yeux vert-gris, mais malgré cela, elle ne ressemblait pas réellement à sa mère, son nez était trop court, trop petit. Lorsqu'elle s'approcha pour lui administrer son sédatif, il le sentit à nouveau. Son parfum. LE parfum… Il ferma les yeux et se sentit transporté dans le jardin aux senteurs capiteuses et aux fontaines jaillissantes.

Épilogue

Andreas ne supportait pas de rester à la maison, seul. Après les événements dramatiques des derniers jours, il avait besoin de prendre l'air avant de retourner à l'hôpital où il passait la majeure partie de son temps. Il était rassuré de savoir Cédric Brunet enfermé. Il était surtout soulagé d'avoir retrouvé Jessica à temps. Mais au fond de lui, il se sentait vide. Il venait de tuer un homme, un criminel certes, mais un être humain. Et surtout, il avait peur. Peur de se retrouver seul. Peur de perdre Mikaël.

Il avait pris la voiture pour se rendre sur l'alpage de La Poreyre. Sur la radio de la voiture passait la chanson de Mylène Farmer, *À quoi je sers*. Ces paroles résonnaient au fond de lui comme un écho de son état intérieur :

Poussière errante, je n'ai pas su me diriger
Chaque heure demande pour qui, pour quoi, se redresser
Et je divague
J'ai peur du vide

Je tourne des pages
Mais… des pages vides

Mais mon Dieu de quoi j'ai l'air
Je sers à rien du tout
Et qui peut dire dans cet enfer
Ce qu'on attend de nous, j'avoue
Ne plus savoir à quoi je sers
Sans doute à rien du tout

Andreas s'était assis sur un banc, avait allumé un long cigare et observait le panorama qui s'offrait à lui. Plus bas, il avait la vue sur le village de Gryon.

Oui, il se sentait vide et c'est comme si un gouffre s'ouvrait à ses pieds. Les rêves de ces derniers temps semblaient faire ressurgir son passé, mais là il était dans le présent et il avait le sentiment de ne servir à rien du tout.

Mikaël était dans le coma, entre la vie et la mort. Et lui vivait un véritable enfer. Il s'en voulait et culpabilisait. Tout était de sa faute. Il aurait aimé avoir la capacité de revenir en arrière, mais il ne pouvait qu'attendre. Se sentir spectateur le rongeait de l'intérieur. Il devait à Mikaël de se redresser et de garder l'espoir. Il n'avait pas le droit de fléchir et de se résigner.

Il scruta le ciel.

Le secours viendrait-il de là ?

Il croisa ses mains et ferma les yeux.

Dans la poche de sa veste, son portable commença à vibrer. Il regarda l'écran et reconnut le numéro d'appel : l'hôpital de Monthey.

Son estomac se noua.

Il hésita à répondre.

Après cinq sonneries, il décrocha.

Remerciements

Cette histoire est entièrement inventée. Toute ressemblance entre les personnages de ce roman et des personnes existantes est le pur fruit du hasard. Les différents lieux de Gryon, quant à eux, sont bien réels. Néanmoins, je me suis permis un certain nombre de libertés pour les besoins du récit.

Toute cette aventure n'aurait pas été possible sans le soutien de ma famille, de mes amis et de toutes celles et ceux qui ont contribué, chacun à sa manière, à faire que ce livre devienne une réalité. Merci infiniment.

À Marie Javet, auteur de *La Petite Fille dans le miroir*, pour son soutien, ses conseils, ses idées ainsi que pour nos discussions littéraires lors de soirées autour d'un ou plusieurs mojitos et pour cette collaboration dans l'écriture de nos manuscrits respectifs. Une valeur ajoutée inestimable et une motivation au quotidien. Plus qu'une collaboration littéraire, c'est une amitié qui est née.

À Valérie Dätwyler pour nos échanges, ses relectures et conseils avisés de spécialiste du polar.

À mes amis, relecteurs et soutiens : Diane, Patricia, Jean-Luc, Jean-Louis et Olivier.

Aux personnes qui par leur expertise dans leurs domaines de compétences m'ont permis – bien que je m'autorise, parfois une certaine liberté – d'être au plus proche de la réalité :

– Pr. Patrice Mangin, directeur honoraire du Centre universitaire romand de médecine légale.
– Vincent Clivaz, inspecteur de la sûreté de la police cantonale vaudoise.
– Olivier Keller, commissaire, police cantonale de Genève.
– Michael Fischer, avocat spécialisé dans le domaine immobilier.
– Daniel Fishman, médecin-chef du service des urgences de l'hôpital Riviera-Chablais.
– Florian dubail, directeur de la prison du Bois-Mermet.
– À Nicolas Feuz, membre du Cercle d'auteurs de polars romands, pour cette amitié qui s'est matérialisée dans le présent roman – et dans son dernier livre, *Eunoto*, sorti en 2017 – par la rencontre de nos deux inspecteurs, Michaël Donner et Andreas Auer.

Dans ces remerciements, je ne saurais oublier mes parents, Birgitta et Dieter ainsi que Micheline et Roger pour leurs relectures, leur soutien et leur présence.

Et en dernier lieu et du fond du cœur, je tiens à remercier mon compagnon, Benjamin, qui m'accompagne, jour après jour, dans cette aventure.

La photocomposition de cet ouvrage
a été réalisée par
GRAPHIC HAINAUT
30, rue Pierre Mathieu
59410 Anzin

Imprimé en France par **CPI**
en septembre 2019
N° d'impression : 3035653

S28470/02